불유쾌한 과일

불유쾌한
과일

하야시 마리코 지음 | 정회성 옮김

큰나무

불유쾌한 과일

초판 1쇄 인쇄 2009년 9월 25일
초판 1쇄 발행 2009년 9월 30일

지은이 하야시 마리코
옮긴이 정회성
펴낸곳 도서출판 큰나무
펴낸이 한익수

등록번호 제5-396호
등록일자 1993년 11월 30일
주소 경기도 고양시 일산동구 백석동 1455-4 1층
전화 (031) 903-1845 (대표)
팩스 (031) 903-1854
이메일 btreepub@chol.com
홈페이지 www.bigtreepub.co.kr

ISBN 978-89-7891-255-6 03830
값 11,000원

값 7,000원

    이 책을 쓴 하야시 마리코는 경쾌하고 유머러스한 필체로 여성의 섬세한 감성을 잘 묘사하는 작가로 유명하다. 또한 남녀 관계를 관능적으로 묘사하는 작가로도 잘 알려져 있는데, 그의 그런 재능은 이 소설을 통해서도 충분히 엿볼 수 있다.

    이 소설의 특징을 든다면, 성에 대한 지극히 솔직하면서도 대담한 묘사일 것이다. 하지만 그 묘사는 솔직하되 경솔하지 않고, 대담하되 말초적이지 않다. 그리고 언뜻 보면 성에 대한 이야기 같은데도 그 안에는 여성으로서의 자기 성찰과 여성의 정체성에 대한 모색이 아주 선명하게 자리하고 있다. 그래서 전체적으로 가벼운 듯하면서도 진지하고, 관능적이면서도 지적인 분위기를 풍긴다. 특히 주인공 마야코의 행동은 일견 경거한 것 같으나 여성으로서, 아니 한 인간으로서 충분히 공감할 만하다. 이 소설은 일본 굴지의 출판사인 분게이슌쥬(文藝春秋)에서 출간된 이후 오랫동안 베스트셀러의 자리를 지켜오고 있는데, 이는 마야코의 행동에 공감하는 독자들이 그만큼 많기 때문일 것이다.

한마디로 말하자면 마야코는 〈인형의 집〉을 뛰쳐나온 노라에 견줄 만한 여자랄 수 있다. 그녀는 아내에 대한 의무(?)를 저버린 남편에게 실망과 권태감을 느낀다. 주말마다 시댁에 가서 보내는 것도, 시어머니의 잔소리를 듣는 것도 그녀에게는 견디기 힘든 고역이다. 현실은 그녀가 원했던 결혼생활이 아니다. 그것은 단지 아무런 의미를 느끼지 못한 채 점점 늙어 가는 과정일 뿐이다. 결국 그녀는 따분하고 초조한 일상에서 벗어나기 위해 결혼 전에 사귀었던 남자를 찾아가 이른바 불륜 관계를 맺는다. 그리고 또 다른 남자와 사귀다가 급기야 집을 뛰쳐나온 뒤 남편과 이혼한다.

이 같은 대강의 내용을 놓고 보면, 이 소설은 바람난 여자의 애정 행각을 다룬 흔해빠진 대중 소설에 불과한 것처럼 보인다. 하지만 그 속을 들여다보면 전혀 그렇지 않다. 무엇보다 이 소설 속에는 남자들이 모르거나 알면서도 외면하는 여성의 성이 있다.

그동안 여성의 성은 남자들에 의해서 알게 모르게 억압되어 왔다. 근래에 이르러 남녀평등이란 말이 너무도 흔하게 쓰이고 있지만, 성적인 면에서의 남녀평등은 아직도 제대로 이루어지지 않고 있다. 적어도 여성의 성에 관한 남성들의 태도는 예나 지금이나 다름없다고 해도 과언이 아니다. 어머니, 여자 형제, 혹은 딸로서의 여성은 일단 성과 거리가 멀어야 한다. 그리고 아내로서의 여성은 평생 남편과 자식에게 봉사하는 존재이어야만 한다. 여성은 오랫동안 그 같은 삶의 방식이 올바른 것이라고 길들여져 왔다. 그 결과 성적으로 소극적인 태도를 취할 수밖에 없었다.

그러나 여성의 사회 진출과 함께 페미니즘에 대한 논의가 활발하게 전개되고, 매스컴의 발달로 성에 대한 지식이 범람하면서 상황이 달라졌다. 그리하여 어느새 여성도 당당하게 성을 향유하는 단계에까지 이르렀다. 결국 이 소설의 주인공인 마야코의 행동은 이 같은 현상에서 이해될 수 있을 것이다.

마야코처럼 여성은 이제 더 이상 가부장적인 틀에 머물러 있지 않으려고 한다. 오히려 이를 철저하게 거부한 채 자아실현의 이상을 품고 거리로 뛰쳐나간다. 그런데 가정을 뛰쳐나온 여성에게 무엇보다 맨 먼저 주어지는 것은 남편이 아닌 다른 남자와의 접촉 가능성이다. 여성은 다른 남자와의 접촉을 통해서 억압된 성으로부터의 해방감을 얻으려고 한다. 그런 여성에게 불륜의 부도덕성 따위는 문제되지 않는다. 중요한 것은 오로지 성을 즐기는 것 자체일 뿐이다. 그중에는 남성보다 더 성에 대해 적극적인 여성도 있다. 물론 그런 여성은 극히 일부분에 지나지 않을 것이다. 하지만 여성은 확실히 변했다. 그리고 앞으로 더욱 변할 것이다.

출판사의 한 직원이 이 책의 원제목을 빗대어 '남성이 읽으면 불쾌하고 여성이 읽으면 유쾌한 소설'이라는 우스갯소리를 한 적이 있다. 책의 내용상 그럴 가능성이 짙다. 그러나 억압된 욕망으로부터 탈출하려는 여성의 시도를 기존의 남성 입장에서 무조건 매도하기 전에 적어도 이해하려는 태도를 갖추어야 한다고 생각한다. 그것이 진정한 의미에서의 남녀평등을 실현하는 길일 터이기 때문이다.

정희성

| 차례 |

제1장

화장

미즈코시 마야코(水越麻也子)는 이것저것 뒤적이며 스카프를 고르고 있었다.

조금 전에 산 검붉은 색상의 재킷에는 검정 페이즐리 무늬 스카프가 어울릴 듯싶었다. 그러나 막상 둘러보니 아무래도 무거운 느낌이 들었다. 하얀 에르메스 스카프 역시 그다지 어울리지 않았다. 차라리 아무것도 두르지 않는 편이 나을 것 같았다.

스카프를 풀자 마야코의 목이 훤히 드러났다. 역시 스카프를 두르지 않는 편이 훨씬 나았다. 짙은 색상의 옷깃 사이로 살짝 내비친 살결은 그녀 자신이 보기에도 아름다웠다.

갓 서른두 살이 된 마야코의 피부는 욕실의 형광등 불빛을 받으며 연노란 색으로 빛나고 있었다. 특히 목에서부터 가슴에 이르는 살결은 지방이 적당히 붙어 있는 데다 반들반들 윤기가 흘렀다. 부드럽고 탄력 있는 피부가 부끄러울 정도로 눈부셨다.

얼마 전부터 사용하고 있는 트리트먼트가 드디어 효력을 발휘하기 시작한다고 생각하면서 마야코는 엷은 미소를 지었다. 그녀는 처녀 시절부터 화장품을 무척 좋아했다. 신제품이 나오면 무리를 해서라도 반드시 살 정도였다. 어쨌거나 트리트먼트 크림은 확실히 효과가 있었다.

"꼭 한 번 사용해 봐. 이런저런 피부 관리 센터에 다니는 것보다는 훨씬 나을 거야."

늘 그 같은 좋은 정보를 알려 주는 여자 친구들에게 고맙다는 말이라도 해야 할 것 같았다. 마야코는 자신도 이번 기회에 두어 명의 친구들에게 전화를 걸어 트리트먼트의 효과를 알려 줘야겠다고 마음먹었다.

그 친구들과 자주 나눈 이야기이지만, 서른을 넘긴 후부터 마야코는 피부와 머리카락 손질에 전보다 더 열성적이었다. 20대 시절에는 젊은 피부라서 웬만한 화장품을 사용해도 빠른 속도로 흡수되곤 했으나, 지금은 사정이 달랐다. 지금의 피부는 돈과 수고를 들인 만큼만 주인의 애정에 부응했다.

마야코는 재킷 색상에 맞춰 구입한 요즘 유행중인 립스틱이 입술에 잘 받아 콧노래라도 흥얼거리고 싶은 기분이었다.

"빨리 좀 해."

남편 고이치(航一)가 욕실 문을 열고 얼굴을 내밀었다.

"면도 좀 하려는데, 원……."

일요일이라서 고이치는 면 셔츠에 카디건을 걸치고 있었다. 아침에 귀찮다며 깎지 않은 수염이 눈에 띄게 짙어져 있어서인지 오늘은 흐리멍덩하게 보였다. 그 얼굴은 누군가가 '가부키용 얼굴'이라고 칭했을 정도로 언제나 말끔하게 정돈되어 있었다. 하지만 잠시라도 손질을 하지 않을 경우 무척이나 지저분한 느낌을 주었다.

"기다려요, 금방 끝낼 테니까."

"빨리 좀 해. 어머니께 7시까지 간다고 말씀드렸단 말이야."

매주 토요일이나 일요일 저녁, 고이치는 차를 몰고 고마자와(駒澤) 공원 근처의 본가로 갔다. 그럴 때마다 그의 어머니 아야코(綾子)는 정성을 들여서 갖가지 음식을 차려 놓고 외아들을 기다리곤 했다.

마야코는 그 저녁식사 자리가 거북해서 싫었다. 따라서 번번이 구실을 대어 남편 혼자 가도록 했다.

"당신이 욕실에 들어가면 끝이 없으니 정말 짜증나서 미치겠어."

고이치는 더 이상 기다릴 수 없다는 듯 욕실 안으로 들어와 마야코의 등 뒤에 섰다. 그러고는 전기면도기에 손을 뻗쳤다.

"오늘은 함께 가면 안 돼? 선물로 받은 송이버섯이 있다면서 그걸로 버섯덮밥을 해 준다고 하셨단 말이야. 당신이 안 오면 무척 섭섭할 거라고도 말씀하셨어."

고이치는 수염을 깎느라 턱을 위아래로 움직이면서 말했다. 그래서인지 그의 목소리가 분명치 않은 상태에서 묘하게 들렸다. 말은 그렇게 했지만, 그는 마야코가 그곳에 함께 가는 것에 대해 별로 집착하는 것 같지 않았다. 그녀는 그 사실을 금방 눈치챘다.

"하지만 오늘은 약속이 있어요."

마야코가 그렇게 말하자 그는 더 이상 아무 말도 하지 않았던 것이다.

사실 아야코의 입장에서도 마음이 맞지 않는 며느리와 함께 저녁을 먹기보다는 아들하고만 단둘이서 오순도순 마주앉아 있고 싶어 할 터였다. 고이치가 좋아하는 음식을 차려 놓고 그에게 이것저것 골라서 집어 주는 시어머니의 모습이 마야코의 눈에 선했다. 그녀는 문득 남편에게 심술궂은 말을 하고 싶어졌다.

"게다가 어머니는 당신만 오길 원하세요. 당신도 그 사실을 잘 알고 있으면서 뭘 그래요."

고이치는 허를 찔린 듯 삐뚤어졌던 입술을 원래 위치로 되돌렸다. 그러나 여전히 전기면도기를 켜 놓은 상태였기 때문에 그의 목소리는 모터 음과 뒤섞여 어눌하게 들렸다.

"그렇지 않아. 매번 당신이 어째서 오지 않느냐고 물으신다고. 어머니께서 서운해 하시니까 가끔이라도 가 줘."

"흥."

마야코는 입술을 삐죽 내밀고 코웃음을 쳤다. 자신이 낳은 자식이라면 모를까, 며느리가 얼굴을 내밀지 않았다고 해서 서운해 할 시어머니가 이 세상에 몇이나 있겠어? 만약 내가 오늘 저녁식사 자리에 참석한다면 분위기만 어색해지고 말걸.

종합상사 상무의 아내로서 해외 생활까지 경험한 아야코는 결코 고지식한 여자가 아니었다. 기본적인 교양이 있는 데다 분별력도 갖추고 있었다.

그런 시어머니일수록 골치 아픈 존재이다. 그 같은 견해는 마야코뿐만 아니라 그녀의 친구들도 다르지 않았다. 그런 시어머니는 일단 며느리의 입장을 이해하는 척한다. 그러다 갑자기 '그렇지만 말이야'라고 예리하게 토를 달고 나온다.

"그렇지만 말이야, 마야코는 벌써 서른둘이잖아. 결코 젊다고는 할 수 없는 나이라고. 그런데 어째서 아이를 갖지 않는 거지? 아이를 제대로 키우려면 젊었을 때, 그나마 튼튼한 체력이 남아 있는 동안이 좋은 거야. 자, 더 이상 길게 잔소리하지 않을 테니 이제부터라도 가정다운 가정을 갖도록 해봐. 계속 지금의 이 상태라면 고이치도 가엾잖아?"

만약 내가 '아이를 갖지 않는 이유는 바로 어머니에게 있어요.'라고 거침없이 내뱉는다면 시어머니는 얼마나 난처해할까?

마야코는 가끔 그 같은 즐거운 상상을 하곤 했다. 사실 아야코는 며느리인 마야코가 결혼 직후의 경황없는 상태에서 아이를 갖게 될 경우 함께 살 작정을 하고 있었다. 이에 마야코는 그렇게 된다면 어쩔 수 없는 일이라며 체념했다. 그러나 서너 해가 흐르는 동안 그 체념은 확실한 반발로 바뀌었다.

고이치와 연애 중일 때만 해도 마야코의 눈에 비친 아야코는 좋은 집안의 주부답게 품위 있고 상냥한 여자였다. 하지만 도저히 함께 살아갈 수 있을 법한 여자는 아니었다.

"그런 시어머니라면 함께 살 수가 없겠구나."

지금은 친정어머니도 마야코의 의견에 동의하고 있는 상태이다. 앞으로 1, 2년만 견디면 되겠지. 마야코는 자신을 다독거리면서 때를 기다리고 있었다. 그 무렵이면 현재 시애틀에 살고 있는 고이치의 누이 일가가 귀국할 터였다. 아야코는 연년생인 손자와 손녀에게 쏙 빠져 있었다. 그래서 자주 미국 여행을 하곤 했다.

아야코는 고이치의 누이가 귀국한 시점에서 딸과 동거하겠다고 말할지도 모른다. 그렇지 않으면 적어도 손자 손녀에게 얽매인 나머지 지금처럼 아들 내외의 일에 사사건건 시비를 걸지는 않을 것이다.

일단 시어머니의 관심이 다른 데로 돌려진다면 나와의 마찰은 훨씬 줄어들겠지. 물론 시어머니를 다루기도 한결 수월해질 테고 말이야.

그 같은 마야코의 교활한 생각은 결코 특별한 게 아니었다. 시어머니와 함께 살고 싶지 않다는 이유로 아이 갖기를 늦추는 여자는 마야코의 동창 중에도 많았다. 심지어 마야코보다 먼저 결혼한 친구 중 몇몇은 시어머니와의 알력으로 이혼까지 해 버렸다.

마야코가 졸업한 가톨릭계의 여대는 명문대에 들어가지 못한 소녀들이 입학하는 정도의 평범한 수준이었다. 그러나 그렇기 때문에 오히려 요조숙녀다움을 보존하고 있다는 평판을 듣고 있었다. 그리고 학생들이 내로라하는 상류층이나 부잣집 대신 대부분 도쿄의 중류층 이상인 샐러리맨들의 딸들이라서 결속력 하나는 무서울 정도로 강했다. 그러므로 동창의 불행에 대한 정보는 일종의 네트워크를 통해서 눈 깜짝할 사이에 모두에게 전해졌다.

물론 반수 이상의 동창들은 불만을 느끼면서도 온건하게 결혼생활을 유지하고 있었다. 그중에는 이미 한두 아이의 어머니가 된 동창도 있고, 아이의 입학 문제로 한창 바쁘게 뛰어다니는 여자도 있었다. 그런 여자들은 그야말로 눈을 부릅뜬 채 아이를 명문 학교에 집어넣으려고 안달하지만, 마야코에게 있어서 그 같은 분주한 모습은 전혀 부러움의 대상이 될 수 없었다. 그런 것이 행복이라고 한다면 자신도 얼마든지 이룰 수 있기 때문이었다.

그렇다면 마야코 너는 대체 어떤 행복을 꿈꾸고 있는데? 만약 누군가 이렇게 물었다면, 마야코는 어떤 식으로 대답해야 할지 몰라 망설일 터였다. 그렇지만 한 가지 분명한 것은, 기분 좋은 가을밤에 다른 남자를 만나러 가는 자유와 기회가 그녀에게 주어져 있다는 사실이었다. 그 이상의 것은 나중에 가서 천천히 생각해도 좋을 터였다.

어쨌든 목에서부터 가슴에 이르는 마야코의 피부는 눈부시도록 싱싱하고 아름다웠다.

"아무래도 당신은 어머니에 대해 오해를 하고 있는 것 같아."

고이치가 각진 턱을 전기면도기로 밀면서 말했다. 면도기가 움직일 때마다 서른네 살 먹은 그의 살갗에 주름이 일곤 했다.

"이봐, 어머니는 우리 부부가 사이좋게 식사하러 와 주면, 그것만으로 무척 기뻐하시는 분이야. 그러니 가벼운 마음으로 함께 가자고."

"곤란해요. 친구들과 이미 약속해 놨다고요. 모두 바쁘기 때문에 일요일 저녁이 아니면 만날 수도 없어요."

마야코는 거짓말을 하면서도 죄책감 따위는 느끼지 않았다. 다른 남자와 데이트는 해도 육체관계는 갖지 않을 자신이 있었기 때문이었다.

마야코는 지금까지 이른바 불륜이라는 것을 저지른 적이 없었다. 친구들 중에는 함께 호텔에 갈 정도의 애인이 존재한다는 사실을 떳떳하게 밝히는 여자도 있었다. 하지만 마야코는 그런 애인을 둔다는 게 왠지 모르게 꺼려졌다. 도덕이나 정조 관념 때문이 아니었다. 그것과 다른 차원의 망설임이 그녀의 내부에 자리 잡고 있었다.

고이치는 구세대 남편들과 달리 아내의 행동에 대해서 귀찮게 간섭하지 않았다. 따라서 마야코는 결혼한 후에도 남자 친구들이 제법 많았다. 그녀는 고이치도 아는, 학생 시절부터의 남자 친구나 직장의 남자 동료와 술을 마신 적이 있었다. 심지어 그들과 어울려 노래방에서 밤늦게까지 흥겹게 놀기도 했다.

그들은 마야코가 유부녀라는 사실에 주저했다. 물론 개중에는 넌지시 유혹의 손길을 내미는 남자도 있었다. 그러나 남자 특유의 교활함으로 마지막 결정권은 마야코에게 맡기려고 들었다. 요컨대 적극적인 자세로 끈질기게 유혹해 오지 않았던 것이다.

상대가 결혼할 여자라면 그들은 거칠고 당당하게 접근해 올 것이다. 그런데 이미 결혼한 여자라서 그럴까?

대부분 남자들은 스스로 '안전권' 안에 머물면서 마야코가 자기 쪽으로 다가올 것인지 슬그머니 동정만을 살폈다. 그런 남자를 대할 때마다 마야코는 불쾌했다. 만약 상대가 강하게 자신을 원하고, 극적인 관계를 유지할 것을 약속해 준다면 거기에 응하지 않을 이유는 없다고 그녀는 생각했다.

그런데 그녀 주위의 남자들은 하나같이 용기가 없었다. 용기가 없는 남자를 고무할 정도로 마야코는 한가하지 않았다. 더구나 그것은 자존심 문제이기도 했다. 물론 자존심을 버릴 수도 있지만, 그렇게 하면서까지 관계를 맺고 싶은 남자는 한 사람도 없었다.

그래도 오늘 밤에 만날 남자는 특이한 존재라고 할 수 있었다. 노리오(典雄)는 일찍이 마야코에게 구혼한 적이 있는 남자였다. 하지만 그녀가 이미 고이치를 선택했기 때문에 이제는 그와의 교제를 끊을 만했다. 그럼에도 그렇게 하지 않았다. 그것은 남자에 대한 마야코의 탐욕 탓이었다.

서른여섯 살의 노리오는 변호사였다. 마야코의 동창 중에는 변호사와 결혼하여 득의양양해하는 여자도 있었다.

노리오는 '국제적인'이라는 형용사를 붙일 만한 수준의 뛰어난 변호사였다. 그는 여자들이 가장 선호하는 도쿄 대학을 나온 뒤 미국의 명문대학 로스쿨에서 법학을 공부했다. 그러고는 뉴욕의 법률사무소에서 몇 년인가 연수를 한 다음, 지금은 도라노몬(虎ノ門)의 중심부에 위치한 유명 변호사의 사무실에서 일하고 있다.

고이치와 결혼하기 1년쯤 전의 일이었다.

"그야말로 엘리트 중의 엘리트야."

마야코는 한 친구에게서 노리오를 소개받았다. 그 무렵 그녀는 이미 고이치와 결혼 약속을 한 상태였다. 그러나 선택의 폭을 넓히는 것에 대해서는 조금도 주저하거나 의심을 품지 않았다. 비록 '양다리 걸치기'나 '갈아타기'와 같은 표현은 마음에 들지 않았지만, 결혼식을 올리기 전까지는 얼마든지 이 남자 저 남자 비교해 보거나 곰곰이 따져 볼 수도 있는 일이라고 생각했던 것이다.

경력이나 외모를 놓고 볼 때, 고이치는 결코 흠잡을 데 없는 결혼 상대였다. 마야코도 예외일 수는 없으나 여자들은 피로연이 끝난 뒤에 나누는 친구들의 대화를 상상하고 결혼 상대를 결정하는 경우가 많다. 신부의 여자 친구들은 호텔 커피숍에 모여 앉아서 저마다 결혼 기념품을 한 손에 든 채 신랑을 두고 이러쿵저러쿵 평을 하는데, 그것은 인정사정없을 정도로 신랄하다.

그런 점에서 보면 고이치는 합격 점수를 받을 만한 남자였다. 그런데 만약 상대가 노리오였다면 어땠을까? 아마 모두 질투심을 느낀 나머지 노골적으로 불편한 심기를 드러냈을 것이다. 어쨌거나 노리오 만큼이나 훌륭한 직함을 가진 남자는 드물 테니까.

어쩌면 마야코는 노리오 쪽으로 '갈아타기'를 할 수도 있었을 것이다. 하지만 그렇게 하지 않았다. 왜냐하면 그는 고이치와 비교가 안 될 정도로 추남이었기 때문이다.

7년 전이었으므로 노리오는 당시 서른이 될까 말까 한 나이였다. 그럼에도 그는 마흔이 넘은 중년처럼 비곗덩어리였다. 게다가 단신이었으며, 벌써부터 대머리의 조짐이 확실히 나타나 있었다. 그는 번들거리는 이마를 감추기 위해서 정발제(整髮劑)를 사용하고 있었다. 하지만 그 때문에 더욱 역겨운 광택만 나고 머리 모양까지 기묘하게 보였다.

그래도 노리오는 양복만은 값비싼 고급으로 차려 입고 다녔다. 하지만 '단신 남자의 멋내기'의 서글픔이 빳빳한 소맷부리와 옷깃에 덕지덕지 묻어 있었다. 마야코는 그를 대하면서 이런 남자와 결혼할 수 있는 여자의 재능은 얼마나 대단할까 하고 생각해 보았다. 두꺼운 입술과 고르지 못한 치열을 무시하고 단지 남자가 지닌 지위와 경제력만을 기대하며 일생을 함께 살 수 있다면, 그 자체가 재능이 아니고 무엇이랴 싶었다.

결국 마야코는 노리오를 걷어찬 셈이지만, 그로써 얻은 우월감으로 그에게 가까이 접근할 수 있었다. 그리하여 두 사람은 한 달이나 두 달에 한 번꼴로 만나서 식사를 하는 관계가 되었는데, 그렇게 해 온 지도 어느새 5년이 넘었다.

결혼하고 얼마 후, 마야코가 노리오에게 전화를 걸었던 것이 재회의 계기였다. 그때 그는 "연락해 줘서 기쁘다"라고 솔직하게 말했다. 마야코는 그의 말투에서 그가 상처받은 자존심을 만회하려 한다는 것을 눈치챘다. 그는 거절당한 남자로서 그녀와 떨어져 있기보다는 담담한 친구로서 가깝게 지내기를 바랐다.

그렇게 해서라도 상처받은 마음을 달래고 싶었던 것이다.

어쨌거나 노리오는 이제 마야코한테 구혼한 사실 따위는 까맣게 잊은 듯이 행동했다. 최근 들어서는 육체관계를 맺은 여자에 대한 이야기까지 서슴없이 털어놓을 정도였다. 그러면서도 가끔 마야코의 손목을 힐끔거리기도 하고, 그녀가 립스틱이 지워져 있지 않을까 싶어서 손가락으로 더듬는 입술에 뜨거운 시선을 주기도 했다. 그때마다 마야코는 무척 기뻤다. 그녀에게 있어서 그보다 더 유쾌한 일은 없었다.

그래, 이 남자는 아직도 나를 좋아하고 있어. 뭔가 계기를 마련해 준다면 틀림없이 나한테 달려들 거야. 지금은 그저 묵묵히 참고 있을 뿐이라고. 이런 남자와 가끔씩 만나 함께 식사하는 것을 어느 누가 비난할 수 있겠어.

그렇다. 그 이상 더 청렴결백한 것은 없다. 단지 나는 찬탄과 욕망의 시선을 받으러 외출할 뿐이다.

"이제 그만 나가 봐야겠어요."

마야코가 말했다.

"오해가 없도록 어머니께 잘 말해 줘요. 오늘 약속은 정말 중요한 거라서 거절할 수 없어요."

일요일이라 그렇다면서 노리오가 약속 장소로 지정한 곳은 호텔 레스토랑이었다. 그는 신주쿠 역의 서쪽 출구에 있는 고층 호텔을 단골로 이용하고 있었다. 외국에서 온 손님을 숙박케 하거나 접대할 때 꼭 그 호텔을 찾는다는 것이었다. 그래서인지

도어맨은 그를 정중하게 맞이했다.

"아, 선생님이시군요. 어서 오십시오."

그야말로 마야코에게 있어서는 영광스러운 순간이었다. 남편인 고이치와 함께 왔다면 어림도 없는 대우였다.

이윽고 두 사람은 일식 레스토랑으로 들어섰다. 거기에는 이미 둘을 위해서 안쪽의 가장 좋은 자리가 마련되어 있었다.

"요즘은 통 오시지 않아서 무슨 일이라도 있으신가 하고 생각했습니다."

"아, 잠시 해외에 좀 나가 있었지."

지배인의 말에 노리오가 쾌활하게 대꾸했다. 마야코의 눈에 노리오는 꽤 위엄 있어 보였다. 어느새 이 남자도 많이 변했구나. 그녀는 문득 이렇게 생각했다.

맨 처음 만났을 때, 마야코는 노리오를 자신의 취향이 아닌 남자라고 생각했다. 무엇보다 노리오는 추남이었다. 그런데 이제 막 중년의 문턱에 선 그는 은근하면서도 중후한 멋을 풍기는 신사로 변해 있었다. 테 없는 안경도 무척이나 자연스럽게 어울렸으며, 자그마한 눈동자 역시 총명하게 빛나고 있었다.

결코 못생긴 남자는 아니야. 마야코는 자그마한 글라스에 담긴 맥주를 마시면서 속으로 중얼거렸다. 최근 들어서 그를 대할 때마다 문득문득 그런 생각이 들곤 했다. 그녀는 내심 기뻤다. 어쩌면 이 남자를 정말로 사랑할 수 있을지도 몰라.

다른 남자를 사랑한다는 것은 그만큼 선택의 폭이 넓어진다는 것을 의미한다. 만약 남편과 이혼하는 일이 발생하더라도 그

뒤에 또 한 남자가 대기하고 있으므로 안심할 수 있다. 더구나 상대 남자는 유부녀인 나를 지금까지 마음에 두고 있었을 테니까 문제 될 것은 전혀 없다고 볼 수 있다.

노리오가 이처럼 정기적으로 나와 만나고 있는 이유는 무엇일까? 그것은 부부가 될 가능성을 염두에 두고 있기 때문이리라. 그것이 사실이라면, 여자인 나로서는 당연히 유쾌한 일이다.

혹시 내가 이 남자와 결혼한다면? 그래, 이게 가장 중요한 문제지. 이 남자와 결혼할 경우, 나는 뭇사람들로부터 선망의 시선을 받는 생활을 할 수 있어. 결코 이혼해서 가엾게 되었다는 식의 말은 듣지 않을 거라고.

노리오는 남들이 부러워할 만큼 사회적 지위가 높고 재력도 탄탄하다. 게다가 그 자신이 담당하는 기업이 미국에도 더러 있어 한 달에 두어 차례 그곳에서 보내다 온다.

특히 휴가를 얻어 뉴욕에 갔다 돌아오는 길에 버진 아일랜드에 들렀다는 따위의 이야기를 그가 할 때마다 마야코의 마음은 심하게 동요되곤 했다. 그런 특권은 그녀 자신도 얼마든지 누릴 수 있었던 것이므로. 일찍이 그를 사랑하는 것이 가능했더라면 그녀도 카리브해에서 요트 항해를 즐길 수 있었으리라.

그런데 마야코는 스스로 그 같은 특권을 포기했다. 하지만 마음만 먹으면 언제든지 그것을 되찾을 수 있다고 생각했다.

그래, 특권을 포기한 건 어디까지나 나 자신이니까 그것을 손에 넣는 것도 나 자신이어야만 해.

그렇더라도 당장은 남편과 헤어질 마음이 없었다. 시어머니의 일로 걸핏하면 화를 내는 남편이지만, 지금으로서는 그럭저럭 견딜 만했다. 그리고 아직 남편이 싫지는 않았다. 고이치와 함께 밖에 나가면, 그는 잘생기고 온화한 남편으로 통했다. 따라서 그런 그에게 싫증이 날 리는 없었다. 적어도 지금으로서는.

물론 고이치와 평생을 부부로서 함께 살 것이라고는 확신할 수 없었다. 마야코 주위의 여자 친구들 중에는 열렬한 연애 끝에 결혼했음에도 어느 날 갑자기 남편과 헤어진 경우가 적지 않았다. 그녀들의 말에 의하면, 남편의 얼굴을 보는 것도 참을 수 없고 목소리를 듣는 것조차 소름이 끼칠 정도였다는 것이다.

내게도 남편이 그렇게 느껴질 날이 닥칠지도 모르지. 그렇다면 그때를 위해서라도 일찌감치 노리오를 확보해 놓을 만도 하잖겠어.

다행스럽게도 마야코는 노리오를 받아들일 수 있을 것 같았다. 그가 메뉴판을 들고 물었다.

"샤브샤브로 하는 게 어때?"

마야코는 가볍게 고개를 끄덕였다. 2년 전이었다면 아마 다른 요리를 먹자고 말했을 것이다. 그녀는 그다지 예민한 성격은 아니지만, 타인과 냄비 요리를 놓고 앉아 있는 것은 딱 질색이었다. 학생 시절 다른 대학의 남학생과 미팅할 때, 상대방이 젓가락을 냄비 속으로 난폭하게 쑤셔 넣는 모습을 보면 그녀는 그만 입맛이 뚝 떨어지곤 했다.

가끔씩 시댁에서 전골 요리나 샤브샤브를 만드는 경우가 있었으나, 그때 역시 그녀는 별로 먹고 싶지 않았다. 시어머니의 침이 묻어 있는 젓가락이 냄비 속의 국물을 휘휘 젓고 있었기 때문이다.

그런데 어찌 된 일인지 노리오가 끓는 물속에 얇게 썬 고기를 넣고 젓가락으로 휘젓는데도 마야코는 아무런 거부감을 느끼지 않았다. 오히려 그녀는 덩달아서 냄비 속에다 부산스럽게 양념을 집어넣고 있었다.

이 남자는 주부를 연상케 하는 내 동작을 보고 어떤 생각을 할까? 나 같은 여자를 데리고 사는 남자에 대해 질투를 느끼고 있을까? 그렇다면 더 이상 바랄 게 없지.

어쩌면 이 남자와 키스 정도는 할 수 있을 거야. 그런다고 크게 문제 될 건 없을 테니까. 선홍빛의 쇠고기 조각을 젓가락으로 집어 국물 속에 살며시 담그면서 마야코는 자신에게 말했다.

결혼 전 노리오가 키스를 요구한 적이 있었다. 그때 그녀는 단호하게 거절했다. 다른 남자에게는 가까워지기 위한 절차상 쉽게 허락했지만, 노리오한테는 그럴 수 없었다.

그 이유는 두 가지였다. 하나는 보랏빛을 띤 그의 두꺼운 입술을 도저히 감내할 자신이 없었기 때문이고, 또 하나는 그가 그녀 자신의 도도한 태도를 오히려 좋아하고 있음을 눈치챘기 때문이다. 그렇지만 오늘 밤은 취한 척하고 키스를 허락해도 괜찮을 것 같은 느낌이 들었다.

어쩌다 한 번쯤은 이 남자로 하여금 나에 대한 기대나 확신 따위를 품게 하는 것도 좋겠지. 서른여섯 살이나 먹은 남자가 일편단심으로 유부녀인 나를 원하고 있는데, 그에 대해서 가벼운 보상 정도는 해 줄 필요가 있지 않겠어.

"역시 이 식당의 고기는 맛있군. 산다(三田)의 소고기 같은데 말이야, 마쓰사카(松阪)나 고베(神戶) 것보다 맛이 나은 것 같아. 물론 고베 소의 대부분은 산다에서 키운 것이겠지만 말이야."

노리오는 미식가답게 말하며 부지런히 젓가락을 움직였다. 그는 고기를 추가 주문해 놓고 쑥갓에 둘러싸여 한층 더 희게 빛나는 두부에 젓가락을 갖다 댔다.

이 남자는 어떤 식으로 여자를 안을까? 마야코는 문득 그것이 궁금했다. 못생긴 남자일수록 섹스할 때는 여자에게 더욱 봉사를 잘한다는데, 그게 사실일까?

"사실은 그게 결정됐어."

두부를 냄비 안에 넣으며 노리오가 말했다.

"결정되다니, 뭐가요?"

"결혼 문제."

노리오는 눈이 부신 듯 눈을 깜박이며 덧붙였다.

"보스턴에서 알게 된 여자지. 얘기가 순조롭게 진행돼 다음 달에 약혼식을 하게 됐어. 사실 난 나이도 나이라서 새삼스럽게 그런 번거로운 절차는 거치고 싶지 않았는데, 그쪽이 외동딸이라……."

"잠깐만요. 그런 얘기는 금시초문인데요. 너무 뜻밖이군요."

마야코는 자신의 목소리가 너무 커서 혹시 그에게 질투로 받아들여지지나 않았을까 싶어 내심 불안했다. 아무렇지 않은 듯 침착하게 말할걸. 그녀는 큰 소리로 말한 걸 후회했다. 노리오는 여전히 눈을 깜박거리며 마야코의 눈치를 살피고 있었다. 그녀는 그 사실을 알아채고 나지막한 목소리로 말했다.

"잘됐네요. 축하해요. 드디어 당신도 결혼하게 되는군요."

"하지만 나 자신이 생각해도 뜻밖의 일이긴 해. 스물두 살 먹은 여자와 결혼하게 될 줄은……."

"스물두 살이라고요!"

마야코의 목소리는 엉겁결에 커지고 말았다. 32-22=10, 그녀의 머릿속에서 계산기를 두드리는 소리가 났다. 그런 상황에서는 어떤 여자라도 자신의 나이에서 상대 여자의 나이를 빼 볼 터였다. 마야코는 '10'이라는 숫자에 울화가 치밀었다.

"스물둘이면 아직 어린애 아녜요? 혹시 그 여자애, 학생인가요?"

"그래, 그곳의 대학에 유학하고 있지."

"그렇다면 빤한 얘기네요 뭐."

마야코의 말투는 어느새 타이르는 식으로 변해 있었다. 사실 그것은 질투심에서가 아니라 진심에서 우러나온 충고였다.

"그곳엔 그런 여자애들이 널려 있잖아요. 말이 유학생이지 실제로는 아무것도 하는 일 없이 일본에서 온 대사관 직원이나 기업의 엘리트 사원을 노리는 여자애들 말예요. 외롭다는 이유만으로 그런 여자애들의 속셈에 걸려드는 남자들이 많다던데……. 당신도 그래서 걸려든 건 아닌가 싶네요. 혹시 그런 여자애 아녜요?"

"결코 그런 여자는 아니야. 제대로 된 유학생이라고. 죠치대

(上智大)를 휴학하고, 그쪽 대학에서 공부하고 있어."

자신이 나온 데보다 훨씬 평판이 좋은 대학 이름이 나오자 마야코는 더욱 초조했다. 무언가 거친 말을 내뱉지 않고는 아무래도 견딜 수 없을 것만 같았다.

"죠치대까지 다녔던 제대로 된 여자애가 어째서 당신과 결혼하려는 거죠?"

"그거야…… 나한테 반했기 때문이겠지 뭐."

노리오의 입 언저리에 어렴풋한 미소가 감돌고 있었다.

"어째서 반하죠? 왜 하필 당신한테 반해요? 아직 스물둘인 새파랗게 젊은 여자애가 당신 같은 사람을 진실로 사랑할 리가 있을까요? 난 그럴 리 없다고 생각하는데요. 아마 그 여자애는 당신이 나온 학교라든가, 변호사라는 직함에 반했겠죠. 안 그래요? 그런 것쯤은 당신도 잘 알 텐데……."

"글쎄, 그런 건 아니라고 생각해. 친구 집에서 소개받았을 때, 그녀는 내가 변호사라는 것조차 몰랐으니까 말이야."

"모르긴 왜 몰라요? 알면서도 모른 척한 거겠죠. 요즘 젊은 여자애들이 얼마나 계산이 밝은 줄 알아요. 그 애는 당신에 대해서 이미 조사할 만큼 조사를 했던 거예요."

"그렇지 않아. 당신도 만나 보면 금방 알 수 있겠지만 좀처럼 보기 드문 여자야. 그녀는 미술사를 공부하고 싶댔어. 내가 도쿄 대학을 나왔다든지 변호사라는 사실 따위엔 전혀 흥미를 나타내지 않았다고."

"그게 다 빤한 수작이라고요. 난 그 여자애에 대해서 자세한 건 모르지만 뻔할 뻔 자예요. 유학까지 가서 공부를 하겠다는 식의 발전적인 사고를 가진 애가 어째서 스물둘의 어린 나이로 결혼하려고 들겠어요?"

"그거야 나와 결혼하면 공부를 계속할 수 있을 거라 생각했기 때문이 아닐까?"

노리오는 마야코가 함부로 내뱉는 말에 전혀 동요하는 기색이 없었다. 그러기는커녕 오히려 그녀의 폭언에 가까운 말을 즐기고 있는 듯이 보였다. 마야코는 분해서 견딜 수 없었다. 나에게 보복하려는 모양이군. 그래, 이건 나에 대한 보복임에 틀림없어.

새로 주문한 고기 접시가 나왔지만, 마야코는 더 이상 먹고 싶은 마음이 없었다. 앞에 앉아 있는 남자가 결혼을 한다니……. 그것은 그야말로 생각지 못한 경천동지할 일이었다.

물론 그녀는 노리오를 사랑한 적이 없었다. 게다가 그녀 자신은 한 남자의 아내였다. 따라서 화를 내거나 불쾌하게 여길 이유는 전혀 없었다. 그럼에도 노리오의 이야기를 듣고 있노라니 울화가 치밀어서 숨이 다 막힐 지경이었다.

"고기가 익었으니 어서 먹자고."

노리오의 태도는 뻔뻔스러울 정도로 태연했다. 입장이 뒤바뀌어도 한참 뒤바뀌어 있었다. 노리오는 오랫동안 이런 날을 잔뜩 벼르고 기다렸음에 틀림없었다. 그의 젓가락이 움직임에 따라 냄비의 국물에 떠 있는 쇠고기 기름이 흔들거렸다. 그는 벌써 세 조각 째의 고기를 입에 넣고 있었다.

이 남자는 내 반응을 묵살하려고 하는군. 고기를 권하는 것도 그 때문이겠지. 하지만 나한테 뭔가 미련이 있는 게 분명해. 그러지 않고서야 뭣 때문에 애써 태연을 가장하겠어. 그래, 이 남자는 아직도 나를 사랑하고 있음에 틀림없다고. 만약 내가 눈물이라도 흘리면서 애원하듯 이렇게 말한다면 이 사람은 과연 어떤 반응을 할까?

'제발 부탁이니 결혼하지 말아 줘요. 나는 당신을 사랑해요. 당신이 결혼을 하다니 도저히 견딜 수 없어요. 나는 당장이라도 남편과 헤어지겠어요. 그러니 당신도 그 젊은 여자애와 결혼하지 마요. 나와 함께 살아요. 당신과 함께라면 얼마든지 새로운 인생을 시작할 수 있을 것 같아요.'

TV 드라마였다면 이후의 줄거리는 대충 이러하리라. 남자는 놀란 듯이 눈을 동그랗게 치뜨고 '그렇게 해선 안 된다.'라고 말한다. 그러나 그는 '내 말은 진심이에요.'라는 여자의 말에 이내 마음이 동요된다. 그러고는 이렇게 말한다. '알아. 나역시 당신을 잊을 수 없을 거야. 내가 가장 사랑하는 사람이 바로 당신이니까.' 이윽고 두 사람은 서로의 눈을 응시하다가 엘리베이터에 올라탄다. 그런 다음 미리 예약한 방으로 들어간다. 침대 위에서 둘은 격렬한 사랑을 나눈다. 어느새 새벽의 흐릿한 빛이 창문을 물들이고 있다. 남자가 나지막이 말한다. '이제 당신을 놔두지 않겠어. 둘이 함께 미국으로 가는 거야. 거기에서 새로운 생활을 시작하는 거라고. 내 말 알겠지?'

솔직히 말해 마야코는 노리오와 식사를 할 때 그 같은 장면을 상상했던 적이 있었다. 하지만 그런 상상은 그녀만이 은밀히 즐기는 것으로서, 쉽게 밖으로 표출할 수 있는 성질의 것은 아니었다.

그런데 그것은 어쩌면 오늘 바깥세상으로 얼굴을 내밀게 될지도 모른다.

속 시원하게 고백해 버릴까? 사실은 당신을 사랑하고 있었노라고. 그러나 마야코는 머뭇거렸다. 그것은 야채 접시 옆에 놓인 노리오의 손 때문이었다. 아니, 정확히 말해서 여자처럼 오동통하게 살찐 손가락에 끼워져 있는 반지 때문이었다. 두꺼운 그 은반지는 정교하게 세공이 되어 있었다. 순간 마야코는 혐오감을 느꼈다.

꼴불견이군. 정말 역겨운 남자야. 아무리 엘리트 중의 엘리트라 할지라도 이런 남자와 몸을 섞는다는 건 그 자체가 수치야. 유학생인지 뭔지는 모르겠지만, 나는 그런 교활한 여자애와 다르다고.

미처 입 밖에 내지 않은 말과 방영되지 않은 드라마의 장면이 마야코로 하여금 높은 긍지를 갖게 했다. 이번에도 그녀는 훌륭하게 극복해 냈다. 마지막 고비까지 갔다가 돌아서는 길을 선택했던 것이다. 물론 노리오는 노골적으로 요구하지 않았지만, 마야코는 그의 은밀한 유혹을 단호하게 거절했다. 이제 의연히 돌아가면 그만이었다.

"샤브샤브, 맛있었어요."

그녀는 천천히 냅킨으로 입을 닦았다.

"언제나 후한 대접을 해 줘서 고마워요. 나도 뭔가 결혼 선물을 하지 않으면 안 되겠군요."

마야코는 그렇게 말하고 자리에서 일어났다. 그러고는 그로써 나름대로 보복을 했다고 생각했다.

"어쩌면 난 잠시 그쪽에 가 있을지도 몰라."

별안간 침착하게 나오는 마야코의 태도에 노리오는 약간 곤혹스러운 표정을 지었다. 그러면서 비장의 카드를 꺼내듯 덧붙여 말했다.

"결혼을 계기로 몇 년 동안 뉴욕에서 살까 생각하고 있어. 내가 와 주었으면 하고 바라는 데도 있고 해서 말이야. 공부하는 셈치고 3, 4년 정도 그곳에서 생활하는 것도 괜찮을 것 같기도 한데……."

"그래요? 그럼 이제 만날 수 없겠군요."

마야코는 그가 '그렇지 않아.'라고 말해 주기를 기대했지만 소용없었다. 노리오는 이내 그렇다는 듯이 고개를 끄덕였던 것이다.

"하지만 말이야, 혹시 뉴욕에 오면 나를 찾아 줘. 언제라도 환영할 테니까."

평범한 샐러리맨의 아내가 뉴욕 같은 곳에 갈 수나 있겠어요? 마야코는 그렇게 내뱉고 싶었으나 그만두었다. 자신이 초라하고 비참해 보일 것 같았기 때문에.

그날 이후, 마야코는 무엇을 해도 재미를 느끼지 못했다. 이

내 사라질 줄 알았던 불쾌감은 좀처럼 가시지 않았다. 오히려 갈수록 단단하게 응어리져 가래처럼 목구멍을 메웠다. 그녀는 그것을 뱉어 내려고 헛기침을 했지만 아무런 효과가 없었다.

마야코는 읽고 싶은 잡지를 펼쳤다가도 금세 덮어 버리기 일쑤였고, 녹화를 해서라도 반드시 보곤 하던 TV 드라마도 잊고 지낼 정도였다. 어째서 그런 남자 때문에 이렇게 안절부절못하는 걸까? 결코 그를 좋아했던 것도 아닌데……. 이 개운치 않은 기분이 언제까지 지속되려나?

그녀는 여자 친구들에게 전화를 걸기로 작정했다. 마음이 심란할 때는 친구들에게 전화를 걸어 두서없는 푸념을 늘어놓는 것이 가장 효과적이었다. 그렇게 하다 보면 기분이 한결 나아지기도 했다. 하지만 첫 번째 친구한테서부터 비웃음을 사고 말았다.

"넌 정말 욕심쟁이야. 어디 한두 번이어야 말이지. 너한테 질렸어. 마치 여고생 같은 소리만 늘어놓고……."

마야코는 배려라고는 손톱만큼도 없는 그 친구의 말에 기분이 상해서 다른 친구에게 전화하는 것을 포기해 버렸다. 그러자 더욱 불쾌한 느낌이 들었다. 그런 마당에 남편인 고이치까지 가뜩이나 날카로운 그녀의 신경을 건드렸다. 그는 마야코가 사용할 것을 뻔히 알면서도 욕조 속의 물을 빼 버렸고, 저녁식사를 집에서 한다고 약속해 놓고는 고주망태가 된 채 밤늦게 귀가하곤 했다. 심지어 어느 날 아침에는 촌스럽기 짝이 없는 넥타이를 색이 짙은 줄무늬 셔츠에 맞추어 매고 있었다. 마야코는 그

모습을 보고 도저히 그냥 지나칠 수 없었다.

"어쩜 넥타이와 셔츠가 그렇게 잘 어울리는지 모르겠네요."

마야코는 노골적으로 빈정거렸다.

"도대체 어디에서 그런 멋진 넥타이를 팔죠?"

"글쎄, 난 이게 마음에 드는데⋯⋯."

고이치는 그렇게 말하면서도 아내의 비꼬는 말투가 마음에 걸리는지 넥타이 매듭을 가볍게 만지작거렸다. 그것은 여우와 곰이 도안되어 있는 넥타이였다.

"당신의 아내로서 부탁하겠어요. 제발 그런 넥타이만이라도 매지 말아 줘요. 그런 걸 매고 다니면 직장 동료들이 당신을 어떻게 생각하겠어요? 당신에 대한 평가가 바닥으로 떨어질 게 뻔한데, 왜 하필 그런 넥타이를 매는 거예요?"

그 잘나 빠진 변호사 대신 고이치를 선택했던 이유 중 하나는 고이치가 단정하고 멋진 남자였기 때문이다. 그런데 그처럼 유치한 넥타이를 맨다면 무슨 선택의 보람이 있으랴 싶었다.

"이봐요, 더 이상 잔소리하지 않을 테니 당장 다른 걸로 바꿔 매는 게 어때요?"

"됐어. 귀찮게 굴지 마."

고이치도 불쾌한 모양인지 설탕 봉지를 거칠게 찢었다. 그러고는 설탕을 몽땅 홍차 속에 쏟아 부었다. 최근 들어 배가 나오는 것에 신경을 쓰면서도 그는 설탕 사용을 자제하지 않았다. 그때마다 마야코가 잔소리를 해대지만 아무런 소용이 없었다.

고이치는 여우와 곰이 들어 있는 넥타이를 맨 채 홍차를 홀짝거렸다. 그런 남편을 바라보는 마야코의 눈초리에는 어느새 냉기가 잔뜩 배어 있었다.

어쩌면 이 남자야말로 추남이 아닐까?

희디흰 피부에 일본인다운 용모인 고이치를 마야코의 친구들 대부분은 핸섬하다고 표현했다. 그렇지만 그것은 단순한 빈말일지도 몰랐다. 물론 결혼 전의 고이치는 도시 남자답게 멋져 보였다. 그러나 지금은 추하게 나이를 먹으면서 중년의 길을 걷고 있는 듯한 인상을 풍겼다. 그렇다면 노리오와 다를 게 뭐란 말인가?

남자는 40이나 50 정도의 나이를 먹으면 누구나 배가 나오고 머리에 희끗희끗 새치가 돋는다. 모두 비슷비슷한 외모로 변해 가는 것이다. 그렇다고 한다면 애당초 학력과 수입 면에서 남자를 선택하는 것이 현명하지 않을까?

마야코의 이 같은 의문 끝에는 해답처럼 노리오가 존재하고 있었다. 다시 뉴욕에 가서 직장을 얻은 도쿄 대학 출신의 변호사. 마야코는 뉴욕에 간 적은 없으나, 그 도시의 모습이나 상점에서 팔고 있는 물건 따위는 잡지를 통해서 비교적 상세하게 알고 있었다.

나는 그 도시에서 살 수도 있었어. 그리고 5번가의 백화점에 가서 원 없이 쇼핑을 즐길 수도 있었고. 충분히 그럴 수도 있었는데…….

그러나 노리오가 결혼함에 따라 그럴 가능성은 졸지에 사라지고 말았다. 알지도 못하는 젊은 여자한테 마야코 자신이 누려야 마땅한 특권을 빼앗겨 버렸던 것이다. 하지만 마야코가 슬퍼하는 것은 노리오의 결혼 때문이 아니었다. 잠시 그녀는 자신의 감정이 질투가 아닌가 하고 의심했지만, 곰곰이 생각해 보니 그것이 아닌 것 같았다. 그녀가 느끼는 슬픔과 분노는 오로지 가능성으로 반짝이던 빛이 갑작스럽게 완전히 소멸해 버린 데서 연유한 것이었다.

마야코에게 있어서 가능성이라는 것은 '다른 길도 있다'는 의미였다. 그런데 그것이 없어져 버린 지금, 그녀 앞에는 맨송맨송한 일상만 놓여 있을 뿐이었다. 그녀 역시 남편과 함께 점점 머리에 새치가 돋고 뱃살이 부풀어 오르는 중년의 길을 걷게 될 것이었다. 그러는 동안 두 사람 사이에 아이가 끼어들지 모르지만, 그렇게 되면 시어머니의 존재는 비약적으로 부상할 게 틀림없었다.

현재 내가 손에 쥐고 있거나 앞으로 손에 쥐게 될 것들은 과연 무슨 의미를 띨까? 그녀에게는 그 모든 것이 그저 하찮게만 보일 뿐이었다.

나는 손해 보는 삶을 살고 있는 게 아닐까?

마야코는 가만히 자신의 손안에 든 것들을 검토해 보았다. 고이치와 결혼했을 때, 주위의 여자 친구들은 헐뜯지도 않았지만 그렇다고 부러워하지도 않았다. 어쩌면 그것은 고이치가 자신들 세계의 일원이라는 사실을 처음부터 인정하고 있었다는 뜻일지도 모른다. 와세다 상학부를 졸업한 고이치는 당시 재벌 그룹의 금속 회사 영업부에서 근무하고 있었다. 그리고 본가는 도쿄 시내에 있는 단독주택이었고, 그의 부친은 누구라도 알 만한 종합상사의 중역이었다. 그런 배경을 지닌 남자와의 결혼은 사실 뉴스거리도 안 되는 것이었다. 고작해야 대학 시절 미팅에서 만난 남학생들의 프로필 정도에 지나지 않았다.

대학 동창들 사이에서 소문이 날 만한 결혼이라면 아주 화려하든지, 아주 비참하지 않으면 안 되었다. 몇 년 전인가 모두를 흥분케 했던 두 여자의 결혼식이 있었다. 화려한 쪽은 현직 장관의 외아들과 결혼한 케이스였다. 신랑은 장래 정계에 진출할 것이 확실한 사람이었기 때문에 그 결혼식 피로연은 더할 나위 없이 성대했고, 그 자리에는 유명 정치가들도 몇 명인가 초대되었다. 그 가운데에는 미야자와(宮澤) 전 총리를 졸라서 그와 함께 찍은 사진을 들고 장황하게 떠벌리는 사람도 있었다.

비참한 쪽으로는 오랫동안 교제해 온 애인으로부터 버림을 당한 끝에 100Kg 가까이 나가는 거구의 남자와 중매 결혼한 레이코(玲子)가 있었다.

"뚱뚱하고 땀도 많이 흘려. 게다가 지방질이고. 난 저렇게 3박자를 고루 갖추고 있는 남자는 처음 봐."

피로연 중에 누군가가 중얼거리자 같은 테이블에 앉아 있는 여자들이 일제히 고개를 끄덕이며 한마디씩 내뱉었다.

"레이코는 버림당한 충격 때문에 갑자기 마조히스트가 돼버린 모양이야."

"그래, 그러지 않고서야 어떻게 저런 남자와 살려고 하겠어. 게다가 엘리트라면 모를까 별 볼일 없는 학교를 나온 사람하고……."

"기왕 중매로 결혼할 거면 더 골라 보고 할 것이지. 도대체 저런 남자가 어디가 좋다고 결혼할까? 보기만 해도 징그러운데 말이야."

친구들의 수군거리는 소리가 들릴 리야 없겠지만, 신부석에 앉아 있는 레이코는 마치 알아듣기라도 한 듯 고개를 숙이고 있었다. 그것은 신부에게 그다지 어울리는 자세가 아니었다. 원래 마른 체격인데 무거운 면사포까지 쓰고 있어서인지 더욱 애처롭고 쓸쓸하게 보였다. 옆자리에 앉아 연거푸 땀을 닦으면서 기쁜 표정을 짓고 있는 거구의 신랑과는 대조적이었다. 그 때문에 마야코 일행은 그녀를 더욱 가엾게 여겼다.

사흘 뒤, 레이코와 가장 친한 친구가 레이코한테서 신혼 여행지인 하와이로부터 전화가 걸려 왔었다고 보고하며 이렇게 말했다.

"레이코가 그러는데, 강간을 당하는 셈치고 눈을 딱 감고 있었대. 그러다가 신랑이 올라탔을 때 눈을 번쩍 떴다는 거야. 너무 무거워서 말이야. 정말 너무너무 무거워서 괴로웠대. 그런데다 너무너무 서글퍼서 눈물이 다 나오더래."

더구나 신랑은 동정(童貞)이었던 모양이라고 레이코의 친구는 말했다. 그러자 모두는 비명을 질렀다.

"동정이었다고!"

그럼에도 불구하고 신혼 여행지에서의 섹스로 인해 레이코는 임신을 하고 말았다. 그녀는 지금 남편을 꼭 닮은 네 살짜리 여자아이의 엄마가 되어 있으나, 결코 행복해 보이지는 않는다는 것이 친구들의 일치된 견해였다.

그렇지만 차라리 레이코 같은 결혼이 나보다 더 당당한 게 아닐까? 만약 그녀가 결혼생활에 싫증이 난 나머지 남편과 헤어진다고 한다면 그에 대해 아무도 비난하지는 않을 것이다.

누구나 손에 넣은 것이 하찮다고 생각될 경우에는 언제든지 그것을 내던져 버린다. 레이코는 그럴 수 있는 자유를 갖고 있다. 그런데 나는 어떤가? 불행한지 행복한지 확실하게 판단할 수 없는 상태에 놓여 있다. 그런 인생이 가장 괴로운 것이라고 마야코는 생각했다.

일에 있어서도 그랬다. 마야코가 나온 여대 출신자는 취직률이 높은 편이었다. 명문대를 나왔다고 턱없이 콧대만 센 여사원은 기업이 별로 환영하지 않는다. 기업은 적당히 여성다움을 간직한 여사원을 원한다. 그것은 무엇보다 부려먹기가 쉽기 때문이다.

마야코의 동창 중에는 연줄 있는 여자들이 많았다. 그리고 그때는 아직 버블 경기의 초기 단계였다. 따라서 저마다 순조롭게 일류 기업에 들어갈 수 있었다. 마야코도 백부가 관계된 맥주 회사에 취직했고, 희망대로 홍보부에 배속되었다.

회사 일은 이루 말할 수 없을 정도로 바빴다. 신제품이 나올 즈음이면, 각종 매스컴으로부터 문의 전화가 쇄도했다. 그야말로 눈코 뜰 새 없었다. 소비자들이 청구하는 팸플릿의 우송도 마야코가 담당하는 일 중 하나였다. 무거운 우편물을 들고 왔다갔다 하는 동안에 허리를 다친 적도 있었다. 그녀는 쉬는 날에 는 점심 무렵까지 죽은 듯이 잤다. 그런 그녀를 보고 어머니는 늘 걱정을 늘어놓았다.

마야코는 고이치와의 결혼이 결정되었을 때, 이제야 좀 편하 게 살 수 있겠구나 하고 생각했다. 그녀는 즉시 명예퇴직 수속 을 밟았다. 그러고는 결혼 후 1년 동안 전업 주부로서의 삶을 살 았다. 당연히 직장 생활을 했던 때보다 시간이 많았다. 따라서 그녀는 다시 친구들을 만나기 시작했다. 친구의 권유로 요리와 예절을 가르치는 주부 교실에 다닌 것도 그 무렵이었다. 대학 시절부터 이어진 남자 친구들과의 술자리 모임에도 자주 얼굴 을 내밀었다. 그리하여 즐거운 생활이 계속되었으나, 시어머니 가 걸핏하면 아이 타령을 늘어놓는 바람에 취직을 하기로 마음 먹었다.

그녀는 정시에 귀가할 수 있고, 일이 편해야 한다는 조건을 붙여 제법 탄탄한 제약 회사에 비서로 들어갔다. 비서라고는 해 도 70 가까운 나이의 회장을 모시며 매일 아침마다 유명 제과점 에서 배달되어 온 영국 빵을 정확히 3센티미터로 잘라 홍차와 함께 내거나, 가끔 잡담을 하러 들르는 나이 지긋한 중역들에게 차를 대접하는 정도가 고작이었다. 번잡하게 연회나 파티에 따 라가는 일도 없었다.

그런데 그 비서 자리를 알선해 준 사람이 다름 아닌 시아버 지였다. 그래서 마야코와 시어머니의 관계는 더욱 복잡해졌다. 시어머니인 아야코는 마야코를 제멋대로 살려고 아이도 갖지 않은 채 직장을 다니는 철없는 며느리, 평소에는 얼씬거리지 않다가도 무슨 일이 생기면 시집 식구를 이용하는 이기적인 며느리쯤으로 생각하고 있는 듯했다. 아니, 분명히 그렇게 생각하고 있었다. 시어머니가 굳이 내색을 하지 않아도 마야코는 그런 사실을 충분히 눈치챌 수 있었다.

아야코는 아무렇지도 않은 듯이 마야코를 대했다. 그러나 그 말 속에 빈정거림과 비웃음이 배어 있음을 마야코는 발견해 냈다. 물론 그렇다고 해서 달라지는 것은 아무것도 없었고, 아무런 도움도 되지 않았다.

마야코는 이런 생각을 하기도 했다. 시부모의 감시를 받으면서, 더구나 틀니를 해 박은 노인 특유의 구취를 맡으면서 비위를 맞추느니 차라리 직장을 계속 다니는 편이 훨씬 나을 것이라고. 아직도 그만두지 않은 채 그 직장에 머물고 있는 한 여자의 말을 들을 때마다 마야코는 심란했다. 허드렛일로 쫓기듯 근무하던 예전과 달리 기획을 맡고 있다는 그 여자는 현재의 회사 생활이 무척 재미있다면서 자랑을 늘어놓았다.

"각 매스컴에 건네줄 비디오를 제작하기도 하고 회사가 주최하는 강연회 계획을 세우기도 하는데, 특히 문화계의 유명 인사들이 강연하러 지방으로 내려갈 경우 거기에 동참할 때가 가장 즐거워. 그 지방에서 나는 향토 음식을 먹으며 TV와 잡지 같은 데서나 볼 수 있는 유명 인사들과 친밀하게 얘기를 나눌 수 있으니까 말이야."

심지어 그 여자는 지금 젊은 평론가와 친숙해져서 가끔 단둘이 식사를 하는 사이라고 말했다.

한때 직장 동료였던 그 여자의 이야기를 들은 마야코의 마음이 평온할 리 없었다. 마야코는 애당초 커리어 우먼을 염두에 두지는 않았지만, 직장을 다니는 동안 그런 즐거움을 한 번도 맛보지 못했던 것이다.

나는 정말 운이 없는 여자일까?

사실 마야코는 오래전부터 그 같은 의문을 품고 있었다. 그러던 터에 노리오를 만나 그에게서 결혼 통보를 받자 그 의문은 더욱 증폭되었다. 그것은 마치 오랜 세월 동안 그녀의 내부에 품어져 있던 알이 부화하여 병아리가 된 채 밖으로 튀어나온 꼴이었다.

나는 정말 운이 없는 여자일까?

마야코는 그런 의문에 사로잡힐 때마다 남편인 고이치를 떠올리곤 그렇다고 단정했다. 따라서 그녀는 남편에게 앙갚음을 했다. 가령 저녁 반찬을 평소보다 한 가지 적게 마련한다든지, 인스턴트 식품으로 대신하곤 했다. 물론 그것은 지극히 사소한 보복 수단이었다. 그렇더라도 실제로 행하는 것과 잠자코 생각만 하고 있는 것은 그 기분부터가 달랐다.

섹스를 거부하는 것도 그 한 예였다. 연애 시절과는 달리 한창 일할 시기인 고이치는 별로 섹스를 요구해 오지 않았다. 그래도 주말에는 자다가 몸을 뒤척이는 척하며 그녀의 어깨를 감싸려 들었다. 그럴 때마다 마야코는 차갑게 내뱉었다.

"피곤해요."

그 말에 고이치가 화를 내거나 적어도 섭섭한 표정을 짓는다면 마야코는 앙갚음을 한 셈이리라.

그런데 그의 반응은 마야코의 예상을 여지없이 빗나간 것이었다.

"흐음."

그는 중얼거리듯 짧게 말하고 더 이상 치근덕거리지 않았던 것이다.

그것은 마치 바닐라 아이스크림을 사기 위해 가게에 들어온 초등학생이 그가 원하는 것은 다 팔려서 없고, 초콜릿 아이스크림만 있다는 주인의 말에 낙담하는 것과도 같았다. 아니, 그렇지 않았다. 고이치의 말투에서 느껴지는 것은 낙담이 아니라 오히려 안도였다. 마야코는 그 사실을 놓치지 않았다.

어떻게 해야만 보복할 수 있을까?

차라리 격렬한 섹스를 하는 편이 나을 것 같았다. 그래, 그렇게 해서 잠시라도 무아경에 빠진다면 이 의문으로부터 해방될지도 몰라.

하지만 남편은 벌써 잠들어 있었다.

나는 정말 운이 없는 여자일까?

마야코는 그 의문이 꿈속까지 따라오지 않기를 바라면서 눈을 감았다.

제2장
선 택

요즘 들어 마야코는 과거의 남자들을 회상하는 시간이 많아졌다.

'남자들'이라고 하지만 그녀는 다섯 명밖에 사귀지 않았다. 다섯 명은 결코 많은 것이 아니다. 스물여섯의 나이에 결혼한 여자치고는 오히려 적은 편이다.

여대 시절의 동급생 중에는 여러 남자에게 양다리를 걸치는 여자들이 꽤 많았다. 그런 여자들은 오랫동안 사귀어 온 고정적인 애인이 있음에도 불구하고 끊임없이 새로운 남자를 찾았다.

"어떻게 한 가지 반찬만 먹을 수 있겠어?"

결국 한 남자 갖고는 성이 차지 않는다는 이야기였다. 그런데 그 같은 여자들일수록 의외로 수습 능력이 뛰어나 마지막 연애 끝에 다들 남부럽지 않은 결혼을 했다.

여자라는 것은 참으로 희한한 존재야. 그런 여자들의 이야기를 들을 때마다 마야코는 자기와 전혀 상관없는 것처럼 감탄하곤 했다.

그 여자들에 비하면 나는 얼마나 순진했던가? 연애의 끝과 시작 단계에 있어서는 다소의 중복이 있었지만, 그녀는 한창 교제 중일 때는 오로지 그 한 남자만을 고집했다. 한눈을 팔지 않았던 것이다. 더구나 모두 오랜 기간에 걸쳐서 사귄 탓으로 그 여자들에 비해 경험한 남자 수도 훨씬 적었다.

여태껏 남자들과 침대 위에서 벌인 일을 생각하면 저마다 그 느낌이 달랐던 것 같기도 하고, 모두 비슷비슷했던 것 같기도 했다. 단지 순간적일지언정 그들과의 섹스는 언제나 황홀했다. 그 순간순간을 이어 놓으면 아주 아름답고 관능적인 한 편의 소설이 될 것이다.

여자라면 누구나 그렇겠지만, 마야코는 가끔씩 그것을 비밀 상자에서 꺼내 놓고 음미하곤 했다. 물론 그 소설 속에는 남편인 고이치도 포함되어 있었다. 그런데 어째서 그의 존재가 가장 희미하게 부각되어 있는 것일까?

대부분 결혼한 친구들이 이구동성으로 내뱉는 말이지만, 마야코는 부부의 성생활만큼 재미없는 것은 없다고 생각한다. 사실 고이치와는 이미 식을 대로 식은 상태이다. 섹스 횟수가 적은 것은 물론, 어쩌다 한 번 육체를 맞대도 지극히 형식적이다. 사랑의 속삭임이나 전희 같은 달콤한 멜로디는 이미 사라진 지 오래고, 남아 있는 것은 오로지 삽입의 리듬뿐이다. 그것은 단조로운 랩 음악과 같은 것이라고 마야코는 생각한다.

랩 음악 같은 섹스만으로는 결코 만족할 수 없다.

그렇다. 멜로디가 필요하다. 하지만 그것은 쉽게 만들어지지 않는다. 아무리 애써도 근본적인 분위기가 조성되어 있지 않으면 소용없다.

한창 왕성하게 일할 나이인 만큼 고이치는 눈코 뜰 새 없이 바빴다. 그가 소속되어 있는 부서는 뚜렷한 업적을 올리지 못한 채 불황에 허덕이다가 러시아와 아시아로 손을 뻗쳐 새로운 활로를 모색하는 중이었다. 따라서 그는 국제전화를 걸기 위해 걸핏하면 밤늦게까지 회사에 남아 있곤 했는데, 그럴 때마다 동료들과 어울려 맥주나 야식을 먹는 것 같았다. 최근 들어 현저하게 나타난 비만은 그 때문인 듯했다. 원래 흰 살결인 데다가 살이 붙자 그의 볼이나 턱은 더욱 부풀어 올라 있는 것처럼 보였다. 마치 부종에 걸린 환자 같았다. 아무튼 몸에 피로와 지방이 누적되어 있어서인지 그는 성욕을 잃은 모양이었다.

"미안해. 이해해 줘."

고이치는 마야코의 손을 뿌리치지는 않았지만, 대신 그렇게 힘없이 말했다. 그런데 그 말 속에는 분명히 간절한 소망이 담겨 있었다. 마야코는 그 소망의 정체가 무엇인지 깨닫고 분노를 느꼈다.

그것은 결코 성욕에 대한 소망이 아니었다. 오히려 그 반대인 거부의 소망이었다. 지금까지 여자로서 살아오는 동안 이처럼 굴욕적인 말을 들은 적이 있었나? 아니, 없었어. 마야코는 그렇게 자문자답했다. 생각할수록 정말 어처구니없는 일이었다.

마야코가 처음으로 남자를 경험한 것은 열일곱 살 때였다. 그 당시부터 만난 남자마다 그녀를 뜨거운 시선으로 갈망했다. 그 어떤 남자도 그녀를 거부하지 않았다. 오히려 끈질기게 요구해 왔다. 저마다 불타는 눈동자, 그리고 격렬한 동작……. 남자가 억센 팔로 움켜쥐는 바람에 어깨의 통증이 느껴지기도 했지만, 그것은 묘한 쾌감으로 오랫동안 그녀의 뇌리에 남아 있다.

그런데 그처럼 찬란한 기억을 지닌 나는 지금 어떤 상태인가? 더블베드의 한쪽 귀퉁이에 형편없이 내팽개쳐져 있지 않은가? 졸지에 여왕에서 노예로 전락한 꼴이었다. 마야코는 분노와 함께 걷잡을 수 없는 혼란에 빠졌다.

어쩌면 나는 추하게 변한 것이 아닐까?

아니, 절대로 그럴 리 없다. 집 안에 있는 어떤 거울—얼굴만을 비추는 거울이든 상반신을 비추는 욕실의 거울이든—도 언제나 그렇지 않다고 말했다. 어렸을 때부터 음식에 각별한 주의를 기울여 온 덕분에 그녀의 몸 어디에도 아직 군살이 붙어 있지 않았다. 팔다리도 적당히 날씬했으며, 가슴 모양은 오히려 20대 시절보다 훨씬 아름다운 곡선으로 이루어져 있었다. 그야말로 한창 물오른 여자처럼 우윳빛 피부에다 탄력 있는 몸이었다.

그래, 나는 정말 부당한 취급을 받고 있는 거야. 나는 얼마든지 뭇 남자들에게 아름답고 품위 있는 여자로 비칠 수 있어. 단지 그런 내게 한 남자의 아내라는 덮개가 씌워져 있을 뿐이야.

물론 그 덮개를 벗길 남자는 그녀의 남편인 고이치이어야만 했다. 그럼에도 그는 좀처럼 벗기려 들지 않았기 때문에 그녀는 잔뜩 화가 나 있었던 것이다.

그렇다면 마야코의 남편에 대한 거리감은 모두 그로 인한 것일까? 그렇다. 그래서 마야코는 불쾌하기도 했다. 마치 내가 성적인 욕구불만으로 몸살을 앓고 있는 여자 같군.

여성 잡지를 펼치면 그런 여자들에 대한 기사가 많다. 거기에는 몇 년 동안 남편에게 안기지 못한 여자들이 성적 불만과 분노를 어떤 식으로 해소하고 있는지에 대해서도 상세히 나와 있다. 특히 마야코 나이 또래의 주부들은 집 안에 틀어박힌 채 욕구불만을 참는 세대가 아니어서 대담하게 행동한다. 개중에는 전화방에 전화를 걸어 알게 된 남자들과 호텔을 전전하기도 한다.

마야코는 그런 기사를 읽을 때마다 수긍은 가지만, 그렇다고 자신도 그렇게 할 마음은 들지 않았다. 교양이 없는 어리석은 여자들이나 그런 짓을 한다고 생각했다.

적어도 마야코의 주위에는 그 같은 행동을 하는 여자들이 아직은 없다. 아마 앞으로도 없을 것이다. 물론 그녀의 친구들 중 불륜을 저지르는 여자들은 더러 있다. 그러나 아무 남자와 사귀지도 않을 뿐더러, 저마다 그에 합당한 절차를 밟는다. 상대는 거의 대부분 직장에서, 혹은 친구의 소개로 알게 된 남자들이다. 잠시 동안 바람을 피우더라도 신원이 확실한 남자를 선택해야 한다는 것이 그런 여자들의 불문율인 듯하다.

"나도 전화방이라는 곳에 딱 한 번 전화를 건 적이 있었어."

언젠가 한 여자 친구가 마야코에게 넌지시 말했다.

"그래서?"

"상대는 젊은 남자로 샐러리맨 같았는데, 말하는 품이 정말 저질이었어. 그래서 좀 꺼려졌지. 더구나 곧 만나자는 둥, 언제 만날 수 있느냐는 둥 다짜고짜 묻더라고. 그런데 그자가 만나자는 장소가 어디였다고 생각해?"

"글쎄……."

"시부야(澁谷)의 하치코우(시부야 역에 있는 충견(忠犬)의 동상) 앞이었어. 아무래도 도쿄에 올라온 지 얼마 되지 않아서 다른 장소를 모르는 것 같았어. 아무튼 왠지 내키지 않아서 전화를 곧 끊어 버렸지만, 어차피 이런 식으로 살 바엔 '저녁 7시에 하치코우의 꼬리를 잡고 있어 줘요.'라고 말할 걸 그랬나 싶기도 해."

마야코도 그런 상대는 딱 질색이었다. 싸구려 코트를 입고 눈을 번뜩이는 젊은 남자가 쉽게 상상되었다. 무엇이 아쉬워서 그런 남자 품에 안긴단 말인가?

마야코가 원하는 남자는 어디까지나 품위 있고 단정해야만 했다. 무엇보다 말이나 행동에 있어서 교양이 있어야 해. 그렇다고 너무 고지식해선 안 되지. 유머도 있고, 기왕이면 스포츠맨이고……. 그런데 그런 식으로 계속 조건을 달다 보면 결국에 가서는 남편인 고이치 같은 남자로 귀결되곤 했다.

사실 고이치만한 남자도 흔치 않다. 단지 지나칠 정도로 어머니에게 고분고분하고 본가를 끔찍하게 소중히 여기는 몇 가지 결점이 있기는 하지만, 그런대로 손색이 없는 남자이다. 마야코는 막연하게 바람피우는 것을 몽상하다가 엉겁결에 남편에게 후한 점수를 주었다.

고이치는 기본적으로 따뜻한 마음의 소유자이다. 마야코에게 함부로 거친 말을 내뱉지도 않고, 정을 주는 데 인색하지도 않다. 요즘 들어 비만이 되어 있기는 하지만, 바깥에서는 여전히 핸섬한 남자로 통하고 있다.

그러나 누군가 남편을 사랑하느냐고 물으면 마야코는 쉽게 답변하지 못하리라. 그녀가 알고 있는 사랑은 좀 더 화려하고 정열적인 것이다. 그렇다고 남편을 사랑하지 않는다고는 말할 수 없다. 사랑이라는 범주에서 벗어나 있기는 하지만, 아직 남편에 대해 달콤한 감정 같은 것이 남아 있다.

그녀는 때때로 그것이 아내로서의 '의무'에서 비롯된 것은 아닐까 하고 생각해 본다. 마음의 심연을 들여다보면 확실히 그런 감정이 도사려 있다. 그야 어쨌든 지금 당장 중요한 것은 종잡을 수 없는 불안으로부터 벗어날 수 있는 방법을 찾는 것이다. 그 방법은 무엇일까? 그것은 밖으로 눈을 돌리는 것이 아닐까?

좀 더 구체적으로 생각해 보자. 별로 인정하고 싶지 않지만, 내가 남편에 대해 갖고 있는 이 개운치 않은 감정의 최대 원인은 성의 결핍 때문일지도 모른다. 그렇다고 한다면 어디에서든 '성'이라는 부품을 가져 와 남편의 몸속에 끼워 넣어 볼 수도 있다. 물론 그런다고 해서 완벽한 남편이 될 수는 없겠으나, 웬만큼 만족할 수는 있을 것이다.

친구 중에는 이렇게 말하는 여자도 있다.

"외도를 하면 오히려 남편한테 상냥하게 대할 수 있게 돼. 진심으로 상대에게 푹 빠지지만 않는다면 가끔씩 외도를 해보는 것도 좋을 거야. 어쩌면 그러는 게 원만한 부부가 될 수 있는 비결일지도 몰라."

마야코는 언제부터 그런 친구의 말에 귀를 기울이게 되었을까? 결국 그 말은 남편을 더욱 사랑하기 위해서 다른 남자와 불륜을 저지른다는 논리인 셈이다. 마야코의 생각에는 전혀 이치에 맞는 말 같지 않았다. 그러나 한편으로 생각하면 그렇게 억지 논리만은 아닌 듯싶다. 사실 이치에 맞지 않는 일이 이 세상에서 얼마나 많이 일어나고 있는가. 그렇게 해서라도 싸늘하게 식은 남편에 대한 사랑을 다시 뜨겁게 달굴 수만 있다면 결코 비난할 일은 아닐 것이다. 아마 예전의 마야코라면 그런 짓을 쉽게 용납할 수 없었으리라. 그런 여자를 가차 없이 어리석다고 매도했을 것이다. 하지만 지금의 그녀는 그럴 수 있는 입장이 아니었다.

그렇지만 내게 그렇게 할 수 있는 용기나 있을까?

어쩌면 용기의 문제가 아닐 것이다. 그렇게 할 수 있는 '기회'가 있느냐는 것이 문제이리라.

마야코는 주변의 남자들을 떠올려 보았다. 마음만 먹으면 얼마든지 그들에게 유혹의 손길을 뻗칠 수 있을 것이다. 그들 중 하나를 골라 호텔에 가는 것쯤 지극히 간단한 일이리라. 우선 술자리에서 슬그머니 틈을 보인다. 취한 듯이 뺨에 손을 살짝 갖다 대 보이는 것도 좋으리라. 아니면 집까지 데려다 준다는 상대의 차 안에서 상대가 잡기 쉬운 위치에 손을 놓아두는 방법도 괜찮을 것이다.

마야코는 처녀 시절에 남자를 유인했던 책략 몇 가지를 떠올렸다. 그런데 지금은 그때와 사정이 달랐다. 무엇보다도 현재의 마야코는 유부녀였다. 당연히 그녀 주위의 남자들은 그 사실을 염두에 두고 있을 터였다. 따라서 그녀가 유혹을 해도 그들은 겁을 낼 것이 분명했다. 그들 중 마야코가 유부녀라는 사실을 무시한 채 관계를 갖고 싶어 할 남자는 한 사람도 없을 것이다. 더구나 그들은 고이치와 안면이 있는 사이였다. 결혼 초기에 그녀가 고이치를 파티나 술자리에 데리고 나온 적이 많았기 때문이다. 만약 그들 중 누군가와 관계를 갖는다면, 그것은 스스로 무덤을 파는 행위나 다름없을 것이다. 그리고 금방 소문이 돌아 들통이 날 것이 뻔하다.

그렇다면 어떻게 해야 한단 말인가? 미친 척하고 전화방에 전화를 걸어 볼까? 그건 말도 안 돼! 그런 데서 알게 된 남자 따위와 몸을 섞는다고? 마야코는 상상만으로도 닭살이 돋을 정도로 역겨웠다.

그러고 보면 노리오야말로 아까운 상대였다. 다른 남자 친구들과는 달리 그의 존재만큼은 남편에게 알리지 않았다. 그것은 그에 대해서 은밀하게 기대를 품고 있었기 때문이다. 노리오는 마야코 부부가 갖고 있는 인간관계의 테두리로부터 멀찍이 벗어나 있었다. 따라서 그라면 얼마든지 가능할 수 있고, 비밀도 지켜 줄 것이다.

노리오 같은 남자는 이제 두 번 다시 만날 수 없는 것일까? 과거를 돌이켜보면, 마야코의 인간관계는 그 폭이 별로 넓지 않았다. 학생 시절에도 동아리에 속한 몇몇 사람들과의 교제가 고작이었고, 졸업 후 회사에 들어가서도 기껏 총무부의 남자들 서넛과 어울려 술을 마시러 가는 정도에 불과했다. 그런데 주부가 되고 나서는 그 폭이 더욱 좁아졌다. 그것이 마야코에게는 한계였다.

그래, 나는 정말 시시한 인생을 살아왔고, 또 현재도 그렇게 살고 있는 거야. 앞으로도 그럴까?

그렇게 생각한 순간, 마야코의 뇌리에 과거의 남자들이 차례로 떠올랐다. 저마다 한 번 이상 육체관계를 맺었던 그 다섯 명 중에는 고이치도 포함되어 있었다. 따라서 그를 제외하면 네 명이었다.

게다가 최초의 둘은 고등학교와 대학 1학년 무렵의 남자들이었기 때문에 이미 소식이 두절된 상태였다. 그리고 네 번째 남자의 경우는 마야코를 잊었을 터였다. 아니, 아직 잊지 않은 채 원망을 하고 있을 것이었다. 그 남자와는 1년 가까이 사귀었는데, 그는 마야코와 결혼할 생각을 품고 있었다. 하지만 마야코는 냉정하게 거절해 버렸다. 고이치가 나타났기 때문이기도 하고, 그 남자가 얼마 동안 고향인 미야자키(宮崎)에서 머물 것이라는 말을 꺼냈기 때문이기도 했다. 어쨌든 마야코는 그에게 이별을 고하고, 그에게서 받았던 반지—고작 10만 엔 정도의 흔해빠진 패션 반지—도 돌려주었다. 그런데 그 남자는 일방적으로 결혼 약속을 파기 당했다며 친구들에게 떠들고 다녔다. 그 바람에 마야코는 꽤 오랫동안 악성 루머에 시달렸다. 네 번째는 아무리 생각해도 치졸하기 짝이 없는 남자였다.

그렇다면 시기적으로 세 번째에 해당되는 남자는 누구인가?

그는 마야코가 대학 시절에 만난 노무라(野村)라는 남자였다. 노무라는 남자다운 면이나 경제적인 면에서 고이치보다 한 수 위라고 볼 수 있었다. 그럼에도 그와 결혼하지 못했던 것은 그에게 처자가 있기 때문이었다.

아! 그러고 보니 나는 이미 불륜을 경험했구나. 그렇다. 그것은 의식하지 않았을 뿐, 분명히 불륜이었다. 마야코는 어느새 그와의 육체관계를 그리운 듯 회상하고 있었다. 어차피 이미 저지른 불륜이라면 다시 못 할 것도 없다는 생각이 들었다. 그녀는 졸지에 면죄부라도 얻은 것 같은 기분이었다.

그 무렵, 갓 사회인이 된 마야코의 동세대들 사이에서는 처자를 둔 남자와 사귀는 것이 유행처럼 번지고 있었다. 특히 매스컴 관계의 일을 하는 남자들이 인기가 있었는데, 마침 노무라는 대기업의 광고 대행사에 근무하는 기혼자였다.

대학을 졸업한 해의 봄방학, 마야코는 유럽으로 가는 졸업여행의 경비를 마련하기 위해서 친구들과 함께 담배 회사의 '캠페인 걸'로 나섰다. 모두 똑같은 점퍼에다 미니스커트를 입고 이벤트 행사장에 나가서 미소 띤 얼굴로 손님을 접대하는 식의 단순한 아르바이트였다. 그렇지만 대우는 무척 좋았다. 일당도 만만찮은 액수인 데다가 고급 일식 레스토랑이나 스테이크 하우스로 데려가 저녁식사까지 대접해 주었기 때문에 마야코 일행은 즐거워서 비명을 지를 정도였다.

마야코는 졸업여행에서 돌아오자마자 사례를 할 겸 노무라에게 넥타이를 선물했다. 그것은 파리에서 구입한 에르메스 제품이었다. 결국 그것을 선물한 것이 계기였다.

당시는 일본 사회에 버블의 조짐이 서서히 일기 시작하던 무렵이었다. 노무라는 위세가 아주 당당했다. 아직 서른 서넛 정도의 젊은 나이임에도 불구하고 결코 평범한 샐러리맨으로는 보이지 않았다. 그는 잘나가는 야쿠자처럼 고가의 양복을 빼입은 데다 데이트 경비를 물 쓰듯 써 댔다. 게다가 마야코에게 오랫동안 사용할 수 있는 택시 승차권까지 주었다.

노무라는 침대 위에서도 그야말로 끝내주는 남자였다. 그의 솜씨가 너무나 능숙하고 열정적이어서 혼절할 지경이었다. 마야코는 가끔씩 그와의 섹스를 생각하고 행복한 수치심으로 얼굴을 붉히곤 했다. 어째서 그와는 그런 섹스가 가능했을까? 대체 무엇 때문에 매번 그 같은 황홀경을 경험할 수 있었을까? 단지 그의 테크닉이 뛰어나서만은 아닐 터였다.

어쨌든 노무라는 마야코의 청춘을 가장 진하고 강렬하게 채색했던 남자였다.

그 남자라면 어떨까?

노무라는 충분히 가능할 것 같았다. 단호하게 이별을 고한 것도 아닌 데다 다른 젊은 남자가 나타난 바람에 서서히 정리된 사이였기 때문이다. 그래서 마야코는 지금도 그에 대해 특별히 싫은 감정은 들지 않았다. 사실 싫어할 까닭도 없었다. 그는 마야코가 결혼할 때 축하 카드를 보냈고, 때때로 연하장을 보낼 때도 있었다. 더구나 마야코의 대학 동창 중 하나가 그 대행사에서 근무하고 있는데, 그 여자의 말에 의하면 그가 가끔씩 마야코의 근황을 묻기도 한다는 것이었다.

과거의 남자를 찾는다는 것은 결코 품위 있는 행동이라고 볼 수 없으리라. 그러나 마야코는 어느새 그래도 괜찮다는 생각을 하고 있었다. 노무라를 만나자마자 곧바로 불륜을 저지를 것도 아닌 다음에야 무엇이 문제랴 싶었던 것이다.

우선 만나서 식사만 하는 거야. 술을 마시는 것도 괜찮겠지. 그러면서 천천히 옛날이야기를 나누는 거야. 물론 슬그머니 유혹의 미소를 보낼 수도 있겠지. 유혹의 미소라고? 그래, 유혹의 미소. 그게 뭐 어떻다는 거야? 그 단계에서는 아직 아무것도 행동으로 옮긴 게 없는데…….

옛 남자에게 전화를 건다는 것은 무척 어려운 일이다. 무엇보다 분명한 이유가 있어야 한다. 하지만 그 이유가 지나치게 완벽해서는 안 된다. 트집을 잡힐 수 없을 정도로 완벽하면 자칫 뻔뻔한 인상을 줄 수도 있다. 가령 취직이라든지 선거나 서명에 관한 부탁을 할 경우, 그런 인상을 주기 쉽다.

과거에 사랑을 나누었던 남자에게 전화를 걸 때는 허술한 구석이 있어야 한다. 전화를 건 이유가 불완전하지 않으면 안 된다. 어째서 전화를 걸었을까 하고 상대가 궁금해 하도록 해야만 한다. 그래야 은근한 기대를 품게 되는 것이다.

그렇다면 과연 무슨 이유를 대야 효과가 있을까?

마야코는 한참 동안 생각한 끝에 곧 일본에 오는 유명 가수의 공연 티켓을 노무라에게 부탁하기로 마음먹었다. 물론 그녀는 굳이 그 가수의 노래를 듣고 싶지 않았다. 정이나 듣고 싶을 경우, 결코 예매할 수 없는 상황도 아니므로 직접 티켓 발매소에 신청하면 그만이었다. 그럼에도 노무라에게 전화를 걸어 티켓을 부탁하려는 것은—결국은 그와 만날 기회를 잡기 위해서였지만—일단 그로 하여금 두 사람의 과거를 회상하도록 하기 위해서였다.

9년 전의 그 무렵, 마야코 일행은 여자로서의 자존심을 걸고 티켓 따위는 사지 않았다. 한창 유행 중이던 디스코장 같은 곳에 갈 때도 자신들의 돈을 쓴 기억이 없었다. 자기 돈을 내고 입장권을 구입하는 행위는 스스로 매력 없는 여자임을 세상에 알리는 일과 다름없다고 생각했던 것이다.

그것은 또한 남자 친구가 없다는 사실을 공표하는 행위이기도 했다. 하기야 일행 중에는 TV 방송국이나 광고 대행사에 근무하는 애인이라든지, 적어도 디스코장의 종업원을 사귀는 여자가 있어서 따로 입장권을 구입할 필요도 없었다. 그런 애인이나 종업원 친구를 두고 있는 여자들은 대단한 백그라운드를 지니기라도 한 듯 턱없이 당당했다.

마야코 역시 마찬가지였다. 비록 불륜 관계이기는 하지만 노무라도 마야코의 그 같은 허세에 상당 부분 일조한 셈이었다.

그는 영화 시사회 입장권을 대량으로 갖다 주기도 했고, 콘서트 홀의 특별석—대부분 콘서트 관계자들이 차지하는 자리—에 슬그머니 끼어 앉히기도 했다. 특히 마야코가 감동했던 것은 유민의 콘서트였다. 그 콘서트 티켓은 철야를 해도 손에 넣을 수 없을 정도였는데, 노무라는 초대자석의 로열박스로 마야코를 데려갔다.

그날은 정말 즐거웠다. 로열박스 옆에는 음료수와 가벼운 식사가 준비된 파티장도 있어서 공연을 끝낸 유민이 그곳으로 와 건배를 외쳤다. 그때 마야코도 그 자리에 있었다. 평소부터 흠모하던 슈퍼스타를 아주 가까운 곳에서 보았을 뿐만 아니라 악수까지 나눈 터라 그녀는 그야말로 꿈인지 생시인지 분간할 수 없을 정도였다. 물론 마야코는 그런 영광스러운 자리에 자신을 데리고 온 노무라에 대해서 고마움을 금치 못했다. 그녀는 그가 엄청난 권력을 가진 남자라고 생각하며 그를 동경의 시선으로 바라보았다.

그러나 그로부터 꽤 오랜 세월이 흐른 만큼 지금의 마야코는 당시 로열박스에 앉게 해 준 그의 속셈이 무엇이었는지조차 모를 정도로 순진하지 않았다. 그래도 둘이서 유민의 '노 사이드'를 들으며 다정하게 손을 잡았던 일과 콘서트가 끝난 뒤 신주쿠의 한 고층 호텔에서 격렬하게 끌어안았던 일 등은 그녀의 뇌리에 깊이 각인되어 아직도 지워지지 않고 있었다. 그것은 그녀에게 있어서 휘황찬란한 '청춘의 기억'이었다.

그래, 티켓을 부탁하는 거야. 그러면 그는 예전의 일을 떠올리겠지. 당연히 그럴 터였다. 과거에 함께 잔 적이 있는 남자를 다시 만나 식사를 하거나 술을 마시면 과연 어떤 기분이 들까? 마야코는 아직 그런 경험을 해보지 못했지만 상상만으로도 가슴이 설레었다.

"은근히 상대를 비꼬거나 약간 야한 농담을 건네면서 두 사람만이 갖고 있는 옛 추억을 되살려 보면 그 자체만으로도 즐거운 거야."

언젠가 한 친구는 그렇게 말하면서 슬그머니 마야코를 부추겼다.

"물론 진지한 태도를 보이는 것도 필요해. 자칫 헤픈 여자로 비칠 수도 있으니까 말이야. 하지만 너무 딱딱해선 안 돼. 특별한 용건이 없는 것처럼 행동하면서 은근슬쩍 상대의 마음을 떠보는 게 좋아. 가령 남자의 구두가 네 구두 끝으로 다가오면 그것을 살짝 차내듯하면서 환한 미소를 보내는 거야. 그러고는 화제를 돌려 남자의 아내나 애인에 대해서 질문을 던지는 거지. 그러면 남자는 대개 씁쓸한 표정을 짓게 돼. 그런 표정을 감상하는 것도 무척이나 유쾌한 일이라고."

그렇다. 나는 단지 즐겁고 유쾌한 시간을 갖기 위해 작은 모험을 하려는 것뿐이다. 마야코는 스스로를 변호했다. 섹스까지는 생각하지 않는다. 단지 9년 전에 사랑을 나누었던 남자를 만나서 과거의 추억을 더듬어 보고 싶을 뿐이다. 어쩌면 그는 여전히 사랑스러운 시선으로 나를 바라볼 것이다. 그렇다면 그 시선에 흠뻑 취하고 싶다. 그 정도는 크게 문제 될 것이 없지 않은

가?

마야코는 천천히 전화번호를 눌렀다. 노무라가 근무하는 광고 대행사는 규모가 무척 큰 데다 복잡할 만큼 여러 부서로 나누어져 있었다. 따라서 그곳에서 일하는 대학 동창의 도움이 없었다면 마야코는 그가 소속된 부서가 어딘지 알지 못했을 터였다. 아무리 허물없는 사이인 여자 동창일지라도 그녀에게 옛 애인에 대한 소식을 묻는 것은 품위 없는 행위이고 약점을 잡히는 짓이라는 생각이 들었지만, 마야코로서는 어쩔 수 없었다. 오히려 내친김에 여러 가지 사정을 물어보았으면 더 좋았을 것이라고 여겨졌다.

혹시 노무라가 변하지는 않았을까?

마야코가 가장 두려워하는 것은 그가 회사 내에서 출세를 못한 바람에 예전의 그 화려한 빛을 잃고 있지나 않을까 하는 것이었다. 만약 그렇다면 만날 필요도 없지. 그런 남자를 위로할 만큼 한가한 내가 아니니까. 나는 다만 끝까지 이어질 듯하다가 어느 날 갑자기 끊긴 러브 스토리의 한 단락을 확인해 보고 싶을 뿐이야. 그다음 편을 계속해서 이어나갈지 어떨지는 나중의 판단에 맡긴다손 치더라도 초라하게 망가진 남자를 건드리고 싶지는 않다고.

그런데 전화를 연결해 준 여자는 노무라의 이름 밑에 '장(長)'이란 말을 붙였다. 마야코는 안도했다. 자신이 세운 계획에 서광이 비치는 것 같았다. 하기는 그의 나이가 벌써 마흔둘이니만큼 그에 어울리는 위치를 차지하고 있을 법했다.

"네, 노무라입니다."

저음의 남자 목소리가 기분 좋게 들렸다. 그러나 마야코가 '미즈코시'란 현재의 성을 앞에 놓고 이름을 대자 그는 의아스러운지 주저하는 듯한 목소리로 되물었다.

"미즈코시 마야코라고요?"

"저예요, 가와니시 마야코(川西麻也子)."

결혼 전의 성을 댄 순간, 노무라의 목소리는 생기가 넘쳤다.

"마야! 아니, 이게 웬일이야! 정말 오랜만이군."

노무라의 목소리가 너무나 밝은 것이 마야코에게는 오히려 불만이었다. 예전에 그는 주위를 의식하고 조심해서 '마야'라는 애칭을 사용했다. 그런데 지금은 큰 소리로 부르고 있었다. 회사 내에서 저렇게 당당한 목소리로 옛 애인의 이름을 불러도 괜찮은 것일까? 그것도 반말투로…….

마야코는 이내 사무적인 목소리로 바꿔 말했다.

"저, 부탁이 좀 있어서 전화를 건 겁니다만."

짐짓 무뚝뚝하게 말하다 보니 거짓말하기도 쉬웠다.

"공연 티켓이 필요해서 그럽니다. 여기저기 예매소에 전화를 걸어 알아봤는데, 다 매진됐다더군요. 그렇지만 노무라 씨라면 스폰서 관계로 마련할 수 있지 않을까 싶어서……."

"이번에 오는 그 가수의 공연 티켓인가? 음, 그건……."

그는 잠시 뜸을 들였다가 이어서 말했다.

"그쪽 스폰서는 나와 상관없지만, 그래도 티켓 정도는 어떻게든 구할 수 있을 거야. 몇 장 필요한데? 한 장? 아니면 두 장인가?"

"기왕이면 두 장을 부탁하고 싶습니다."

마야코의 말투는 여전히 딱딱했다. 그것은 긴장한 탓이기도 했다.

"좋아. 무슨 수를 써서든 구해 보지. 마야를 위한 일이니까."

노무라는 그렇게 말하고 갑자기 능글맞게 나왔다.

"물론 티켓은 어떻게든 마련해 보겠지만……. 마야, 설마하니 남편하고 갈 건 아니겠지? 만약 그렇다면 고생 고생하면서까지 구하기는 싫은데……."

대개 광고업계에서 일하는 남자들의 말투는 서비스 정신에 입각해서인지 부드럽고 상냥한데, 노무라 역시 그랬다. 물론 마야코는 싫지 않았다. 오히려 능글맞은 데다 다소 토라진 듯한 그의 말투에 기분이 좋아졌다. 어딘지 귀여운 느낌마저 들었다.

처녀 시절의 마야코는 남자들의 그런 말투를 은근히 경계했었다. 하지만 지금은 짜릿한 전율을 느낄 정도로 달콤하게 들렸다. 그것은 비록 인공감미료 같은 것이긴 해도 여자들에게는 절대적으로 필요한 것이라고 그녀는 생각했다.

"역시 남편하고 갈 건가 보지?"

"그렇지 않아요. 어떻게 해서든 그 가수의 공연에 가고 싶어 하는 여자 친구가 있어서 그 여자 친구와 함께 가려는 거예요."

마야코는 일부러 '여자 친구'란 말에 힘을 주어 말했다. 물론 그 말은 거짓이었다. 하기야 초대형 가수의 공연인 만큼 가고 싶어하는 친구는 얼마든지 있을 터였다. 마야코는 노무라가 자신의 술수에 말려드는 것 같아 속으로 쾌재를 불렀다. 그런데 잠시 후 전화기를 통해 들려온 노무라의 말은 의외였다. 마야코는 졸지에 달콤한 취기에서 깨어나는 기분이었다.

"티켓을 구하면 어떻게 할까? 우송할까?"

마야코는 실망과 분노로 대답할 말을 잊었다.

우송한다고? 도대체 무슨 말을 하는 거야? 나와 만나고 싶지 않다는 건가? 이 남자는 나를 만날 절호의 기회를 제공하는 물건을 봉투에 넣고 우표를 붙여서 우체통에다 내던져 버릴 작정인가? 그러고는 아무 일 없었던 것처럼 태연할 셈인가?

"하지만 좀 아쉽군. 어때? 오랜만에 만나지 않겠어? 우리 이렇게 하는 게 어떨까? 티켓은 내가 어떻게든 구할 테니까, 그 대신 같이 저녁식사를 하는 게 말이야. 모처럼 전화를 걸었으니 데이트 좀 하자고. 어때, 마야?"

드디어 기다리던 순간이 왔다고 생각하고 마야코는 심호흡을 했다. 그러고는 흔쾌히 승낙하려다가 잠시 머뭇거렸다. 노무라는 10년 전보다 훨씬 교활해진 것 같았다.

그래, 이 남자는 '우송'이란 말을 던져 놓고는 내 반응을 살피고 있음에 틀림없어. 그렇다면 어떻게 나가는 게 좋을까?

옛날의 마야코였다면 '그럼, 티켓을 내게 보내줘요. 그것도 속달로요.'라고 말하고는 전화를 끊어 버렸을 것이다. 실제로 몇 번인가 그런 적이 있었다. 하지만 그때마다 얼마 지나지 않아 그한테서 전화가 걸려 오곤 했다. 물론 그것은 사죄의 전화였다.

내가 만약 지금 이 자리에서 전화를 끊어 버리면 어떻게 될까? 어쩌면 이 남자는 티켓을 우편으로 보낼 거야. 그래서 그것으로 모든 것이 끝날지도 몰라. 그렇다면 할 수 없지.

이제 마야코에게는 유감스럽게도 옛날처럼 거만을 떨 여유가 없었다.

"그럼, 만나죠 뭐."

마야코는 그렇게 말해 놓고 패배의 한숨을 지었다.

"좋아. 어떻게 만날까?"

"바쁠 테니까, 제가 근처까지 갈게요."

마야코는 거기까지 양보했다.

마야코는 노무라가 어떻게 나올지에 대해 곰곰이 생각했다. 우선 두 가지 경우를 떠올렸다. 만약 노무라가 약속 장소로 지정하는 레스토랑이 예전에 둘이서 자주 갔던 데라면 그는 아직 내게 미련을 갖고 있는 셈이다. 그렇지 않다면 그는 단순히 옛정을 생각해서 내게 티켓과 저녁식사를 제공해 주기만 할 것이다.

다행히 노무라는 그 레스토랑을 지목했다. 그러나 그것만으로는 아무래도 안심할 수 없었다. 10년 전 가끔씩 둘이서 이용하던 그 프랑스 요리 전문점은 언제 주인이 바뀌었는지 오픈 테라스식의 이탈리안 레스토랑이 되어 있었다. 그나마 오픈 테라스식이어도 동절기를 위해 외부와는 두꺼운 유리문으로 가려져 있어 다행이었다. 문 안쪽에 별도로 마련된 자그마한 홀이 식사를 하는 장소인 듯, 거기에는 하얀 식탁보에 덮인 테이블이 일

렬횡대로 가지런히 놓여 있었다.

마야코는 약속 시간보다 조금 늦게 레스토랑 안으로 들어갔다. 언제 왔는지 노무라는 엷은 핑크빛 술을 마시고 있었다.

"정말 오랜만이군."

노무라는 그렇게 말하면서 수줍은 듯 살며시 웃었다. 그의 용모도 마야코가 걱정했던 부분의 하나였다. 중년의 문턱을 넘어선 그가 추한 모습으로 변해 있으면 어쩌나 싶어 염려했지만, 그렇지 않았다. 그의 관자놀이 근처에 희끗희끗한 머리카락이 박혀 있었다. 그러나 그것은 오히려 골프로 거무스름하게 탄 피부와 조화를 이루고 있어 중후한 느낌을 주었다. 더구나 원래 그는 풍채가 좋았지만 어깨 언저리에 단단한 근육이 붙어 있어 무척이나 듬직해 보였다. 그가 입고 있는 양복 역시 고급이었다. 아마 붉은 색상의 넥타이는 에르메스 제품일 터였다.

노무라의 몸에는 높은 급료를 받는 샐러리맨만이 지닐 수 있는 멋과 아름다움이 배어 있었다. 어떤 여자라도 반할 만한 남자였다. 마야코는 그가 추하게 변해 있을 경우를 가정하고 그에 대한 대책까지 세우고 나왔다. 만약 그렇게 변해 있다면 티켓을 받고 식사를 끝낸 후 곧장 돌아갈 작정이었다.

그렇지만 그런 가정은 기우에 지나지 않았다. 오히려 이 정도 남자라면 2차 술자리까지 동행해도 좋다는 생각이 들었다.

노무라는 자리에서 일어나 마야코의 코트를 벗겨 주었다. 그러고는 그녀에게 식사 전에 마시는 술 종류를 열거하며 무엇이 좋은지 친절하게 물었다. 그런 다음에야 비로소 안정이 되었는지 마야코의 맞은편에 앉았다.

마야코는 슬그머니 주위를 둘러보았다. 레스토랑은 커플이 이용하는 경우가 많은 모양이었다. 죽 늘어선 테이블이 죄다 2인용이었다. 여자들은 대부분 벽을 등진 채 상대 남자와 마주 앉아 있었다. 마야코도 벽 쪽에 앉아 있었으므로 맞은편의 남자들 얼굴을 일일이 살펴볼 수 있었다. 마치 남자들 품평회 같은 곳에 와 있는 기분이었다. 젊은 남자들은 간단한 식사를 할 수 있는 입구 쪽 테이블을 차지하고 있는 반면, 마야코 앞에는 주로 30대부터 50대 초반까지의 남자들이 앉아 있었다. 그중에서도 마야코의 눈에는 노무라가 가장 멋지게 보였다. 아니, 억지로라도 그렇게 보고 싶었다. 애인이든 남편이든 형편없는 외모를 가진 남자와 식사하는 것은 딱 질색이니까.

마야코는 노무라를 쳐다보며 일종의 우월감을 느꼈다. 특히 고가의 양복과 세련된 언행이 그녀의 마음에 들었다. 어깨가 뻐근할 때 효과가 있다 해서 요즘 한창 유행 중인 금색 팔찌를 차고 있는 것이 약간 걸리기는 했지만, 그 정도는 얼마든지 참을 만했다.

"마야, 정말 반가워."

노무라가 감개무량한 듯 말했다.

"정말 오랜만이군요."

"그래, 정말 오랜만이야. 마야는 예전보다 더욱 예뻐졌군. 그 무렵엔 그저 천진난만한 느낌이었는데, 어느새 원숙한 여자가 됐어."

"아줌마 티가 난다는 뜻인가요?"

"무슨 소리야? 설마 그런 뜻으로 말했을라고. 여자로서 한창 아름다운 시기를 맞고 있다는 의미로 한 말이야."

그 말은 진심일 터였다. 마야코는 노무라의 시선이 자신의 목덜미와 입술에 집중되어 있음을 느꼈다. 비록 시간이 없어서 미장원을 들르지는 못했어도 그녀는 나름대로 신경을 써서 머리 손질을 하고 나왔다. 게다가 얼마 전에 구입한 미용액을 어젯밤 정성들여 발랐던 것이 효과를 발휘하는 듯했다. 파운데이션도 잘 스며들어서 그녀의 피부는 저녁 무렵인 지금까지도 매끄럽고 탄력 있는 상태를 유지하고 있었다.

"마야, 정말 아름다워졌군. 남편이 밤일을 잘해 주는 모양이지."

노무라가 말했다. 확실히 그것은 품위 없는 말이었다. 그렇지만 마야코는 기분이 좋았다. 노무라처럼 체면을 중시하는 남자가 갑자기 상스러운 말을 내뱉는다는 것은 무언가에 동요되고 있다는 증거였다. 틀림없이 성욕에 동요되었으리라. 그의 시선이 마야코의 목을 타고 내려와 가슴 언저리에 머물러 있는 것만으로도 충분히 입증할 수 있는 일이었다. 어쨌든 마야코는 예전에 관계를 가졌던 남자와 다시 만나 대화를 하는 묘미가 바로 이런 것이구나 하고 생각했다.

그런데 노무라는 자신이 너무 노골적인 말을 했다고 여겼는지 별안간 난처한 표정을 지었다. 그는 요리가 나올 무렵에서야 안정을 되찾고, 화제를 돌려 회사 일에 대한 이야기를 꺼냈다.

"올해 내가 맡은 CM이 두 개의 큰 상을 받았어."

"어머! 그거 노무라 씨가 직접 만든 거예요?"

"내가 직접 만든 건 아니야. 우리 팀이 만든 거지."

노무라는 그렇게 말하고, 궁금해서가 아니라 딱히 할 말이 없어서 그냥 한번 넌지시 던져 본다는 말투로 물었다.

"그런데 마야는 사는 게 어때? 결혼생활은 행복해?"

어떻게 대답하면 좋을까? 마야코는 잠시 생각에 잠겼다. 노리오한테 사용했던 전략은 아무래도 노무라에게는 맞지 않을 것 같았다. 행복하지 못하다고 말하면 속을 훤히 드러내 보이는 것 같고, 행복하다고 말하면 상대의 은근한 기대를 거역하는 꼴이 될 것 같아 이래저래 난감했다. 그녀는 문득 과거의 남자를 만나 식사를 하는 것조차 이렇게 어려워서야 그 이상 무엇을 할 수 있으랴 싶은 생각이 들었다.

식사를 마치고 두 사람은 자그마한 바로 자리를 옮겼다. 투명한 칵테일 속에 녹색의 올리브 열매가 가라앉아 있었다. 노무라는 왼손으로 글라스를 쥐고 그 안에 든 열매를 흔들었다. 그는 결혼반지를 끼고 있지 않았다.

마야코는 무성하게 털이 나 있는 남자의 오동통한 손가락을 볼 때마다 불쾌했으나, 노무라는 예외였다. 손톱도 깨끗하게 다듬어져 있는 데다 손가락이 길게 뻗어 있어 보기에 좋았다. 그중에서 가장 긴 가운뎃손가락을 보자 마야코는 가슴이 설레었다. 그것은 예전에 마야코의 깊은 곳을 들락거리곤 했었다. 그리하여 충실한 척후병처럼 그녀의 반응을 살피면서 여러 가지 정보를 주인에게 전달했던 것이다.

그런데 지금 노무라의 가운뎃손가락은 전혀 그런 기억이 없다는 듯 시치미를 떼고 있었다. 그것은 마야코의 손가락으로부터 15센티미터 정도 떨어진 곳에 머물러 있는 상태에서 좀처럼 움직이지 않았다. 마치 손가락 자체가 양복을 입고 넥타이까지 맨 채 고상한 척 점잔을 빼고 있는 것 같았다.

"어때, 마야? 결혼생활은 원만한 편인가?"

반면에 그의 목소리는 끈적끈적한 느낌을 주었다. 남자가 성욕을 품으면 목소리부터 체액과 비슷한 상태가 되는 모양이었다. 마야코도 덩달아 끈적끈적한 목소리로 말했다.

"그럭저럭이죠 뭐."

"그럭저럭이라니, 그게 무슨 뜻이지?"

노무라는 독일어 시간에 영어의 의미를 묻는 학생처럼 고개를 갸웃거렸다.

"특별히 원만할 것도 원만하지 않을 것도 없다고나 할까요."

"이도 저도 아니란 말이야? 대체 그런 말이 어디 있어?"

그는 그렇게 말하면서 가운뎃손가락을 7밀리미터 정도 마야코 쪽으로 뻗었다.

"마야는 죽고 못 사는 식의 뜨거운 연애 끝에 결혼했다고 그러던데……."

분명히 마야코의 동창으로부터 들었을 터였다.

"듣자 하니 아주 열정적인 커플이었다면서?"

"그렇지 않아요. 그저 흔해빠진 미팅으로 만난 사이였을 뿐예요."

"흔해빠진 섹스로 만난 사이가 아니었나?"

노무라는 빙긋 웃으며 계속 말했다.

"내 귀엔 흔해빠진 섹스로 만난 사이였다는 소리로 들리는데……."

"귀가 어떻게 된 거 아녜요?"

마야코는 야한 단어를 섞어서 말하는 노무라가 싫지 않았다. 서서히 올라오는 취기와 더불어 오히려 기분이 좋았다. 모처럼 남자와 단 둘이 술을 마시는 자리라서 그런지 긴장이 되면서도 황홀했다. 그녀는 그가 내뱉은 짓궂은 말을 천천히 음미했다.

"만약 내가 마야였다면 결혼 같은 건 하지 않았을 거야."

"왜요?"

"자신이 너무 아까우니까. 마야처럼 젊고 아름다운 여자가 한 남자의 소유가 된다는 건 아까운 거, 아니 억울한 거 아니야? 나라면 여러 남자와 사귀면서 즐겁게 살았을 거야."

마야코는 '듣고 보니 그러네요.'라고 말하려다가 그만두었다. 그렇게까지 해서 노무라한테 달라붙을 필요는 없다고 생각했던 것이다.

"내가 만약 결혼한 상태가 아니라면 노무라 씨는 분명히 정반대의 말을 했을 거예요. 어째서 시집을 가지 않았느냐고 말예요. 아마 혼기를 놓친 여자 대하듯 안타깝게 쳐다볼 걸요."

"천만에."

노무라의 손가락은 더 이상 다가오지 않았다. 대신 그의 구두가 어느새 마야코의 구두 끝에 닿아 있었다.

"천만에라뇨?"

"시집을 가지 않았다면 더 좋았을 거란 얘기야. 그럼 난 안심하고 마야에게 접근할 수 있을 테니까 말이야. 솔직히 결혼하길 잘했다는 식의 말은 하고 싶지 않아. 애당초 결혼 같은 거 할 필요가 없다고 생각했다면 안 했어야만 했다고 생각해."

마야코는 문득 노무라의 아내를 상상했다. 예전에 노무라와 수차례 육체관계를 가졌지만, 그의 아내는 여태껏 한 번도 본 적이 없었다. 노무라 부부는 대학 시절부터 서로 아는 사이였다고 했다. 다른 데로 이사를 하지 않았다면, 그의 아내는 아직도 가나가와(神奈川)에 있는 멋진 주택에서 두 아이와 함께 살고 있을 터였다.

대개의 경우 기혼 남자들은 여자든 남자든 결혼하지 않는 편이 낫다고 생각한다. 특히 결혼한 여자가 마음에 들 때는 반드시 그렇게 말한다. 노무라의 아내는 자신의 남편이 다른 여자한테 그 같은 말을 늘어놓고 있는 것을 알고나 있을까? 마야코는 은근히 유쾌한 기분이 들었다.

"뭐가 그렇게 재미있어?"

"별거 아녜요. 나도 어른이 됐구나 싶어서 그래요. 한 사람의 아내가 돼서 노무라 씨와 결혼의 필요성 따위에 대한 대화를 나누고 있는 게 왠지 묘하게 느껴지네요."

노무라는 그녀가 과거의 향수에 젖어 있다고 판단했는지 야

릇한 미소를 지었다.

"나도 그렇게 느껴지긴 해."

그가 추억에 잠긴 목소리로 이어서 말했다.

"그때 마야는 어린애 같았어. 그래서 그랬는지 모르지만, 왜 그렇게 내 마음을 이해해 주지 않는가 싶어 낙담했던 적도 있었다고."

"그랬어요? 난 그 시절에 대한 기억이 전혀 없는데."

마야코는 자신의 말이 너무 빠르고 거칠다고 생각했다.

"당연히 그럴 테지. 이건 생각나는지 모르겠군. 마야의 생일 때 하코네의 호텔에 가려고 했던 거 말이야. 마야가 골프를 배울 무렵이었지 아마……."

"아! 생각나요."

"그래 고생고생해서 예약까지 해 놓았는데, 마야가 갑자기 약속을 취소해 버렸어. 그때는 정말 낙담했지."

"그야 어쩔 수 없었잖아요. 하코네에 가기 전 둘이서 크게 싸웠으니까 말예요."

"하지만 나는 나대로 하코네에서 화해를 하려고 생각했어. 그런데 마야가 취소한 바람에……. 마야는 그 후로도 잔뜩 골을 냈어. 그래서 생일 선물로 핸드백을 사줬던 거지만 말이야."

남자가 과거에 대해 구체적으로 언급하는 것은 성적 욕구를 느끼고 있다는 증거이다.

어느새 노무라의 구두가 마야코의 구두를 건드리고 있었다. 구두의 마찰음이 테이블 밑에서부터 그녀의 귀에까지 들리는 듯했다.

어차피 일어설 바에는 지금이 기회라고 마야코는 생각했다. 여기까지가 유부녀의 한계가 아닐까? 구체적인 말의 귀착점에는 구체적인 행위밖에 없다. 그녀는 그러한 사실을 잘 알고 있었다. 하지만 어떤 행위이든 그것이 구체화되기 전에 끈끈한 공기를 좀 더 음미해 보는 것도 나쁘지는 않으리라.

그녀는 자신의 얼굴에 고정되어 있는 노무라의 뜨거운 시선을 느꼈다. 순간 사방이 고요한 것 같았다. 어째서 고요하다고 생각하는 것일까? 어쩌면 뭔가를 절실하게 갈구하기 때문이 아닐까? 그렇다. 마야코는 상대방을 절실하게 갈구하고 있었던 것이다.

두 사람은 침묵을 지킨 채 한참 동안 앉아 있었다. 문득 마야코는 결단을 재촉당하고 있는 것은 아닌가 하고 생각했다. 그때 남자들의 목소리가 떠들썩하게 들려왔다. 다섯 명의 남자들은 모두 제복인 듯한 크림색의 트렌치코트를 입고 있었다.

"잠시 기다려 주십시오. 곧 자리를 마련하겠습니다."

잿빛 조끼를 입은 웨이터가 마야코와 노무라를 힐끗 쳐다보았다. 이내 그의 시선은 두 사람이 앉은 자리의 양옆에 있는 빈 테이블로 향했다. 다섯 명의 남자들이 앉으려면 결국 마야코와 노무라가 자리를 비워 줄 수밖에 없었다. 하기는 두 사람이 자리를 잡은 지 어느새 1시간 이상이나 경과되어 있었다. 아무래도 그만 일어서야 할 것 같았다.

노무라는 한 손을 들어 계산을 부탁한다는 신호를 보냈다.

그러자 검정 옷을 입은 다른 웨이터가 재빨리 달려왔다.

"노무라 씨, 정말 죄송합니다. 재촉한 꼴이 돼 놔서……."

"괜찮아, 괜찮아. 그러잖아도 그만 일어서려던 참이었어."

단골손님 특유의 넉살을 떠는 노무라에게 웨이터가 코트를 걸쳐 주었다.

"노무라 씨, 밖이 꽤 쌀쌀한 듯하니 조심해서 돌아가십시오."

웨이터는 반드시 노무라의 이름을 부르고 나서 다음 말을 이었다. 그래, 이 남자는 옛날부터 자신의 이름을 부르지 않는 가게에는 결코 가지 않았어. 마야코는 그렇게 속으로 중얼거렸다.

두 사람은 나란히 밖으로 나왔다. 웨이터의 말대로 기온이 내려가 있어 쌀쌀했다. 밤이 깊어지면 더욱 추울 터였다.

택시를 잡으려면 한참 동안 걸어나가야 했다. 노무라가 앞장서서 주차장을 가로질렀다. 이윽고 그는 아다치(足立, 도쿄의 북동부에 위치한 구) 넘버의 흰 벤츠 옆에 멈춰 섰다.

"배웅해 줄게."

"괜찮아요."

마야코는 자신의 목소리가 무척 날카롭다고 생각했다. 어쩌면 이 남자는 내가 화난 줄로 알겠군. 어느새 마야코의 신경은 예민해져 있었다. 예상하던 일이 바로 코앞에 다가와 있었기 때문이었다.

"남편은 벌써 돌아와 있겠군."

노무라가 나지막한 목소리로 말했다. 그의 목소리는 마야코의 귀에 신경질적으로 들렸다.

"혹시 늦었다고 남편한테 혼나는 거 아니야?"

"그렇지 않아……."

마야코가 말을 끝마치기 전에 노무라의 입술이 그녀의 입술을 덮쳤다. 예전부터 담배를 피우지 않아서 그런지 노무라의 입술은 청결했다. 그의 혀가 그녀의 입 속으로 강하게 파고들었다.

마야코는 지금까지 숱하게 남자와 키스를 해 왔다. 노무라와도 예전에는 질릴 정도로 키스했다. 그의 혀는 마야코의 혀가 행방불명되었기라도 하듯 입 안 구석구석을 샅샅이 뒤지고 있었다. 그러는 동안 마야코의 후두부에서는 묘한 소리가 났다. 그것은 마치 매미가 날개를 비비는 소리 같았다. 그녀는 묘한 감촉을 느꼈다. 특별한 공기와 시간의 흐름 속에서 느끼는 그러한 감촉은 남자와 첫 키스를 했던 열다섯 살 이후로 처음이었다.

마야코는 유부녀라는 자신의 입장을 불가사의하게 여겼다. 그러면서 자신의 내부에 아직도 순진함이 남아 있다는 것을 깨달았다. 남편이 아닌 다른 남자와의 키스로 유부녀라는 족쇄가 이토록 쉽게 풀릴 줄이야. 그녀는 속으로 당황했다.

물론 그것은 양심의 가책 따위 때문이 아니었다. 남편에 대한 미안한 마음 같은 것은 전혀 일지 않았다. 기껏해야 키스 정도 아닌가.

그럼에도 그녀는 점점 흥분하기 시작했다. 유부녀라는 족쇄가 풀릴 때 느끼는 흥분은 무척 대단한 것이었다. 그것은 마치 오랜 공복에 허덕이다가 맛있는 음식을 대하는 것과 같았다.

키스 정도로 이토록 흥분한다면, 섹스할 때는 어떨까? 그녀는 섹스의 느낌을 상상했다. 그런데 노무라는 입술을 떼고 나서 아무 말이 없었다. 아무래도 오늘은 이 정도로 끝내려는 모양이지. 낭만적인 만남을 위한 작별의 키스였을까? 그렇다면 나도 여기에서 만족할 수밖에…….

"다음 주에라도 연락할게."

노무라가 부드럽게 말했다. 그의 말투는 어느새 연인의 그것을 닮아 있었다.

"감기 걸리지 않도록 조심해."

그는 택시 문이 닫히기 전 마야코에게 속삭였다. '절실하게 갈구하는' 음성으로.

행복의 문턱에 서 있는 듯, 마야코는 만족스러운 미소를 지으며 깊은숨을 내쉬었다. 정말 만족스러운 하루였다. 단 하나 불만이라면, 노무라가 택시 승차권을 주지 않았다는 사실이었다.

제3장

시도

맨션의 현관문을 열자 방금 사라진 인기척과 실내의 온기가 느껴졌다. 고이치는 침실에 들어가 있는 듯했다.

마야코는 침실로 들어가 자그마한 등을 켰다. 고이치는 마야코가 작년 바겐세일 때 사 준 랠프로렌 파자마를 입고 잠들어 있었다. 그녀는 옷장에서 옷걸이를 꺼냈다. 그때 고이치가 몸을 뒤척이며 나지막이 말했다.

"이제 왔나 보지."

순간 마야코의 눈에 그가 무척 귀엽게 보였다. 대개 베개를 베고 누워 있는 남자들은 어려 보이는데, 고이치도 예외는 아니었다. 양쪽 입 끝을 살짝 올린 채 눈을 감고 있는 모습이 마치 미소를 짓고 있는 것처럼 보였다.

"고이치 씨! 다녀왔어요."

마야코가 갑자기 들뜬 목소리로 소리쳤다. 그녀는 이내 고이치가 누워 있는 침대로 파고들었다.

이윽고 그녀는 양손으로 남편의 어깨를 감싸 안았다. 그것은 남편에게 용서를 구하기 위해서가 아니었다. 단지 들뜬 기분 때문이었다.

아아, 노무라와의 키스에 대해 남편에게 이야기할 수만 있다면 얼마나 좋을까. 하지만 그런 일이 가능할 리 없었다.

"고이치, 키스해 줘. 응?"

마야코가 애교 있는 목소리로 키스를 요구했다.

"난 지금 몹시 졸려."

고이치는 그렇게 중얼거리면서도 아내의 입술에 자신의 것을 가볍게 갖다 댔다. 마야코의 입술에는 노무라의 타액이 묻어 있었다. 결국 고이치는 자신도 모르는 사이에 낯선 남자의 입술에 간접적으로 접촉하고 만 셈이었다. 마야코는 묘한 기분이 들었다.

"졸려도 어쩔 수 없어."

마야코는 양다리로 남편의 몸을 휘감았다. 그런 다음 속으로 내기를 걸었다. 오늘 밤 이 남자가 섹스에 응할까, 아니면 거부할까?

만약 고이치가 섹스에 응해 준다면, 나는 이제 더 이상 노무라에게 다가가지 않을 거야. 그렇지만 평소처럼 거부한다면, 노무라와의 관계를 더욱 발전시켜 나갈 거라고.

다른 남자와의 키스로 뜨겁게 달아올라 있는 아내의 육체를 거들떠보지도 않는다면, 그것은 직무 태만이라고 할 수밖에 없다. 차라리 조금 전의 키스를 남편에게 전부 말해 버릴까. 그러나 유감스럽게도 마야코는 그렇게 할 수 없었다. 그녀의 작은 모험은 성공한 순간부터 숙명적인 비밀의 굴레에 갇혀 버렸다.

"고이치 씨, 나 좀 봐요. 고이치 서방님!"

마야코는 계속해서 애교를 부렸다. 그럼에도 고이치의 몸에서는 욕정이 일지 않았다. 오히려 그는 대뜸 신경질을 부렸다.

"그만 좀 해. 난 내일 일찍 나가야 한다고."

고이치는 그렇게 말하면서 등을 돌렸다. 마야코는 몹시 불쾌했다.

"난 말이야, 당신처럼 한가하게 즐길 처지가 아니야. 이젠 그만 좀 해."

'이젠 그만 좀 해'라는 말이 지닌 잔혹성에 마야코는 상처를 받았다. 부부의 침대 위에서 '이젠 그만 좀 해'라는 말의 의미는 대체 무엇일까?

마야코는 분노한 나머지 잠시 말을 잇지 못했다. 그녀는 남편의 등에 얼굴을 댄 채 지그시 입술을 깨물었다.

당신은 내가 앞으로 무슨 일을 저지르든 할 말이 없을 거야.

이윽고 순간적인 분노가 가라앉자 마야코는 생각을 돌리려고 애썼다. 하지만 그렇게 하려고 해도 울화가 치밀어 참을 수 없었다. 그러면서도 한편으로는 은근히 기뻤다.

'난생처음'이라는 말을 쓴 것이 대체 몇 년 만일까 하고 마야코는 생각했다. 서른을 넘은 나이에 이런 일이 발생하리라고는 생각지도 못했다.

난생처음 파리에 갔다.

난생처음 스쿠버 다이빙을 했다.

난생처음 복어 요리를 먹었다.

난생처음 오페라를 관람했다.

그녀는 그런 식의 '난생처음'이라는 느낌을 음미할 수 있는 것은 20대 시절뿐이라고 생각했다. 아울러 '난생처음의 경험'은 그 시절에 이미 끝난 것이라고 여겼다.

하지만 그것은 결코 끝난 것이 아니었다. 더구나 그 경험은 그녀 자신도 모르는 사이에 전보다 폭이 훨씬 넓어져 있었다.

노무라와의 행위 역시 '난생처음의 일'일 터였다. 그것은 '난생처음 남편이 아닌 다른 남자와의 키스'였으니까.

그녀는 앞으로 어떤 일이 벌어질 것인가 상상해 보았다.

난생처음 남편이 아닌 다른 남자와의 애무.

난생처음 남편이 아닌 다른 남자와의 여행.

난생처음 남편이 아닌 다른 남자와의 섹스.

그 외에도 얼마든지 가능했다.

그런데 결혼한 상태에서의 그런 경험들이 태어나서 처음으로 남자와 애무를 하고, 여행을 하고, 섹스를 했던 때와 똑같은 흥분을 가져다줄까? 마야코는 그 점이 궁금했다. 저마다 대상이나 조건은 달라도 처음으로 행한다는 점에서는 일치한다. 그렇더라도 신선한 도취감을 느낄 수 있을까?

마야코가 구독하고 있는 잡지에 의하면, 남편이 아닌 남자에게 안기는 것은 대단한 쾌감을 가져다준다고 했다.

'남편에게서는 느낄 수 없었던 희열을 느꼈어요.'

마야코는 얼마 전에도 그런 고백 기사를 읽은 적이 있다. 그러나 그녀는 그 같은 기사를 그다지 신뢰하지 않는다. 매스컴이라는 것은 언제나 부풀려서 표현하는 경향이 있기 때문이다. 게다가 그런 잡지에 투고하거나 인터뷰에 응하는 여자는 한정되어 있으며, 결코 고상한 편이 아니다.

유치한 잡지를 읽느니 친구들의 이야기에 귀를 기울이는 것이 나을 것이다. 마야코는 그렇게 하지 않은 것을 후회했다. 그녀들 중에는 결혼했으면서도 따로 애인을 두고 있는 여자들이 몇인가 있었다. 그런데 마야코는 그런 여자들의 노골적인 대화를 귀담아듣지 않았다. 흥미가 없었던 것은 아니나, 자신까지 천박한 여자로 비치는 것이 싫었기 때문이었다.

동창 모임에서 한 여자가 회사의 같은 부서에 근무하는 연하의 남자와 사귄다고 떠벌렸다.

"나보다 한참 어린 사람이야. 그런데 젊은 남자라서 그런지 너무 성급하게 굴어. 그래서 곤란할 때가 많아."

그녀는 곤혹스럽다는 듯 입술을 오므렸다. 그렇지만 그것은 외설로 물든 입술을 감추기 위한 것임을 마야코는 눈치챘다.

"지난번엔 잔업 때문에 함께 남아 있었는데, 엘리베이터 안에서 갑자기 달려드는 거 있지. 그러고는 계속 키스를 퍼부어대질 않나 블라우스 속으로 손을 집어넣질 않나, 정말 어떻게 해야 좋을지 몰라 얼마나 난감했다고. 엘리베이터 안에서 일을 벌이다가 다른 사람이 보기라도 하면 어쩌겠어. 결국 회의실이 있는 층의 버튼을 눌러 그곳에 내린 다음 함께 여자 화장실로 들어갔지 뭐."

"그럼 거기에서 그걸 했단 말이야? 어쩜 넌 그렇게 대담할 수 있니."

그 자리에 있던 다른 동창 하나가 놀랍다는 듯이 반응했다. 하지만 마야코는 별다른 반응을 하지 않았다. 그녀는 그런 곡예와 같은 섹스 자체에는 흥미가 없었다. 단지 그런 일을 하면서 죄악감을 느꼈는지, 남편에 대한 양심의 가책은 없었는지, 남편이 아닌 다른 남자와의 섹스 때 용기가 필요한 것은 아닌지 등이 궁금했다. 마야코는 육체적인 것보다 정신적인 면에서의 갈등을 구체적으로 알고 싶었다.

노무라와의 키스 때 쾌감이나 흥분을 느낀 것은 분명하지만, 남편에 대해 미안한 감정 따위는 조금도 들지 않았다.

그것은 키스 같은 어중간한 행위에서 그쳤기 때문일까? 혹시 섹스를 했다면 이야기가 달라졌을까? 마야코는 그런 의문이 들었지만, 그렇다고 친구들에게 물어볼 수도 없었다. 그런 질문을 한다는 것은 불륜 행위의 시작을 모두에게 털어놓는 꼴이 되기 때문이었다.

그녀는 아무리 절친한 친구라 해도 그런 이야기까지 털어놓고 싶은 마음이 없었다. 아마 결혼 전이었다면 애인에 관한 일이나 그 애인과 나눈 침대 위의 이야기마저 떠벌렸을지도 모르지만, 남편이 있는 몸으로서는 불가능한 일이었다.

마야코의 대부분 여자 친구들은 고이치와 서로 아는 사이였다. 그는 그녀들의 남편들과 함께 식사를 한 적도 있었다. 여자는 심술궂은 존재이다. 마야코의 여자 친구들은 고이치 앞에서 암호 같은 말을 중얼거리기도 하고, 의미 있는 눈길을 보내기도 했다.

"나는 다 알고 있어요."

개중에는 서슴없이 그렇게 말하는 여자도 있었고, 묘한 미소를 지어 보이며 이렇게 말하는 여자도 있었다.

"고이치 씨는 마야코 같은 부인을 둬서 참으로 행복하겠군요."

남편 곁에서 그런 말을 들을 때마다 마야코는 어깨를 움츠리곤 했다. 여자들은 어째서 그렇게들 남의 비밀을 들춰내고 싶어 안달하는 것일까. 쓸데없이 상대방의 속내를 떠보려는 여자들의 마음을 마야코는 이해할 수 없었다.

내 비밀을 발설하지 않은 채 타인의 비밀에서 무언가를 터득해야지. 결국 사려 깊은 자가 득을 보게 돼 있다고. 그런 행동이 결코 뻔뻔한 것은 아니라고 마야코는 생각했다.

그녀가 택한 상대는 다케다 구미(竹田久美)였다. 구미는 마야코의 동창 중에서 유일하게 향학열이 높은 여자였다. 그녀는 여대를 졸업한 후 유명 사립대 대학원을 수료했다. 그러고는 한 연구소에 들어갔는데, 그녀의 드라마는 바로 거기에서 시작되었다고 해도 좋을 터였다.

구미는 이미 대학원 시절의 애인과 결혼한 상태였다. 그럼에도 불구하고 연구소의 상사와 사랑에 빠졌다. 그 바람에 걸핏하면 남편과 싸웠고, 급기야 이혼하고 말았다. 그렇다고 해서 그 상사와 결혼한 것은 아니었다. 남편과 헤어지고 나서 5년 가까이 흐른 현재까지 그녀는 줄곧 혼자 살아왔다.

대학 동창 중에는 그녀를 가리켜 '머리만 좋았지, 손해보는 일만 골라서 한다.'라고 핀잔하는 여자도 있지만, 마야코는 결코 그렇게 하지 않았다. 오히려 그녀는 구미에 대해서 호의적인 생각을 품었다. 어쩌면 그녀를 존경한다는 표현이 맞을지도 모를 일이었다.

구미는 요즘 같은 척박한 세상에서 보기 드문 여자였다. 그녀는 계산을 멀리한 사랑 끝에 아무것도 갖고 있지 않았다. 마야코에게 있어서 무(無)를 수용할 수 있는 인간은 상상조차 할 수 없는 존재였다. 하지만 그 점만으로도 구미는 존경할 만한 가치가 있는 상대였고, 다른 여자 친구들과 확실하게 구별되는 사람이었다.

마야코는 구미를 롯폰기(六本木)에 있는 중국 요릿집으로 불러냈다. 그 요릿집은 구미가 새로 취직한 이류 컨설팅 회사에서 가까운 거리에 있었는데, 비싸기만 했지 맛이 없다는 소문이 난 데였다. 그 바람에 손님이 적어서 은밀한 만남을 위한 장소로 안성맞춤이었다.

요릿집 내부는 고상한 취향으로 장식되어 있는 데다 테이블마다 높은 칸막이가 설치되어 있었다. 따라서 마치 개인이 사용하는 방에 들어와 있는 것처럼 차분한 분위기를 느낄 수 있었다.

"오늘은 내가 살게."

마야코는 그렇게 말하고 구미의 잔에 오가피주를 따랐다.

"웬일이야? 느닷없이 전화를 해서 술을 사 주겠다니."

구미는 의아스러운 듯 눈을 동그랗게 뜨면서도 단숨에 술잔을 비웠다.

"이 술 좀 달지 않니? 차라리 맥주를 시킬까?"

마야코는 일부러 뜸을 들였다.

"그래, 맥주로 해. 여긴 생맥주도 팔아."

구미는 젖은 윗입술을 혀로 살짝 핥았다. 친구들 중에서 그녀가 술을 좋아한다는 사실을 모르는 사람은 아무도 없었다. 그녀의 술 마시는 습관은 약간 특이했다. 처음에는 냉정한 가운데 서서히 마시지만, 시간이 흐르면서 점차 속도가 빨라졌다. 그리고 어느 정도 취기가 오르면 갖가지 이야기를 쏟아 놓았다.

드디어 홀쭉한 구미의 얼굴이 벌겋게 달아오르기 시작했다. 결코 미인이라고 할 수 없는 평범한 용모임에도 그녀는 예전부터 남자들과의 염문을 뿌리고 다녔다.

마야코는 그녀의 표정을 살피면서 교묘하게 질문을 던졌다. 지금까지 구미의 로맨스에 대한 소문은 지극히 단편적이었다. 따라서 이해하기 어려운 부분이 많았다. 마야코는 오늘 밤이야말로 구미의 로맨스에 대한 전말을 감상할 기회라고 생각했다. 타인의 사랑 이야기에 이토록 강한 흥미를 느낀 것이 대체 몇 년 만의 일일까.

구미는 의외로 쉽게 이야기를 꺼내기 시작했다.

"마야코, 넌 헤어진 내 남편을 만난 적 있어서 그를 잘 알 거야. 어쩌면 고이치 씨도 잘생긴 편에 속할지 모르지만, 그 사람 역시 절대 못생기지는 않았어. 키도 컸고, 집안도 좋았지. 지금에야 말하는 것이지만, 난 너와 달리 평범한 월급쟁이 딸이었기 때문에 그런 좋은 집안의 도련님을 늘 동경해 왔었어."

"그럼 난 평범한 월급쟁이 딸이 아니었단 말이야?"

"그래도 네 아버지와 우리 아버지의 경우는 달라. 네 아버지는 유명 회사의 샐러리맨이었잖아. 반면에 우리 아버지는 흔해 빠진 월급쟁이였어. 샐러리맨과 월급쟁이가 어떻게 다른지 아니? 샐러리맨은 대졸이지만, 월급쟁이는 기껏해야 고졸이라고. 너나 다른 친구들의 아버지들은 그 시대에도 도쿄 대학, 히토츠바시 대학, 게이오 대학 등을 나왔어. 하지만 우리 아버지는 대학 근처에도 가보지 못했다고. 간신히 고등학교를 나왔을 뿐이지. 그런데 우리 부녀는 둘 다 허영이 심해서 난 중학교 때부터 무리를 해 가며 사립학교에 들어갔던 거야. 솔직히 난 공립이나 국립 같은 학교가 싫었어. 성적이 좋아서 장학금을 준대도 말이야. 그러니까 머리 좋은 여자아이 따위로 불리는 것보다 좋은 집안에서 곱게 자란 요조숙녀로 불리는 쪽이 훨씬 가치가 있다고 생각했던 거지. 그랬기 때문에 헤어진 그 사람과 결혼했을 때, 비로소 좋은 집안의 일원이 되었구나 하고 기뻐했던 거야. 마야코 너도 피로연에 참석해서 안면이 있겠지만, 그 사람의 아버지와 형은 모두 도쿄대 출신이야. 그 사람만 게이오대 출신이구. 그런 집안이니 내가 주눅이 들지 않을 수 있겠니. 정말 우리 집안과는 너무나 차이가 나는 집안이었어. 그러니 도쿄 시내의 초라한 단독 주택에서 자란 내가 들뜨지 않을 수 없었던 거지. 그런데 막상 그 사람들이 사는 집에 가 보니까 별 볼일 없었어. 겉만 번지르르했지, 그 집 역시 이류에 지나지 않았던 거야. 더 구나 우리 집 사람들만 허영에 들떠 있는 줄 알았는데, 그 집안 사람들도 마찬가지였어. 아니, 오히려 우리 집과는 비교도 안 될 정도로 대단했어. 특히 시어머니라는 사람은 아침부터 저녁 까지 상류층 부인 흉내를 내느라 법석을 떨었어. 그게 그 여자의 사는 낙이었던 거지. 단순한 핑계일지 모르지만, 내가 연구소의 그 중년 남자에게 빠진 것도 시어머니가 원인이었어. 시어머니 한테 젓가락질하는 것까지 주의를 받고, 도대체 가정교육을 어 떻게 받았느냐는 따위 잔소리를 듣는 걸 한번 상상해 봐. 그런 집안에서 어느 누가 온전하게 붙어 있을 수 있겠어. 안 그래?"

"하긴 네 말이 맞아."

"누구라도 성격이 삐뚤어질 수밖에 없었을 거야. 마마보이 인 남편이 시댁 근처에 아파트를 얻어 놔서 그곳에서 살았는데, 하루도 편한 날이 없었어. 특히 토요일 저녁에는 어김없이 시댁 의 식사 모임에 참석해야 했는데, 어느 날인가는 그 집 장남 식 구와 함께 샤브샤브를 먹다가 도저히 더 이상 먹을 수 없었어. 양념간장 같은 것도 제대로 만들 줄 모른다며 지겹게 잔소리를 퍼부어대는 자리에서 그 어떤 음식인들 목구멍으로 넘어가겠느 냐고. 안 그래?"

"그래."

"아마 내가 그런 시어머니의 잔소리를 고분고분 받아들였다면 애당초 불륜 따위는 저지르지도 않았을 거야. 아예 그런 중년 남자는 거들떠보지도 않았을 거라고."

"둘 사이는 어떻게 시작된 건데?"

"그 남자와 나는 아주 중대한 업무를 맡았는데, 그 일이 끝난 후 그가 수고했다며 내게 식사를 함께 하자고 제의했어. 남자와 여자의 관계는 함께 식사를 하는 것에서부터 출발하는 법이야. 그건 서로에게 가장 간단하면서도 부담 없는 행위이기도 하니까. 대부분의 여자들은 남자한테서 식사 제의를 받으면 망설이다가도 결국은 응하게 마련이야. 함께 식사를 한다는 게 대단한 일이랄 건 아니니까. 나도 한 번은 거절했어. 무엇보다 유부녀의 몸이니까 말이야. 유부녀인 주제에 선뜻 응한다면, 그건 스스로 음란한 여자라는 걸 드러내는 짓이 아니고 뭐겠어? 난 음란한 여자가 아니기 때문에 처음엔 거절했던 거야. 호텔에 간 것도 두 번째 만났을 때였다고."

"그 남자에게 호감을 느꼈니?"

"나중에 냉정을 찾고 그를 바라보니까 희끗희끗한 반백에다 이마까지 벗겨져 있더라고. 하지만 그와 몸을 섞고 있는 동안은 그 자체가 한 편의 드라마였어. 운명이라는 단어가 내 머릿속에서 맴돌고 있었지. 솔직히 난 그 남자에게 폭 빠져 있었어. 그 남자도 그랬구. 그는 내게 결혼을 제의해 오기까지 했어."

"그런데 어째서 결혼하지 않고 헤어진 거니?"

"그건 그 남자의 부인 때문이었지. 넌 아직 모르겠지만, 불륜을 저지를 때는 싸워야 할 상대가 둘이야. 하나는 이런 일을 해서는 안 되는데 하고 생각하는 자기 자신이고 다른 하나는 상대의 부인이지. 물론 부인과 싸운다고 해서 그게 치고받는 실제적 행위는 아니야. 그런 건 품위와 교양이 없는 여자들이나 하는 짓이지. 어쨌든 상대의 부인에게 들통날 경우 여러 형태의 괴롭힘을 당하는데, 거기에 지쳐서 나자빠지면 그것으로 남자와의 관계는 끝장이야. 결국 난 지쳐서 나자빠진 꼴이지."

"그 남자의 부인이 어떻게 했는데?"

"그 부인한테서 편지가 왔어. 그건 누가 보아도 달필이었지. 모든 솜씨를 발휘하여 추하게 보이지 않으려고 쓴 편지였어. '얼마 전 당신이 내 남편과 함께 호텔에 투숙했던 것을 나는 알고 있습니다. 만약 그 사실을 당신의 남편이 알게 된다면 이만저만 곤란한 일이 아닐 것입니다. 부디 신중하게 생각해 보기 바랍니다.' 대충 이런 내용이었는데, 그야말로 여교사가 쓴 것 같은 문장이었어. 아무튼 난 그걸 무시하고 계속 그 남자와 관계를 가졌지."

"그래서?"

"그 편지를 받고 나서 2개월 정도 지난 무렵이었을 거야. 그 남자가 유럽 출장을 다녀오자마자 내게 선물을 주었어. 구치 핸드백이었지. 그런데 그 안에 전의 것과 비슷한 내용의 편지가 들어 있었어. 난 깜짝 놀랐지. 그 남자의 부인은 핸드백이 내게 줄 선물임을 알고 남편 몰래 그 안에 편지를 넣어 뒀을 거야. 어쨌든 편지의 내용은 대충 이랬어. '남편은 당신에게 꽤나 신경

을 쓰는군요. 도대체 언제까지 이런 관계를 유지할 셈인가요.'
마침내 난 그 여자의 집요함에 지치고 말았던 거야. 역시 자식
까지 딸린 여자가 가정을 지키려는 의지력은 대단한 것이었어.
결코 만만하게 볼 것이 아니었던 거지. 어쨌거나 난 참으로 어
리석었어. 어느 날 남편이 오랜만에 내 몸을 요구해 왔는데, 거
절하고 끝내 그 남자와의 관계에 대해서 자백해 버렸으니까. 그
바람에 남편은 우리 어머니에게 그 사실을 말했고, 그것으로 모
든 게 끝나고 말았지. 그 남자는 아내에게 되돌아갔고, 나는 혼
자 남겨진 거야. 그런 일이 있고 나서 모두 나한테 바보 같은 짓
을 했다고 핀잔했지. 그렇지만 난 분명히 말할 수 있어. 그 중년
남자가 아니었더라도 누군가를 좋아했을 것이고, 그런 일이 없
었더라도 남편과 헤어졌을 것이라고 말이야. 어떤 여자든 남편
에게서 마음이 멀어지면, 다른 누군가를 좋아하지 않고는 견딜
수 없을 거야. 여자란 바로 그런 존재이니까. 마야코 너도 내가
왜 그랬는지 언젠가는 알게 될 거야. 너 같은 요조숙녀도 말이
야."

　구미의 이야기는 마야코에게 여러 가지 교훈을 주었다.
　불륜에 트러블이 발생하는 것은 본인들이 양심의 가책을 느
껴서가 아니다. 상대의 배우자, 주로 남자의 아내에게 들통이
남으로써 번거로운 문제가 생기는 것이다. 그리고 그것이 오랫
동안 지속되면, 여자는 모든 것을 내팽개치고 싶은 기분에 사로
잡힌 나머지 급기야 자기 남편한테 모든 사실을 털어놓게 마련

이다.

물론 불륜 관계에 있는 애인이 결혼하자고 나올 경우, 망설이고 자시고 할 것 없이 남편에게 헤어지자고 말할 것이다. 굳이 싫은 남편과 살고 싶은 마음이 없을 테니까. 하지만 그로 인해 두 쌍의 부부는 와해되어 각자 모든 것을 처음부터 다시 시작해야만 한다.

그것은 분명히 어리석은 짓이다. 더욱이 애인과 결혼조차 하지 못한 구미의 행동은 어리석다 못해 안타깝다. 그녀는 현재 애인과 남편을 둘 다 잃은 채 홀로 남겨져 있지 않은가.

구미는 마지막으로 후회하지 않는다고 말했다. 마야코로서는 그녀의 그 말이 허세라는 생각밖에 들지 않았다.

만약 다른 남자와 불륜 관계를 갖는다면, 구미보다 좀 더 멋지고 완벽하게 유지할 수 있을 것이라고 마야코는 생각했다. 그래, 나라면 구미처럼 행동하지 않았을 거야. 무엇보다 남편에게 알려지지 않도록 조심해야 해. 나는 얼마든지 그럴 수 있어.

마야코는 자신에게 정성을 기울일 남자와 새로운 인생이 기다리고 있을 것이라는 막연한 예감을 느꼈다. 어쩌면 그녀의 모험은 이미 첫발을 내디딘 상태일 수도 있겠지만, 확실한 '운명의 남자'와 깊은 사이로 발전하기 전까지는 남편에게서 떠나는 경솔한 짓은 하지 말아야 한다고 그녀는 생각했다.

마야코는 어렸을 때 읽은 〈파랑새〉 이야기를 떠올렸다. 그것은 행복을 찾으러 여행을 떠나지만, 진정한 행복은 집 안에 있다는 식의 내용이었다. 마야코는 그런 상투적이고 도덕적인 결말이 싫었다. 그러나 인생은 어차피 그런 식으로 이루어져 있는 것일지도 모른다.

그래, 언젠가는 나도 남편밖에 없다는 결론을 내릴지도 몰라. 따라서 그런 날을 위해 남편에게서 떠나지 않고 그대로 있는 편이 나은 거야. 만약 다른 남자에 의해 상처받았을 경우, 아무 일도 없었던 것처럼 시치미를 뚝 떼고 아무것도 모르는 남편 품으로 돌아갈 수 있으니까. 그렇기 때문에 어떻게 해서든 남편과 평온한 상태를 유지할 필요가 있는 거야.

물론 상대방의 아내에게도 알려지지 않도록 해야겠지. 구미의 경우처럼 남자의 아내로부터 은근한 협박 편지를 받는 것은 결코 유쾌한 일이 아니니까. 더구나 단순한 협박 편지로 끝나지는 않을 거야. 남편의 배신을 깨달은 아내는 격노한 나머지 물불을 가리지 않고 상상을 초월하는 엄청난 일을 저지를지도 몰라.

마야코의 친구 중에 불륜을 취미처럼 저지르는 독신 여자가 있다. 어느 날 그녀는 이렇게 말했다.

"남편을 별로 사랑하는 것 같지도 않은데, 왜 그렇게 야단법석을 떠는지 정말 이해할 수 없어."

그녀의 말에 의하면, 상대방의 아내는 교양 있는 여자라고 하는데도 끝까지 읽을 수 없을 만큼 혹독한 내용의 편지를 보낸다는 것이었다. 게다가 자동응답기에다는 '음탕한 계집'이라느니 '암내 나는 암고양이 같은 년'이라는 따위의 상스런 말을 남기기도 한다고 했다.

"그런데 그런 증거를 보여도 남자는 절대로 내 편이 되어 주지 않아. 마누라를 그렇게 모진 여자로 만든 장본인이 바로 자신이라는 죄책감에서 그런지는 모르겠지만, 어쨌든 부부란 참으로 묘한 것 같아. 아무리 자기 마누라의 못된 짓을 일러바쳐도 소용없어. 화조차 내지 않아."

마야코는 그 친구의 말을 몇 번이나 되새겨 보았다. 대개 그런 말을 들으면, 한 번쯤 피해자인 아내의 입장을 생각해 볼만도 할 것이다. 하지만 마야코는 그렇지 않았다. 오히려 피해자가 아닌 가해자의 입장만을 고려했다. 그녀는 남자와 여자의 세계에서 절대로 피해자는 되고 싶지 않았다. 그녀의 생각으로는 가해자야말로 승리자였다.

승리자가 되기 위해서라도 상대방의 아내에게 알려지는 일만은 피해야 한다. 그렇다면 과연 어떤 식으로 피하는가? 무엇보다 남자와의 밀회를 빈번하게 갖지 말아야 한다. 처자를 둔 남자와 일주일이 멀다 하고 뻔질나게 만나기 때문에 곤란한 일이 생기는 것이다.

마야코는 한 달에 한 번 정도가 좋을 것이라고 생각했다. 만나서 섹스를 하는 것만으로 족해야지, 그 이상을 바라면 안 돼. 그렇다고 마야코가 추구하는 것이 단순한 성의 쾌락만은 아니었다. 남편 이외의 남자에게서 사랑을 받고, 자신을 갈구하는 상대방의 절실한 욕망을 느껴 보고도 싶었다. 그렇게 하노라면 앞으로의 인생이 지금처럼 따분하지는 않을 것 같았다.

결국, 마야코는 남자에게 깊이 빠져들고 싶지는 않았다. 한 달에 한 번꼴로 만나 불륜이라는 달콤한 맛을 음미할 수만 있다면 더 이상 바랄 것이 없다고 생각했다.

그러나 그녀로서는 남자가 자신의 욕망을 조절하지 못하고 그 이상을 요구해 올 경우를 가정해 보지 않을 수 없었다. 그녀는 자신의 욕망을 조절할 줄 아는 남자가 누구인지 곰곰이 생각해 보았다. 이윽고 그녀의 뇌리에 떠오른 얼굴은 노무라였다. 역시 그 남자밖에 없어.

마야코는 한차례 나눈 키스를 통해서도 노무라의 변화를 충분히 읽을 수 있었다. 마흔을 넘긴 그는 예전보다 훨씬 교활하고 노련했다. 바람을 피운 게 한두 번이 아닌 것 같았다. 그런 남자라면 불륜 상대의 여자에게 빠져들 리 없었다. 한 달에 한 번의 밀회를 수긍할 터였다.

노무라는 불륜 초보자인 마야코가 상대하기에 아주 이상적인 남자였다. 단지 그가 언제 전화를 걸어오느냐는 것이 문제였다. 마야코는 그 시기를 일주일 후로 어림했다. 젊은 시절의 그였다면 키스를 나눈 그 이튿날 전화가 걸려 왔을 것이다. 그리고 마야코가 혼자 사는 여자였다면 바로 그날 일이 벌어졌으리라. 그러나 노무라는 어느새 중년이 되었고, 마야코는 유부녀였다. 따라서 그는 망설였다는 식의 증거를 보이기 위해서라도 일주일 동안 뜸을 들일 터였다.

더 이상 시간을 끌면 안 돼. 열흘 후에 전화를 걸어오면 정말 곤란하다고. 마야코는 기도라도 하고 싶은 심정이었다. 그 무렵에는 생리가 시작될 텐데……. 문득 그런 걱정에 사로잡혀 있는 자신의 모습을 발견하고 마야코는 쓸쓸한 미소를 지었다. 그녀는 이미 불륜을 저지르기로 작정한 상태였다.

전화는 8일 후에 걸려 왔다.
"혹시 지난번 일로 화가 나 있지는 않을까 싶은데……."
노무라는 그렇게 운을 떼었다.
"화요? 무슨 이유로 화가 나요? 그런 일 전혀 없어요."
마야코는 부드러운 목소리로 태연하게 말했다. 그러고는 수화기를 통해 들려올 남자의 목소리를 신경을 곤두세운 채 기다렸다. 남편 이외의 남자를 이처럼 즐거운 마음으로 상대해 보는 것이 대체 얼마만의 일인가 싶었다.
그러나 남자 쪽도 상당한 전략을 세우고 있는 듯했다. 그는 마치 식사가 목적인 것처럼 갑자기 이렇게 물었다.
"마야, 복어 요리 좋아해?"
"복어 요리요? 그야 좋죠. 복어 요리를 싫어하는 사람도 있나요?"
"다행이군. 그럼 말이야, 히가시아자부(東麻布)에 복어를 아주 맛있게 요리하는 집이 있는데 거기가 어때?"
"히가시아자부라면 러시아 대사관 쪽인가요?"
"그래, 그래. 내가 아는 젊은 주방장이 얼마 전 그곳에다 개업했는데, 겨울에는 주로 복어 요리를 취급한다면서 꼭 한 번 와 달라더군."
"잘됐군요. 복어 요리는 흔하게 먹을 수 있는 것도 아닌데 말예요."

"내일 어때?"

"내일요? 괜찮아요."

"그럼 당장 예약을 해 둬야겠군. 상당히 인기 있는 요릿집이라서 그냥 가면 자리가 없을 테니까 말이야. 그런데 간사이(關西) 식으로 복어를 좀 두껍게 떠서 요리하는 것 같던데, 마야는 어때?"

"상관없어요. 오히려 저는 두꺼운 쪽을 더 좋아해요. 벌써부터 입 안에 침이 고이는 걸요."

남자와 여자의 밀회 약속에 음식을 미끼로 이용하는 것은 최상의 수법이다. 맛있는 요리에 대한 이야기를 하면서 서로 속마음을 살피다 보면 자연스러운 분위기가 조성된다. 음식과 섹스는 음미한다는 점에서 비슷하다. 어느 정도의 연령이 되면 음식과 섹스는 한 세트처럼 여겨지는 것이라고 마야코는 생각했다.

그녀는 복어 요리와 남자에 대한 기대를 품고 약속 장소로 향했다. 그러면서 몇 차례 딸꾹질을 해댔다. 그것은 예전부터 있었던 버릇이었다. 소풍이나 운동회 전, 긴장과 함께 기분이 들뜨면 어김없이 딸꾹질이 나왔다.

딸꾹질은 노무라 앞에 앉아 있는 동안에도 계속되었다. 그것은 뜨거운 정종에 의해 잠시 그쳤다가도 복어죽을 먹기 시작하자 슬그머니 고개를 쳐들었다.

"괜찮아?"

노무라가 걱정스러운 듯 물었다. 그는 회색 줄무늬 셔츠에 화려한 색상의 넥타이를 매고 있었다. 그런 옷차림 때문에 마야코의 딸꾹질이 멈추지 않는 것일지도 몰랐다.

두 사람은 복어 요리를 먹고 나서 이이쿠라(飯倉)의 사거리까지 걸었다. 빈차 표지의 빨간 램프를 켠 택시가 그들 곁으로 서서히 다가왔다. 그러나 노무라는 택시를 세우려고 하지 않았다. 마야코도 마찬가지였다. 물론 손을 들어 택시에 신호를 보내고, 노무라에게 '잘 먹었어요. 복어 요리 아주 맛있었어요.' 라고 인사를 건네면 그만이었다. 하지만 그녀는 그렇게 끝내고 싶지 않았다.

오랜만에 복어 요리를 양껏 먹고, 정종과 맥주를 마신 뒤라서 마야코는 무척 기분이 좋았다. 이렇게 기분 좋은 밤에 내가 먼저 작별 인사를 건넬 필요는 없지. 그녀는 그렇게 생각하면서 취기가 어서 빨리 온몸으로 퍼지기를 바랐다.

마야코의 몸이 좌우로 약간 흔들거렸다. 문득 노무라의 손에 의해서 어디로든지 이끌려가도 좋다는 생각이 그녀의 뇌리를 스쳤다. 그곳이 호텔의 침대 위가 된다고 해도 좋아. 망설임이나 탐색 같은 절차를 거칠 것 없이 곧장 몸을 섞는……. 아, 정종을 한 잔 더 마실걸. 마야코는 또다시 딸꾹질을 하기 시작했다.

"마야."

노무라가 마야코의 허리에 팔을 감았다. 그러자 그녀의 손이 자연스럽게 그의 팔로 옮겨갔다. 이윽고 그녀의 손가락이 낙타 털로 된 그의 코트를 더듬었다. 감촉이 아주 좋았다. 질 좋은 코트를 식별할 수 있는 남자라면 잠자리에서의 테크닉도 특별할 거야. 마야코는 그렇게 속으로 중얼거렸다.

"마야, 난 지금 아주 나쁜 생각을 하고 있어. 그게 뭔지 알아?"

노무라의 질문에 마야코는 대답하지 않았다. 이런 경우에는 대답하지 않는 것이 상책이라는 생각이 들었다. 마침 딸꾹질도 멈췄다.

"난 마야를 이대로 돌려보내고 싶지 않아. 솔직히 마야를 어딘가로 유괴하고 싶어. 어때, 그래선 안 되겠지?"

"글쎄요, 전 잘 모르겠군요."

마야코가 어눌한 말투로 대꾸했다. 그것은 생각이나 의지가 없는 바보 같은 여자의 목소리였다.

"되는지 안 되는지에 대한 결정은 제가 내릴 게 아닌 것 같네요."

마야코는 그렇게 말하고 18세 소녀처럼 수줍은 듯 어깨를 움츠려 보였다.

왜 이리 쉽게 승낙을 해 버렸을까. 그녀는 순간 후회했지만, 이미 돌이킬 수 없는 일이었다.

날씨가 무척 쌀쌀했다. 관자놀이가 아플 정도로 추웠다. 고가도로 아래로 엷은 어둠이 깔려 있었다. 그곳만 유난히 강한 북풍이 불고 있는 듯했다. 마야코는 나중의 일이야 어찌 되든 우선 당장 따뜻한 방으로 들어가고 싶었다. 일단 방으로 들어가서 생각해 보는 거야.

노무라가 갑자기 오른손을 높이 쳐들었다. 이내 택시가 조용히 다가와 멈춰 섰다. 둘은 택시에 올라탔다.

"어디로 모실까요?"

운전사가 물었다. 노무라는 아카사카(赤坂)의 한 호텔 이름을 댔다. 순간 그 호텔에서 몇 번인가 그와 만났던 예전의 일이 마야코의 뇌리에 떠올랐다. 그 무렵에도 이 남자와 나는 지금처럼 택시의 뒷좌석에 타고 그 호텔로 향했어. 그러는 동안 이 남자는 내 손을 잡기도 하고, 스커트 안으로 슬그머니 손을 밀어넣어 내 무릎을 어루만지기도 했지.

남자의 거친 숨소리, 뜨겁게 달아오른 피부, 손가락의 부드러운 감촉 등 그때의 기억이 한순간에 밀려와 마야코는 숨이 막혔다. 새로 사귄 남자가 아닌, 옛 남자와 함께 복어 요리를 먹었다면 이미 반은 정사를 벌인 것과 마찬가지 아닐까. 물론 과거에 헤어졌던 남자를 다시 만나 그와 또 한 차례 몸을 섞고 싶어하는 것은 방탕한 생각이겠지. 하지만 방탕한 것만큼 달콤한 것도 없는 거야. 그래, 나는 지금 그 달콤함만을 원하는 것뿐이라고. 마야코는 마치 수수께끼의 해답을 찾기라도 한 것처럼 고개를 끄덕였다.

이윽고 둘은 호텔에 도착했다. 호텔 지하에 레스토랑과 아케이드가 있어서 마야코는 친구들과 함께 몇 차례 들락거린 적이 있었다. 특히 건물의 꼭대기에 있는 라운지는 시내의 경치를 감상하기 좋은 데다 갖가지 요리를 구비해 놓고 있어서 친구들과의 모임으로 자주 이용하곤 했다.

그런데 막상 정사를 목적으로 와 보니 호텔 분위기가 전과 사뭇 다르게 느껴졌다. '어서 오십시오.' 라고 머리를 숙이며 인사하는 호텔 보이의 웃음 띤 얼굴도 묘하게 다가왔다. 마치 두 사람의 관계를 훤히 알고 있는 표정이었다.

노무라가 프런트에서 체크인을 하고 있는 동안, 마야코는 공중전화기 앞에 선 채 전화번호부를 뒤적거리는 척했다.

"오래 기다렸지? 자, 들어가자고."

노무라가 다가와 태연하게 말했다. 언제 코트를 벗었는지 그것은 그의 팔에 걸쳐져 있었다. 이토록 태연할 수 있다니 놀랍군. 로비에 있는 사람들에게 불륜을 예고하기라도 하겠다는 것일까? 마야코는 그렇게 생각하며 로비를 휘둘러보았다. 크리스마스 시즌까지는 아직 멀었으나, 한 해의 마지막 달인 만큼 그곳은 평소보다 많은 사람들로 북적거렸다.

어쩌면 저 사람들은 우리가 밀실로 들어가서 정사를 벌일 것을 눈치채고 있을지도 몰라. 혹시 저 사람들 중에 나를 아는 이가 있는 것은 아닐까? 어쩌면 남편을 아는 사람까지 있을지도 모르지. 마야코는 불안했다. 그녀의 입에서 다시금 딸꾹질이 새어나왔다.

이윽고 그녀는 고개를 숙인 채 엘리베이터 앞에 섰다. 침착하자. 나를 알아본 사람은 아무도 없을 거야. 그녀는 스스로를 타일렀다. 그래, 어차피 이 호텔 라운지에는 자주 왔으니까 칵테일 한잔 마시러 온 것이라 생각하고 그렇게 행동하면 되는 거야.

엘리베이터가 내려오는 소리에 이어 문이 열렸다. 마야코는 잽싸게 그 안으로 들어갔다. 그러고는 노무라와 그녀 자신 외에 아무도 타지 않기를 속으로 빌었다. 그런데 그녀가 막 닫힘 버튼을 누른 순간 젊은 남녀가 종종걸음으로 달려왔다.

"잠깐만요!"

마야코는 마지못해 열림 버튼을 눌렀다. 젊은 남녀는 라운지
가 있는 꼭대기 층의 버튼을 누른 후 벽에 등을 기댔다. 그리고
나서 마치 감시하는 듯한 눈초리로 마야코를 쳐다보았다. 그녀
는 노무라가 누른 29라는 숫자가 원망스러웠다. 네 명의 남녀가
침묵을 지키는 가운데 엘리베이터는 계속 위를 향해 올라갔다.
29와 맨 위층을 가리키는 숫자가 반딧불처럼 반짝거렸다.

잠시 후 엘리베이터 문이 열렸다. 마야코는 노무라를 따라서
복도를 걸었다. 그러면서 언젠가 보았던 TV 드라마를 떠올렸
다. 그 드라마에 나온 남녀 주인공은 이런 식의 복도에서 아는
사람에게 발각됐어. 로비라면 모를까 여기에서 아는 사람을 만
나게 된다면 변명의 여지가 없을 거야.

노무라가 오른쪽으로 돌았다. 마야코는 일 초라도 빨리 복도
를 벗어나고 싶었다. 그녀에게 있어서 안전지대는 단 하나, 이
제부터 노무라와 정사를 벌일 2917호실이었다.

그녀의 표정은 딱딱하게 굳어 있었다. 하이힐 소리는 두꺼운
융단에 흡수되어 들리지 않았지만, 그녀의 발걸음은 무척 빨랐
다. 그녀는 양쪽 허벅지가 스치는 감촉에 의해 자신의 걸음 속
도가 얼마나 빠른지 알 수 있었다.

드디어 2917호실 앞에 도착했다. 문 닫히는 소리가 들린 순
간 마야코는 자기도 모르게 안도의 한숨을 내쉬었다. 뒤쪽에 서
있는 노무라가 재빨리 문을 잠근 다음 코트를 침대 위에 던져

놓았다.

"이런 둘만의 공간을 얼마나 원했는지 몰라."

노무라는 그렇게 말하고 마야코를 강하게 끌어안았다. 순간 그녀의 딸꾹질이 뚝 그쳤다.

어느새 노무라의 입술이 그녀의 입가를 더듬고 있었다. 이러면 안 된다는 자그마한 목소리가 그녀의 귀에 들리는 듯했다. 괜찮아. 여기는 안전한 곳이야. 아무도 보는 사람이 없다고. 마야코는 스스로를 달래며 노무라의 입술에 자기 것을 맡겼다.

그녀는 별안간 후두부가 서늘해진 것을 느꼈다. 처녀 시절 남자와의 첫 관계 전에는 언제나 그런 느낌을 받곤 했다. 머리의 뒷부분으로 차가운 바람이 세차게 불어오고 그곳만 다른 차원의 시간이 흐르는 것 같았다. 그렇지만 그 밖의 부분은 아주 맑게 깨어 있었다. 그리하여 남자의 애무와 속삭임을 받아들이기도 하고 그 실체를 확인하기도 했다.

물론 노무라와의 관계는 이번이 처음은 아니었다. 하지만 첫 관계를 가진 뒤 무려 10년의 세월이 흘렀으므로 처음이나 다름없었다. 길고 긴 키스를 나누는 동안 마야코는 계속해서 후두부의 찬바람을 느꼈다.

주위는 쥐 죽은 듯 조용했다. 거대한 호텔에 두 사람만 있고 아무도 없는 것 같았다. 노무라는 마야코의 입술을 잠시도 놓아주지 않았다. 그는 능숙하게 혀를 움직여 그녀의 입속을 뒤졌다. 마치 그녀의 입속 어딘가에 달콤한 꿀의 분비구가 있어서 그것을 찾아내기라도 하려는 것 같았다.

마야코는 잠자코 그의 혀를 받아들였다. 너무 키스를 오래 한다고 생각되었지만 그렇다고 싫지는 않았다. 긴 키스는 상대 방에 대한 성의의 표시로서, 그것은 맛있는 음식 앞에서의 입맛 다시기와 같은 것일 터였다.

마침내 노무라의 왼손이 서서히 움직이기 시작했다.

여기에서부터는 무엇보다 시간 배분이 중요하다. 섹스라는 긴 흐름 속에서 키스는 정신적인 것을 요구하는 것이고, 유방의 애무는 여자의 욕망을 불러일으키는 신호이다. 양쪽 어깨를 부 드럽게 감싸 안은 채 길고 긴 키스를 해 주면 여자는 기뻐한다. 그렇지만 남자가 손가락을 움직이지 않은 상태에서 키스만을 계속할 경우 불만을 느끼게 된다. 여자는 자신이 원하는 시점에 서 남자의 손이 움직이기를 기대한다.

노무라는 역시 그 시점을 정확히 포착할 줄 아는 남자였다.

10년 전의 마야코였다면 노무라의 시간 배분 능력을 눈치채 지 못했을 것이다. 하지만 지금은 남자의 손길에 대한 감각이 무르익은 만큼 금방 알아챌 수 있었다. 노무라의 손놀림 역시 10년 전에 비해 유연하고 능란했다.

노무라의 왼손이 미끄러지듯 움직이며 마야코의 감색 실크 재킷을 벗기려고 했다. 그러나 그것은 그녀의 팔꿈치에 걸려 더 이상 벗겨지지 않았다. 노무라의 왼손이 그 부근에서 머뭇거렸 다. 아무래도 마야코의 도움을 기다리는 것 같았다.

물론 마야코 스스로 재킷을 벗을 수도 있었다. 그렇지만 그 런 행동은 자신의 성급한 욕망을 노골적으로 드러내는 꼴이 될 터였다. 결국 마야코는 팔을 펴서 노무라의 손놀림을 도왔다. 그러면서도 그녀는 나중에 이런 행동을 후회하게 될지도 모른다고 생각했다.

두 사람의 이동은 답답할 정도로 더디게 진행되었다. 그것은 마야코가 저항하는 척하느라 몇 차례 뒷걸음질치곤 했기 때문이었다. 그녀가 약간 물러났다 싶으면 노무라가 잽싸게 다가와 입술과 손으로 그녀의 몸을 달궜다.

두 사람은 서로 부둥켜안은 채 정신없이 키스를 나누면서도 저마다 침대와의 거리를 정확히 계산하고 있었다. 이윽고 그들은 더블베드 옆에 섰다. 문 앞에서부터 움직이기 시작하여 더블베드 옆에 멈춰 서기까지 꽤 많은 시간이 흘렀지만, 마야코는 결코 지루하다고 생각지 않았다.

갑자기 노무라의 왼손이 끈적끈적하게 느껴졌다. 마야코는 자신의 유두가 돌기했기 때문이라고 생각했다. 확실히 그녀의 유두는 얇은 스웨터를 뚫고 나올 듯이 뾰족 솟아 있었다. 그것은 노무라의 뜨거운 시선이 부끄럽지도 않은 모양이었다. 그만큼 도발적인 태도를 취하고 있었다.

노무라의 손이 마야코의 유방을 애무하기 시작했다. 그녀는 살며시 고개를 숙이고 자신의 가슴을 바라보았다. 유두가 아까보다 더욱 뾰족하게 돌기해 있었다. 그녀는 자기도 모르게 심호흡을 했다. 순간 노무라가 거칠게 나왔다. 그는 마야코의 스웨터를 재빨리 위로 벗겼다. 진주색 브래지어가 훤히 드러났다. 노무라가 브래지어 끈을 밑으로 내리자 그녀의 유방이 얼굴을 내밀었다.

"어머!"

마야코는 자기도 모르게 소리쳤다. 그녀가 나름대로 정해 놓은 순서에 의하면, 유방 노출은 나중의 일이었다. 요컨대 침대 위에 누워 페팅으로 서로의 몸이 적당하게 달아오른 후 희미한 어둠 속에서 행해져야만 하는 것이었다. 환한 불빛 아래에서 젖가슴을 드러낼 줄은 미처 생각도 못한 일이었다.

마야코의 젖가슴은 절정기를 맞은 것처럼 멋진 각도를 이루고 있었다. 하지만 서른두 살의 나이는 결코 속일 수 없었다. 냉정하게 말하자면 그녀의 유방은 쇠퇴의 조짐을 희미하게 드러내고 있었다. 비록 크기는 지금보다 약간 작았지만, 스물두 살때의 젖가슴이 훨씬 더 아름다웠으리라.

마야코는 자신의 젖가슴을 바라보았다. 아직 아이를 낳지 않았음에도 유두의 색깔은 진하게 변해 있었다. 이렇게 된 것은 다 고이치 때문이야. 그녀는 문득 남편이 원망스러웠다.

"부끄럽네요. 이젠 완전히 아줌마가 돼 버렸으니……."

마야코는 그렇게 말하고 양쪽 팔로 젖가슴을 가렸다. 별안간 비참한 생각이 들었다.

"부끄럽긴 뭐가 부끄러워. 오히려 옛날보다 훨씬 풍만하고 아름다운데 말이야."

노무라가 강하게 그녀의 손목을 움켜쥐고 위로 올리며 말했다. 마야코는 졸지에 벌을 서는 학생 꼴이 되었다. 이윽고 노무라가 그녀의 몸을 살짝 밀었다. 그 바람에 그녀는 침대 위로 쓰러졌다. 밝은 불빛 아래 신체검사를 받듯 상반신을 훤히 드러낸 채 남자 앞에 서 있는 것보다는 침대에 누워 있는 편이 훨씬 나았다.

"불 좀 꺼 주실래요?"

그녀는 일부러 애원조로 말했다. 친구들로부터 환한 불빛을 받으며 정사를 즐기는 남자들이 있다는 말을 들은 적이 있기 때문이었다.

"그러지 뭐."

노무라는 의외로 쉽게 응했다. 그가 침대 머리맡의 체스트에 붙은 버튼을 누르자 불빛이 사라졌다. 그래도 완전히 어둡지는 않았다. 그것은 체스트 밑에서 새어나오는 은은한 불빛 때문이었다.

마야코는 우선 샤워부터 하고 싶었지만, 아무래도 그럴 만한 여유가 없을 것 같았다. 부부나 오랜 세월 계속 관계를 가진 연인 사이라면 얼마든지 섹스 전에 샤워를 할 정도의 여유를 부릴 수 있을 터였다. 그렇지만 노무라와 마야코의 경우는 달랐다. 두 사람에게 있어서는 무엇보다 '격정에 몸을 맡기는 것'이 급선무였다. 그런 마당에 샤워를 할 경우 모처럼 후끈 달아오른 몸이 식을지도 모를 일이었다. 결국 그녀는 샤워하는 것을 깜빡 잊은 척하기로 마음먹었다.

어느새 마야코의 유두는 노무라의 입술에 점령당해 있었다. 그의 혀는 딱딱하게 굳은 그녀의 유두를 사정없이 공격했다. 한편 그의 왼손은 그녀의 스커트를 부드럽게 밀어 올린 다음 스타

킹의 이음선을 따라 서서히 올라왔다. 순간 마야코는 아침에 샤워를 하면서 생각했던 바를 떠올렸다.

물론 아침의 샤워는 다분히 노무라를 의식한 것이었다. 노무라는 분명히 호텔로 가자고 유혹할 터였다. 그 결과 불륜을 음미하겠지만, 선뜻 내키지 않는 구석이 있었다. 어쨌거나 그녀 자신은 유부녀였다. 따라서 다른 남자와 정사를 벌일 경우, 자칫 돌이킬 수 없는 처지에 놓이게 될 터였다. 하지만 이미 노무라와 키스를 나눈 후였기 때문에 반은 엎질러진 물이었다. 게다가 그녀의 몸은 키스 이상의 것에 대한 욕망으로 가득 차 있는 상태였다.

이것은 나 자신도 어쩔 수 없는 일이야. 그래, 눈 딱 감고 욕망이 시키는 대로 하는 수밖에 없어. 그녀는 샤워를 하면서 몇 번이나 스스로를 다독거렸다. 그러나 여전히 망설임이 마음 한 구석을 차지한 채 물러서지 않았다.

만약 주위 사람들이나 남편 고이치로부터 의심받고 추궁당한다면, 어떻게 대처하지? 무조건 시치미를 떼나? 그렇게 한다고 통할까? 불륜을 즐기면서도 주위 사람들과 남편은 물론, 나 자신에게조차 당당할 수 있는 방법은 없을까? 혹시 최후의 삽입을 피한다면 어떨까? 그래, 바로 그거야. 그렇게 하면 그다지 문제 될 것은 없어. 요즘 세상에서는 비록 유부녀라 할지라도 외간 남자와의 키스 정도는 용납될 수 있는 일이니까. 마야코는 키스의 연장선상에서 유방과 성기의 애무도 용납될 수 있을 것이라고 생각했다.

결국 남편들이 격노하는 가장 큰 이유는 자신의 소유물로 여기는 아내의 몸에 다른 남자의 신체 일부가 침입했기 때문인 것이다. 그래, 자신의 성기가 아닌 다른 남자의 것이 아내의 몸속으로 들어갔기 때문에 분통을 터뜨리는 거야. 그러니까 그것을 피해 몸의 표면만을 접촉하거나 애무하도록 하면 된다고. 그 정도야 크게 문제 될 것도 없을 텐데 뭐.

노무라는 마흔이 넘은 남자인 만큼 충분히 욕망을 다스릴 수 있을 터였다. 따라서 그라면 자신의 요구를 받아들일 것이라고 마야코는 생각했다. 어쨌든 삽입만 피하자. 그녀는 누운 채 속으로 중얼거렸다.

그러나 마지막 남은 팬티가 벗겨졌을 때, 마야코는 자신의 그런 결심이 얼마나 여린 것이었는지를 깨달았다. 노무라의 손가락이 부드럽게 안으로 들어온 순간 그녀는 짧은 비명을 질렀다. 그것은 결코 혐오감 때문이 아니었다. 오히려 기분이 무척 좋았기 때문이었다.

그녀는 가쁜 숨을 내쉬며 마른침을 삼켰다. 노무라의 손가락이 움직임에 따라서 뜨거운 열기가 그녀의 온몸으로 퍼져 나갔다. 어느새 그녀의 깊은 곳은 미끈미끈한 액체로 흥건하게 젖어 있었다.

노무라의 손가락은 강약의 리듬에 맞춰 마야코의 민감한 곳을 집중적으로 공격해 들어왔다. 그때마다 그녀의 몸은 심하게 요동쳤고, 숨결은 더욱 거칠어졌다. 마치 깊이를 알 수 없는 계곡으로 추락하는 기분이었다.

마야코는 몇 번인가 짧은 비명을 지르던 끝에 잠시 정신을 잃었다. 그것을 신호로 노무라가 그녀의 몸을 덮쳤다. 그러고 나서 그는 마야코의 팬티를 벗겼을 때보다 훨씬 더 재빠른 동작으로 자신의 것을 벗어 던졌다. 실오라기 하나 걸쳐져 있지 않은 남자의 하반신이 마야코의 눈에 어렴풋이 비쳤다. 노무라는 손과 입을 동원하여 마야코를 마법의 세계로 이끌었다.

남자의 손가락에 의해 무차별 공격을 당한 마야코의 그것은 미세하게 경련하고 있었다. 이윽고 그 입구 앞에 크고 단단한 것이 모습을 드러냈다. 그것은 금방이라도 쳐들어올 듯 득의만만한 태세를 취하고 있었다. 마야코는 자신의 깊은 곳에 많은 양의 액체가 흐르고 있음을 느꼈다. 그것은 남자를 환영한다는 표시였다.

입구에 대기하고 있던 것이 드디어 안으로 들어왔다. 순간 마야코는 짧은 비명을 토해 냈다. 어째서 이것을 피하려 했을까. 이것이야말로 내가 원했던 것이 아니었던가.

"기분이 어때? 좋아?"

노무라가 물었다.

"네, 무척 좋아요."

마야코가 대답했다. 별안간 그녀는 노무라에게 미안한 생각이 들었다. 자신이 엉뚱한 마음을 먹었던 것에 대해서 사과하고 싶었다. 내가 섹스를 피하려고 작정한 것을 이 남자가 안다면 어떻게 나올까? 기분 나쁜 표정을 지을까? 어쩌면 그럴 수도 있겠지. 하지만 내가 이토록 환희에 젖어 있는 것을 보면 용서해 줄 거야. 마야코는 그런 생각을 하며 남자를 안으로 더욱 깊숙이 받아들였다.

이제는 그 모든 것이 어떻게 돌아가든 상관할 바가 아니었다. 이미 돌이킬 수 없는 상태였다. 마야코로서는 자신이 쓸데없는 생각을 품지 않도록 섹스에 깊이 몰입해야 했다. 그 무엇보다 남자의 동작 하나하나를 음미하는 것이 중요했다. 그녀는 자신이 만들어 낸 액체 속으로 흠뻑 젖어들고 싶었다.

"아! 황홀해요."

그녀는 경련을 일으키며 신음했다.

고이치는 잠들어 있는 것 같았다. 침실의 불이 꺼져 있었다. 내가 다른 남자와 정사를 벌이고 왔는데도 태평하게 잠을 잘 수 있다니……. 다른 남편들도 저럴까? 마야코는 친구들에게 물어보아야겠다고 생각했다. 어째서 남편은 내가 다른 남자와 만난 날 밤에 저토록 태평하게, 그리고 일찍 잠을 잘 수 있는 것일까? 노무라와 키스를 나눈 날 밤 역시 고이치는 일찌감치 잠자리에 누워 세상모른 채 자고 있었다.

죄를 범한 내게 그 사실을 숨길 충분한 시간을 주기라도 하려는 것일까. 마야코는 소리가 나지 않도록 주의하며 침실의 옷장을 열고 갈아입을 옷을 꺼냈다. 그러고 나서 욕실로 들어가 뜨거운 물을 틀었다. 이윽고 그녀는 욕조의 가장자리에 걸터앉았다. 그러면서 뜨거운 물로 채워진 욕조를 물끄러미 바라보았다.

정말 엄청난 일을 저질렀군. 남의 일처럼 여겨지던 불륜을 서슴없이 저지르다니. 처음에는 페팅 정도로 끝낼까 했는데⋯⋯. 그래, 노무라가 막무가내로 나오는 바람에 어쩔 수 없이 무너지고 말았던 거야. 아니, 그게 아니지. 애당초 나 자신에게 거부할 의지가 없었기 때문에 그런 엄청난 일을 저지르게 된 거야.

옛날 같으면 이것은 보통의 죄가 아니겠지. 참형에 처해질 만큼 큰 죄였을 거야. 만약 이 일을 남편이 알게 된다면 어떻게 될까. 당연히 일대 사건이 벌어지겠지. 설마 죽음을 당하지는 않겠지만 이혼은 피할 수 없을 거야. 어쩌다 내가 이런 엄청난 일을 저지르고 만 것일까.

마야코는 스스로를 책망했다. 혹시 꿈이 아닐까 싶어 그녀는 자신의 볼을 살짝 꼬집어보았다. 역시 꿈은 아니었다. 그녀의 내면 어딘가에서 여러 소리가 울려 나왔다.

―어차피 나만 저지른 일이 아니야. 친구들 중에 이런 일을 저지른 여자가 한둘이 아니잖아.

―남편에게 알려지면 큰일인데.

―걱정할 것 없어. 대체 그가 어떻게 알겠어?

―잠자코 입을 다물고 있으면 괜찮을까?

―그래, 시치미를 떼라고. 그럼 그가 알게 될 턱이 없을 테니까.

―혹시라도 알게 된다면?

―증거도 없는데 어떻게 알겠어. 안 그래?

그랬다. 다른 남자와 몸을 섞었다고 해서 표시가 날 리도 없었다. 더구나 노무라가 쓸데없이 떠벌리고 다닐 리도 만무했다. 그 역시 처자가 있는 몸이고, 사회적인 지위를 소중하게 생각해야 하는 처지였다.

그래, 오늘 밤 일은 내가 입만 다물고 있으면 완벽한 비밀이 되는 거야. 완벽한 비밀이란 결국 무(無)와 같은 것이라고. 그러니 아무것도 걱정할 게 없어.

마야코는 스웨터를 벗고 거울 앞에 섰다. 팬티 한 장만 달랑 걸친 반라의 상태로 거울을 들여다보고 있노라니 마치 채점이 끝난 답안지를 확인하고 있는 것 같은 생각이 들었다. 문득 이렇게, 혹은 저렇게 했으면 좋았을 텐데 하는 식의 아쉬움이 느껴졌다. 아마 좀 더 적극적으로 행동했다면, 그리고 좀 더 섹시한 팬티를 입고 있었더라면 훨씬 더 멋진 정사가 되었을 거야. 마야코는 불륜에 대한 후회 따위는 전혀 하지 않았다. 오히려 그녀는 앞으로도 계속해서 노무라를 만나게 될 것이라고 확신했다.

마야코는 수도꼭지를 잠그고 팬티를 벗었다. 순간 조금 전 호텔에서의 정사 흔적이 그녀의 눈에 띄었다. 브래지어와 세트를 이룬 진주색 팬티에 얼룩이 번져 있었다. 생리 전 분비물이 많아 나왔을 때에도 이처럼 끈적끈적한 얼룩이 커다랗게 번져 있었던 적은 없었다.

그녀는 팬티와 함께 스타킹을 세탁기 속에 집어넣었다. 불현듯 생각이 미쳐 방금 사용한 젖은 목욕 수건도 던져 넣었다. 그러고 나서 세탁기의 전원 버튼을 눌렀다.

그녀는 세탁기가 돌아가는 것을 확인하고 나서야 비로소 욕조 속으로 들어갔다. 그러고는 은밀한 곳을 살며시 만져 보았다. 작은 거품이 한 방울 일었다. 그저 그뿐이었다. 피임을 염두에 둔 노무라 덕택에 그 속에는 아무것도 남아 있지 않았다.

마야코는 욕조에서 일어나 머리를 감았다. 그리고 몸의 움푹 팬 부분까지 비누로 정성껏 씻었다. 잠시 후 땀과 함께 남자의 체취도 이로써 완전히 씻겨 내려갔다고 판단했음에도 불구하고 그녀는 다시 욕조 속으로 들어갔다.

그녀가 욕조에 몸을 담그고 나서 밖으로 나왔을 때 세탁기는 이미 정지해 있었다. 그녀는 세탁기에서 팬티를 꺼냈다. 조금 전의 얼룩은 흔적조차 찾아볼 수 없었다.

이 정도면 충분하겠지. 그래, 이제 모든 것이 깨끗이 지워졌어. 목욕도 했겠다, 팬티까지 빨았으니 더 이상 걱정할 필요는 없는 거야. 티끌만한 흔적도 남지 않게 된 거라고.

그녀는 회심의 미소를 지으며 욕실을 나왔다. 그러고 나서 파자마를 입고 침실로 향했다. 문득 남편의 얼굴이 장애물처럼 떠올랐다. 남편의 잠든 얼굴을 똑바로 바라볼 수나 있을까 싶었다.

고이치는 베개에 뺨을 대고 깊이 잠들어 있었다. 마야코는 그의 얼굴을 가만히 내려다보았다. 약간 벌어진 입술 사이로 무슨 말인가 흘러나올 것 같았다. 별안간 남편의 얼굴이 사랑스럽게 느껴졌다. 그녀는 그렇게 느끼는 자신이 뻔뻔스럽다고는 생각하지 않았다. 오히려 그런 여유를 부리는 자신이 만족스러웠다.

그날 밤, 마야코는 자신의 죄를 스스로 용서하고는 편안한 잠 속으로 빠져들었다.

제4장

도약

　결혼한 뒤로 마야코는 설날이 싫었다. 설날마다 남편 고이치
와 함께 시댁에 가서 지내야 했기 때문이었다.

　그렇지 않아도 시댁이 지방이 아닌 도쿄에 있으므로 자주 갈
수밖에 없었다. 특히 주말이면 어김없이 가야만 했다. 걸핏하면
시댁에 가서 주말을 보내는 것이 마야코로서는 몹시 불만스러
웠다. 결혼 첫해에 아무 생각 없이 고이치를 따라갔던 것이 어
느새 그 집안의 관습에 꽁꽁 묶인 꼴이었다.

　고이치의 본가에서는 섣달 그믐날 밤에 메밀국수를 먹고, 설
날 아침에는 모든 식구가 둘러앉아 한 해의 복을 기원했다. 그
러므로 마야코는 그 설 행사에 참석하기 위해 거북한 시댁에서
이틀을 묵어야만 했다.

　불행 중 다행으로 시어머니인 아야코는 설음식을 거의 만들
지 않았다. 아마 책에서 읽었던지 아야코는 며느리인 마야코에

116

게 그 이유를 다음과 같이 설명했다.

"설음식을 먹는다는 건 가난해서 제대로 먹을 것도 없었던 시절의 풍습이야. 지금은 먹는 게 풍부한데, 굳이 그런 구습을 고집할 필요가 있겠니."

아들이 결혼하기 전부터 아야코는 설음식을 장만하지 않았다. 대신 섣달 그믐날 아침에 로스트 비프를 마련했다. 그것은 샌프란시스코에서 살던 무렵부터 생긴 습관이었다.

"로스트 비프에 와인을 곁들이면 그야말로 금상첨화지. 이것보다 더 세련된 설음식이 어딨겠어."

아야코는 육수를 뿌리며 마야코 앞에서 자랑스럽게 말하곤 했다.

기왕 서양 풍속을 고집할 양이면 온 가족이 모여 도소(불로장수의 효험이 있다고 하여 설날에 마시는 술)를 마시는 관습 따위도 버려야 할 텐데, 그렇지 않았다. 아마 고이치의 아버지가 그 술을 좋아하기 때문에 어쩔 수 없는 모양이었다.

"내가 시집을 왔을 땐 시어머님이 건강하게 살아 계셔서 설음식을 장만해야만 했어. 시어머님께서는 이런저런 재료의 크기마저 엄격하게 챙기셨지."

설날에 듣는 아야코의 말은 어느 것 하나 마야코의 신경을 거스르지 않는 것이 없었다. 결국 그런 말은 옛날에 비해 요즘의 며느리는 행복하다는 의미일 터였다.

그 외에도 마음에 들지 않는 것들이 무척 많았기 때문에 마야코는 시댁에서 머무는 것 자체가 싫었다. 왜 정초부터 기분 나쁜 일을 당해야만 하는지 생각만 해도 진절머리가 났다. 그러나 이틀 동안의 의무를 완수해 놓으면 앞으로는 그럭저럭 적당히 넘어갈 수 있겠지. 마야코는 그런 생각을 하며 스스로를 위로하곤 했다.

설날을 기준으로 이틀 동안 시댁에 머무는 것과 주말마다 그곳에 가는 것 중에서 하나를 택하라고 한다면, 마야코는 전자를 선택했을 터였다. 결국 문제는 시간이 아니라 횟수였던 것이다.

설날 아침은 항상 식탁이 아닌 다다미방에서 식사를 했다. 고이치 부자는 넥타이를 매지 않은 재킷 차림, 아야코와 마야코는 원피스를 입는 것이 상례였다. 지난해의 설날 마야코는 스웨터 차림으로 자리에 앉으려고 했다가 시어머니한테 꾸지람을 들었다.

"얘, 설날에 그 옷차림이 뭐니? 지킬 건 제대로 지키자꾸나."

마야코는 지킬 것을 제대로 지키기 위해서 이번에는 미용 기구까지 싸 들고 왔다. 그녀는 자기처럼 고생하는 며느리도 없을 것이라고 생각했다.

"새해 복 많이 받으세요. 그리고 올해도 잘 보살펴 주세요."

마야코는 그렇게 새해 인사를 하고 슬그머니 시어머니의 얼굴을 살폈다. 중년의 여자가 그렇듯 아야코는 며느리의 새해 인사가 연극 대사 같은 상투적인 것임을 뻔히 알면서도 흡족한 표정을 짓고 있었다.

이윽고 모두 자리에 앉자 아야코가 큰 소리로 말했다.

"우리 한 사람씩 돌아가며 올해의 포부를 밝히기로 합시다. 우선 당신부터 하세요."

초등학생도 아닌데 포부는 무슨 포부야. 마야코는 하마터면 소리 내어 웃을 뻔했다. 포부를 밝힌다는 것은 결국 비밀을 드러내는 행위나 마찬가지일 터였다. 따라서 아무리 가족일지라도 자신의 은밀한 비밀을 스스럼없이 드러내는 사람이 과연 몇이나 있을까 싶었다.

아니나 다를까 고이치의 아버지는 골프 실력을 좀 더 올렸으면 싶다며 얼버무리듯 대꾸했다. 고이치 역시 체중을 줄이고 싶다면서 얼토당토않은 말을 했다.

"글쎄요……."

자신의 차례가 되자 마야코는 일단 생각하는 척하며 뜸을 들였다.

작년 연말에는 급기야 불륜을 체험했다. 올해는 좀 더 강렬한 섹스를 하고 싶다고 말한다면 시어머니는 과연 어떤 표정을 지을까? 졸도를 하거나 미친 듯이 소리를 지르겠지? 마야코는 그런 상상을 하면서 자기도 모르게 빙긋 웃었다. 상상만으로도 무척 유쾌했다. 그녀는 들뜬 나머지 마음에도 없는 말을 아무렇게나 내뱉었다.

"올해는 시간을 내서 요리를 배우러 다니고 싶어요. 그리고 영어를 다시 시작해 보고도 싶은데, 어떨지 모르겠네요."

"아니, 요리에다 영어까지 배우겠다고?"

아야코는 놀란 듯이 눈을 동그랗게 뜨고 마야코를 쳐다보았다. 마치 '정말 못 말리는 며느리군.' 하고 빈정거리는 것 같았다. 마야코는 시어머니의 주름진 눈가를 바라보다가 슬그머니 젓가락을 내려놓았다.

"마야코, 올해 네 나이가 몇인 줄이나 아니? 금년은 네 나이가 서른셋인 만큼 액이 낀 해야. 그러니 밖으로 나돌아서 좋을 게 없다고. 그러다 대체 아이는 언제 가질 셈이니? 다 늙어서 가질 거야?"

또 시작이군. 마야코는 지그시 아랫입술을 깨물었다. 고이치 누이 일가의 미국 체재가 길어질 것이라는 사실을 알게 된 작년 말부터 아야코는 아이 타령을 늘어놓기 시작했다. 더구나 요즘 들어서는 입만 뻥긋했다 하면 아이를 가지라는 말뿐이었다. 아이를 가지면 모든 것이 다 원만해지는 줄 아는 모양이었다.

"너희 나름대로 계획이 있을 거라고 생각하고 지금까지는 별로 입 밖에 내지 않았지만, 무슨 일이든 시기가 있는 법이야. 난 솔직히 너희 둘만 보면 조마조마하고 불안해. 부부는 아이가 있어야 완전한 거야. 혹시라도 지금 당장만 즐거우면 된다는 식의 생각을 갖고 있다면, 그건 큰 오산인 줄 알아라."

문득 마야코의 뇌리에 노무라의 손가락이 떠올랐다. 여자 다루는 기술이 능란한 남자는 다들 손가락이 예쁜 것일까? 노무라의 깨끗이 다듬어진 손톱까지 그녀의 눈앞에 어른거렸다.

노무라의 손가락은 담배나 커피잔을 집기 위한 것만이 아닌 듯했다. 특히 그의 가운뎃손가락은 무척이나 매력적이었다. 그것은 마야코의 몸에 닿는 순간 더욱 길어졌다.

마야코는 설날 아침부터 시어머니 앞에서 노무라의 유연한 가운뎃손가락을 떠올리고 있는 자신이 조금은 쑥스러웠다. 하지만 그런 상상은 시어머니에 대한 복수 차원을 넘어 그녀에게 묘한 쾌감을 안겨 주었다.

"어머니, 저희도……."

"고이치, 너는 좀 가만히 있거라."

고이치가 입을 여는 순간 아야코가 제지하고 나섰다.

"나도 정초부터 이런 설교 따위는 할 생각이 없었어. 그런데 마야코가 너무 태평스런 말을 하고 있으니 한마디 안 할 수가 없구나. 너희 둘 말이야, 혹시 아이나 결혼생활에 대해서 진지하게 생각해 본 적은 있니?"

마야코는 자신을 향한 질문임을 알면서도 대꾸하지 않았다. 그녀는 어느 누구에게도 소유되지 않고, 아무도 엿볼 수 없는 상상의 세계에 푹 잠긴 채 계속해서 함께 잤던 남자를 떠올리고 있었다. 만약 아야코가 초능력자라면 마야코는 그 자리에서 살해당할지도 모를 일이었다. 그 정도로 마야코의 상상은 지독하게 외설적이었다.

"마야코, 내 말 잘 들어라. 부부는 반드시 아이를 가져야 되는 거야. 그래야 부부로서의 구실을 제대로 하게 되는 법이지. 물론 너희 둘처럼 자기 좋은 것만 골라서 하고 마음 내키는 대로 사는 것도 나쁘진 않을 거야. 하지만 그것은 결코 부부가 할 짓이 아니야. 그렇게 하려면 애당초 결혼을 하지 말았어야지. 지금 너희 둘이 사는 게 동거와 무슨 차이가 있니, 응?"

혹시 시아버지는 시어머니에게 혀로 서비스를 해 준 적이 있을까 하고 마야코는 생각했다. 노무라의 혀 놀림은 그 자체가 예술이었다. 고이치도 연애 시절에는 마야코가 만족스러울 만큼 헌신적으로 봉사했다. 그러나 요즘은 그렇지 않았다.

부부와 애인은 혀의 사용 유무에 따라 차이가 나는 것이라고 마야코는 생각했다. 그런 생각은 그날 밤 이후부터 갖게 되었다.

노무라는 샤워도 하지 않은 채 굳게 달라붙은 마야코의 양다리를 벌렸다. 그러고는 거침없이 그녀의 사타구니 쪽으로 얼굴을 들이밀었다. 순간 그녀는 "아아!" 하고 소리 질렀다. 노무라의 혀는 뜨거우면서도 부드러웠다. 그것은 마치 굶주린 들개처럼 그녀의 음부를 핥았다. 이윽고 마야코는 숨이 막힐 것 같아 비명을 질렀다. 노무라의 혀가 너무 깊숙이 들어왔던 것이다. 그것은 전후 상하로 움직였고, 마야코의 몸은 그 리듬에 맞춰 경련을 일으켰다. 그야말로 황홀하면서도 달콤한 밤이었다.

"새해부터 잔소리를 한 것은 아닌지 모르겠구나. 어쨌든 이 얘기는 나중에 또 천천히 하기로 하고 음식이나 들자꾸나. 마야코, 네가 이 로스트 비프를 나눠줘라. 이번에는 아주 잘 구워진 것 같구나."

마야코는 시어머니가 시키는 대로 한 뒤 자리에서 일어났다. 꼼짝하지 않고 앉아 있다 보니 다리에 쥐가 나서 도저히 참을 수 없었다. 더구나 시부모 앞에서 욕정으로 몸이 달구어져 있었기 때문에 더 이상 오래 앉아 있을 자신이 없었다.

노무라와 정사를 벌이고 나서 2주 정도의 시간이 흘렀다. 설연휴 때문에 그만큼 시간적 간격이 생겼던 것이다. 마야코는 새해 업무가 시작되는 날 노무라에게서 전화가 걸려 올 것이라고 예상했다. 예상은 적중했다.

섹스의 달콤함을 맛본 남자에게 있어서 2주의 시간은 견디기 힘든 고통이었으리라. 그 결과 예의로써라도 보고 싶다는 식의 전화를 걸어 올 터였다.

"여보세요, 미즈코시 마야코 씨 계십니까?"

전에도 그랬지만 노무라는 마야코의 성을 거북스럽게 발음했다. 결혼으로 인해 성이 바뀐 것을 용납하기 어렵다는 투였다.

"아, 저예요."

마야코는 그렇게 대답하고 수줍은 듯 얼굴을 붉혔다.

"노무라입니다. 새해 복 많이 받으십시오."

노무라가 짐짓 겸손하게 나왔다.

"새해 복 많이 받으세요. 올해도 잘 부탁드립니다."

마야코는 무심코 그렇게 말해 놓고 쓴웃음을 지었다. 올해도 잘 부탁드린다니, 대체 무엇을 부탁한다는 거야. 물론 아무 생각 없이 내뱉은 그 말 속에는 여러 의미가 내포되어 있을 터였다.

"오늘은 좀 곤란할 것 같고, 내일이나 모레는 어떨까? 어때, 시간 낼 수 있겠어? 신년회라는 핑계를 댈 수도 있을 텐데 말이야."

노무라 역시 자신의 말이 우스꽝스러운지 싱거운 웃음소리를 냈다.

"오늘은 어때요? 전 괜찮은데……."

마야코는 활기 있게 말했다. 이제 와서 점잔을 뺄 필요까지는 없을 것 같았다.

"오늘?"

그 말끝에 잠시 침묵이 흘렀다. 곰곰이 생각에 잠긴 듯했다. 아마 업무상 중요한 약속이라도 해 놓은 모양이었다.

사교와 내 육체를 저울질하고 있나 보군. 마야코는 침묵에 잠긴 수화기를 들고 상대방의 말이 이어지기를 기다렸다. 이윽고 노무라는 두 마리의 토끼를 모두 손에 넣기로 결정한 것 같았다.

"늦게라도 괜찮을까?"

"상관없어요. 그러잖아도 회사 동료와 함께 식사하기로 약속돼 있어서 저녁 늦게나 시간이 있을 것 같아요."

"그럼 9시에 만나는 게 어떨까? 요전에 만났던 호텔 바에서 말이야."

전화를 끊고 나서 마야코는 간단한 계략을 세웠다. 어차피 오늘은 고이치도 늦는다고 했으므로 밤늦게 귀가해도 아무런 문제가 없을 터였다. 신년회 분위기에 휩쓸려 동료들과 함께 노래방에 갔었다고 말하면 되리라.

노래방에 갔다는 것만큼 좋은 핑계거리도 없을 것이다. 노래방에 가면 시간 감각을 잃어버린다는 것과 도중에 빠져나오기 어렵다는 것은 누구나 다 알고 있는 사실이다. 노래방에 들렀다 오는 길이라며 피곤한 얼굴로 느지막이 귀가한다면 전혀 의심

받지 않을 것이다.

다른 여자들도 나처럼 노래방을 핑계대고 불륜을 즐길까? 아마 그럴 거야. 그런 여자가 한둘이 아닐 거라고. 마야코는 그런 생각을 하며 유쾌한 표정을 지었다.

"미즈코시 씨, 즐거운 일이라도 생겼어요? 아주 기분 좋아 보이는데."

그녀가 막 자리에 앉으려 할 때 회장 앞으로 날아온 연하장을 들고 나타난 총무과의 남자 직원이 말을 걸었다.

"즐거운 일은 무슨 즐거운 일예요."

"설날을 멋지게 보냈나 본데요? 남편과 외국 여행이라도 다녀왔습니까?"

"말 같지도 않은 소리 하지 마세요!"

마야코는 일부러 화를 냈다.

"아니, 왜 화를 내고 그러세요?"

"즐거운 일 따위는 아무것도 없었는데, 약 올리듯 엉뚱한 질문만 하니까 그렇죠. 난 시댁에 가서 최악의 설을 보냈어요."

"아, 그러세요."

입사한 지 3,4년이 되었다는 그 직원은 더 이상 캐묻지 않고 연하장 뭉치를 책상 위에 놓고 사라졌다.

마야코는 연하장을 분류하면서 나지막이 콧노래를 흥얼거렸다. 그것은 옛날 유행가로, 가사의 내용은 '키스의 맛은 레몬과 같다.'라는 식이었다.

그녀는 한껏 고조된 자신을 발견하고 쑥스러움을 느꼈다. 단한 차례의 불륜으로 이렇듯 행복에 젖어 있다니. 아니, 아직은 이것을 행복이라고는 칭할 수 없을 거야. 부도덕한 행위를 하고 어떻게 행복해할 수 있겠어. 단순히 흥분에 젖어 있다는 표현이 적당하지 않을까.

확실히 그날 밤의 일은 생각만 해도 온몸이 달아올랐다. 그녀는 그 밤의 추억을 조금씩 되살리며 몸을 떨곤 했다. 아, 오늘 밤에도 그 즐거운 경험을 할 수 있다니…….

모든 것이 순조롭게 진행되었다. 마야코가 원하기만 하면 얼마든지 달콤한 금단의 열매를 따 먹을 수 있었다. 그러니 어찌 흥분이 되지 않을 수 있겠는가.

불륜이 이 정도로 나를 흥분시킬 줄이야. 그것은 생각도 못한 일이었다. 세상 모든 여자들이 지금의 나와 같다면, 아마 너나 할 것 없이 외간 남자를 찾아 나설 거야. 마야코는 그런 생각을 하며 회심의 미소를 지었다.

그녀는 약속 시간을 염두에 두고 호텔 바로 향했다. 마치 그녀를 기다리고 있었다는 듯 호텔의 엘리베이터 문이 부드럽게 열렸다.

엘리베이터가 올라가는 중에 그녀는 가슴의 통증을 느꼈다. 아무래도 새로 착용한 브래지어가 맞지 않는 것 같았다. 이태리제인 그것은 분홍색으로 군데군데 장미꽃이 섬세하게 수놓아져 있었다. 그리고 컵의 아랫부분에 와이어가 들어 있어서 유방을 살짝 받치고 있었는데, 결국 그것이 세게 가슴을 조이는 바람에 아픈 듯했다.

그러나 마야코는 통증 따위야 얼마든지 참을 수 있었다. 가끔 쑤셔도 전혀 불쾌하지 않았다. 오히려 와이어가 가슴을 팽팽하게 조이는 탓에 아름다운 곡선을 이룬다고 생각하니 기분이 좋았다. 니트로 감싸인 그녀의 가슴은 확실히 아름다웠다. 전보다 가슴의 높이와 각도가 훨씬 보기 좋았다.

마야코는 다른 사람이 타지 않은 것을 다행스럽게 여기며 자신의 가슴을 살짝 만져 보았다. 몇 시간 후면 입술 다음으로 남자의 손길이 미칠 그것은 탄력 있고 따뜻했다. 문득 와이어가 마음에 걸렸다. 혹시 노무라가 이것을 눈치채지나 않을까. 그럴리 없어. 마야코는 다시 한 번 꼼꼼하게 점검했다. 그러고는 만족스러운 듯 고개를 끄덕였다.

마야코의 불륜은 오늘 아침 옷장에서 최고로 멋진 팬티를 골라 입었을 때부터 시작되었다. 그녀는 레이스와 비단의 감촉을 느끼며 오늘 밤 침대 속에서 벌어질 일을 상상했다. 남자의 손가락이 눈앞에 어른거렸다. 여러 장면을 상상한 지 10초도 안되어 그녀의 호흡이 거칠어졌다. 물론 그녀의 몸 역시 불길에 휩싸인 듯 뜨겁게 달아올랐다. 물론 그것은 불륜이라는 이름의 욕정이었다.

오늘 밤 노무라는 과연 어떻게 나올까? 대부분의 남자들은 섹스할 때 상대 여자로부터 허락을 받았다고 생각할 것이다. 그러나 사실은 그렇지 않다. 여자들은 그보다 10시간 전쯤에, 그러니까 팬티를 골라 입었을 때 자신의 몸을 허락하기로 결심한다.

마야코는 엘리베이터 문이 열리자마자 힘차게 발을 내디뎠다. 호텔 건물의 맨 위층에 위치한 바는 술값이 비싼 대신 테이블 사이의 공간이 무척 넓기로 유명했다. 따라서 주로 커플들이 이용했다.

노무라는 창가의 작은 테이블에 앉아 책을 읽고 있었다. 마야코는 조용히 그에게 다가갔다. 약간 배를 내민 거만스러운 모습이 마음에 들지 않았지만, 감색 양복은 아주 잘 어울렸다. 고상한 느낌을 주는 그것은 특히 어깨선이 아름다웠다. 급히 결정된 데이트인데, 어떻게 저런 멋진 양복을 골라 입었을까. 미리 예측하고 일찌감치 마음에 드는 양복을 준비해 놓았겠지. 그러고 보니 남자에게 있어서의 양복은 여자에게 있어서의 팬티나 마찬가지군 그래. 마야코는 그런 생각을 하며 미소를 지었다.

이윽고 마야코의 기척을 느낀 노무라가 책을 덮었다. 아무래도 긴자(銀座)에 있는 유명 서점에서 산 것 같았다. 책을 싼 포장지에 그 서점의 이름이 박혀 있었다. 그녀는 묘하게도 그 책이 자신을 거부하는 것 같다고 생각했다.

"무슨 책이죠?"

마야코는 주인의 양해조차 구하지 않고 책을 펼쳤다. 그것은 한창 화제가 되고 있는 번역서로서, 철학을 재미있고 이해하기 쉽게 해설한 것이었다.

"아주 진부한 내용이네요."

그녀는 일부러 거칠게 말했다.

"베스트셀러는 어떻게 해서든 읽으려고 하는데, 시간이 있어야 말이지."

"무리를 하면서까지 책을 읽을 필요가 있나요?"

"그렇긴 해. 하지만 이 나이에도 지식에 대한 열등감 같은 게 남아 있어서 그런지 책을 손에 쥐지 않으면 불안해. 그래서 반드시 읽어야 한다고 생각하는 책한테 늘 쫓겨서 살지. 사실 책이란 즐기면서 읽어야 하는 건데 말이야."

"제 경우는 너무 바빠서 책을 읽을 틈이 없어요. 솔직히 읽고 싶은 마음도 없고요. 특별히 책을 읽지 않는다고 해서 곤란할 것도 없잖아요."

책이 계기가 되어 자연스러운 대화를 나눌 수 있게 되었고, 그 덕분에 정사를 위한 만남의 어색한 분위기가 누그러졌다. 물론 노무라와는 2주 만의 만남이었다. 하지만 그전에 10년 가까운 세월이 지난 데다 마야코는 어디까지나 남편 있는 유부녀였다. 따라서 탐색이나 망설임의 과정 정도는 있어야 할 터였다.

마야코는 젊었을 때처럼 순조롭게 진행되지 않을 것이라고 생각했다. 그런데 그렇지 않았다. 그녀가 칵테일을 두 잔째 마셨을 때 노무라가 물었다.

"오늘 밤은 몇 시까지 괜찮은 거지?"

"이미 괜찮지 않아요."

마야코는 팔을 뻗어 노무라에게 손목시계를 보였다. 어느새 시계는 10시 근처를 가리키고 있었다.

"벌써 괜찮은 시간은 지났어요."

"그럼 마음놓고 늦어도 되는 건가?"

노무라가 빙긋 웃으며 말했다. 그것은 마야코를 불안하게 하는 웃음이었다. 그녀는 노무라의 득의만만한 표정 속에 야비한 어둠이 깔려 있음을 느꼈다. 그렇지만 그녀로서는 그의 그런 표정에서 안정을 구하는 수밖에 없었다.

그래, 이 남자의 자신만만한 표정과 태도에 의지할 수밖에 없어. 상대방이 자신감을 갖고 있지 않다면 어떻게 마음놓고 불륜을 저지를 수 있겠어. 불륜 상대에게 이 이상의 호조건은 기대할 수 없을 거야. 마야코는 노무라의 자신감에 부응하듯 웃어 보였다.

"당신은 언제나 자신에게 유리한 쪽으로 해석하는군요. 그것도 자신만만하게 말예요."

"그렇지 않아. 나 역시 조마조마하다고."

노무라가 부드럽게 웃으며 말했다. 어느새 그의 눈은 욕망으로 이글거리고 있었다. 마야코는 자신의 미소가 효과를 발휘했다고 생각했다.

"마야, 우리 그만 일어날까? 방을 잡아 놨으니까 거기에 가서 천천히 마시는 게 어때?"

그러나 그의 목소리는 전혀 상기되어 있지 않았다. 과연 나이를 먹은 만큼이나 노련한 남자였다. 마야코는 아무런 대꾸를 하지 않은 채 그에게 이끌리듯 자리에서 일어났다.

두 사람은 마치 일상적인 일인 것처럼 7층 아래의 객실로 내려갔다. 더 이상의 말이나 망설임은 필요하지 않았다. 설령 노무라가 방으로 유인하기 위해 교묘한 술책을 부렸다고 해도 마야코로서는 결코 싫지 않았으리라.

그녀는 눈과 입술을 움직였다. 그리고 가끔씩 머리카락을 흔들었다. 그러면서 노무라의 표정을 살폈다. 남자들은 여자의 그 같은 행동에 의해 자극을 받게 마련이다. 그리하여 때로는 용기를 얻기도 하고, 그 반대로 잃기도 한다. 하지만 노무라는 고무될지언정 용기를 잃지 않았다. 그만큼 그는 마야코에게 익숙해져 있었던 것이다.

방에 들어서자마자 노무라는 마야코의 입술을 덮쳤다. 둘 사이에는 거리낄 것이 없었다. 마야코는 정사까지의 순서가 간소화된 것을 다행으로 여겼다. 어쨌거나 그녀는 유부녀였고, 그래서 시간을 염두에 두지 않을 수 없는 입장이었다.

노무라의 손이 마야코의 가슴으로 파고들었다. 그녀는 기뻤다. 그녀 자신이 의도했던 순서대로 일이 진행되고 있기 때문이었다. 그렇지만 단순히 기쁜 것만으로는 성이 차지 않았다. 어차피 유부녀로서 엄청난 위험을 감수하는 자리였다. 따라서 좀더 자극적인 만족을 느껴야만 했다.

지난번 노무라와의 정사는 황홀했다. 하지만 그것은 지극히 정상적인 섹스였다. 분명히 쾌감을 느끼기는 했으나, 어딘지 모르게 미흡한 점이 있었던 듯싶었다.

마야코는 문득 잡지의 기사를 떠올렸다. 세상에는 상상을 초월하는 고단수의 섹스가 존재했다. 그녀는 잡지에서 읽은 것들을 시험해 보고 싶었다. 물론 SM 같은 비정상적인 행위나 기구를 사용하는 섹스 따위는 그녀와 거리가 먼 것이었다. 그러나 어차피 불륜을 저지르는 마당인 만큼 한 번쯤 시도해 볼만도 하지 않을까 싶었다.

내친김에 갈 데까지 가보는 거야.

마야코는 자기도 모르게 중얼거리고 적이 당황했다. 정말 그래도 괜찮은 것일까? 이러다 영원히 음란한 여자가 되어 버리는 것은 아닐까? 남편과는 불가능한 체위를 다른 남자와 시험해 보겠다는 생각은 이제껏 한 번도 품어 본 적이 없었다. 적어도 3개월 전의 그녀에게는 상상할 수도 없는 일이었다.

노무라가 유두를 만지작거리고 있을 때, 그녀는 음란한 생각을 품고 있는 자신을 나무랐다. 아무리 불륜을 저지르는 자리라도 그렇지, 어떻게 그런 비정상적인 섹스를 하려고 한다는 말인가. 역시 그래서는 안 돼. 연극이라도 좋으니 정신적인 요소가 가미된 섹스를 해야만 해.

"마야, 정말 황홀해. 미칠 정도로 말이야."

노무라가 그녀의 귀에 대고 속삭였다. 순간 그녀는 그가 자신을 진정으로 사랑하는지 궁금했다.

"그렇다고 저를 사랑하는 건 아니잖아요. 저를 사랑해요?"

마야코는 사랑이라는 말을 내뱉고 얼굴을 붉혔다.

별안간 노무라의 손가락이 움직이지 않았다. 어느새 그의 시선은 마야코의 얼굴에 박혀 있었다. 그는 느닷없이 무대에 세워진 사람처럼 어찌할 바를 몰랐다. 뭔가 적당한 말을 찾기 위해 두뇌를 회전시키고 있음에 틀림없었다. 마치 머릿속의 톱니바퀴 소리가 들리는 것 같았다. 마침내 그가 입을 열었다.

"나는 말이야, 이미 사랑 같은 것은 생각하지 않기로 했어."

그의 말은 사뭇 엄숙했다.

"남편이 있는 마야를 사랑으로 묶어 놔서는 절대 안 된다고 늘 스스로를 타이르곤 해."

마야코는 노무라의 목을 끌어당겨 키스 세례를 퍼부었다. 그것은 그의 말에 감동했기 때문이 아니었다. 단지 망측한 생각으로 궁지에 몰린 자신을 구해준 데 대한 감사의 표시일 뿐이었다.

고이치는 침대에서 책을 읽고 있었다. 마야코는 무슨 책인지 궁금했으나, 표지가 보이지 않아서 알 수 없었다.

"일찍 귀가했나 보죠?"

"방금 전에 왔어."

볼과 입 언저리가 풀린 것을 보니 술을 꽤나 마신 모양이었다. 고이치는 취했을 때마다 책을 손에 들고 책장을 훌훌 넘기면서 잠드는 버릇이 있었다.

"아예 시무식 같은 게 없었으면 좋겠어. 정초부터 사람을 우울하게 만드니 말이야. 올해도 마음에 안 드는 그 인간하고 일을 해야 하니, 원……. 이것저것 생각하면 회사 다닐 마음이 하나도 없어."

고이치는 길게 한숨을 내쉬었다. 마야코는 '그 인간'에 대해서 몇 번인가 들은 적이 있었다. 그는 다름 아닌 고이치의 직속상관인 부장이었다. 그와 고이치는 예전부터 뜻이 잘 맞지 않았다.

"어쩌면 말이야, 나 금년에 어딘가로 떠밀리어 가게 될 것 같아. 오늘도 늘 어울리는 동료들하고 술 한잔했는데, 모두 어렴풋이나마 알고 있는 눈치였어."

"그건 쓸데없는 기우일 뿐이에요."

마야코가 이불 위에 누운 채 말했다. 눕기 전에 욕실로 가서 남아 있을지도 모를 증거를 없앨 생각이었지만, 어둠 속에서 남편이 눈치채지는 못할 것이라 판단하고 그만두었다. 침실에는 책을 읽기 위해 켜 놓은 자그마한 스탠드만이 희미한 불빛을 내뿜고 있었다.

"쓸데없는 기우라니?"

"당신은 매년 시무식 때만 되면 똑같은 얘기를 반복했어요. 그런데도 아무런 변화 없이 지금까지 건재해 있잖아요. 당신이 싫어해도 부장이란 사람은 그 사실을 모를 거예요. 자신이 당신한테 미움을 받고 있다고는 생각지 않을 거라고요."

마야코는 짐짓 진지하게 말했다. 왠지 모르게 밤을 꼬박 새워서라도 계속해서 지껄이고 싶었다. 그만큼 그녀는 남편에게 다정히 대해 주고 싶은 충동을 느꼈다.

고이치 역시 누구 못지않게 힘든 회사 생활로 인해 스트레스가 잔뜩 쌓여 있었다. 그런 그를 위로해 줄 만한 사람은 가족 외에 아무도 없었다. 남들처럼 골프를 하기는 하나, 그렇게 열중하는 것 같지 않았다. 게다가 낚시도 일찌감치 그만둬 버린 상태였다.

남자들은 스트레스를 외도로 푸는 경우도 있다지만, 고이치 성격에는 맞지도 않는 일이었다. 이 남자는 외도의 '외' 자도 모를 거야. 그것은 아내로서의 허세라기보다 여자로서의 직감이었다.

결국 고이치는 마야코가 느끼는 충만한 행복감을 영영 맛보지 못할 것이었다. 아무리 결혼한 몸이라 할지라도 다른 이성에게 관심을 갖거나, 심지어 상대의 품에 안기고 싶은 것은 인지상정일 터였다. 하지만 고이치는 애당초 그런 것과 무관한 남자였다. 이 남자는 아내인 내가 아닌 다른 여자와 관계를 가졌을 때의 만족감 같은 것을 한 번도 맛보지 못한 채 일생을 보낼 거야.

마야코는 자신만이 그런 만족을 누리는 데 대해 양심의 가책을 느꼈다. 하지만 그렇다고 남편에게 불륜을 권할 수야 없는 노릇이었다.

남편에게 '당신, 바람 한번 피워 봐요.' 라고 거리낌 없이 말할 수 있는 아내가 과연 존재할까? 당연히 존재할 리 없었다.

마야코는 잠시 노무라와의 정사를 생각하고 행복한 기분에 젖었다. 그러면서 문득 그와의 관계를 남편에게 털어놓고 싶은 충동을 느꼈다. 그런 말을 할 경우 이 남자는 과연 어떤 식으로 반응할까? 그녀는 남편의 반응을 상상하며 회심의 미소를 지었다. 물론 절대로 말해서는 안 될 일이었다. 만약 남편에게 모든 사실이 알려지면, 그야말로 행복 끝 불행 시작일 터였다.

"요즘 들어 당신은 걸핏하면 술을 마시거나 비관하곤 하는데, 그건 어리석은 짓이에요. 그런다고 해결되겠어요? 아무튼 책 그만 덮어두고 어서 자요."

마야코는 스탠드의 버튼을 눌렀다. 어둠 속에서 남편이 덮은 이불만이 하얗게 보였다. 그녀는 남편에게 한층 더 다정한 기분이 들었다.

이 남자는 이미 나를 용서했어. 아무것도 모른다는 사실이 용서이고, 또한 축복이라고 마야코는 생각했다. 그녀만이 사랑을 향유하고, 섹스의 환희에 젖어 있었다.

만약 이 남자가 내가 저지른 일에 대해서 알려고 든다면, 얼마든지 알 수 있을 거야. 그렇지만 이 남자는 결코 그런 짓을 할 사람이 아니야. 따라서 영원히 모를 거라고.

결국 마야코의 행복은 영원히 유지될 터였다. 그녀는 문득 남편을 시험해 보고 싶었다. 다행히 고이치는 아직 잠들지 않은 상태였다.

"여보, 날씨가 따뜻해지면 일박으로 자동차 여행이나 갈까요? 이즈(伊豆)나 아타미(熱海)쪽으로 말예요."

"글쎄, 아무래도 피곤하기만 할 것 같은데……."

"내가 당신 대신 운전할게요. 그럼 되잖아요. 그쪽으로 가서 온천욕도 하고, 맛있는 것도 먹자고요."

"생각해 볼게."

고이치의 말은 그것으로 끝이었다. 마야코는 이불을 남편의 목 근처까지 끌어올려 주었다. 순간 그녀의 손끝이 그의 턱을 살짝 스쳤다. 2시간 전에 만져 보았던 노무라의 턱과는 사뭇 달랐다. 고이치의 턱이 훨씬 단단하고, 수염도 많았다.

마야코는 노무라에게 자신을 사랑하느냐고 물었던 때를 상기했다. 역시 사랑이라는 말은 남편만을 위해 존재하는 것이었다. 육체적인 것과 별도로 세상에는 오로지 남편만을 위해 존재하는 단어가 있다고 그녀는 생각했다.

여보, 미안해. 마야코는 속으로 그렇게 중얼거렸다. 그때 문득 '반성'이라는 단어가 그녀의 가슴을 자극했다. 그것은 그녀가 그토록 두려워하면서도 갈망하던 단어였다. 그녀는 남편이 덮은 이불에 얼굴을 갖다 대고 몇 번이나 반성이라는 단어를 중얼거렸다.

마야코는 확실히 '반성'을 체험했다. 그러나 그 사실과 노무라와의 만남은 별개의 문제였다.

그녀는 노무라의 유혹에 일체 응하지 않는 자신을 상상해 보았다. 그러면서 언젠가 TV 드라마에서 인기 여배우가 읊었던 대사를 중얼거려 보기도 했다.

'역시 이젠 더 이상 만나지 않는 게 좋겠어요. 무엇보다 각자 가정을 갖고 있으니까요.'

마야코가 실제로 그렇게 말한다면, 아마 노무라는 점잖게 물러날 것이다. 그리하여 마야코는 달콤한 추억을 가슴에 안고 일상으로 돌아가게 되리라. 그리고 노무라와의 섹스는 한순간의 외도에 불과한 일이 될 것이다. 만약 그렇게 된다면……. 그것은 생각만 해도 쓸쓸한 일이었다.

노무라와의 섹스는 마야코의 인생을 강렬한 색채로 물들였다. 게다가 그것은 어느새 일부분이나마 그녀의 삶을 지배하고 있었다. 그녀가 그와의 정사를 떠올리며 삶의 활기를 얻었다는 것은 결국 앞으로의 정기적 밀회를 예감하고 있다는 증거일 터였다.

어쩌면 감미로운 추억은 모든 것을 잃은 자의 독선 같은 것일지도 모른다. 마야코가 지금까지의 삶을 통해 체득한 지혜가 있다면, 바로 그것이었다. 결과적으로 볼 때 독선 같은 감미로운 추억보다 조금씩 즐길 수 있는 평범한 기억이 나을 것이다. 그렇지만 그것은 고작해야 1개월의 생명력밖에 갖고 있지 않다. 따라서 적어도 한 달에 한 번의 경험을 하지 않으면 안 된다.

마야코는 노무라와의 만남을 지속해야 한다고 결론지었다.

그런데 노무라와의 관계를 그 정도로 심각하게 생각해야 할 필요가 있을까? 그녀 자신만 침묵을 지키면 되는 일을 굳이 절교까지 염두에 둔 채 걱정할 필요는 없을 터였다. 더구나 그녀 생각에 이를 악물면서까지 미련 없이 떨쳐 버려야 할 것은 인생에서 그리 많지 않은 것 같았다. 그런 마당에 그 떨쳐 버리려는 것이 쾌락과 흥분이라면 삶은 그야말로 메마른 사막이나 다름없을 것이었다. 그런 것까지 포기하려면 좀 더 명확하고 대단한 명분이 수반되어야 할 터였다. 결국 그녀 자신이 이따금씩 가슴에 품는 '반성' 갖고는 포기할 명분이 서지 않았던 것이다.

마야코는 노무라와의 관계를 지속했고, 그러는 동안 그한테서 한 달에 두 번꼴로 전화가 걸려 왔다. 밀회 장소는 호텔의 바나 거리의 커피숍이었다. 둘 중 하나가 시간이 없을 때에는 호텔 바에서 만나 그대로 방으로 직행했다. 그리고 커피숍에서 만날 때에는 일단 식사부터 하러 나갔다.

대부분 광고업계 종사자들이 그렇듯 노무라 역시 대단한 미식가였다. 따라서 그는 맛있게 요리하는 레스토랑을 잘 알고 있었다. 마야코는 노무라 덕분에 부부가 운영하는 요쓰야(四谷)의 유명한 레스토랑과 아오야마(靑山)의 주택가에 자리한 스테이크 하우스에서 멋진 식사를 했다.

식사할 때마다 마야코는 노무라의 행동을 예의 주시하며 만족한 미소를 짓곤 했다. 그는 일단 굵고 분명한 목소리로 웨이터를 불렀다. 그러고는 주문한 요리가 나올 때까지 술을 적당한 속도로 마셨다. 그것은 정종일 때도 있고, 맥주일 때도 있었다. 그런데 노무라는 웬만큼 취기가 올랐다 싶으면 다소 말이 많아졌다.

그날 밤의 화제는 노무라가 맡은 기업의 CM에 기용된 여자 탤런트였다. 그녀는 갖가지 소문을 달고 다녔다. 한번은 그녀가 요정에서 일했다느니 폭주족의 일원이었다는 등의 기사들이 주간지를 떠들썩하게 장식한 적도 있었는데, 그것은 오히려 그녀에게 플러스 요인으로 작용했다. 아무튼 그녀는 시원스런 언행과 예리하게 정곡을 찌르는 독설로 상당한 인기를 끌었다. 보기 좋게 균형잡힌 몸매, 아담한 체구, 귀여운 얼굴 등도 인기를 끄는 데 한몫했다. 마야코 역시 그녀를 좋아했다. 특히 갈색으로 물들인 머리가 인상적이었다.

"천박한 여자라고 비난하는 사람도 있지만, 저는 그렇게 생각하지 않아요. 오히려 당당한 데다 재미있는 여자라고 생각해요."

"하지만 남 눈치 보지 않고 거침없이 행동하는 건 비난받을 만한 일이야."

"구체적으로 어떤 행동을 하는데요?"

"지난번엔 한창 CM을 촬영하는 중인데, 느닷없이 화장을 고친다고 남자 헤어 디자이너와 분장실로 들어가더니 몇 시간이 지나도 나올 생각을 않더군. 정확히 그 남자와 무슨 짓거리를 했는지는 직접 보지 않아서 모르지만 뻔하지 뭐. 그 방에서 묘한 신음과 낄낄거리는 웃음소리가 들렸으니까 말이야."

"정말 대담한 여자군요."

"비단 그 여자뿐만이 아니야. 요즘엔 그런 짓을 저지르는 젊은 탤런트가 많아. 그런데 그런 애들은 겉으론 대담한 것 같아도 의외로 소심한 데가 있어. 특히 촬영 중엔 애교 넘치게 행동하면서도 긴장한 나머지 바짝 얼어 있다고. 아마 그러니까 헤어 디자이너 같은 남자가 필요하겠지. 문을 잠근 채 방에 틀어박혀 애무를 하든지 키스를 하다 보면 긴장이 풀릴 테니까 말이야. 때로는 괴로운 심정을 토로하기도 하겠지만, 어쨌든 그렇게 해서라도 긴장을 풀 수밖에 없을 거야."

"그런데 남자 헤어 디자이너 중엔 호모가 많다고 하던데요?"

"아니야, 요즘엔 그렇지도 않아. 남자답고 야심만만한 남자들도 꽤 진출해 있다고."

"그래요?"

마야코는 TV를 통해서 본 드라마를 떠올렸다.

카메라맨, 스폰서, 광고 대행사의 남자들이 죽 늘어 서 있는 촬영 현장에 한 여자가 서 있었다. 남자들에 둘러싸여서 그런지 그녀의 표정은 무척이나 긴장되어 보였다. 이윽고 그녀는 참다 못해 분장실로 뛰어들었다. 그러고는 문을 잠갔다. 그 작은 방에는 남자가 기다리고 있었다. 남자는 '힘들지?' 라고 물으며 여자의 어깨를 주물렀다. 그러고는 머리를 빗겨 주기도 하고, 매니큐어를 정성껏 칠해 주기도 했다. 그것은 그야말로 관능적인 광경이었다.

어쩌면 분장실은 호텔 방과 비슷할지도 모른다. 둘만의 공간에서 타인의 시선 따위는 의식하지 않은 채 은밀한 접촉을 할 수 있으므로.

"자, 이제 그만 나갈까?"

노무라가 계산서를 집어들었다. 마야코는 그의 손가락 움직임을 보고 미소를 지었다. 그는 테이블에서 일어설 때마다 아무런 망설임 없이 힘차게 가운뎃손가락을 뻗어서 계산서를 집어들곤 했다. 그런 그의 행동은 그녀의 회사 남자들과 사뭇 달랐다. 그들은 함께 어울려 먹거나 마신 후 누군가 각자 부담을 제의하지나 않을까, 기분파인 다른 사람이 내 주지 않을까 하고 코트를 걸치는 척하면서 계산서를 테이블 위에 방치해 놓은 채 눈치를 살폈다.

노무라가 당연한 듯이 집어든 계산서는 단순히 성의와 친절의 증표만은 아니었다. 그것은 행복과 흥분의 증표이기도 했다. 노무라가 계산서를 집어든 순간 마야코는 육체적으로 그와 결합되어 있는 광경을 떠올렸다. 물론 그녀는 노무라의 아내가 아니었고, 아직 애인이라고도 할 수 없었다. 그렇지만 그의 '여자'임에는 틀림없었다. 옛날부터 남자들은 자신의 여자를 위해서 사냥을 하고, 그 포획물을 먹였다. 따라서 좋아하는 여자를 위해서 음식을 먹이는 행위에는 숭고한 향수 같은 것이 담겨 있을 터였다.

마야코는 자신이 느끼는 행복을 더욱 견고하게 만들고 싶었다. 그녀는 우선 그와의 대화를 상상했다.

'가끔은 제가 내게 해 줘요.'

'아무나 내면 어때서 그래.'

'늘 대접만 받으니까 미안해서 그래요.'

'미안해할 필요 없어.'

'그럼 약간만이라도 내게 해 줘요. 나도 돈을 버는 몸이니까 말예요.'

'마야가 나를 만나 주는 것만으로 족해. 그로써 내가 행복을 느끼는데, 뭘.'

'그래도······.'

'자꾸 이러면 정말 화낼 거야.'

마야코는 그런 식의 시뮬레이션을 설정하고 황홀한 기분에 젖었다. 실제로 그렇게 할 경우 이 남자는 어떻게 나올까? 그녀는 궁금한 나머지 입을 열었다.

"가끔은 제가 내게 해 줘요."

"아무나 내면 어때서 그래. 그런 말 하지 마."

"늘 대접만 받으니 미안해서 그래요."

"이봐, 귀여운 아가씨. 왜 쓸데없는 것 갖고 미안해하는 거야."

'귀여운 아가씨'라는 호칭에 마야코는 입을 다물어 버렸다. 묘하게도 그녀는 그 호칭이 마음에 들었다. 서른이 넘은 유부녀를 귀여운 아가씨로 불러 주는 사람은 노무라뿐일 터였다. 아마 섹스만을 하는 사이라서 그렇게 부른 모양이지만, 어쨌든 마야코는 기분이 좋았다.

그런데 이 남자는 계산할 때의 돈을 대체 어떻게 충당하는 것일까? 그녀는 전부터 그 점이 궁금하여 광고 대행사에 근무하는 동창에게 물어본 적이 있었다. 그 동창의 말에 의하면, 최근에는 재벌급 광고 회사도 지출에 대해 무척 인색해졌다는 것이었다.

"사원들에게 택시 승차권을 배부하는 제도를 아예 폐지한 회사도 많아. 버블 경기 때는 물쓰듯하던 접대비도 지금은 신고제로 바뀌어 있는 상태고 말이야. 그래서 거래처 손님과 술 한잔을 마실 경우에도 미리 상사에게 승낙을 받아야 한다고."

그렇다면 지금까지 노무라는 나와 식사나 술을 마셨을 때마다 자신의 돈으로 계산했다는 말인가? 광고 대행사에서 받는 그의 월급은 비슷한 연령의 샐러리맨과 비교하여 많은 편이었다. 그렇더라도 생활비를 빼고 나면 얼마 남지 않을 터였다.

"외람된 질문이지만, 저와의 데이트 비용은 어떤 식으로 충당하죠?"

"왜, 그게 궁금해? 마야는 굳이 알 필요도 없을 텐데……."

마야코의 질문에 노무라는 빙긋 웃으며 말끝을 흐렸다. 왼손으로 은색의 커프스 버튼을 만지작거리고 있는 것이 아무래도 말을 할까 말까 고심하고 있는 듯했다.

"광고업계는 나름대로 융통성을 부릴 수 있는 데야."

"구체적으로 어떤 식의 융통성인데요? 엉뚱한 명목을 갖다 붙이나 보죠?"

"그런 유치한 짓거리는 하지 않아. 접대 후의 계산 같은 것은, 전부는 아니지만 거래처인 프로덕션 측에서 해결하고 있어."

"프로덕션이라면 CM을 만드는 곳이겠네요."

"그렇지. 사실 어느 프로덕션이나 일거리를 맡으려고 들기 때문에 약간의 접대비를 부담하는 게 상례처럼 돼 있어."

"어딘지 불공평한 것 같네요."

"그렇지도 않아. 그렇게 하는 대신 그들이 제작비를 청구할 때는 이쪽에서도 그에 상응하는 액수를 고려해 준다고. 말하자면 상부상조한다고나 할까. 물론 이런 일이 아무하고나 가능한 건 아니야. 나와 어느 정도의 신뢰가 쌓여야만 가능한 거라고."

노무라는 은근히 자신의 능력을 과시하고 싶어했다. 마야코는 그의 그런 말이나 태도가 몹시 불쾌했다.

"그럼 방금 저와 함께 먹은 고급 이태리 요리와 와인 값도 제가 모르는 사람이 전부 지불해 준 셈이네요?"

"전부는 아니라고 했을 텐데……."

노무라는 실추된 위신을 추스르기 위해 부드러운 미소를 지었다. 순간 그의 눈가와 입가에 잔주름이 일었다. 아마 이 남자는 내가 더 이상 추궁하지 않기를 바라겠지? 대부분의 여자들은 이쯤에서 입을 다물 테니까.

"나로서는 마야를 만나는 게 유일한 낙이야. 그러니 더 이상 찬물 끼얹는 말은 하지 않았으면 좋겠어. 회사 생활을 하다 보면 다소의 융통성을 부릴 수밖에 없다고. 일을 매끄럽게 처리해 나가기 위해서는 윤활유 같은 게 필요한 법 아니겠어."

한참 동안 두 사람 사이에 어색한 침묵이 흘렀다. 물론 마야코는 결벽증이 있는 여자가 아니었다. 그녀는 젊은 시절부터 남자들한테 식사나 술대접을 받은 적이 많았다. 그리고 계산할 때마다 그들이 회사에 제출할 영수증을 받기 편하도록 그들보다 먼저 밖으로 나가곤 했다. 결국 그런 매너를 익히 터득한 그녀였기 때문에 노무라의 경우도 접대비로 처리하는 줄로만 미루어 짐작하고 있었다. 그런데 막상 알고 보니 그 수법이 생각했던 것보다 훨씬 더 교묘했다. 아무리 자기 돈이 아깝다고 해도 노무라 정도면 얼마든지 그 외의 다른 수법을 쓸 수 있을 터였다.

마야코는 문득 노무라와의 관계 자체가 불순하게 여겨졌다. 하지만 그렇다고 해서 집으로 돌아갈 그녀가 아니었다.

둘은 늘 그랬던 것처럼 택시를 타고 호텔로 향했다. 이제 마야코에게 있어서 아카사카에 있는 고층 호텔은 눈을 감고도 찾아갈 수 있는 데였다.

저녁 8시 반이 지난 시간인데도 로비는 많은 사람들로 북적거렸다. 마야코는 주위를 경계하는 자신을 타일렀다. 호텔 방으로 올라간다고 생각하니까 자꾸 신경이 쓰이는 거야. 지난번처럼 맨 위층으로 칵테일 한잔 마시러 간다고 생각하라고. 마야코는 어느새 스스로를 안심시키는 방법을 터득하고 있었다.

그녀는 1층 구석에 박혀 있는 여행 센터 앞에 선 채 팸플릿을 읽는 척했다. 잠시 후 체크인 수속을 마친 노무라가 다가왔다.

"자, 올라가자고."

둘은 자연스럽게 엘리베이터에 올라탔다. 다행히 엘리베이터 안에는 그들 둘밖에 없었다. 이윽고 노무라가 마야코의 허리에 손을 뻗었다.

"왜 그래? 갑자기 말도 않고……."

"왜 그러긴요."

"오늘은 일찍 돌아가야 하는 거야?"

마야코는 그렇지 않다고 대답하려 했지만, 입술이 떨어지지 않았다. 그녀가 막 입을 열려는 찰나에 엘리베이터 문이 열렸다.

노무라는 방으로 들어서자마자 냉장고를 열었다. 그러고는 캔 맥주를 꺼낸 뒤 TV를 켰다. 그가 TV를 보고 있는 동안 마야코는 욕실로 들어가 대충 몸을 씻었다.

확실히 두 사람의 행동은 전과 달랐다. 전에는 문을 닫자마자 노무라가 그녀를 와락 끌어안았다. 샤워를 할 틈도 없었다. 곧바로 지퍼가 내려졌고, 단추가 풀렸다. 그리하여 이내 마야코는 알몸이 되었다.

그런데 요즘의 두 사람에게는 변화가 일었다. 둘 다 여유 있게 행동했다. 그것은 어느새 일상처럼 굳어져 있었다. 이미 순서가 정해져 버렸기 때문에 무리를 하면서까지 온몸이 욕망으로 불타올라 있는 척할 필요도 없었다. 우선 마야코는 겉옷을 벗어 옷걸이에 걸었다. 그녀가 입은 옷도 전의 것과 달랐다. 그녀는 이제 노무라를 만날 때마다 구겨지지 않는 옷을 골라 입었다. 전에는 그녀가 입은 스웨터를 노무라가 마구 벗겼기 때문에 루즈와 파운데이션이 묻곤 했다. 하지만 요즘에는 그런 걱정을 하지 않아도 되었다.

마야코는 목욕 가운으로 갈아입었다. 마침 호텔 방에는 고급스런 목욕 가운이 준비되어 있었다. 목욕 가운은 정사 때의 제복이었다. 그녀는 잠시 흰 가운을 걸친 여자들이 침대로 향하는 광경을 상상했다.

노무라는 TV를 끈 채 팬티 차림으로 침대 위에 누워 그녀를 기다리고 있었다. 사각형의 팬티는 흰색이었다. 그는 늘 그것을 입고 있었다.

노무라의 아내는 남편에 대한 의심을 전혀 하지 않은 상태에서 저 팬티를 세탁하고 표백하겠지.

마야코가 그런 생각을 하고 있을 때 전화벨이 울렸다. 이 시간에 누가 전화를 걸었을까? 그녀는 문득 불안했다. 아무래도 좋지 않은 징조인 것 같았다. 이 남자의 아내일까?

"안심해. 우리 마누라는 아닐 테니까 말이야."

노무라가 마야코의 마음을 꿰뚫은 것처럼 말했다.

"집사람이 내가 여기에 와 있는 걸 어떻게 알겠어."

"그럼 누굴까요?"

"당신 남편이 아닐까?"

"제 남편일 거라고요?"

마야코는 싱겁게 웃었다. 절대 그럴 리 없었다.

"그렇잖으면 잘못 걸려 온 전화겠지 뭐."

전화는 어서 받으라고 끊임없이 재촉해댔다. 마야코는 자기도 모르게 목욕 가운을 여몄다. 팬티 한 장만 달랑 걸친 노무라 역시 초조한 기색이 역력했다.

도대체 누가 이 밤중에 호텔 방으로 전화를 걸었을까? 마야코는 계속해서 울리는 전화벨로 인해 자신이 밀실에 갇혀 있음을 새삼스레 깨달았다.

"어떻게 할 작정이에요? 아무래도 받아 보는 게 좋을 것 같은데……."

"그럴 필요 없어."

노무라가 눈을 치켜뜨고 마야코를 쳐다보았다. 끝까지 전화를 받지 않겠다는 표정이었다.

"그럼 밤새도록 울리게 내버려 둘 생각이에요?"

"잘못 걸려 온 전화라니까."

"받아 보지도 않고 어떻게 그걸 알죠?"

"우리가 여기에 와 있는 걸 아무도 모르니까 당연히 잘못 걸려 온 전화가 아니고 뭐겠어?"

"잘못 걸려 온 것이든 아니든 일단 받아 보기는 해야 하잖아요."

마야코는 노무라의 얼굴을 뚫어지게 바라보았다. 궁지에 몰린 남자의 얼굴을 이렇게 가까이에서 보기는 처음이었다. 그는 눈을 깜박거리면서 노골적으로 짜증스러운 표정을 짓고 있었다.

그녀는 마음 어딘가에서 의혹이 눈덩어리처럼 커져 가는 것을 느꼈다. 어느덧 전화벨 소리에 의한 그녀의 두려움은 자취를 감추었다. 대신 그 자리에 호기심이 들어앉았다. 그만큼 마야코는 노무라보다 빨리 냉정을 되찾았다.

상대가 누구인지는 모르지만 분명히 협박하려는 것일 거야. 그렇지 않고야 밤중에 호텔로 전화를 걸 까닭이 없지. 그렇다면 상대는 누구일까? 아무리 생각해 보아도 노무라의 아내일 것 같았다.

마야코는 전화를 걸어 온 상대가 그의 아내라고 가정하고 앞으로 닥칠 상황을 상상해 보았다. 과연 이 남자의 아내는 나한테 어떤 말을 토해 낼까?

마야코는 문득 친구들의 말을 떠올렸다. 그녀들의 말에 의하면, 이런 경우 아무리 고상한 여자라 할지라도 추잡하고 폭력적인 욕설을 퍼부어댄다는 것이었다.

내게도 그렇게 나올까? 좋아, 어디 한번 그렇게 나오는지 부딪혀 보자. 마야코는 지그시 입술을 깨물었다. 사랑이라는 모험을 하는 데 있어서 많은 여자들은 자학이라고 해도 좋을 만큼 위험천만한 벼랑 끝으로 나아가려고 한다. 그것이 궁지에 몰린 여자들의 심리인 것이다. 결국 마야코는 일생에 한 번 찾아올까 말까 한 드라마틱한 순간을 직접 체험해 보고 싶었다. 같은 여자로서 도피하고 싶지는 않았다. 설령 후회와 함께 참을 수 없는 굴욕을 당할지라도 상관없었다. 그녀는 수화기 저편의 상대가 누구인지, 그리고 어떻게 나오는지 알고 싶었다.

마야코는 노무라에게 등을 돌린 채 왼손으로 수화기를 집어 들었다.

"여보세요."

"어머!"

마야코의 말이 끝나기 무섭게 짧은 비명 소리가 들려왔다. 상대방은 노무라가 아닌 여자의 목소리에 놀란 모양이었다.

"누구시죠?"

마야코가 물었다.

"혹시 거기에 노무라 씨 계세요?"

가냘픈 목소리의 주인공은 분명히 여자였다. 그것도 젊은 여자였다. 마야코는 그 사실에 무척 놀랐다. 노무라의 아내라면 30대 후반에서 40대 안팎일 터였다. 그런데 마야코의 귀에 와 닿은 목소리는 20대 여자의 것이었다. 거기에는 젊은 여자 특유의 애교가 끈끈하게 배어 있었다.

"거기에 노무라 씨 계신가요?"

여자가 반복해서 물었다. 아무래도 사무적인 말투로 가장하려는 듯했으나, 어딘지 서툴게 들렸다. 마치 긴장과 노여움으로 혀가 경직된 사람의 목소리 같았다.

"계세요."

마야코는 사뭇 당당하게 대답했다. 그녀는 전화를 건 상대가 노무라의 아내가 아닌 젊은 여자인 것에 묘한 우월감을 느꼈다.

"역시 노무라 씨를 찾는 전화네요. 자, 어서 받아요."

마야코는 빈정거리듯 말하며 노무라에게 수화기를 건넸다. 그의 얼굴은 몹시 경직되어 있었다. 아마 전화를 걸어 온 상대가 자신의 아내라고 생각하는 모양이었다. 그는 무언가를 마야코에게 말하려는 듯 입술을 움직였다. 역시 남자는 아내라는 존재를 두려워하는군. 그녀는 속으로 그렇게 중얼거렸다.

노무라는 자신의 아내에 대해서 마야코에게 이야기한 적이 별로 없었다. 물론 불륜 상대에게 자신의 아내를 화제로 삼는 남자는 없을 터였다. 그래도 그는 가끔 자신의 아내가 어떤 여자인지 정도는 슬그머니 내비치곤 했다.

그의 아내는 단기대학 출신이었다. 그녀는 대학 시절 아르바이트하던 곳에서 노무라를 알게 되었다. 그리고 스물네 살 때 그와 결혼했다.

"그 여자는 그저 두 사내아이를 키우느라 쫓겨 사는 평범한 아줌마일 뿐이야. 정말 흔해빠진 아줌마지. 그런데 그 점이 오히려 피곤하지 않아서 좋아. 특히 요즘 들어선 그렇게 평범한 여자라는 게 천만다행이란 생각이 들어."

노무라의 말은 거만하기 이를 데 없었다. 아무리 불황이라 해도 대기업의 광고 대행사에 근무하고 있는 만큼 그는 상당한 월급을 받고 있음에 틀림없었다. 그러나 그렇다고 해서 함부로 아내를 무시할 수 있는 것일까. 그는 자신이 월급을 많이 받고 있기 때문에 아내가 편안한 전업 주부 생활을 할 수 있다는 뜻을 은근히 내비친 적도 있었다. 아내를 고생시키지 않고 벌어먹이는 것이 그렇게도 자랑스러운 일인가. 그런 면에서 보면 노무라야말로 진부해 터진 남자라고 마야코는 생각했다.

노무라는 수화기를 든 채 여전히 두려운 표정을 짓고 있었다. 아내로부터 걸려 온 전화라고 확신한 듯했다.

마야코는 잠시 그 전화가 남편 고이치에게서 걸려 온 것이라면 자신은 어떻게 했을까 하고 상상해 보았다. 아마 놀라서 나자빠지겠지. 하지만 어차피 엎질러진 물이므로 오히려 강한 태도로 밀고 나갈 수도 있을 거야. 그녀의 머릿속에는 여차하면 헤어지면 된다는 식의 생각이 웅크리고 있었다. 어쩌면 그것은 평생 사용하지 않을지도 모를 히든카드일 터였다. 그렇지만 지금 그녀는 누군가 그것을 사용할 용기가 있느냐고 물을 경우 '있다' 라고 자신 있게 대답할 수 있을 것 같았다. 그녀로서는 노무라처럼 꼴사나운 태도를 취하고 싶지 않았던 것이다.

마야코는 노무라에게 '당신의 아내는 아닌 것 같아요.' 라고 가르쳐 주고 싶었다. 그러나 그녀는 이내 그렇게까지 친절할 필요는 없다고 생각했다. 단지 그가 난처한 입장에 처해 있는 만큼 신경 정도는 써 주어야 할 것 같았다.

그녀는 창문 근처의 소파에 앉아서 TV를 켰다. 그러는 편이 노무라가 젊은 여자와 이야기하기 좋을 것이라는 판단에서였다. 차라리 욕실에 들어가 있을까 싶기도 했지만, 그런 행동이 자칫 불쾌감의 표시로 받아들여질 것 같아서 그만두었다.

TV의 시끄러운 소리 속에서도 노무라의 목소리는 확실하게 들려왔다. 그는 '어쨌든'이라는 말을 연발하고 있었다.

"어쨌든 다음에 만나서 천천히 얘기하자고."

"어쨌든 이런 곳에 다시는 전화하지 마."

"어쨌든 그때 가서 다 설명할게."

"어쨌든 자네가 충분히 납득하도록 얘기해 줄 테니 그만 끊자니까."

마야코는 젊은 여자와 노무라의 관계를 대충 파악할 수 있었다. 아무래도 젊은 여자는 노무라의 애인인 것 같았다. 그런데 저 여자는 노무라가 여기에 있는지 어떻게 알아냈을까? 그 방법은 모르지만 아무튼 젊은 여자는 노무라가 호텔에 있다는 것을 알았기 때문에 전화를 걸었던 것이다. 도쿄에 집을 갖고 있는 남자가 호텔에 묵는 목적이야 뻔하지 않은가. 결국 젊은 여자는 깊이 생각하고 결심한 끝에 이곳으로 전화를 걸었을 것이다.

마야코는 TV 화면에서 노무라의 등으로 시선을 옮겼다. 순간 그가 눈치채고 몸을 앞으로 구부렸다. 이런 경우 남자들은 자신의 애인을 숨기고 싶은 모양이지. 오늘은 새로운 사실만을 발견하는군.

마침내 전화를 끊은 노무라가 마야코에게 다가왔다. 황급히 걸친 셔츠에 팬티 차림의 그는 반쯤 얼이 빠진 사람 같았다. 마야코는 잠시 그를 노려보았다. 그렇다고 혐오나 분노의 감정은 들지 않았다. 단지 짜증이 날 뿐이었다.

"가 봐야 되는 거 아녜요?"

마야코는 짐짓 심드렁하게 내뱉었다.

"그런 게 아니야."

"그런 게 아니라뇨? 그럼 뭐죠? 이 시간에 이런 곳으로 전화를 걸어 왔는데도⋯⋯."

직설적 표현이 질투로 여겨질까 싶어서 마야코는 입을 다물어 버렸다.

그녀는 노무라의 아내에게도 질투 따위를 느껴 본 적이 없었다. 그런데 젊은 여자에게 그런 감정을 느꼈다고 생각하니 불쾌해서 견딜 수 없었다. 그래서 그녀는 이렇게 덧붙였다.

"밤에 이런 곳으로 전화를 거는 걸 보면 뻔하죠. 부득이한 사정이 있는 것 같은데, 얼른 가 봐야 되지 않겠어요?"

"마야를 만나기 전부터 사귄 아가씨야."

노무라는 묻지도 않은 말을 했다. 모든 것을 단념한 모양이었다. 그는 마야코의 맞은편 의자에 털썩 주저앉았다.

"2년 전부터 사귀었지. 하지만 마야와 이렇게 되고 나선 완전히 멀어졌어. 아마 그녀는 그것을 괴로워하고, 내게 또 다른 여자가 생긴 게 아닌가 하고 생각했겠지. 그래서 여기저기 알아보고 전화를 한 걸 거야."

그의 말은 거짓이었다. 마야코는 여자의 직감으로 금방 알아챌 수 있었다. 마야코가 노무라를 만나는 것은 2주일에 한 번꼴이었다. 따라서 그는 얼마든지 그 '아가씨'를 만날 수 있을 터였다.

마야코는 한참 동안 침묵을 지켰다. 노무라는 그녀의 침묵을 분노로 해석한 것 같았다. 그는 빠른 어조로 필요 없는 말까지 지껄여 댔다.

"우리 회사에 아르바이트하러 왔던 아가씨야. 일 때문에 만나다 보니 그만 가까운 사이가 됐지. 아르바이트 계약 기간이 끝나자 취직할 곳이 없다며 몹시 괴로워하더군. 그래서 내가 아는 프로덕션에 취직을 시켜 줬던 건데……. 솔직히 아직 인연이 끊어지지 않은 상태라고나 할까. 참 묘한 관계야. 감시까지 당하고 있으니……."

마야코 역시 직장 여성인 만큼 돌아가는 사정을 확실하게 알 수 있었다. 몇 시간 전 저녁식사를 할 때 노무라가 슬그머니 내비친 사실이지만, 그는 먹고 마시는 데 드는 비용을 거래처인 프로덕션 측에 부담시킨다. 그리고 대신 그들이 청구할 때 그에 상응하는 혜택을 베푼다. 정확히 어떤 명목을 갖다 붙이는지는 모르지만, 나와의 밀회에 드는 호텔비도 프로덕션 측이 부담하도록 하고 있을 것이다. 어쩌면 노무라의 애인인 아가씨는 그 프로덕션에서 경리를 맡고 있을지도 모른다. 그렇다고 본다면 노무라와 그 아가씨의 관계는 뻔하다. 그런 배경 없이 그 아가씨가 호텔 방의 전화번호를 알 턱이 없다.

만약 이 일을 친구들에게 털어놓는다면 어떤 반응을 할까? 꽤나 흥미로워하겠지. 그러나 그렇게 하는 것이 가능하지 않기 때문에 마야코는 답답했다. 그녀는 노무라와의 대화를 상상함으로써 자신에게 일어난 일을 정리해 보았다.

'대개 불륜이라는 것은 부인을 포함한 삼각관계라고 생각했는데, 우리들의 경우엔 또 한 사람이 있어 사각관계인 셈이군

요.'

'거기에 아내는 끼워 넣지 마. 아내는 이 일과 전혀 상관없으니까.'

'그런데 말예요, 부인한테 전화가 걸려 왔다거나 협박을 받았다는 말은 자주 들어서 알고 있던 터라 나름대로 각오하고 있었지만 또 다른 애인한테 당하리라고는 생각도 못했어요. 정말 어처구니없는 일 아녜요?'

'마야를 불쾌하게 해서 미안해. 오늘 밤 일은 사과할게. 그러니 더 이상 그런 식으로 몰아붙이지 말아 줘.'

마야코는 노무라를 바라보았다. 그는 뻔뻔스럽게도 거만한 폼으로 앉아 있었다. 다리를 크게 벌리고 있는 상태라서 허벅지에 난 털이 훤히 보였다. 허벅지 안쪽의 그늘진 부분만이 매끈한 평야였다. 그곳은 성감대의 배선이 집중되어 있는 데였다. 이 남자는 그 젊은 여자에게 자신의 성감대가 어딘지 가르쳐 주었을 거야. 아마 그녀의 손을 이끌어 저 매끈한 부분을 기억하도록 했겠지.

마야코는 질투심에서 그런 생각을 한 것이 아니었다. 배반당했다는 생각도 들지 않았다. 화가 나기는커녕 오히려 웃음이 나올 것 같았다. 그녀는 금방이라도 터져 나올 듯한 웃음을 삼키고 대신 말을 내뱉었다.

"우습군요."

"뭐가?"

노무라가 조용한 음성으로 물었다.

"전 말예요, 처음에 수화기를 들었을 땐 노무라 씨의 부인이라고 생각했어요. 그런데 엉뚱한 여자였으니……. 마치 미스터리 같군요."

"그런 식으로 말하지 마."

노무라는 마야코를 똑바로 쳐다보며 이어서 말했다.

"이건 나로선 어쩔 수 없는 일이라고. 그래, 나한테 다른 여자가 있다는 건 부인할 수 없는 사실이야. 아내도 어렴풋이 느꼈을지 모르지만, 어쨌든 나는 아까 그 아가씨하고 별 탈 없이 잘 지내 왔어. 그런데 거기에 마야가 10년 만에 나타난 거지. 마야는 남편이 있는 몸인데도 옛날처럼 나를 만나 줬어. 그랬기 때문에 그 아가씨가 밀려난 꼴이 돼 버린 거지. 변명이라고 생각할지 모르지만, 마음먹은 대로 안 되는 게 인간관계야. 대나무 젓가락처럼 똑 소리 나게 둘로 갈라지지 않는 게 사람과 사람의 관계라고. 그러니 허점을 드러냈다고 해서 그런 식으로 나를 무시하지는 말란 말이야."

"전 당신을 무시하지 않아요."

마야코가 다소 풀죽은 목소리로 말했다. 돌이켜보건대 모든 것은 그녀 자신의 탓이었다. 그녀가 멋대로 행동했기 때문에 이런 사태가 빚어졌던 것이다. 그녀는 어느 날 바람을 피워 볼까 생각하고 과거의 남자 중에서 노무라를 골라냈다. 그의 직업, 성격, 연령으로 보아 그 시점에서 애인이 있다고 해도 전혀 이상할 것은 없었다. 결국 마야코는 그 둘 사이에 끼어든 셈이었다.

그러나 마야코는 노무라에게 애인이 있다는 사실을 까맣게

모르고 있었다. 설령 알았다 해도 그녀만을 탓할 수는 없을 터
였다. 손바닥도 마주쳐야 소리가 나는 법 아닌가. 그리고 그녀
가 아무리 멋대로 행동하고 교묘한 간계를 부렸다 해도 노무라
는 절대 손해를 보지 않았다. 오히려 득을 본 셈이었다. 그럼에
도 불구하고 그는 그 은혜를 잊은 채 은근히 마야코를 탓하고
있었다. 내가 나타나서 둘 사이가 멀어졌다 이거지.

"이제 그만 돌아가겠어요."

마야코는 자리에서 일어섰다.

"아니, 왜 그래?"

"그 젊은 여자가 여기로 쳐들어오기 전에 일찌감치 꺼져 주
는 편이 낫잖아요."

"마야, 잠깐 기다려 줘."

노무라는 어찌할 바를 모른 채 두어 차례 팔을 뻗었다가 오
므리곤 했다.

"오해하지 마. 그녀는 자기 집에서 전화한 거야. 여기에 올
리가 없다고. 기분 상하게 했다면 사과할게."

마야코는 욕실로 들어가 거칠게 문을 닫았다. 그러고는 거기
에 벗어 놓았던 속옷을 집어들고 입기 시작했다. 슬립을 입는 순
간 그녀의 뇌리에 번뜩 스치는 것이 있었다. 남편 고이치였다.

그녀는 조금 전 노무라에게 사각관계라고 말했다. 고이치를
잊고 있었던 것이다. 그러고 보니 사각관계가 아니라 오각관계
이군. 그녀는 또 한 차례 웃음이 터져 나오려는 것을 억지로 참
았다. 문득 불륜은 타인에게 함부로 말할 수 없는 것인 만큼 자

신만이 처리해야 하는 것이란 생각이 들었다.

봄을 시기하고 질투하듯 불안정한 날씨가 계속되었다. 초여름 같은 따뜻한 기온이었다가도 느닷없이 진눈깨비가 내리곤 했다.

날씨가 변덕을 부리는 바람에 마야코가 모시는 회장은 걸핏하면 감기였다. 그가 열로 인해 점심을 먹자마자 집으로 돌아갔기 때문에 마야코는 한가했다. 어차피 회장이 이렇다 하게 하는 일이 없는 사람이라서 비서인 마야코로서도 바쁠 것이 없었다. 그녀는 영화에 나오는 미국의 비서들처럼 정성스럽게 손톱 손질을 한 뒤 잡지를 뒤적거렸다.

마야코의 직업은 친구들 사이에서 선망의 대상이었다. 일흔 가까운 나이의 회장은 회장직을 수락할 때 연봉보다도 전용차와 비서를 고집했다. 덕분에 마야코가 비서 자리를 얻게 된 것이지만, 어쨌든 그녀는 무척 한가했다. 아침에 제과점에서 배달되어 온 영국빵을 두툼하게 잘라 홍차와 함께 회장에게 주는 일 외에 이따금 걸려 오는 전화를 연결하는 일이 고작이었다. 회장은 노인이라서 그런지 파티나 연회에 나가는 일도 거의 없었다. 어쩌다 그 노인이 외출할 경우에는 비서과의 남자가 수행했다.

마야코는 자신의 집무실에서 독서를 하거나 때로는 졸기도 했다. 그녀는 계약 사원의 대우를 받고 있기 때문에 보너스는 없지만, 연봉은 상당히 높은 편이었다. 마야코의 친구들은 그 점을 무척 부러워했다.

"정말 괜찮은 직장이다, 얘."

그러나 마야코는 현재의 직장이 불만스러웠다. 그녀는 매일 아침 출근길의 전차 안에서부터 하품을 해대곤 했다. 그만큼 직장 생활이 지루했던 것이다. 마야코의 친구들은 직장에서의 인간관계가 번거롭다느니, 일 때문에 늘 긴장감을 느낀다느니 하고 그녀에게 호소하곤 했다. 하지만 그런 것들은 단조로움에 빠지기 쉬운 일상의 자극제가 될 터였다.

마야코는 비서로 근무하면서 한 가지 사실을 깨달았다. 그것은 바로 회장이 그녀 자신의 젊음을 거머리처럼 빨아먹는다는 사실이었다. 회장은 대단한 권력을 지닌 만큼 걸음걸이나 말투, 심지어 호흡까지 자신의 템포에 맞출 것을 은근히 강요했다. 마야코는 회장이 쉬어터진 목소리로 차를 주문하면 그가 지시한 대로 고분고분 행동했다. 그런 하나하나의 동작을 할 때마다 그녀는 젊음을 잃고 점점 중년 여인이 되어 가는 자신을 느꼈다.

그렇다고 그녀가 전직을 생각하고 있는 것은 아니었다. 이미 한차례 직장을 바꾼 경험으로 비추어 보건대 현재의 직장만한 데는 없을 것 같았다. 게다가 아무런 전문 기술이 없는 서른두 살의 여자를 쉽사리 고용해 줄 곳도 없을 듯했다.

그녀의 집무실은 회장실의 문 옆에 있는 자그마한 방이었다. 그곳은 그녀 혼자만의 장소였다. 그녀는 이미 여러 친구들에게 자신의 전화번호를 가르쳐 주었다. 따라서 걸핏하면 친구들로부터 전화가 걸려 왔다. 노무라가 전화를 걸어 오는 경우도 적지 않았다.

지난번 호텔에서의 불미스러운 사건 이후 그한테서 처음으로 전화가 걸려 왔다.

"그땐 정말 미안했어."

그는 다짜고짜 그렇게 운을 떼었다. 여러 생각을 한 끝에 단도직입적으로 부딪히려고 작정한 모양이었다.

"마야가 단단히 화가 나 있을 것 같아서 전화한 거야."

"제가 뭣 때문에 화가 나 있어요? 전 아무렇지도 않아요."

마야코는 짐짓 퉁명스럽게 대꾸했다. 마침 회장이 부재중이라 다행이었다. 회장이 있어도 문 저편까지 말소리가 전달될 리야 없지만, 그래도 남자에게서 온 전화를 받고 있을 경우에는 무척이나 신경 쓰였다. 그녀는 회장이 없다는 사실에 안도했다.

"마야에게 정말 못할 짓을 했다고 생각해. 마야한테 어떤 질책을 받더라도 나로선 변명할 게 없어."

그의 목소리 외에는 아무런 소음도 들리지 않았다. 순간 마야코는 궁금했다. 이 남자는 항상 어디에서 전화를 거는 것일까? 오후 2시면 책상에서 한창 일하고 있을 시간인데……. 어느 회사에나 사적인 전화를 걸 수 있는 은밀한 장소가 있을 테니까 아마 그는 그곳을 이용하고 있겠지. 그래, 그곳에서 매일 대낮부터 정사를 위한 약속을 주고받고 있을 거야.

"나름대로 해명도 하고 사과도 하고 싶으니까 한번 만났으면 좋겠는데 말이야. 어때, 그럴 수 있겠어?"

"글쎄요……. 오늘은 너무 바빠서 시간을 낼 수 있을지 어떨지 모르겠네요."

"그럼 내일은 어때? 늦더라도 상관없으니까 시간 좀 내 줬으면 하는데……."

"아무래도 곤란할 것 같은데요."

마야코의 목소리는 사뭇 냉정했다. 그렇다고 화가 난 것도 아니었다. 상대방을 약올리고 싶은 심술궂은 마음도 없었다. 단지 귀찮을 뿐이었다.

노무라의 배후에는 그의 아내만 있는 줄 알았다. 그런데 뜻밖에도 또 한 여자, 그의 젊은 애인이 있었다. 그것은 마치 콘서트에 갔을 때 티켓 외에 별도의 정리권이 필요하다는 말을 듣게 된 경우와 똑같았다. 마야코 역시 그런 경우를 당한 적이 있는데, 그때마다 그녀는 거의 대부분 미련 없이 철수하곤 했다.

"마야가 그렇게 나와도 난 절대 이대로는 물러날 수 없어. 알아?"

노무라는 별안간 강경하게 나왔다. 흥, 그 젊은 애인에게는 언제나 이런 식으로 대함으로써 효과를 보겠군. 마야코는 속으로 그렇게 중얼거렸다.

둘의 대화는 만날 장소와 시간이 정해진 뒤 끊겼다. 먼저 전화를 끊은 쪽은 노무라였다. 아무래도 '은밀한 장소'로 다른 사람이 들어온 모양이었다. 전화가 끊기기 직전 희미하게 인기척이 들려왔다.

마야코는 난폭하게 수화기를 내려놓았다. '쳇' 하고 큰 소리로 혀를 차고 싶은 기분이었다. 그러나 그녀는 그런 기분이 들어도 실제로 행동에 옮긴 적은 없었다. 설령 주위에 아무도 없어도 혀를 차는 일만은 삼갔다.

아무래도 노무라와의 관계는 처음 의도했던 것으로부터 상당히 벗어나 있는 것 같았다. 맨 처음 불륜을 저지르기로 마음먹었을 때, 그녀는 그 상대에 대해 여유 있게 생각했다. 그저 한번 스치고 지나가는 남자나 신분이 확실하지 않은 남자 따위는 애당초 고려해 보지도 않았다. 독신 남자도 불륜 상대에서 제외시켰다. 대체로 혼자 사는 남자는 입이 가볍기 때문이었다. 반면에 결혼한 유부남은 그럴 염려가 없었다. 서로 똑같은 위험을 감수해야 하는 공범자의 관계이기 때문이었다. 하지만 유부남일지라도 너무 진지하게 나오는 남자는 곤란했다. 대개 그런 남자는 여자의 프라이버시까지 침해하려고 들기 때문이었다.

그런데 마야코는 그런 조건을 세워 놓고도 나태하게 행동했다. 얼마든지 스스로 정한 조건에 적합한 새로운 남자를 찾을 수 있는데도 불구하고 포기해 버렸다. 새로운 남자는 신선한 만큼 뜻하지 않은 위험 부담을 안겨 줄 터였다. 결국 그녀는 옛 남자 중에서 고르는 편이 가장 안전하고 확실하다고 판단했다.

광고 대행사에 근무하는 노무라는 그런 점에서 이상적이라고 할 수 있었다. 어쩌면 완벽하다는 의미에서의 '이상적'이라는 표현이 어울리지 않을 수도 있겠지만, 그래도 노무라는 여러 조건에 들어맞는 남자였다. 풍채도 좋고, 분별력도 갖추었다. 그리고 무엇보다 즐길 줄 아는 남자라서 섹스에 능했다. 하지만 그것의 도가 지나쳤다. 그는 현재 진행형의 젊은 애인을 두고 있었다.

마야코는 결코 자신에게만 성실한 남자를 원하지 않았다. 단지 자신과 만나는 시간만큼은 최소한의 성의를 보여 주기를 바랐다. 그런데 둘만의 시간에 다른 여자로부터 전화가 걸려 왔던 것이다.

그녀가 스스로 결심하고 스스로 선택한 불륜에서 득을 보는 쪽은 노무라였다. 그는 어느 날 한 통의 전화로 인해 마야코의 육체를 차지했다. 그것은 공짜로 받은 선물이나 마찬가지였다. 굳이 계략을 꾸미거나 설득할 필요도 없었다. 돈도 거의 들지 않았을 터였다.

마야코에게는 남편 외의 남자라곤 노무라밖에 없었다. 그녀는 나름대로 노무라에게 순수한 마음을 주려고 노력했다. 그럼에도 그는 유부녀인 그녀와 즐기면서 따로 젊은 애인을 두고 있었다. 어쩌면 노무라에게 있어서 마야코의 육체는 아무 때나 사용할 수 있는 현금 카드 같은 것일지도 몰랐다.

그에게 아내가 있다는 사실은 마야코로서도 인정할 수밖에 없는 현실이었다. 그렇지만 아내 외에 또 다른 여자가 있다는 사실은 인정할 수 없었다. 그것은 마야코에게 분노나 슬픔이 아닌 무력감을 안겨 주었다.

나는 늘 손해만 보고 살아야 하는 팔자인가 보지. 그녀는 무심코 그렇게 중얼거렸다.

무력감은 마야코만 느끼는 것이 아닌 듯했다. 호텔 바에서 닷새 만에 만난 노무라는 꽤나 지친 모습이었다. 피곤한 탓인지 그의 눈 아랫부분이 갈색을 띤 채 불룩해져 있었다. 젊은 애인 때문에 피곤한 모양이군.

"지난번 일은 정말 미안해. 그 애를 호되게 야단쳤어. 그랬더니 울면서 사과하더군."

노무라는 특히 그 젊은 여자가 울면서 사과했다는 말을 강조했다.

"굳이 야단칠 것까진 없었을 텐데, 왜 그랬어요?"

마야코의 말은 진심에서 우러나온 것이었다.

"어쨌거나 그녀는 당신이 마음에 걸려서 전화했을 거예요. 안 그래요? 그런데 그렇게 귀여운 여자를 왜 야단쳐요?"

"마야, 이제 그만해. 자꾸 그런 식으로 비꼬지 말란 말이야."

어느새 노무라의 왼손이 마야코의 얼굴을 부드럽게 어루만지고 있었다.

"아무튼 일단 방으로 들어가서 차분하게 얘기하도록 하자고."

노무라는 그녀를 호텔 방으로 이끌었다. 그는 고전적인 수법을 사용하고 있었다. 이 남자의 머릿속에는 섹스에 대한 생각만이 들어 있겠지.

"마야, 날 난처하게 하지 마. 설마 마야가 내게 다시 돌아올 줄은 생각도 못했기 때문에……. 정말 나로선 어쩔 수 없었어. 이런저런 사정을 다 얘기할 수는 없지만, 아무튼 지금은 마야에게 푹 빠져 있는 상태잖아. 이 정도 선에서 이해해 줬으면 좋겠어. 마야, 그럴 수 있지?"

그는 양손으로 마야코의 볼을 감쌌다. 그가 힘을 주어 누른 탓에 그녀의 얼굴은 우스꽝스러운 모양이 되었다. 남자가 난처한 입장에 처했을 때 흔히 그렇게 하듯 그는 사랑스러운 눈길로 마야코를 바라보았다. 그런데 그는 한 가지 실수를 범하고 말았다.

"어차피 시간이 해결해 줄 거야. 그러니 교활한 남자라고는 생각하지 말아 줘. 솔직히 가장 괴로운 건 나니까 말이야."

도대체 시간이 무엇을 해결해 준다는 말인가? 아마 그는 젊은 애인에게 입버릇처럼 그런 말을 할 터였다. 하지만 마야코의 경우에 있어서 '해결'은 납득이 가지 않는 말이었다. 그것은 난처한 상황을 얼렁뚱땅 벗어나려는 말에 불과했다. 역시 그랬다. 그는 말뿐만 아니라 행동으로도 그렇게 하려고 들었다.

"우리 오늘 밤엔 함께 샤워하자고."

그는 짐짓 유쾌하게 말했다. 젊은 여자에게 그런 식으로 말해서 효과를 보았는지는 모르지만, 나한테는 통하지 않아. 마야코는 그렇게 생각했다. 그럼에도 그녀의 입은 어느새 노무라의 혀를 받아들이고 있었다. 그는 키스를 하면서 한 손으로 그녀의 상의를 벗겼다. 이윽고 그가 블라우스의 단추를 풀려고 할 때 마야코가 입을 열었다.

"늘 하던 식으로 하는 건 싫어요."

물론 둘이서 샤워를 하는 행위는 색다른 것이다. 하지만 그 다음은 여느 때와 똑같은 형태의 섹스, 이제는 익숙할 대로 익숙한 쾌락과 절정이 있을 뿐이다. 어차피 불륜을 저지를 바에는 좀 더 색다른 무엇이 있어야 하지 않을까.

마야코는 판에 박은 듯한 섹스는 하기 싫었다. 젊은 여자로 인해 그녀는 희생을 당한 셈이었다. 따라서 그에 상응하는 대가를 받아야 마땅했다. 그런데 보통의 여자와 남자가 나누는 평범한 섹스만으로는 어림도 없었다. 보다 독특한 방법이 필요했다. 도덕도 이성도 모두 걷어차 버릴 정도의 쾌락, '아찔하다'라고 표현할 만한 희열을 느껴야만 했다.

"그게 무슨 말이야?"

노무라가 물었다. 그는 마야코가 내뱉은 말의 의미를 잘 모르는 듯했다.

"평소와 다르게 하고 싶어요. 뭔가 특별한 방법으로 말예요."

마야코는 거침없이 내뱉었다. 그녀는 자신의 그런 태도에 놀랐지만, 이내 아무렇지도 않게 여겨졌다.

"구체적으로 말해 봐."

"좀 더 저를 즐겁게 해 달란 말예요. 언제나 똑같은 패턴은 싫어요. 어차피 저와의 만남은 즐기기 위한 것 아녜요."

"아니, 그건……."

"괜찮아요. 변명할 필요 없어요. 즐길 작정이면 더욱 철저하게 즐기자고요."

순간 노무라가 두려운 표정을 지었다. 마야코는 남자를 두렵게 하는 말을 스스럼없이 내뱉는 자신이 의아스러워졌다. 더구나 섹스에 대해서 그처럼 과감하게 이야기할 줄이야……. 그녀 자신이 생각해도 뜻밖이었다. 하지만 노무라의 표정은 위장일 터였다. 그는 여자와 즐기는 데 아주 익숙한 사람이었다. 어디한두 여자만을 상대했겠는가.

"그런 것은 이런 평범한 호텔에서는 무리야."

그녀가 예상했던 대로 노무라는 이내 표정을 바꿨다.

"왜죠?"

"뭐가 왜야? 결국 마야가 원하는 게 그거 아니야?"

"그게 뭔데요?"

"소위 SM이라고 하는 것도 몰라?"

"몰라요."

마야코는 솔직하게 대답했다.

"모른다고?"

"네, 몰라요. 그런 건 잡지에서나 봤을 뿐이에요. 아무튼 전 당신과 좀 더 색다른 것을 하고 싶어요. 어차피 이런 기회가 자주 있을 것도 아니니까 평소와는 다르게 해보고 싶다고요."

마야코의 적극적인 말에 노무라의 입가에는 엷은 미소가 번져 있었다. 분명히 그의 몸은 흥분으로 뜨겁게 달아올라 있을 터였다. 그럼에도 그는 짐짓 태연한 척 말했다.

"여자가 그런 식으로 거침없이 노골적으로 나오면 남자의 그것은 벌떡 일어섰다가도 슬그머니 고개를 숙이게 돼. 마야, 그런 것은 불을 끄고 난 뒤 침대 위에서 은근하게 해야만 제맛이 나는 거라고. 생각해 봐, 무턱대고 하면 무슨 맛이 나겠어. 안 그래?"

"그런가요?"

"그래. 그리고 마야는 귀엽고 매력적인 여자니까 그런 건 스스로 말하지 않아도 돼."

노무라는 다시 마야코에게 키스 세례를 퍼부었다. 그의 혀가 안으로 깊숙이 들어왔을 때 그녀는 향긋한 냄새를 맡았다. 그것은 그가 조금 전에 마신 칵테일 냄새였다.

"자, 그럼 이제부터 옷을 벗어. 그런 다음 함께 샤워를 하자고."

"샤워요?"

"샤워를 하면서 하자 이거야."

"뭘요?"

"부끄러운 나머지 마야의 얼굴이 벌겋게 달아오르도록 해 줄게. 마야가 까무러칠 때까지 얼마든지 해 줄 수 있어. 대신 싫다고 울어도 난 몰라, 알았지?"

"알았어요."

마야코는 황홀한 표정을 지은 채 지그시 눈을 감았다. 아무 생각도 않고 마음껏 도취해 보자.

그녀는 노무라의 손에 이끌려 욕실로 들어갔다. 이제 나는 엄청난 쾌락을 맛보게 될 거야. 그 쾌락의 저편에는 무엇이 있을까? 무엇인지는 모르지만 분명히 기다리는 것이 있을 거야. 만약 이 남자가 이제껏 나 자신이 경험한 적이 없는 기쁨을 선사한다면, 그때야말로 단호하게 헤어지리라. 마야코는 잠시 입술을 깨물었다. 어차피 언젠가는 헤어져야 할 사이였다. 따라서 그전에 무언가 대단한 것을 받아 둬야만 했다.

이윽고 노무라가 접촉해 왔을 때, 그녀는 문득 이것이 '이별의 선물'이 아닐까 하고 생각했다.

제5장
만남

항상 그렇듯 마야코의 머릿속은 남자에 대한 생각으로 복잡했다. 더구나 요즘은 새로운 걱정거리가 더해져 그 현상은 어느 때보다도 더 심했다. 어쩌면 나는 성에 대해 둔감하고 서툰 여자일지도 몰라. 그녀는 줄곧 그런 생각에 사로잡혀 있었다.

섹스 행위를 할 때마다 그녀의 몸은 지극히 정직하게 반응했다. 스스로도 의아스러울 정도로 그녀는 소리를 지르고 몸을 비틀어 댔다. 그러나 그것은 단지 순간적인 황홀함일 뿐이었다. 그녀는 그 기분을 오래 간직하고 음미할 줄 몰랐다. 가끔씩 행위 때의 기억을 끄집어내어 즐기기도 했지만, 그것 역시 한순간에 지나지 않았다.

한 달 전쯤, 노무라와 호텔에 갔을 때의 일이었다. 마야코는 그와의 이별을 염두에 두고 있으면서도 한편으로는 그 생각을 떨쳐버리게 할 만한 사건을 기대하고 있었다.

노무라는 그다지 넓지 않은 욕실에서 목욕 가운의 허리띠와 샤워기를 이용해 그녀에게 갖가지 행위를 가했다. 그것은 무척이나 신선한 체험이었다. 마야코는 그의 손길이 스칠 때마다 연거푸 소리를 질러 댔다. 나중에 노무라는 이렇게 말했다.

"마야가 내지르는 소리가 옆방에 들리지나 않을까 신경이 쓰여서 무척 조마조마했어."

그 일은 마야코에게 약간의 새로운 변화를 가져다주었다. 우선 노무라와 그렇게까지 단호하게 헤어지지 않아도 되지 않을까 하는 우유부단한 생각이 그녀의 마음을 흔들었다. 그녀 자신이 은연중 노무라의 '정식 애인'이라는 생각을 갖고 있었기 때문에 그를 못마땅하게 여겼을 것이다. 물론 그 젊은 여자를 성가신 존재로 느꼈던 것도 그 때문이리라.

좀 더 만나는 횟수를 줄이면 어떨까? 그래, 그러면 될 거야. 그리고 그와 정식 애인이 아닌 관계라고 생각하면 그에 대한 불만도 누그러질 테니까 그렇게 하자. 마야코는 스스로를 다독거렸다.

그녀로서는 노련한 노무라의 갖가지 솜씨를 미련 없이 떨쳐 버릴 수 없었다. 그런 그와 헤어진다는 것은 무척이나 아쉬운 일이었다. 그녀는 또 한 차례 그와의 정사를 떠올렸다. 그러다 이내 자신의 차갑게 식은 몸을 의식하고 불길한 생각에 젖었다.

역시 나는 성에 둔감하고 서툰 여자일까?

대부분의 여자들은 정사의 여운을 오래 간직할 터였다. 남자에게 안겼던 기억을 되살려 몸부림칠 것이고, 그 기억을 다시 현실화시키기 위해서 만사를 제쳐 둔 채 남자를 찾아 나설 것이었다. 그런데 마야코는 전혀 그렇지 않았다. 아무리 정사의 기억을 되살려도 몸은 달아오르지 않았다. 성에 대해 이렇게까지 냉정한 것은 그 참맛을 충분히 맛보지 못했기 때문일 터였다.

마야코는 문득 대학 동창 중 하나인 구라사와 치에를 떠올렸다. 둘 사이는 그다지 가까운 편이 아니었으나, 마야코는 그녀의 얼굴은 물론이고 말투까지 분명하게 기억할 수 있었다.

치에는 약간 틀에서 벗어난 행동을 하고 다녔다. 그 때문에 그녀는 친구들 사이에서 '전설의 여인'으로 불렸다.

대학 시절 그녀의 애인은 삼류대학 학생이었다. 그는 음악에 빠져 밴드까지 결성한 상태였으나 다소 시대에 뒤떨어진 남자였다. 아무튼 치에는 순수파답게 그와 순정적인 사랑을 나누었는데, 친구들은 그 점을 은근히 비웃곤 했다.

"남자가 없어서 그런 남자와 사귀니 그래?"

"음악을 하는 남자는 좀 고리타분하지 않니?"

치에는 대학 졸업 후 부모가 정해 준 엘리트 남자와 결혼했다. 친구들은 모두 그녀가 학창시절의 '연애 놀음' 따위는 까맣게 잊은 줄로 알았다. 그런데 치에는 자칭 음악가라는 남자와 관계를 유지하고 있었다. 하지만 서툴게 행동한 탓에 남편한테 들통이 나서 큰 소동이 벌어졌다. 다행이 부모가 끼어들어 본래 상태로 회복되기는 했으나, 그녀는 여전히 그 남자에 대한 미련을 버리지 못한 채 계속 만나고 있었다.

언젠가 치에는 한 친구에게 이런 말을 했다.

"난 그 남자의 품안에 있을 때가 가장 행복해. 마음으로는 몇 번이나 안 된다고 다짐하지만 몸이 끌리는 건 어쩔 수 없나 봐."

그 후 치에의 '몸이 끌린다'라는 말은 친구들 사이에서 유행어가 되었다. 그것은 결국 치에가 어떤 여자인지를 설명하는 말이었다. 순수한 사랑이니 어쩌느니 하지만, 그녀는 단지 남자를 밝히는 바람둥이에 지나지 않았던 것이다.

치에는 음악가와 헤어진 후 이번에는 처자가 있는 중년 남자와 사랑에 빠졌다. 그러다 둘 다 자신의 배우자에게 들통이 나서 옥신각신하더니 급기야 각자의 가정을 버리고 재작년에 결혼했다.

치에는 머리와 피부 손질에 온갖 정성을 다 들였다. 따라서 귀족의 딸처럼 고상한 분위기를 풍겼지만 얼굴은 평범했다. 그녀가 '전설의 여인'에 어울리려면 좀 더 화려한 용모를 지녀야 할 터였다. 하지만 그렇지 못했기 때문에 친구들은 그녀를 '음란한 여자로서 40대 중년 남자의 섹스 포로가 되었다'라는 식으로 결론지었다. 그런데 치에는 중년 남자와 결혼해서 살고 있으면서도 가끔씩 옛 애인과의 정사를 떠올리며 몸부림을 친다는 것이었다.

그런 치에에 비하면 마야코는 아주 담백한 여자였다. 왜냐하면 그녀는 노무라와의 섹스에서 순간적인 만족을 느낄지언정 매일 밤 한 장면 한 장면을 회상하며 몸부림을 치지는 않고 있기 때문이었다.

하지만 마야코로서는 바로 그 점이 문제였다. 그녀는 문득 연애 소설에서 읽은 '몸도 마음도 탐닉한다'라는 구절을 떠올리고 자신은 평생 그런 상태를 맛보지 못한 채 죽을지도 모른다고 생각했다.

마야코는 잠시 노무라를 만나기 전과 현재의 자신을 비교해 보았다. 그녀는 자신에게 그동안 눈에 띌 정도로 분명한 변화가 일었음을 깨달았다. 남편 고이치에 대한 불만을 키우면서 이 상태로 늙어 가는 것은 아닐까 싶은 불안감을 느낀 순간, 마야코는 불륜의 늪에 뛰어들기로 결심했다. 그리하여 신분이 확실하고, 신뢰할 만하며, 나중에 문제가 생기지 않을 남자로서 노무라를 선택했던 것이다. 당시만 해도 마야코는 각자의 '자리'를 분명히 지키는 선에서 섹스의 즐거움만을 탐닉할 수 있으면 된다고 생각했다.

그런데 지금은 그것이 아니었다. 어느새 그녀는 노무라에 대해서 불만을 품고 있었다. 무엇 때문일까? 그녀는 자신이 보다 견고한 것, 요컨대 정신적인 것을 원하고 있음을 깨닫고 무척 당황했다. 이제 와서 새삼스럽게 왜 그런 것을 원할까?

그것은 전혀 생각지도 않은 일이었다. 정신적인 것이라니…… 아니야, 이건. 정신적인 것이라고 과장해서 생각하기 때문에 복잡하게 느껴지는 거야. 마야코는 마음을 가라앉히려고 애썼다.

그녀는 애초부터 자신 이외의 여자가 존재하지 않는 남자를 바랐다. 물론 이 경우 자신 이외의 여자라고 해도 상대의 아내

175

는 제외되는 것이지만, 어쨌든 노무라에게 제3의 여자가 있다는 것은 뜻밖이었다. 아내가 있는 남자가 아내 이외의 다른 여자와 사귀는 것은 그것이 깊은 관계이든 단순한 관계이든 상관없이 부정한 짓임에 틀림없었다. 그런데 하물며 아내 외의 여자가 둘이나 된다니…….

마야코는 남자가 자기하고만 부정한 짓을 저지르기를 원했다. 남자가 그녀 자신 외의 또 다른 여자와 부정한 짓을 저지르는 것은 그녀의 자존심이 허락하지 않았다. 그녀는 남자의 정조 따위를 요구하지 않는 대신, 불륜으로 인한 죄의식은 오로지 자신과의 관계에서만 느끼기를 바랐다. 결국 그녀는 순수한 불륜을 하고 싶었던 것인데, 그것이 마음대로 되지 않았던 것이다.

그녀의 생각에 세상에는 노무라처럼 여자를 다루는 기술이 능란하거나, 아예 불륜과 거리가 먼 매력 없는 남자가 존재했다. 따라서 애당초 순수한 불륜 같은 것은 거의 기대할 수 없었다.

4월로 접어들면서 갑자기 여기저기서 부고장이 날아들었다. 아마 봄의 변덕스러운 날씨를 견디지 못해서 사망하는 노인들이 많아진 것 같았다. 마야코는 총무부를 들락거리면서 이곳저곳으로 보낼 꽃이나 조전을 준비하느라 분주한 나날을 보냈다.

오늘의 사망자는 재계의 거물급 인사였다. 그는 오래전 일선에서 물러났지만, 그의 영향력은 대단했다. 석간신문은 제법 큰 지면을 할애하여 그의 사망 소식과 함께 업적을 실었다. 그는 마야코가 모시는 회장과 고등학교 동창으로서 절친한 사이였다. 그래서인지 회장은 상갓집에 가서 밤샘을 하겠다고 말했다.

"잠깐 안으로 들어와요."

마야코는 회장이 내선 전화로 불렀을 때, 상갓집이 있는 오기쿠보까지 동행하자는 것은 아닌가 싶어 섬뜩했다. 다행히 다른 용건이었다.

"미안하지만……, 6시까지 산토리 홀에 가 줬으면 좋겠는데……."

회장은 한참 동안 고생하던 끝에 감기를 이겨냈지만, 후유증 탓인지 기침과 함께 가래 끓는 소리를 냈다.

"무슨 일로 말인가요?"

마야코는 조심스럽게 물었다.

"실은 말이야……, 친척 되는 녀석과 산토리 홀에서 열리는 연주회에 가기로 했는데……, 난 상갓집에서 밤샘을 해야 하기 때문에……."

회장은 기침을 해대느라 중간 중간 말을 끊곤 했다.

"내가 그 녀석 티켓까지 갖고 있으니 말이야……. 내가 가지 않는 대신 티켓이라도 전해 줘야……."

회장은 책상 서랍에서 '초대장'이라고 쓰여 있는 봉투를 꺼냈다.

"이 한 장은 녀석에게 주고……, 나머지 한 장은 다른 사람을 주든지 버리든지 해요. 아니면 마야코 씨가 사용하든지……."

마야코는 일단 회장이 건넨 두 장의 티켓을 받았다. 거기에

는 중국인인 듯한 여자 이름과 피아노 콘서트라는 글씨가 적혀
있었다.

"마야코 씨는 클래식을 좋아하나요?"

"별로요. 솔직히 전 클래식에 대해선 문외한이에요. 연주회
에 가도 도중에 졸음이 와서 요즘엔 차라리 안 가는 편이죠."

그녀는 회장이 클래식을 별로 좋아하지 않는다는 사실을 알
고 있었다. 따라서 그렇게 말하면 연로한 회장이 은근히 기뻐할
것이라고 생각했다.

"나도 그다지 좋아하진 않는데……, 녀석이 자꾸만 졸라대
는 바람에……, 초대권을 얻어 두었어요. 그런데 공교롭게도 초
상집에서 밤샘해야 하기 때문에……."

회장은 짐짓 초상집에 가서 밤샘을 하게 된 것이 안타깝다는
표정을 지었다.

"녀석의 말에 의하면……, 꽤 유명한 피아니스트라서 티켓
구하기가 쉽지 않다고 하던데……. 혹시 마야코 씨는 그 피아니
스트를 알고 있어요?"

"아니, 전혀 모릅니다."

회장실을 나오면서 마야코는 중요한 사실을 묻지 않았음을
깨달았다. 그래서 그녀는 다시 회장실로 들어갔다.

"저, 그런데 그 친척 되시는 분을 제가 어떻게 알아볼 수 있
을까요?"

"아, 그걸 빠뜨렸구면."

회장은 시선을 멀리 두고 띄엄띄엄 말했다.

"괴짜 같은 녀석이라 금세 눈에 띌 거요. 게이오 대학 경제 학부를 졸업한 녀석인데……, 어느 날 느닷없이 작곡을 하겠다 면서 주위 사람들을 놀라게 하더니……, 녀석도 그 방면에 재능 이 없음을 깨달았는지……, 지금은 여기저기에 평론을 쓰고 있 어요. 하여간 별난 녀석이지……."

물론 그 말만으로는 상대의 모습이 구체적으로 떠오를 리 없 었다. 마야코가 곤란한 표정을 짓고 있자 그는 계속해서 말했다.

"차라리 내가 전화로 녀석에게 마야코 씨에 대해서 자세히 설명해 두는 게 나을 것 같은데……, 어때요?"

"그래도 괜찮을 것 같네요."

마야코는 그렇게 말하고 문득 생각나는 게 있어서 덧붙였다.

"회장님께서 보시다시피 전 오늘 분홍빛이 감도는 회색 코 트를 입고 있으니까 그렇게 전해 주세요. 이런 코트는 흔치 않 아서 쉽게 알아볼 수 있을 거예요."

일기예보대로 오후가 되면서 날씨가 점점 따뜻해졌다. 아침 의 출근길에는 제법 쌀쌀했는데, 오후부터 초여름 같은 날씨로 변하더니 그 여운이 저녁까지 이어졌다.

마야코는 자기도 모르게 코트를 벗었다가 문득 회장의 말을 떠올리고 다시 입었다. 산토리 홀로 이어지는 거리에는 반소매 원피스 차림의 여자들이 더러 있었다. 그리고 유명 피아니스트 가 출연하는 연주회라서 그런지 간간이 턱시도 차림의 남자들 도 눈에 띄었다.

대사 부인인 듯 화려한 드레스를 입은 외국 여자가 향수 냄새를 풍기며 마야코 앞을 지나갔다. 그녀는 잠시 그 외국 여자의 뒷모습을 바라보다가 주위를 두리번거렸다. 회장의 친척이라는 남자는 아직 오지 않은 것 같았다. 마야코는 누군가를 기다리고 있는 듯한 남자가 눈에 띄어 그에게 바짝 다가갔다. 그런데 막상 가까이에서 보니 마흔 살쯤 먹은 중년 남자였다.

한참 동안 기다려도 회장의 '친척 되는 녀석'에 어울릴 만한 남자는 나타나지 않았다. 마야코는 계속 기다렸다. 하얀 옷을 입은 여자들이 무척 아름답게 보였다. 더운 날씨인 것만 빼고는 기분 좋은 초저녁이었다.

아무래도 코트를 벗어야겠군. 더위 때문에 그녀가 막 코트를 벗으려고 할 때였다. 한 젊은 남자가 그녀 쪽으로 다가왔다. 그는 양복이 아닌 잿빛 블레이저를 입고 있었다. 가슴 주머니에 장식용 수건을 꽂은 모습이 그녀의 눈에 약간 거슬리기는 했으나, 그래도 연주회에는 잘 어울릴 것 같았다.

"혹시 미즈코시 마야코 씨입니까?"

남자가 물었다.

"네."

"아, 이거 늦어서 죄송합니다. 제 이름은 구도 미치히코입니다."

하관이 약간 튀어나온 남자는 반듯하고 얇은 입술을 갖고 있었다. 그런 입술로 판단하건대 음악을 좋아하는 사람 특유의 신경질적인 성격을 지닌 남자 같았다. 어쩌면 그 같은 성격은 재벌 회장의 친척인 만큼 상당히 부유한 집안에서 자랐을 것이므로 그런 환경의 영향을 받았기 때문일지도 몰랐다.

"오래 기다리셨죠. 자, 어서 들어갑시다."

미치히코는 마야코의 팔에 가볍게 손을 갖다 대고 재촉했다.

"저, 저는 연주회에 온 게 아녜요. 단지 티켓을 전해 주려고 온 것뿐이에요."

마야코가 그에게 티켓 두 장을 내밀며 말했다.

"그럼 나머지 한 장은요? 그냥 버리긴 아깝잖습니까?"

미치히코의 말투에는 젊은이답게 패기가 있었다.

"이 피아니스트는 굉장한 여자예요. 일본에서는 이 여자의 연주를 좀처럼 듣기 힘듭니다. 이 기회를 놓친다면 평생 후회하게 될 걸요. 자, 어서 들어갑시다."

그는 아예 마야코의 손목을 덥석 움켜쥐었다. 마야코는 그의 기세에 눌려 건물 안으로 들어갔다.

홀 로비에 서 있는 사람들의 웅성거림에 섞여 오케스트라의 튜닝 소리가 들려왔다.

"자, 제가 코트를 벗겨 드릴게요."

마야코는 잠시 머뭇거리다가 등을 돌렸다. 어느새 그녀의 목덜미는 흥건하게 땀에 젖어 있었다.

한차례 긴 협주곡이 끝나고 휴식 시간이 되었다. 사람들은 마치 훈련된 병사처럼 질서정연하게 로비로 나갔다.

로비 한쪽에 가벼운 음료나 식사를 할 수 있는 바가 보였다.

"잠깐만 기다리세요."

잠시 후 미치히코는 와인 두 잔을 들고 다가왔다. 흰 와인은 출렁거림 없이 수평을 유지하고 있었다. 여러 사람이 모인 장소에서 와인이 든 잔을 옮긴다는 것은 결코 쉬운 일이 아닐 터였다. 다른 남자들도 동행한 여자에게 와인을 갖다 주었는데, 대부분 엎지르지 않으려고 조심조심 걷느라 진땀을 흘리고 있었다. 개중에는 손끝에 너무 신경을 쓴 나머지 다른 사람과 부딪쳐 와인을 쏟기도 했다. 그러나 미치히코의 동작은 정확하고 능숙했다. 그는 등을 곧게 편 채 마야코를 향해 미소까지 지으면서 힘차게 걸어왔던 것이다.

마야코는 은근히 불안했다. 침착하려고 애썼지만 마음대로 되지 않았다. 초면인 미치히코의 호의는 지금까지 다른 남자들이 보여 준 것과는 사뭇 달랐다. 남편인 고이치와 노무라는 물론, 옛 남자들 중 어느 누구도 그녀에게 그 같은 호의를 베푼 적이 없었다. 설령 베풀었다 해도 그것은 속이 훤히 들여다보이는 호의였다. 따라서 그녀는 그런 그들 앞에서 나름대로 대응책을 강구하곤 했으나, 어찌 된 일인지 미치히코한테는 아무런 경계심이 들지 않았다. 어쩌면 상대가 회장의 친척이기 때문일지도 몰랐다.

"고맙습니다."

마야코는 정중하게 인사한 후 미치히코가 내민 잔을 받았다.

"어떻습니까, 즐겁지요? 역시 들어오길 잘했다는 생각 안 듭니까?"

미치히코가, 교정한 것이 아닐까 싶을 정도로 고른 치아를 드러내며 웃었다. 마야코도 덩달아 가볍게 웃었다.

"조금 전의 곡도 좋았지만, 다음 곡을 잘 들어보세요. 리스트의 곡은 기교를 부리려고 하면 할수록 이상해지는데, 이 피아니스트의 경우는 전혀 그렇지 않습니다. 평온하면서도 광적으로 연주하지요."

평온하면서도 광적으로 연주한다니, 도대체 이게 무슨 뜻일까? 마야코는 조금 전 무대에서 피아노를 연주한 여자의 모습을 떠올렸다. 중국인이라는 그 여자는 보라색 드레스를 입고 있었는데, 일본인과 구분이 되지 않았다. 단지 연주가 끝난 후 지휘자를 비롯, 수석 연주자와 악수를 나누는 모습이 너무 당당하여 마치 남자를 압도하는 듯한 분위기마저 느껴졌다. 한마디로 말해 호탕한 여자였다. 대륙 태생이라서 그럴까? 어쩌면 내가 연주회 경험이 없어서 그런 느낌을 받았을 거야. 여류 피아니스트들은 모두 그럴지도 모르는 일이니까.

"그녀는 정말 훌륭한 피아니스트입니다. 그녀는 말예요, 엘리자베스 콩쿠르에서 1위 없는 2위를 차지했어요. 그때 왜 그녀에게 1위를 넘겨주지 않았느냐 하면, 관객을 너무 흥분시켰기 때문이랍니다. 그때부터 그녀에게는 사람을 사로잡는 힘이 있었던 겁니다."

마야코는 아까부터 이 남자가 왜 이렇게 나한테 친절한 것일까 하고 궁금했는데, 이제야 그 이유를 알 것 같았다. 그것은 음악에 대한 순수한 애정 때문이었다. 비록 하루 저녁일지라도 옆자리에 앉아 함께 음악을 듣는 마야코가 그에게 있어서는 특별한 존재일 터였다.

"어떻습니까, 즐겁지요?"

그는 벌써 몇 번째 똑같은 질문을 던졌다. 그것은 그만큼 마야코를 특별한 존재로 여기고 있다는 증거였다. 하지만 그의 마음은 그녀보다 음악에 더 쏠려 있었다. 마야코는 그 점을 깨닫고 마음을 편하게 먹었다. 사실 그는 마야코에게 아무런 부담을 주지 않았다. 그래서 그녀는 마치 동성애를 하는 남자를 만나고 있는 듯한 느낌이었다.

남자와 여자가 만나면 밀고 당기는 심리적 게임이 벌어지게 마련이었다. 그런데 미치히코는 그런 게임에는 아예 흥미도 없는 남자였다. 대개의 여자들은 그런 남자를 만날 경우 별다른 기대를 품지 않는다. 그러므로 꾸밈없는 얼굴과 목소리로 대할 수 있는 것이다.

마야코는 슬그머니 미치히코를 바라보았다. 아무래도 동성애 남자로 취급하기에는 아까운 인물이었다. 그는 그렇게 큰 키는 아니지만, 몸놀림과 용모가 세련되어 뭇사람들의 시선을 끌기에 충분했다. 특히 흐뭇한 표정으로 와인을 마시는 그의 모습은 콘서트홀의 로비와 아주 잘 어울렸다.

마야코는 자신이 티켓을 건네 준 상대가 추남이 아니라는 점을 다행으로 여겼다. 원래 콘서트홀의 로비는 여자들뿐만 아니라 남자들의 품평회장이나 다름없는 곳이다. 대개 그런 자리에서는 세련된 남자의 에스코트를 받는 여자가 주위의 시선을 독차지하게 마련이다. 그리하여 다른 여자들로부터 선망과 질투의 대상이 되기도 한다. 물론 대부분의 여자들은 그런 대상이 되기를 원한다. 어쩌면 그것은 여러 사람 앞에 나서는 묘미일지도 모른다.

"저 말입니다!"

마야코로 하여금 우쭐한 기분을 품게 한 남자가 갑자기 소리를 질렀다. 무언가 문득 생각난 것이 있는 모양이었다.

"지금 레스토랑에 예약을 해 둘까 하는데, 어떻습니까? 이태리 요리 좋아하십니까?"

"네."

마야코는 조금도 주저하는 기색 없이 재빨리 대답했다.

심야까지 영업을 하는 이태리 음식점이라면, 꽤나 격식을 따지는 일류 레스토랑이거나 젊은이들 상대의 간이식당 비슷한 곳일 터였다. 마야코는 미치히코를 따라가면서 전자 쪽일 것이라고 생각했다. 그런데 그가 데려간 곳은 니시아자부에 있는 평범하고 아담한 레스토랑이었다. 그다지 화려한 편이 아닌 실내는 무척이나 아늑한 느낌을 주었다.

"여기에서는 이태리 가정 요리를 먹을 수 있어요. 특히 캐비지와 안초비를 곁들인 스파게티는 맛이 아주 일품입니다. 전 스파게티에다 생선구이를 권해 드리고 싶은데, 어떻습니까?"

그렇게 말하는 점으로 보아 미치히코는 평소에 이 레스토랑을 자주 이용하는 모양이었다. 그는 메뉴판을 손가락으로 짚어 가면서 스파게티 외의 요리에 대해서도 자세하게 설명했다. 그의 태도는 피아니스트를 소개하던 때만큼이나 열정적이었다.

"와인은 한 병으로 하지요. 그런데 전 항상 싼 것만 마시는데, 그래도 괜찮겠습니까?"

"그럼요."

마야코는 일단 그렇게 대답했다. 미치히코는 확실히 보기 드문 남자였다. 그는 지금까지 마야코가 알거나 사귄 남자들과 달랐다. 그들은 와인 리스트를 보면서 심각한 표정을 짓곤 했다. 그들의 생각은 뻔했다.

이 여자에게 어느 정도나 돈을 써야 효과가 있을까?

이 여자는 와인에 대해서 어느 정도나 알고 있을까?

이 여자는 과연 와인을 마신 후 내게 몸을 허락할까?

그들은 술값을 살피고 주머니 사정을 고려한 끝에야 웨이터를 불렀다. 그러고는 근엄하게 손가락으로 가리키며 "먼저 이것부터 갖다 주지"라고 말했다. 그들 중에서 미치히코처럼 싼 것을 마셔도 좋으냐고 묻는 사람은 아무도 없었다.

마야코는 자신에게 그런 질문을 던진 미치히코에 대해서 곰곰이 생각해 보았다. 어째서 이 남자는 다른 남자들과 달리 거리낌 없이 나올까? 나에 대해 자신이 있어서일까? 아니면 아무런 흥미가 없어서일까? 마야코는 그 이유가 어느 쪽에 해당되든 불만스러웠다. 그래서 그녀는 넌지시 이렇게 말했다.

"이런 대접을 받아도 되는 건지 모르겠군요. 어쨌든 고마워요. 단지 티켓을 전해 주러 온 것뿐인 전혀 모르는 여자에게 연주회를 감상할 기회를 마련해 주고, 이런 곳에까지 데려와 줬으니 말예요."

"전혀 모르는 여자는 아니잖습니까?"

미치히코가 와인 잔을 집어들고 미소를 지었다.

"그게 무슨 뜻이죠?"

"당신은 제 아저씨의 비서니까 하는 말입니다. 자, 그건 그렇고 건배나 합시다. 덕분에 아주 좋은 저녁을 보냈습니다. 건배!"

레스토랑의 조명 아래 드러난 미치히코의 피부는 젊고 탄력 있었다. 웃을 때마다 눈가에 가늘게 주름이 일곤 했는데, 그것은 나이 탓이라기보다 원래 근육의 구조가 그렇게 생겼기 때문인 것 같았다. 그렇다고 결코 보기 흉한 주름은 아니었다. 오히려 그것은 5, 6년 후쯤이면 매력적인 소도구로 변해 뭇여자의 가슴을 휘저어 놓을 것처럼 보였다. 마야코는 그의 나이가 서른 안팎일 것이라고 생각했다.

"음악 평론을 하신다고 들었는데, 맞나요?"

어느새 그녀의 말투는 신원 조사를 하는 사람의 것을 닮아 있었다.

"네, 가끔 음악 전문지에 기고하고 있지요. 저, 이래봬도 책도 한 권 냈습니다. 비록 무명의 자그마한 출판사를 통해서 낸 것이지만 말입니다."

"어머, 책까지 내셨군요."

마야코는 그의 얼굴을 똑바로 쳐다보았다. 책을 내는 사람이란 도대체 자신과 어느 정도나 다른지 확인하기 위해서였다. 그가 웃었다. 눈가의 주름이 매력적으로 보였다. 하지만 그녀는 그것보다 고르게 난 치아가 훨씬 더 매력적이라고 생각했다.

"전 솔직히 그 방면에 대해선 문외한이지만, 음악 평론이란 거 아주 힘든 일 아닌가요?"

마야코의 질문에 미치히코는 다시금 미소를 지었다.

"그런 셈이지요. 유명한 평론가라면 모를까, 저 같은 사람이 음악 평론으로 먹고살기란 여간 힘든 게 아닙니다. 제 경우엔 대학 강사 자리라도 비집고 들어가려고 합니다만, 요즘엔 워낙 문이 좁아서 그것도 쉽지 않습니다."

말은 그렇게 하면서도 미치히코의 표정은 무척 밝았다. 그것은 그만큼 집안이 상당한 부자이기 때문일 터였다.

마야코는 와인으로 인한 취기에 힘입어 다음과 같은 질문을 던졌다.

"미치히코 씨는 회장님과 어떤 관계인가요? 회장님께서는 친척이 된다고 하시던데……."

"그래요? 사실 아저씨와 저는 아무런 관계도 아닙니다."

"아니라뇨? 회장님께서는 분명히 친척이 된다고 하셨는데, 아니라면 대체 어떤 관계죠?"

"저도 잘은 모르겠지만 예전에 우리 집은 시즈오카의 미시마에 있었는데, 태평양 전쟁 중 아저씨 일가가 이주해 와서 살았던 것 같습니다. 몇 대인지 모르겠지만 우리 집안 여자가 아저씨의 아버지인가 할아버지의 첩이 되었다더군요. 결국 그 인연으로 두 집안이 친척처럼 지내 오는 것입니다. 아저씨는 제가 어렸을 때부터 저를 무척 귀여워해 주셨어요. 하지만 그렇다고 해서 혈연관계는 절대 아닙니다."

"그런 관계였군요."

마야코의 가슴 한구석에서 안도의 한숨이 새어나왔다. 그녀는 슬그머니 미치히코를 바라보았다. 그녀로서는 친절하고 인상이 좋은 눈앞의 남자가 회장의 친척이라는 생각을 떨쳐버릴 수 없었다.

"이제 마야코 씨의 얘기도 해 주시겠습니까?"

"제 얘기요?"

마야코는 갑작스런 질문을 받고 당황했다. 그가 자신에 대해서 알고 싶어하리라고는 미처 생각지 못했기 때문이었다. 그녀는 문득 젊은 시절에 남자들로부터 받은 질문을 떠올렸다.

'마야코, 자신에 대해 얘기 좀 해 줄 수 있겠어?'

그들은 그렇게 물으며 슬며시 몸을 기대 왔다. 결국 미치히코의 말투는 젊은 시절의 뻔뻔스런 남자들의 것과 다를 바 없었다. 그러나 미치히코는 그들처럼 음흉한 생각을 품고 있는 것 같지 않았다.

"아까 그 피아노 연주를 들으시고 어땠습니까? 어떤 느낌을 받으셨지요?"

나에 대해 궁금한 것이 이것이었군. 마야코는 실망한 나머지 혀라도 차고 싶은 심정이었다. 초면인 내게 식사 대접을 하는 것은 로맨틱한 기분이 들어서가 아니라 평소의 습관대로 음악 감상 후의 느낌을 이야기할 상대가 필요했기 때문이었어. 그렇

189

다면 이제부터 이 남자는 나한테 음악에 대해서 이것저것 질문을 던질 텐데, 어떻게 대응해야 할까? 까짓 될 대로 되라지 뭐. 마야코가 생각에 잠겨 있는 동안 그는 줄곧 그녀의 입을 바라보고 있었다.

"글쎄요……. 솔직히 전 오늘 같은 연주회는 처음이에요. 어렸을 때 피아노 발표회에 나간 적은 있었지만, 그 이후로 무대에서의 피아노 연주를 직접 들은 건 이번이 처음이죠."

"그래도 느끼신 게 있을 거 아닙니까?"

"글쎄요, 느낀 것이라곤 피아니스트는 무턱대고 모든 사람과 악수를 한다는 것과 리스트의 곡은 어쩐지 무섭다는 정도예요. 싫은 느낌은 들지 않았지만, 마치 살아 있는 그 무엇에 부딪혔을 때의 무서움 같은 걸……."

"아, 그러셨군요."

미치히코가 큰 동작으로 고개를 끄덕였다. 게다가 그는 세상에서 가장 재미있는 이야기라도 들은 것처럼 눈을 휘둥그레 떴다. 마야코는 그의 그런 반응에 무척 놀랐다.

"관찰력이 대단하시군요. 듣고 보니 그런 것도 같네요. 피아니스트나 바이올리니스트, 혹은 성악가 같은 사람들은 지휘자나 수석 연주자와 자주 악수를 나누곤 합니다. 물론 그것은 자신을 불러 준 데 대한 감사의 표시일 수도 있겠지요."

"그래요? 하지만 대기실로 돌아가서 악수를 나눌 수도 있는 일 아닐까요? 굳이 관객 앞에서 그렇게 한참 동안 악수를 나눌 것까진 없을 것 같은데……."

"왜요, 악수를 나누는 광경이 보기 싫었나 보지요?"

"꼭 싫었던 건 아니지만, 악수를 나누는 시간이 없으면 빨리 끝날 수 있지 않나요? 배고픈 사람들 빨리 식사라도 하게 말예요."

"하하, 마야코 씨는 정말 거리낌 없이 말씀하시는군요. 생각해 보니 일리 있는 말씀이네요."

"그렇죠?"

마야코도 덩달아서 웃음을 터뜨렸다. 갑자기 들뜬 기분이 들었다. 그녀가 말할 때마다 미치히코는 즐거운 표정을 지으며 웃곤 했다. 그녀의 말은 적당한 무게와 부피를 지닌 채 그의 가슴으로 스며들었다. 그것은 누가 보아도 정겨운 광경일 터였다. 낯선 남자와 이처럼 즐거운 시간을 갖는 게 대체 얼마만일까? 마야코에게는 실로 오랜만의 일이었다. 결코 정사를 암시하면서 상대를 은근히 약올리거나 빈정거리는 분위기가 아니었다.

마야코는 어린아이처럼 순진하게 지껄였다. 그러노라니 입안이 상쾌했다. 말을 함으로써 느끼는 청량감이 바로 이런 것일까? 혀와 이가 생선의 지방으로 더럽혀져 있어도 산뜻한 느낌이었다.

어느새 두 사람의 화제는 마야코의 클래식 기피증을 어떻게 고칠 수 있을까 하는 데에 와 있었다.

"일단 000000을 들어보세요."

미치히코는 한 번 들어서는 결코 기억할 수 없는 긴 남자의 이름을 댔다. 마야코는 그 이름을 다시 물어보고 싶었지만 그만

두었다. 짐작하건대 유럽의 피아니스트 이름 같았다.

"천재란 말은 바로 그를 위해 생긴 거라는 생각이 듭니다. 그는 콩쿠르 같은 건 아예 거들떠보지도 않는 피아니스트이지요. 정말 대단한 사람입니다. 언젠가는 그가 콘서트에 모습을 드러냈는데, 연주가 끝난 뒤 박수치는 사람이 아무도 없었답니다. 왜 그랬는지 아세요?"

"왜 그랬는데요?"

"그의 연주에 관객이 매료된 나머지 박수치는 것조차 잊었답니다. 그 정도로 훌륭한 피아니스트이지요. 아무튼 그가 다음 달 일본에 오니까 저와 함께 갑시다. 그럴 수 있지요?"

"전 도중에 졸지도 모르는데 어떡하죠? 솔직히 아까도 중간중간 졸려서 제 손등을 꼬집었어요."

"이번에는 절대 그런 일 없을 겁니다."

미치히코는 무표정한 얼굴로 그녀의 눈을 바라보았다. 마야코는 그런 그의 표정이 웃는 것보다 더 매력적이라고 생각했다.

"절대 그런 일 없을 거라뇨?"

"만약 마야코 씨가 졸면 제가 꼬집어 버리겠다는 얘기지요."

"아프게 꼬집지는 마세요."

두 사람은 식사를 마치고 밖으로 나왔다. 마야코는 한사코 거절했으나, 미치히코는 조금 돌아갈 뿐이라며 택시로 집까지 바래다주었다.

"티켓은 제가 준비해 두겠습니다. 조만간에 전화 드릴게요. 자, 그럼."

택시 문이 닫힌 순간, 마야코는 뭔가 잊은 물건이라도 있는 것처럼 뒤돌아보았다.

"안녕히 가세요."

그러나 그녀가 잊은 것은 작별 인사가 아니었다. 결혼한 몸이란 것을 말하지 않았잖아. 그녀는 자신을 책망했다. 그래서? 말하지 않았으면 어때? 상관없어. 약간 취기에 젖은 또 하나의 마야코가 말했다.

정사를 벌일지도 모르는 남자와의 사이에서 여자의 결혼은 중대한 요소로 작용한다. 여자가 그 사실을 솔직하게 밝히는 것은 일종의 규칙이다. 미치히코와 육체관계를 갖게 될까? 아마 그런 일은 없을 거야. 설령 있을 것이란 확신이 들어도 일부러 결혼한 사실을 밝힐 필요는 없다고. 그가 물어올 때까지 독신인 척하는 게 좋아. 그녀는 그렇게 하기로 결심했다.

오차노미즈에 있는 카잘스 홀은 유명한 건축가에 의해 지어진 고전풍의 건물이었다. 마야코는 몇 년 전 뮤지컬을 보러 카잘스 홀에 온 적이 있었다. 그 후로는 처음이었다. 당시 그녀는 흑인 가수의 박력 있는 목소리에 매료된 나머지 귀가하는 길에 레코드숍을 들러 CD를 샀다. 그만큼 감동적인 뮤지컬이었다.

그런데 오늘의 연주회는 몇 년 전 뮤지컬을 볼 때와 딴판이었다.

산토리 홀에서는 무대 위에 오케스트라 단원들이 진을 치고 있었으나, 이곳에는 그랜드 피아노 한 대만 달랑 놓여 있을 뿐이었다. 입장객 수도 80% 정도에 지나지 않았다. 군데군데 빈 좌석이 눈에 띄었다. 이윽고 북유럽 출신인 듯한 금발의 남자가 무대 위에 나타나더니 정중하게 인사했다. 그가 건반을 두드리기 시작하여 5분도 채 되지 않았을 때 마야코는 슬그머니 한숨을 내쉬었다. 지루했다. 손에 들고 있는 프로그램을 보니 베토벤 소나타 제14번 '월광'이었다.

베토벤 다음에는 라흐마니노프, 쇼팽의 순으로 이어졌다. 마야코는 옆에 앉아 있는 미치히코가 눈치채지 않도록 조심하며 연거푸 한숨을 내쉬었다. 내가 어쩌다 이런 자리에 와 있담. 그녀는 미치히코를 멋있는 남자라고 생각했다. 그래서 다시 만나고 싶은 나머지 흔쾌히 약속에 응했던 것이다. 하지만 앞으로도 계속 이런 식의 클래식 연주회를 위한 만남이 이어진다면, 따분해서 도저히 견딜 수 없을 것 같았다. 불현듯 그녀의 뇌리에 어린 시절의 기억이 꿈틀거렸다.

마야코는 초등학교에 들어가기 전부터 피아노를 배우러 다녔다. 당시 그녀에게 피아노를 가르치던 여선생은 부유한 남자의 아내였다. 마야코는 그 여선생의 집으로 가서 피아노를 배우곤 했는데, 그곳은 꽤 고급스런 주택이었다. 여선생이 사용하는 피아노 역시 고가의 호사스런 것이었다. 여선생은 서글서글한 인품에 가르치는 방법도 고상했다. 그럼에도 마야코의 피아노 솜씨는 좀처럼 나아지지 않았다.

마야코는 중학교에 들어가면서부터 공부를 핑계로 피아노 교습을 교묘하게 피했다. 여선생 집에 가는 대신 엉뚱한 곳에 가서 놀기도 했다. 마침내 그 사실을 눈치챈 그녀의 부모는 피아노 교습을 그만두도록 허락했다.

결국 그런 전력이 있는 마야코에게 있어서 클래식은 전혀 성미에 맞지 않는 것이었다. 그런데 미치히코는 꼼짝도 않은 채 귀를 기울이고 있었다. 마야코는 이따금씩 그런 그의 모습을 훔쳐보았다. 그녀는 예전부터 옆모습이 멋있는 남자를 좋아했다. 그런 남자의 얼굴을 정면에서 보고도 싶었으나, 그런 기회는 별로 많지 않았다. 대부분의 여자들이 그렇듯 운전하는 남자 옆에서 그 옆모습을 물끄러미 바라보는 것이 고작이었다.

대학 시절, 마야코는 쇼난으로 남자와 함께 드라이브를 한적이 있었다. 그것은 대학에 입학한 후의 첫 데이트였다. 당시 그녀는 핸들을 쥔 남자의 옆모습을 보고 환멸을 느꼈다. 평소에는 눈치채지 못했는데, 자세히 보니 그는 지방질 때문에 턱이 아주 짧은 데다 입이 앞으로 툭 튀어나와 있었다. 그야말로 정나미가 뚝 떨어지는 얼굴이었다. 왜 내가 하필 이런 남자와 데이트를 하는 것일까? 그녀는 맨 처음 품었던 남자에 대한 호의를 즉각 철회했다.

여자는 남자 못지않게 데이트 상대의 용모를 따진다. 여자에게는 용납되지만, 남자는 살찐 뺨과 턱을 지녀서는 안 된다. 오똑한 코, 야무진 입술, 그리고 예각의 턱을 지녀야만 한다. 그래야 여자에게 호감이 가는 옆모습을 보일 수 있다. 그런 점에서 미치히코는 완벽한 남자였다. 다소 신경질적으로 보이던 입술도 옆에서 보니 부드러운 선을 이루고 있었다.

어쩌면 이 연주회는 내게 있어서 일종의 시련일지도 몰라. 마야코는 다시금 한숨을 쉬었다. 앞으로 1시간, 혹은 1시간 반만 이 지겨운 피아노 소리를 참으면 되겠지. 연주회가 끝나면 맛있는 저녁식사와 유쾌한 대화가 기다릴 터였다.

마야코는 지금까지 여러 남자들과 식사를 했지만, 미치히코와 음식을 먹을 때만큼 즐거운 적은 없었다. 그는 말수가 적은 편이었다. 그러면서도 요소요소에서 마야코의 말에 장단을 잘 맞췄다. 무엇보다도 그녀는 그가 자신의 이야기를 잘 들어주는 것이 기뻤다. 그녀가 처녀 시절에 만났던 남자들은 그렇지 않았다. 그들은 그녀의 이야기에 과장된 반응을 보였고, 쓸데없이 웃거나 놀라기도 했다.

"마야코는 정말 재미있는 여자야."

개중에는 그녀가 특별히 재미있는 언행을 한 것도 아닌데 그렇게 말하는 남자도 있었다. 아마 그렇게 말하면 마야코가 특별한 여자로 대접받고 있다고 생각하는 줄 아는 모양이었다.

"마야코는 단지 예쁘다거나 귀엽다는 차원을 넘어서 보통 여자보다 훨씬 매력 있는 여자야."

어떤 남자는 그렇게 말하면서 뜨거운 시선으로 마야코를 바라보기도 했다. 그러면 그녀는 일부러 거친 말을 아무렇게나 내뱉으며 큰 소리로 웃었다.

그나마 그런 남자들이 있었던 시절이 좋았다. 지금은 유부녀인 마야코의 이야기에 열심히 귀를 기울이는 남자가 거의 없는 상태였다. 남편인 고이치는 매일 일정량의 말을 정해 놓고 있기라도 한 것처럼 무뚝뚝하게 굴었다. 그 한계를 넘으면 애매모호한 답변만을 할 뿐이었다. 노무라도 처음에는 대화를 즐기는 듯 싶더니 요즘에 와서는 그렇지 않았다. 그저 한시라도 빨리 호텔 방으로 들어갈 것만을 생각했다. 그것은 끓어오르는 욕정에서라기보다 시간을 절약하기 위해서였다.

마야코는 문득 자신의 입에서 나온 말들이 노무라에게 향하지 않고 모두 공중으로 날아가 버렸을 것이라고 생각했다. 아니, 어쩌면 그것들은 공중으로 분산된 것이 아니라 다시 그녀 자신의 몸으로 돌아와 발효된 상태에서 악취를 풍길지도 몰랐다.

그러나 오늘 밤, 마야코는 그런 걱정을 하지 않았다. 그녀는 머릿속에 떠오르는 갖가지 상념을 조립하거나 퇴고하지 않은 채 거침없이 입 밖으로 내보낼 수 있었다.

"한 가지 알고 싶은 게 있는데, 조금 전의 피아노 콘서트 같은 건 어떻게 즐기면 되죠? 그러니까 무엇을 생각하면서 들어야 할까요?"

둘은 지난번처럼 니시아자부의 이태리 레스토랑에 앉아 있었다. 미치히코가 주문한 백포도주를 반 잔 정도 마신 마야코는 한껏 고조된 기분을 주체할 수 없었다. 그녀는 재촉하듯 계속해서 질문을 던졌다.

"저 외의 다른 관객은 아주 열심히 듣고 있던데, 모두 피아노 음악에 대해서 잘 알고 있는 사람들인가 보죠? 도대체 어떻게 하면 그들처럼 열심히 들을 수 있을까요?"

"아무것도 생각하지 않고 들으면 되는 겁니다. 아, 좋은 음악이구나. 음, 기분 좋다고 느끼면 그것으로 족합니다."

미치히코는 그렇게 말하고 웃었다. 그것은 결코 비웃음이 아니었다. 마야코는 그의 웃는 모습을 보고 덩달아 웃었다. 행복한 기분이 들었다. 분명히 이 남자는 내 말을 듣고 즐거운 듯 웃었어. 아, 얼마 만에 느끼는 행복인가.

"그래도 미치히코 씨는 전문가니까 다른 사람들과는 다른 감상법이 있지 않나 싶은데요? 있으면 가르쳐 주세요."

"눈에 띄는 실수가 있었다면 모를까, 오늘 그 사람의 테크닉은 완벽 그 자체라서 구체적으로 말하기가 쉽지 않군요."

미치히코는 그렇게 말해 놓고 와인을 입에 갖다 댄 뒤 덧붙였다.

"글쎄요……. 한 가지 들자면 그가 오늘 쇼팽곡을 어떻게 연주할까 하는 식의 호기심과 흥미를 품는 게 중요합니다. 쇼팽을 섬세하게 연주하는 사람도 많습니다만, 그는 자기 나름대로의 해석에 아주 철저한 피아니스트입니다. 그는 무엇보다도 쇼팽이 어떤 곡을 어느 시기에 작곡했는지 정확히 알고 있는 사람이지요. 쇼팽이 외국에서 조국 폴란드를 걱정하고 있을 때의 작품일 경우 그는 분노와 초조함을 담아 연주합니다. 그런 의미에서 오늘의 쇼팽곡은 대단히 흥미로운 것이었습니다."

"어휴, 무척 어렵고 지겹네요."

"마야코 씨, 그런 말 하지 말아요. 그런 말하면 저는 더 이상 마야코 씨를 초대할 수 없어요."

"어머, 그래요?"

마야코는 자신이 은연중 내뱉은 말에 미치히코가 의외의 반응을 하자 잽싸게 잔을 들어 한 모금 마셨다. 말 한번 잘못했다가는 큰일나겠군. 그녀는 속으로 중얼거리면서 미치히코의 표정을 살폈다. 문득 심술을 부리고 싶은 마음이 일었다. 남자들은 여자가 심술궂게 굴면 오히려 기뻐한다. 마야코는 그 점을 노렸다. 그녀는 그렇게 함으로써 약간 훼손된 자존심을 원상태로 복원해 놓고도 싶었다.

"사실 전 미치히코 씨가 다시 초대해 주리라곤 생각지도 못했어요. 더구나 전 원래 클래식을 싫어해요. 벌써 두 번씩이나 들었는데도 아무런 흥미를 못 느꼈어요. 몇 차례나 미치히코 씨한테 꼬집히기 직전까지 갔다고요."

마야코는 슬그머니 왼손을 테이블 위에 놓았다. 중학생 무렵부터 매일 손질하고 매니큐어를 칠해 온 만큼 그녀의 손가락은 매끈하고 아름다웠다. 그녀는 오른손으로 왼손의 손등을 살짝 꼬집었다. 마치 그녀 자신이 좀 경우 꼬집겠다는 미치히코의 말을 당장 행동으로 옮겨 달라는 듯이.

"그럼 곤란한데요……. 전 다른 것엔 소질도 능력도 없습니다. 겨우 음악만이 자신 있는 과목이지요. 그런 사람한테서 음악을 빼앗아 버리면 두손드는 수밖에 없잖겠습니까."

이 남자는 나를 갖고 즐기고 있는 것일까? 아니면 순수함을 가장하고 있나? 마야코는 얼굴을 들어 미치히코를 똑바로 쳐다보았다. 옆모습 못지않게 앞모습도 멋있었다. 앞머리가 약간 흩어져 이마를 가리고 있었다. 내가 만약 저 머리카락을 쓸어 올리고 입술에 키스한다면 기분이 어떨까? 아니야, 이런 자리에서 여자가 먼저 그렇게 할 수는 없어. 그런 것은 연상의 여인이나 하는 짓이라고.

"미치히코 씨는 몇 살이죠?"

이미 절제를 잃은 그녀의 입술은 누구의 비난도 두려워하지 않고 있었다. 그것은 머릿속에 있는 말을 거침없이 뱉어냈다.

"서른한 살입니다."

"어머, 아직 젊군요."

"마야코 씨는 몇이십니까?"

"여자에게 나이를 묻는 게 실례라는 걸 모르시나 보죠? 그건 가장 기초적인 매너 위반이에요."

"하지만 마야코 씨처럼 젊고 아름다운 사람에게는 괜찮을 것 같은데요?"

"마치 아줌마한테는 괜찮다는 소리로 들리네요."

그녀는 그렇게 말해 놓고 후회했다. 미치히코가 자신을 꽤 나이 많은 여자로 생각할까 싶어서였다. 아무래도 정확한 숫자를 밝히는 것이 나을 것 같았다.

"당신보다 한 살 위예요."

"그래요? 결혼한 지 오래됐습니까?"

아니 이게 무슨 소리야? 역시 알고 있었단 말이야? 마야코는 자신이 크게 낙담하리라고 생각했으나 그렇지 않았다. 오히려 묘한 안도감이 느껴졌다.

"한 6년쯤 됐을까요."

그녀는 마치 남 이야기하듯 했다.

"티켓에 대한 감사의 뜻을 전하려고 아저씨께 전화했었습니다. 마야코 씨와 동행했노라고 했더니 아저씨가 하시는 말씀이, 그 사람 미인이지만 유부녀라고 가르쳐 주시더군요."

"그래서요? 다행이다 싶었어요?"

"실망했습니다."

"정말이에요?"

마야코가 웃자 미치히코는 어린애처럼 입술을 삐죽거렸다.

"솔직히 호감 가는 사람이 아니었다면 산토리 홀에서의 연주회가 끝난 뒤 식사를 하자는 말 따위는 꺼내지도 않았을 겁니다."

"그럼 제가 결혼한 것을 알았으면서도 오늘도 이렇게 저를 여기까지 데려온 거예요?"

"마야코 씨가 클래식에 흥미를 갖게 되면, 그 때문에도 저와 또 만나 줄 것이라고 생각했습니다."

"어머, 그럼 어쩌죠? 유감스럽게도 전 클래식에 전혀 흥미가 없는 여자인데 말예요."

두 사람은 서로의 얼굴을 바라보며 웃었다. 그로써 모든 것이 명쾌해졌다. 분명히 미치히코는 콘서트를 핑계대지 않고도 마야코에게 전화를 걸어 만나자고 할 터였다.

"그럼 슬슬 일어날까요. 제가 댁까지 바래다 드릴게요."

미치히코는 당연한 것처럼 계산서를 집었다. 마야코는 각자 부담하는 것을 싫어하면서도 반을 내겠다고 우겼다. 뻔뻔한 여자라는 소리를 듣는 것보다 그 편이 나을 것 같았기 때문이었다. 그러나 미치히코는 매번 값싼 음식만 대접해 미안하다면서 끝내 그녀의 제의를 거절했다. 조금 전의 연주회 티켓도 그가 산 것으로 보아 꽤 부자인 모양이라고 그녀는 생각했다.

마야코는 택시 안에서 다시 한번 미치히코의 옆모습을 살펴보았다. 길가의 가로등 불빛을 지나칠 때마다 그의 얼굴은 빨갛기도 하고 파랗기도 했다. 그는 와인 두 병을 거의 혼자 마셔서인지 몸을 비스듬히 시트에 기댄 채 앉아 있었다. 하지만 그의 옆모습은 조금도 흐트러지지 않은 상태였다.

손 정도는 잡아 줄 수도 있을 텐데. 그녀는 슬그머니 그의 손을 곁눈질했다. 두 사람이 만나게 된 동기를 생각해 볼 때 두 번째 만남에서 키스를 나눈다는 것은 무리일지도 모른다. 그렇지만 손을 잡는 것 정도는 가능하지 않을까. 더구나 두 사람은 몽롱하게 취한 채 좁은 공간에서 바싹 몸을 붙이고 있다. 그러므로 남자가 슬그머니 손을 뻗는 것은 지극히 자연스러운 현상일 것이다.

"왜 그러세요?"

마야코의 시선을 의식하고 미치히코가 고개를 돌렸다. 순간 두 사람의 시선이 부딪쳤다. 푸른빛이 그의 뺨을 스쳤다. 아, 이 남자와 자고 싶다! 마야코의 욕정이 소리를 질렀다. 한시라도 빨리 이 남자와 자고 싶다! 그녀는 노골적으로 소리를 질러 대는 욕정을 다독거리기 위해 고개를 숙였다. 그래도 소용없었다. 가슴의 고동 소리가 빨라짐에 따라 다리 사이의 안쪽이 젖어들기 시작했다. 더구나 그곳에서는 뜨거운 기운이 일고 있었다. 그녀는 자기도 모르게 다리를 꼬았다.

자고 싶다. 자고 싶다. 자고 싶다……. 마야코는 문득 조금 전에 들은 피아노의 리듬을 떠올렸다. 악기처럼 마음을 연주할 수 있다면, 마야코의 경우에는 타악기 소리가 날 터였다. 그것 도 '쿵, 쿵, 쿵'이 아닌 '자고 싶다, 자고 싶다, 자고 싶다'라고 울리는 타악기 소리일 것이었다. 내가 왜 이럴까? 이런 일은 처 음이었다. 노무라 옆에서도 이런 상태에 빠진 적은 한 번도 없 었다.

이윽고 택시는 마야코와 그녀의 남편이 살고 있는 맨션 앞에 멈춰 섰다.

"자, 그럼 잘 있어요. 나중에 회사로 전화하겠습니다."

미치히코가 택시에 탄 채 말했다. 마야코는 멀어져 가는 택 시를 한참 동안 바라보았다. 이윽고 그녀는 맨션 쪽을 향해 걸 음을 떼었다. 흔히 남자들은 그것이 발기했을 때 걷기가 불편하 다고 하는데, 여자들도 그와 비슷한 모양이었다. 끈적끈적한 액 체가 다리 사이의 깊숙한 곳에 고여 있어서 마야코는 사뭇 조심 스럽게 걸었다.

그녀는 방 안에 들어서자마자 스타킹과 팬티부터 벗었다. 팬 티는 확실히 구별할 수 있을 정도로 축축했다. 그녀는 스커트 안에 아무것도 입지 않은 채 침실로 들어갔다.

고이치는 이미 잠들어 있었다. 늘 잔소리를 하는데도 베갯머 리의 스탠드를 켜 놓은 채였다. 그 옆에는 요즘 들어 베스트셀

러가 된 정신의학 입문서가 펼쳐져 있었다.

"여보……."

마야코는 은근한 목소리로 말하며 남편에게 몸을 바짝 갖다 댔다.

"으음……."

고이치가 신음하듯 낮게 중얼거렸다. 그녀는 재빨리 손을 뻗어 남편의 얼굴을 자기 쪽으로 돌렸다.

"여보, 사랑해요."

마야코는 그렇게 말하고 그의 입술 사이로 자신의 혀를 밀어넣었다. 고이치의 혀는 아무런 반응을 하지 않았다.

"왜 이러는 거야?"

고이치가 눈을 가늘게 뜬 채 짜증 섞인 목소리로 물었다.

"사랑한다고요."

"술에 취해서 돌아와선 자는 사람은 왜 깨우고 난리야? 취했으면 그냥 가만히 자기나 하라고."

"아이, 여보……."

마야코는 다시 남편의 혀를 더듬었다. 그녀의 몸은 조금 전에 헤어진 남자로 인해 뜨겁게 달아올라 있었다. 그런 몸을 내버려둔 채 잠이 올 것 같지 않았다. 그녀는 그 남자 대신 남편이라도 자신의 욕정을 달래 주기를 바랐다. 남편이 벌떡 일어나 섹스에 응해 준다면, 미치히코란 남자를 잊을 수도 있을 것 같았다.

그녀에게 있어서 미치히코는 색다른 존재였다. 그는 노무라와 달랐다. 노무라는 때가 되면 얼마든지 헤어질 수 있는 상대였다. 그러나 미치히코와는 쉽게 그럴 수 있을 것 같지 않았다. 그녀는 자신과 그와의 사이에 예측 불허의 무언가가 확산되고 있다고 생각했다.

하지만 아직 그와는 아무 일도 일어나지 않았어. 따라서 남편이 내 이 갈증을 풀어 준다면 미치히코를 포기할 수도 있고. 손에 넣고 싶은 것을 깨끗이 단념할 수 있단 말이야.

그러나 고이치는 어처구니없게도 크게 하품을 한 뒤 돌아누워 버렸다.

"여보, 여보오……."

마야코는 남편의 파자마 바지 속으로 손을 뻗었다. 그럼에도 고이치는 여전히 반응을 하지 않았다. 오히려 그는 그녀의 손을 거세게 뿌리쳤다.

"토요일에 해……. 오늘은 피곤해서 안 돼."

마야코는 남편의 귓가에 입술을 갖다 대고 충고조로 말했다.

"당신이 이렇게 나오면 언젠가는 반드시 후회하게 될 거예요. 아, 그날 밤 응해 주지 않아서 이런 일이 생겼구나 하고 말예요. 그래도 괜찮아요?"

"그래, 그래도 괜찮으니까 제발 더 이상 귀찮게 굴지 마."

고이치는 그렇게 말하고 잠의 늪으로 가라앉았다. 이윽고 남편의 고른 숨소리가 들리기 시작하자 마야코는 돌아누운 상태에서 그의 등에 자신의 등을 바짝 밀착시켰다. 그러고는 자신의 허벅지 사이로 손을 뻗었다. 그곳은 조금 전보다 더욱 축축하게 젖어 있었다.

애액이 다량 방출되어 죽는 여자도 있을까. 다량 출혈로 죽는 사람은 있어도 애액의 다량 방출로 죽는 여자는 없을 터였다. 그렇지만 자꾸 흘러나오는데도 남자가 그 흐름을 막아 주지 않는다면 여자는 너무 비참한 나머지 죽은 상태나 다름없을 것이었다. 마야코는 서서히 손가락을 움직이기 시작했다. 그녀는 문득 남편과 등을 맞댄 채 자위를 하는 것만큼 슬픈 복수는 없을 것이라고 생각했다.

내일은 노무라에게 전화해 봐야지. 그녀는 그렇게 결심했다. 미치히코에게도 남편에게도 안기지 못한 그녀로서는 이제 한 남자와 사랑을 나눌 수밖에 없었다. 그렇게 해도 남편인 고이치는 할 말이 없을 터였다. 그는 그녀에게 이미 많은 죄를 지었으므로.

"마야, 오늘은 아주 재미있는 곳에 가 보자고."

택시 승차장을 향해 걸을 때 노무라가 말했다.

"재미있는 곳이라뇨?"

"마야가 전에 색다른 곳에 가고 싶다고 해서 이곳저곳 알아보고 점찍어 둔 데가 있어."

마야코는 '재미있는 곳'이 희한한 행위를 즐기는 사람들이 찾는 호텔일 것이라고 생각했다.

"그래도 너무 이상한 데는 싫어요."

"알았어. 그렇게 겁먹지 않아도 돼."

노무라는 무엇을 상상하는지 혼자서 낄낄거렸다.

"아자부에 유명한 SM 호텔이 있어. 언젠가 우리 회사 사람이 거기에 드나드는 걸 본 적이 있는데 말이야, 그 녀석은 그런일이 없는 것처럼 시치미를 뚝 떼더라고. 회사의 다른 동료들도 그런 호텔에서 나쁜 짓을 하고 있지만, 다들 숨기고 있지. 하긴 SM 같은 변태 행위를 한다고 노골적으로 떠드는 사람은 없을 거야."

광고 대행사에 근무하는 노무라의 입을 거치면, 사디즘이나 마조히즘 같은 변태 이야기도 익살스럽게 들리는 것 같았다.

"아직까지 그 녀석은 동료들이 그 사실을 모르고 있는 줄 아나 봐. 그 녀석 이름이 나오면 다들 SM을 떠올리는데 말이야."

그는 그렇게 말하고 큰 소리로 웃었다. 순간 마야코는 뇌리에 스치는 것이 있어서 걸음을 멈췄다.

"거긴 어떤 식으로 돼 있는 곳인가요?"

노무라와 만나는 곳은 언제나 정상적인 호텔이었다. 따라서 평소의 순서대로 행동하면 그만이었다. 호텔 바에서 만난 뒤 그대로 엘리베이터를 타고 방으로 내려오기 때문에 그다지 신경을 쓸 필요도 없었다.

"호텔 바와 라운지가 어째서 꼭대기 층에 있는지 알아?"

"글쎄요……."

"그건 말이야, 남녀가 안심하고 엘리베이터에 타거나 내릴수 있도록 하기 위해서야. 일단 바나 라운지로 향하는 남녀를 특별히 수상쩍게 볼 사람은 없을 거잖아."

대다수 평범한 호텔의 엘리베이터는 그 어느 것이나 넓고 환하다. 그래도 그것을 이용하는 연인들은 안심할 수 있다. 도중에 방으로 들어가는 것이 아니라 야경을 감상할 수 있는 바나라운지에서 즐겁게 식사나 술을 마시러 온 것처럼 타인의 눈에 비쳐질 수 있기 때문이다. 따라서 그런 호텔을 이용하는 연인들은 당당하게 행동한다.

그렇지만 러브호텔은 사정이 다르다. 누가 보더라도 그런 곳을 이용하는 남녀의 목적은 뻔하지 않은가.

마야코는 이미 위험한 곳에 한 발을 내디딘 셈이었다. 분명히 특별한 행위를 해 달라고 조른 쪽은 그녀 자신이었다. 하지만 막상 그런 행위를 실제적으로 경험한다고 생각하니 망설여졌다. 물론 전에도 비슷한 경험을 했으나, 이번에는 그보다 더 심할 것 같았다.

"나도 아직 가 본 적은 없지만 말이야, 굉장히 재미있는 곳인 것 같아. 내부가 무척 호화롭고, 바 세트나 가라오케 같은 것도 갖춰져 있다더군. 연예인들도 자주 이용하는 모양이야."

마야코의 속내를 꿰뚫어 본 듯 노무라가 즐거운 표정으로 말했다. 그녀의 가슴은 두려움과 기대로 마구 뛰고 있었다. 그녀는 이 기회에 성인용 비디오도 여유 있게 감상하고, 흔들리는 침대라는 것이 무엇인지도 체험해 보고 싶었다.

기실 마야코는 처녀 시절 몇 번인가 러브호텔에 간 적이 있었다. 그런데 그것은 스키장에 다녀오는 길에 잠깐 들른 평범한 러브호텔이었다. 대개 그런 호텔은 욕실과 화장실이 청결하지 않을 것 같은 느낌을 주었다. 그러므로 그녀는 러브호텔에 가는 것을 별로 좋아하지 않았다. 게다가 당시의 여대생들에게는 그런 호텔보다 일류 호텔의 더블룸을 선호하는 경향이 있었다. 그렇기 때문에 마야코는 고이치나 그전의 애인과 사귈 때 가급적 도심의 번듯한 호텔을 이용하곤 했다.

정말 재미있는 곳일까? 처녀 시절에 갔던 러브호텔과는 다를 테니까 아주 재미있을 거야. 그녀는 어서 빨리 그곳에 가고 싶어 견딜 수 없었다. 그곳에서라면 대담하고 비정상적인 행위가 가능하겠지? 두꺼운 벽, 장식품, 침대의 시트 색깔, 샤워기와 욕조 등, 모든 것들이 쾌락을 위해 존재하는 방에서 방탕한 여자처럼 마음껏 즐겨 봐야지.

그것은 상상만 해도 멋진 일이었다. 그러나 그곳에 도착할 때까지의 과정이 문제였다. 밀실에서의 대담한 행위에 대한 욕구를 강하게 느끼면 느낄수록 그녀의 걸음은 무거워졌다. 아무래도 그곳에 이를 때까지는 안심할 수 없을 것 같았다. 공교롭게도 노무라는 차를 갖고 오지 않았다. 만약 차가 있다면 주차장에서 곧장 위로 올라갈 수 있어 안전하겠지만, 택시를 이용할 경우 자칫 아는 사람의 눈에 띌 수도 있는 일이었다.

"혹시 아는 사람한테 들키면 어쩌죠?"

"들키긴 왜 들켜?"

"택시에서 내려 걷다가 들킬 수도 있잖아요."

"그 점은 걱정할 거 없어. 요즘 호텔은 말이야, 프런트에 부탁하면 금방 차를 보내 준다고."

차 안에서 마야코는 다리 사이의 깊은 곳이 끈적끈적하게 젖어 있음을 느꼈다. 그런데 그것은 미치히코와 있을 때처럼 남자에 대한 욕망 때문이 아니었다. 음란하게 꾸며진 밀실에 대한 상상 때문이었다.

그곳은 도쿄에서 가장 고급스러운 러브호텔이란 칭호에 어울릴 만큼 호화로웠다. 하얀 소파 앞에는 대형 TV와 가라오케 세트가 놓여 있었다. 노무라가 그것을 가리키며 말했다.

"야, 이거 멋지군. 이런 것은 회사의 망년회 때나 구경할 수 있는 건데 말이야."

그는 방에 들어서자마자 양복을 벗고 목욕 가운으로 갈아입었다. 그런 그의 모습은 보면 볼수록 묘했다. 목욕 가운은 마치 고대 일본인이 입었던 것처럼 길이가 짧았다. 그만큼 노무라의 키가 큰 탓이겠지만, 어쨌든 너무 짧아서 그의 허벅지에 무성하게 돋아나 있는 털이 훤히 보였다.

"마야, 우선 이것부터 보는 게 어떨까?"

기분 좋은 표정을 지은 채 소파에 비스듬히 누워 맥주를 마시던 노무라가 리모컨을 집어들고 말했다. 이내 42인치 화면에 묘하게 뒤얽힌 남녀의 그림이 나타났다. 여자가 남자의 가랑이 사이에 얼굴을 파묻고 머리를 상하로 움직이고 있었다. 살짝 모자이크 처리가 되어 있긴 했지만, 이따금씩 검붉은 남자의 그것이 드러나곤 했다.

"화면이 커서 그런지 실감이 나는군 그래."

노무라가 마야코의 어깨에 팔을 걸고 능청을 떨었다.

"저 여자 끝내주는군. 하지만 아무래도 마야보단 못한 것 같아."

호텔에 비치된 가운은 똑같은 크기에 똑같은 무늬의 남녀 공용이었다. 그래서인지 그것을 입고 있는 노무라는 마치 중성처럼 보였다.

마야코는 가운을 입는 것이 꺼림칙했기 때문에 샤워를 한 후에도 니트 원피스를 걸치고 있었다. 그것은 한창 유행 중인 은은한 색상이었다. 그녀는 조금 전 욕실에다 브래지어를 벗어 놓기를 잘했다고 생각했다. 노무라는 비디오를 응시하는 척하면서 마야코의 가슴을 훔쳐보다가 급기야 니트 속으로 손을 집어넣었다. 그러고는 엄지와 검지를 사용하여 그녀의 유두를 발기시키려고 애썼다.

"마야."

그는 왼손으로 그녀의 가슴을 애무하면서 오른손으로 파일을 끌어당겼다. 언뜻 보기에 그것은 호텔의 서비스 내용이나 규약에 관한 팸플릿이 들어 있는 평범한 것이었다. 그런데 그 안에서 노무라가 꺼낸 것은 비닐 코팅된 종이였다. 거기에는 남쪽 심해에서 꿈틀거리는 생물처럼 보이는 것들이 찍힌 사진과 함께 '연인들의 소도구'라는 설명이 첨부되어 있었다.

"어이, 마야……. 우리 이거 한번 사용해 볼까? 가끔은 색다른 것을 시도해 보는 것도 좋다고."

그것은 '바이브'라고 불리는 도구였다. 마야코는 그것에 대해 잘 알고 있었다. 대개 그런 도구는 남자들이 즐겨 읽는 잡지에 소개되어 있지만, 그렇다고 그녀가 그런 매체를 통해서 알게 된 것은 아니었다. 그런 잡지는 본 적도 없었다. 친구들한테 들어서 알 수도 있겠으나, 아무리 개방적인 여자라 할지라도 그런 물건의 이름을 함부로 입에 담지는 않을 터였다. 어쨌거나 마야코는 그것이 어떤 이름으로 불리고, 또 어떤 목적으로 사용되는지 정확히 알고 있었다.

"그런 건 왠지 무서워서 싫어요."

마야코는 짐짓 어깨를 움츠렸다.

"무섭지 않아. 아주 기막히게 재미있어. 자, 일단 해보자고. 마야가 무서워하면 도중에 그만둘 테니까……."

노무라는 아주 집요하게 굴었다.

"그래도 전 무서워서……."

말은 그렇게 하고 있지만, 마야코의 양쪽 유두는 어느새 팽팽하게 발기되어 있었다. 그것은 결국 승낙하겠다는 신호였다.

"그렇다면 어떤 게 좋을까……, 마야가 직접 고르는 게 어때? 아니면 내가 고를까?"

노무라는 신명이 나서 마구 지껄였다. 그는 팸플릿을 집어들고 마야코에게 보였다.

"여기 세 번째 트로피컬 나이트는 어떨까? 아니야, 아무래도 마야에겐 너무 클 것 같군. 차라리 이 핑크 체리 드림으로 해 볼까? 어때?"

노무라는 약간 코가 먹은 소리로 발음했다. 마야코는 자기도 모르게 입을 반쯤 벌리고 있었다. 늘 다녔던 호텔 방이라면 어느 정도까지 인내할 수 있겠지만, 지금은 도저히 참을 수 없었다. 그녀는 나른한 기분에 젖어 몸을 조금씩 비틀었다.

"이걸로 해보는 게 어떨까? 초보자용이라고 쓰여 있으니……. 그럼 프런트에 전화해서……."

노무라의 목소리는 그녀의 귀에 메아리처럼 들렸다.

그녀는 강한 소독약 냄새를 맡았다. 다른 호텔에서는 그 같은 냄새를 맡은 적이 없었다. 갑자기 소독약 냄새가 왜 날까?

마야코는 치과의사가 기계를 입으로 들이밀기 직전의 환자처럼 필사적으로 다른 것을 떠올리려고 애썼다.

두 사람은 에비스 가든 프레이스 안의 극장에서 이태리 영화를 관람했다. 그것은 두 쌍의 연인을 둘러싼 희극이었다.

"이런 게 훨씬 좋아요. 콘서트완 달리 자막이 나오니까요."

미치히코는 마야코의 말에 빙긋 웃었다. 그녀는 그에게 클래식 콘서트가 얼마나 따분한 것인지, 그리고 자신이 어느 정도나 문외한인지 설명했다. 이제 그런 이야기는 그녀의 입에서 자연스럽게 흘러나왔다.

혼잡한 가든 프레이스를 빠져나와 조금 걷자 오른쪽에 자그마한 카페 테라스가 나타났다.

아마 요즘 들어 일기 시작한 테라스의 인기 때문에 급하게 지은 모양이었다. 페인트 냄새가 채 가시지 않아 코가 매울 지경이었다. 마야코는 문득 이틀 전 러브호텔에서 풍기던 소독약 냄새를 떠올렸다. 그러다 그녀는 그 러브호텔의 냄새를 떨쳐 내듯 머리를 세차게 흔들었다. 소독약과 이 청결한 페인트 냄새를 비교해서는 안 되겠지.

"일요일인데도 나올 수 있었네요."

"왜요? 일요일엔 못 나오라는 법이라도 있나요?"

마야코는 짐짓 어깨를 으쓱해 보였다.

"대개 일요일엔 남편과 함께……."

"그런 건 전혀 관계없어요. 그는 일요일엔 본가에 가요. 저는 가고 싶지도 않지만, 안 가는 게 나아요. 내가 가지 않는 게 그한테는 편하니까요. 대개 일요일만 되면 그는 본가에 가서 한가하게 지내고, 전 친구들과 어딘가로 외출을 하곤 하죠."

"그건 좀 이상하군요. 왜 그렇게 따로 행동합니까? 두 사람은 부부잖아요?"

그의 말투에 진지함이 배어 있었기 때문에 마야코는 애가 탔다. 왜 이 남자는 항상 내 의도를 벗어난 말만 골라서 할까? 그렇게도 내 마음을 모르나? 지금 그녀가 그에게 바라는 것은 진지함이나 위로가 아닌 노골적인 질투였다.

"어느 부부든 그렇게 되기 마련이에요. 미치히코 씨는 결혼을 하지 않아서 잘 모르겠지만, 6년 정도 함께 살다 보면 따로 행동하게 되죠. 부부란 다 그런 거예요."

"전 결혼한 적은 없지만……."

미치히코는 도중에 말을 끊고 에스프레소를 한 모금 마셨다.

"여자와 함께 산 적이 있어서 알 건 압니다."

"어머, 그래요?"

질투는 마야코 쪽에서 일었다.

"전 그런 줄 몰랐어요."

"1년 정도 살았습니다. 제가 미국에서 생활할 때였는데, 그 여자 역시 음악가를 지망했기 때문에 쉽게 친해졌지요. 그 나라는 남녀가 동거하면 부부로 간주합니다. 따라서 자주 파티에 초대되어 함께 가기도 했습니다. 어쩌다 저 혼자 참석하면 모두 그녀에 대해 묻곤 했지요."

"음, 그랬군요."

마야코는 자기와 상관없는 이야기라는 듯 태연한 표정을 지었다. 하지만 그녀의 목소리는 어딘지 불안했다. 이런 경우에 예민한 반응을 하는 여자는 두 종류밖에 없으리라. 독신 여성이거나 그렇지 않으면 상대 남자와 육체관계를 가진 여자일 것이다.

마야코는 두 종류의 여자 중 어느 쪽에도 해당되지 않았다.

"그건 그렇고, 조금 전 영화 어땠습니까? 그런대로 괜찮았지요?"

미치히코는 평소의 버릇대로 아무렇지 않게 화제를 바꿨다.

"밀라노의 거리가 많이 나와서 그리웠습니다. 마야코 씨는 이태리에 간 적 있습니까?"

"대학 졸업 여행으로 딱 한 번 가 봤어요. 유럽 4개국을 돈 후에 로마에서 이틀을 묵었죠."

당시 마야코는 함께 갔던 친구들과 어울려 유명 브랜드 상품을 사느라 정신이 없었다. 특히 스페인 광장 앞의 상점가를 돌아다녔던 일이 그녀의 눈에 선했다.

"재미있었겠군요."

"쇼핑하느라 다른 건 제대로 구경도 못했어요. 10년 전만 해도 외국 브랜드가 상당히 인기를 끌었잖아요. 저와 친구들은 취직하면 갚겠다는 약속 하에 부모한테서 빌린 돈을 물 쓰듯 쓰고 다녔어요. 물론 그 돈을 부모한테 갚았다는 친구는 한 명도 없었지만 말예요."

"하긴 그때는 잘나가던 시절이었지요."

미치히코가 조용한 목소리로 이어서 말했다.

"제멋대로 행동해도 용서받을 수 있는 분위기였고 말예요. 버블 경기가 아직 시작되지 않은 때였지만, 모두 들떠서 흥청망청했지요."

"왜 그래요? 갑자기 노인네 같은 말을 다 하고……."

"전 당시 고등유민(高等遊民)이 될 수 없을까 하고 생각했어요. 그것은 일종의 제 꿈이었지요. 아직 다른 사람에게는 얘기한 적이 없지만……."

"고등유민이란 게 뭐예요?"

"쉽게 말해서 직업을 갖지 않은 상태에서 취미만으로 살아가는 사람을 일컫는 것입니다. 나쓰메 소세키의 소설 같은 데 자주 나오잖아요."

"전 나쓰메 소세키의 소설 따위는 읽은 적이 없어요."

"하긴 대부분 그럴 테지요. 아무튼 그의 소설에 그런 사람이

나오는데, 전 좀처럼 취직할 마음이 생기지 않아서 지금까지 죽 그렇게 살아왔습니다. 그런데 요즘엔 주위가 몹시 시끄러워졌어요. 부모에게도 싫은 소리를 듣고 있지요. 그래서 가능하면 내년쯤 이태리에 가려고 합니다."

"유학으로요?"

"이 나이에 다시 학생이 되는 것도 그렇고 해서 그곳의 대학에 연구원으로 가 있으려고 생각하고 있어요. 어쨌든 지금의 일본은 척박해서 고등유민이 희망인 나 같은 사람이 살기엔 무척 힘듭니다. 아름답고 착한 마음의 소유자는 해외로 나갈 수밖에 없겠지요."

미치히코는 그렇게 말해 놓고 마야코의 입가를 가만히 응시했다. 자신이 내뱉은 말에 마야코가 웃는지 어떤지 살피려는 눈초리였다. 마야코는 그 점을 간파하고 빙긋 웃었다.

"그런 사람들이 다 빠져나가면 일본엔 나쁜 사람들만 남겠네요."

"마야코 씨가 결혼하지 않았다면 함께 가고 싶지만……."

미치히코의 말투는 사뭇 진지했다. 하지만 마야코는 그 말을 농담으로 받아들였다.

"그건 결국 룸메이트로서 방값을 분담하자는 얘기인가요?"

"어째서 마야코 씨는 항상 그런 식으로 말머리를 돌리려고 합니까?"

미치히코는 그녀에게 처음으로 항의다운 항의를 했다.

제6장

사랑

차를 다 마셨는데도 초여름의 석양은 아직 붉은 빛을 띠고 있었다.

헤어짐을 아쉬워하는 연인들이 그렇듯 마야코와 미치히코는 무작정 거리를 걸었다.

다이칸야마는 그런 연인들에게 최적의 장소였다. 자그마한 갤러리 옆으로 유럽의 골동품을 취급하는 곳을 비롯하여 앙증맞은 물건들을 파는 가게들이 죽 늘어서 있었다. 두 사람은 그중 한군데로 들어갔다. 이윽고 마야코는 사진틀을 집어들었다. 그것은 울긋불긋한 돌로 되어 있어서 마치 전위적인 예술품 같았다. 뒷면을 보니 뉴욕제라고 쓰여 있었다.

"뉴욕에 가 보면 이런 물건만 전문적으로 취급하는 가게가 많아요."

미치히코가 말했다.

"그곳엔 이제 아티스트 따위는 없다고들 하지만, 젊은이들의 작품을 모아 놓은 가게는 꽤 있지요."

"아, 그래요?"

마야코는 아직 뉴욕에 가 본 적이 없었다. 그래서 그녀는 약간 시큰둥하게 대꾸했다. 언제나 그런 것은 아니지만, 다른 사람으로부터 자신이 모르는 인물이나 거리에 대한 이야기를 들을 때마다 그녀는 불쾌감을 느끼곤 했다. 지금도 예외는 아니었다. 오히려 다른 때보다 더 불쾌했다.

미치히코는 그 사진틀 값을 아무렇지도 않은 듯이 계산했다. 1만 엔을 조금 넘는 금액이 두 사람의 관계를 상징하고 있는 듯했다. 아직 육체관계를 갖지는 않았으나 두 사람 사이에는 부정하기 힘든 감정이 흐르고 있었다.

이런 상황에서는 1만 엔짜리 선물이 가장 적당하지 않을까? 그 이상의 고가 선물을 받으면 여자 쪽은 부담을 느낀다. 반대로 그 이하의 선물일 경우에는 결코 여자의 기억에 남지 않는다.

"선물할 겁니까?"

"네, 그래요."

점원의 질문에 미치히코가 대답했다. 여자 점원은 지나칠 정도로 꼼꼼하게 포장하고 있었다. 마야코와 미치히코는 나란히 서서 그 광경을 바라보았다.

마야코는 즐거웠다. 남자에게서 선물을 받는 것이 대체 몇 년 만일까? 그녀는 결혼 전 남자들로부터 선물을 받은 적이 많았다. 그때는 선물을 받을 만한 이유가 있었다. 그런데 지금은 없었다. 남자들은 마야코가 아무런 욕심도 없는 청교도인 줄 아는 모양이었다. 아무도 그녀에게 선물을 하지 않았고, 그런 의무를 느끼지도 않았다. 마야코에게 선물을 줄 의무가 있는 사람을 든다면, 그것은 당연히 그녀의 남편인 고이치일 터였다. 하지만 그는 3, 4년 전부터 회사 일이 바쁜 것을 핑계 삼아 마야코의 생일에도 성의를 보이지 않았다.

"뭔가 갖고 싶은 게 있으면 내 크레디트 카드로 사. 보너스를 타면 계산할 테니까 말이야."

기껏해야 그런 식으로 나올 뿐이었다. 마야코는 남편의 무관심을 빙자해서 경우에 어긋난 짓을 할 마음은 없었으나, 그래도 생각하면 생각할수록 화가 났기 때문에 생일마다 유명 브랜드 옷을 샀다.

"아니, 옷 한 벌에 10만 엔씩이나 한단 말이야? 여자 옷은 왜 그렇게 비싸지?"

고이치는 보너스를 탈 때마다 크레디트 카드 회사에서 날아온 청구서를 바라보며 불평하면서도 카드 결제를 하곤 했다.

노무라 역시 마야코에게 물건을 직접 사 준 적은 없었다. 하청업자에게 데이트 비용의 청구서를 돌리는 등 융통성 있게 해결하고 있는 것 같았지만, 마야코와의 식사비나 호텔비 외에 따로 여유를 낼 수 없는 모양이었다. 아예 그는 선물을 해 주는 것 따위에는 생각이 없는 사람처럼 행동했다.

"고마워요. 기쁜 마음으로 받을게요."

"그렇게 말하면 내가 쑥스럽잖아요. 대단한 것도 아닌

데……."

"꼭 비싼 것이어야만 되나요? 아무튼 난 기뻐요."

"오늘은 특별히 기념할 만한 날이군요. 영화도 좋았고, 굉장히 기분 좋은 날이니까요."

'기념'이라는 말이 의외의 무게로 마야코의 가슴을 강타했다. 그것은 '추억'이라는 말보다도 훨씬 차가운 여운을 풍겼다. 마치 그 말 자체를 주형(鑄型)에 넣어 단단하게 굳힌 후 유물처럼 어딘가에 처박아 놓겠다는 뜻으로 들렸다.

마야코는 상한 기분을 감추고 태연한 척하려고 애썼다. 하지만 그녀는 본질적으로 그런 것에 서툰 여자였다. 차라리 토라지는 쪽이 훨씬 마음이 편할 것 같았다.

"방금 전 당신이 한 말 마음에 들지 않아요."

그녀는 가게를 나오자마자 낮은 목소리로 말했다.

"네? 뭐가 마음에 들지 않는다고요?"

"기념이란 말요. 이제 이것으로 그만이라는 뉘앙스가 강하게 풍기잖아요. 내 귀엔 마치 이 사진틀로 당신을 기억해 달라는 말로 들렸어요."

"그건 지나친 생각입니다."

미치히코는 그녀가 가장 좋아하는 미소 띤 표정을 지어 보였다.

"마야코 씨는 예민해서 오해를 잘하는 것 같군요. 대부분 사람은 기념이란 말을 그렇게까지 생각하지 않아요. 그런데 마야코 씨는 언제나 이런 식이군요. 말 한 마디 한 마디를 너무 깊고 진지하게 생각해요. 다른 사람이 미처 생각하지 못한 것을 떠올리고……."

"정말 그런 것 같아요?"

"네."

이 남자는 나에 대해 상당히 진지하게 관찰하고 있군. 이것은 결국 내게 애정을 느끼고 있다는 증거가 아니고 뭐겠어. 마야코는 슬그머니 회심의 미소를 지었다.

황혼이 물러나면서 보랏빛 어둠이 서서히 밀려들기 시작했다. 한낮의 열기가 아직 식지 않아서인지 마야코의 이마와 팔에 땀방울이 맺혀 있었다. 한참 동안 걸었기 때문에 그녀는 시장기를 느꼈다. 저녁을 함께 먹으면 좀 더 오래 붙어 있을 수 있겠지. 마야코는 그렇게 생각하고 미치히코의 표정을 살폈다.

"괜찮다면 내 집에서 식사하는 게 어떻습니까?"

미치히코가 물었다. 마야코는 잠자코 그의 다음 말이 이어지기를 기다렸다.

"물론 식사 준비는 내가 하겠습니다. 아, 전에 말했었지요? 내가 만든 파스타는 끝내주게 맛있다고……. 파스타 말고는 샐러드 정도밖에 만들 줄 모르지만, 그래도 그 이태리 레스토랑보다는 맛있을 겁니다. 어때요, 내 집에 가서 식사하는 게?"

"좋아요."

마야코는 순간적으로 뇌리에 떠오른 것으로 인해 자기도 모르게 들뜬 목소리로 대답했다. 그것은 이태리 요리가 아니었다. 마구 뒤얽힌 그녀 자신과 미치히코의 몸이었다. 남자가 자신의 방으로 여자를 불러들이는 목적은 뻔했다. 미치히코는 드디어 3개월 동안 정기적으로 만난 결실을 볼 때가 왔다고 생각한 모양이었다. 마야코는 아무 말 없이 그의 뒤를 따라갔다.

"잠깐 저 슈퍼마켓에 들러 야채를 사 가지고 갑시다."

"미치히코 씨, 샐러드는 내가 만들어도 되죠?"

"아니, 안 됩니다. 마야코 씨는 오늘 내 손님이니까요. 내가 만든 걸 마야코 씨에게 한 번 선보이려고 얼마나 고대했는데요."

두 사람은 슈퍼마켓으로 들어가 야채를 골랐다. 그러면서 토마토의 색깔이 어떻다느니, 샐러드는 어떤 식으로 만들어야 맛있다느니 하며 이야기했다. 둘의 이야기는 지극히 사소한 것임에도 불구하고 마치 그것에 목숨을 걸고 사는 사람들처럼 진지했다.

그들은 미치히코의 아파트가 있는 미슈쿠 쪽으로 달리는 택시 안에서도 계속 말했다. 대개 마야코가 질문하고 미치히코가 대답했다.

"혹시 부엌칼이나 도마 같은 것도 없는 거 아녜요?"

"나를 믿지 못하는군요. 웬만한 요리 기구는 다 있어요."

"참, 빵을 안 샀는데 집에 있어요?"

"전에 친구가 회원제 가게에서 천연 효모로 만든 빵을 가져온 게 있어요. 냉장고에 들어 있지요."

"그래요? 생각만 해도 군침이 넘어가네요."

그녀의 팔이 미치히코의 팔꿈치에 닿아 있었다. 그가 긴 소매의 면셔츠를 입고 있었기 때문에 그녀는 직접적인 피부 접촉을 할 수 없었다. 하지만 그의 몸이 달아올라 있다는 사실을 느낄 수는 있었다.

마야코는 그와 자신이 배우이고 지금부터 연극을 하러 가는 것이라고 생각했다. 잠시 동안 파스타를 곁들인 와인에 취한 척해야지. 그녀는 자신에게 주어진 역을 제대로 소화할 자신이 있었다. 만약 내가 연기를 잘 못하면 어쩌지? 괜찮아. 이 남자가 보충해 줄 테니까. 그녀는 자신이 연기를 못 했을 때 미치히코가 힘으로 밀고 나올 것이라 확신했다.

"휴우……."

마야코는 자기도 모르게 한숨을 쉬고는 당황한 나머지 재빨리 말했다.

"배가 고프네요……. 빨리 맛있는 걸 먹고 싶어요."

"정말 배가 고프군요."

미치히코가 말했다.

과연 미치히코가 만든 파스타는 맛이 있었다. 올리브유는 본고장의 것을 전문 상점에서 샀다고 했다. 그가 정성껏 만든 호두를 넣은 샐러드도 백포도주와 아주 잘 어울렸다.

"이런 요리는 어디에서 배운 거예요?"

"정식으로 배운 건 아닙니다. 이태리에 3개월 동안 머물렀을 때 호텔이 아닌 하숙집에서 지냈는데, 그곳 주인아주머니 덕을 보았지요. 내가 은근히 치켜세울 때마다 그 아주머니는 갖가지 요리법을 가르쳐 주곤 했어요. 이태리 주부들은 대부분 요리를 잘하는데, 맛있다고 칭찬하면 무척 기뻐합니다."

미치히코가 식사 후에 마실 술을 준비하기 위해서 다시 부엌으로 들어갔다. 그가 부엌에 있는 동안 마야코는 어슬렁거리며 주위를 살펴보았다. 생각보다 공간이 꽤 넓었다. 이윽고 그녀는 두 개의 방 중에서 열려 있는 곳을 기웃거렸다. 아마 일을 하기 위한 작업실 같았다. 외국 서적이 잔뜩 꽂혀 있는 책장이 보였다. 그리고 오디오 세트도 눈에 띄었는데, 앰프만 해도 네 개나 되었다. 더구나 그것들은 특별히 주문해서 만든 듯한 가구 안에 넣어져 있었다.

"굉장한 기계네요."

"나한테는 비즈니스 도구니까 평범한 걸 갖다 놓을 수는 없지요. 저런 것엔 아낌없이 투자하는 편입니다."

미치히코는 테이블 위에 잔과 술병을 내려놓은 뒤 작업실로 들어갔다. 잠시 후 그는 한 장의 LP 레코드를 들고 나왔다. 그러고는 거실에 놓인 또 하나의 오디오 세트 쪽으로 다가갔다. 그가 턴테이블의 뚜껑을 열자 고물상에나 있을 법한 바늘이 보였다.

"대개 음악을 하는 사람들이 그렇듯 나는 CD의 깨끗한 소리를 별로 좋아하지 않습니다. LP보다 운치가 없으니까요. 일단 소리를 듣고 비교해 보세요."

미치히코의 눈이 묘하게 반짝거렸다. 나보다 음악이 중요한 모양이군. 마야코는 갑자기 질투심을 느꼈다.

"이제 이런 바늘은 생산되지도 않습니다."

미치히코는 레코드 위에 조심스럽게 바늘을 올려놓았다. 이내 단정하면서도 달콤한 여자의 목소리가 흘러나오기 시작했다.

"이 노래 제목이 뭐예요?"

"푸치니의 '나의 아버지'입니다. 푸레니가 젊었을 때 녹음한 거지요. 어떻습니까, CD와 비교가 안 될 정도로 운치 있지요?"

"그런 것 같네요."

마야코의 귀에는 어딘지 익숙한 멜로디였다.

"일본의 영화에도 사용된 적이 있을 정도로 아주 유명한 곡입니다."

"오페라에 나오는 노래인가 보죠?"

"물론 오페라에서 사용되기도 했는데, 특히 이 대목이 가장 유명합니다. 딸이 아버지한테 그 사람과 결혼하게 해 달라, 그렇지 않으면 다리에서 몸을 던져 죽어 버리겠다는 내용이지요."

"제멋대로 생겨 먹은 딸이네요. 아버지한테 그런 협박을 하다니……."

"그 정도로 결혼하고 싶었던 거겠지요."

미치히코가 잔을 쥐고 일어섰다. 그러고는 그것을 마야코에게 건넸다. 그녀는 약간 주춤거리다가 일어서서 잔을 받았다. 두 사람은 의자 옆에 선 채 서로 마주 보았다. 마야코는 그의 눈에서 번뜩이는 욕망을 읽었다.

이윽고 미치히코가 한 발을 앞으로 내디뎠다. 순간 마야코는 눈을 감았다. 그러고는 남자의 입술을 받아들이기 쉽도록 턱을 치켜 올렸다. 미치히코의 입술이 닿은 듯싶자 그녀는 그것을 강하게 빨았다. 그러면서 남자의 혀가 입 안으로 들어오기를 기다렸다.

그러나 미치히코는 혀를 넣지도 않은 상태에서 얼굴을 떼었다. 마야코는 졸지에 무시를 당한 기분이었다. 무턱대고 덤빈 자신이 부끄러웠다. 미치히코는 노무라의 경우와 전혀 딴판이었다. 옛날에 관계를 가졌던 남자들도 그처럼 가벼운 키스에서 그치지 않았다.

마야코는 유부녀로서의 도덕적인 면에서도, 그리고 자신의 자존심을 지키는 의미에서도 스스로를 변호해야 한다고 생각했다.

"이럴 셈은 아니었어요."

그녀의 입술 사이로 세상에서 가장 진부한 말이 새어나왔다.

"당신이 식사를 하자고 해서……, 그래서 나는 당신의 방도 구경하고 싶고……, 이래선 안 된다고 생각하면서도……."

"할래요?"

미치히코가 갑자기 노골적으로 나왔다. 상황이 상황인 만큼 물러설 수 없다는 식의 결연한 태도였다. 마야코는 그 말을 들은 순간 깜짝 놀랐다. 처음에는 무슨 뜻인지 몰랐다. 하지만 그 뜻을 알기까지 2초도 채 걸리지 않았다.

마야코는 지금까지 그처럼 섹시하고 남자답게 유혹하는 말을 들어본 적이 없었다. 그녀는 그 말을 집에 돌아가서도 몇 번이나 되새겨 보게 될 것이라고 생각했다. 미치히코는 '할래요?'

라는 말 한마디로 마야코의 모든 것을 점령해 버렸다. 그녀는 거절도 허세도 변명도 할 수 없었다.

"이쪽으로……."

미치히코가 닫혀 있는 문을 열었다. 거기에는 자그마한 전등이 켜 있는 가운데 전자 피아노와 침대가 놓여 있었다. 하얀 커버의 침대와 검정 피아노가 아주 잘 어울렸다. 특히 피아노는 외설적인 분위기마저 풍기고 있었다.

미치히코는 마야코를 침대 위에 눕혔다. 그러고는 키스를 퍼부었다. 조금 전만 해도 그는 혀를 넣지 않았으나, 지금은 달랐다. 외국에서 생활한 남자들의 혀놀림은 이처럼 세련된 것일까? 그는 능숙한 솜씨로 혀를 놀렸다. 물론 마야코는 그의 혀를 순순히 받아들였다.

마야코는 이미 '할래요?'라는 그의 말에 의해 속박에서 벗어나 있었다. 그녀는 대담하게 행동했다. 미치히코의 셔츠 단추를 푼 그녀의 손은 미끄러지듯 밑으로 내려가 허리를 더듬고 있었다. 이윽고 벨트가 풀리는 소리를 들었을 때, 그녀는 자그맣게 탄성을 질렀다.

"마야코 씨, 이것 좀 보세요."

미치히코가 팽팽하게 굳어 있는 그것을 손가락으로 가리키며 말했다.

"보고 있어요."

"아까부터 마야코 씨를 죽 생각하고 있었어요. 그래서 이것이 이렇게 흥분해 있는 거지요."

"그래요?"

마야코는 주저하지 않고 그것에 입술을 갖다 댔다. 그녀의 친구 중에는 정사를 할 때마다 남자의 성기를 자세히 관찰한다는 여자도 있었다. 그렇게 함으로써 관계한 남자들의 성기를 모양이나 크기 면에서 비교한다는 것이었다. 그렇지만 마야코는 이제까지 주로 캄캄한 밤중에 섹스를 했기 때문에 그렇게 하고 싶어도 할 수 없었다. 그리고 그녀는 애당초 남자의 성기에 대해 별다른 관심이 없었다. 그럼에도 그녀의 뇌리에는 노무라의 그것이 떠올라 있었다. 미치히코의 그것은 노무라의 것보다 다소 가늘어 보였다. 반면에 귀두는 꽤 컸다. 마야코는 노무라한테 배운 솜씨를 발휘하여 미치히코의 그것을 쥔 채 입술에 대고 빙글빙글 돌리기도 하고 혀로 핥기도 했다. 그때마다 그것은 민감하게 반응했다.

"이번에는 내가……."

미치히코의 말에 마야코는 위를 향해서 누웠다. 어느새 그녀의 핑크색 블라우스 단추는 모두 풀려 있었다.

미치히코는 그녀의 블라우스를 벗기고 나서 브래지어의 훅을 풀었다. 모든 작업이 순조롭게 진행되었다. 음악가를 꿈꾸던 사람이라서 그런지 그의 손가락은 길고 아름다웠다. 그것은 하얗게 드러난 마야코의 맨살과 멋진 조화를 이루고 있었다.

"마야코 씨의 피부는 아주 아름답군요."

미치히코는 그녀의 몸을 입술로 애무한 뒤 다시금 손가락을 움직이기 시작했다. 그것은 마야코의 반응을 살피며 서서히 밑으로 내려가다가 끈적끈적한 곳에서 멈췄다.

"아!"

순간 마야코는 소리를 질렀다. 한차례의 쾌감이 그녀의 몸을 휘감았다. 그녀가 몇 차례 몸을 뒤트는 동안 손가락은 어느새 혀로 바뀌어 있었다. 혀는 맹렬하게 깊은 곳으로 파고들었고, 마야코의 몸은 환희에 젖어 경련을 일으켰다. 그녀의 그것은 혀가 들락거릴 때마다 닫혔다가 열리곤 했다.

"아, 이제……, 그만……."

"잠자코 있어요, 지금부터니까."

미치히코가 단호하게 말했다.

미치히코는 그렇게 큰 남자는 아니었다. 어깨도, 팔도, 손가락도, 그리고 그것도……. 음악을 좋아하는 사람답게 약간의 살이 붙어 있는 정도였다.

그는 신경질적으로 눈을 깜빡거렸다. 왜 그럴까? 내가 너무 노골적으로 굴어서일까? 마야코는 은근히 걱정했다.

별안간 미치히코의 눈이 날카롭게 번뜩였다. 그녀는 희미한 어둠 속에서 그의 눈을 똑바로 쳐다보았다. 난폭하게 나올 모양이군. 사실 조금 전부터 미치히코는 오만한 독재자처럼 행동하고 있었다.

"손을 이렇게 해 봐."

역시 미치히코의 행동은 난폭했다. 그는 아예 명령조로 말하면서 마야코의 몸을 돌렸다.

"그쪽으로 향해서 엎드려."

그녀는 침대의 가장자리에 손을 짚고 엎드린 자세를 취했다. 그녀의 유방은 아름다운 곡선을 이룬 채 뒤쪽에 있는 미치히코의 손길을 기다리고 있었다.

미치히코는 더욱 대범하고 집요하게 나왔다. 마야코는 그가 거친 손길로 은밀한 곳을 만질 때마다 마치 처음으로 그런 경험을 하는 여자처럼 흠칫 놀라곤 했다.

"내가 짝사랑하던 피아니스트와 지휘자가 있었지……."

미치히코는 끈적거리는 어조로 두 사람에 대해서 말했다. 그때 그녀는 작게 기침을 했다. 그것은 침이 잘 넘어가지 않았기 때문이기도 하지만 그보다 몸이 뜨겁게 달아올라 있었기 때문이었다. 그녀의 몸은 미치히코의 다음 동작을 기대하고 있었다.

누군가를 짝사랑한 경험이 있는 남자의 섹스 스타일은 독특할 터였다. 그런 남자일수록 색다른 방법을 구사할 것이었다. 미치히코는 바하, 빌헬름 등의 사람 이름을 들먹이며 계속 중얼거렸다. 마야코는 그런 그의 입을 통해 여러 가지 섹스에 관한 전문용어를 듣고 싶었다. 미치히코는 영어와 독일어에 능통한 남자였다. 그녀는 문득 영어와 독일어를 하는 남자는 흥분했을 때 어떤 단어와 감탄사를 입 밖으로 내보내는지 궁금했다.

남자는 여자를 벗기고 안는 과정을 통해서 많은 비밀을 알게 되고, 그로써 기쁨을 느낀다. 그것은 여자도 마찬가지일 것이다. 마야코는 지금까지 드러나지 않은 미치히코의 은밀한 행위를 통해서 기쁨을 맛보고 싶었다. 노무라는 여자를 밝히는 남자답게 세련된 테크닉을 구사할 줄 알았다. 그러나 그의 행위는 순서가 정해져 있어 특별히 기대할 것도 없었다. 그래도 그는 가끔 뜻밖의 행위로 나를 놀라게 했는데, 과연 이 남자는 어떻게 나올까?

미치히코의 몸은 놀랄 정도로 유연했다. 피부도 무척 부드러웠다. 남자의 피부 같지 않았다.

어느새 두 몸이 밀착된 부분은 뜨겁게 달아오른 상태에서 흥건히 젖어 있었다. 물론 가장 축축하게 젖어 있는 부분은 남자의 그것이 들어와 있는 여자의 깊숙한 곳이었다. 미치히코는 정확한 간격을 유지하며 계속해서 전후 운동을 하고 있었다.

마야코는 자신의 등 위에서 들개 같은 자세를 취하고 있는 남자의 모습을 떠올렸다. 그것은 뚜렷한 영상으로 그녀의 신경을 자극했다. 그녀는 흥분으로 전율했다.

미치히코는 30분 전 레코드를 만지작거리던 손가락으로 그녀의 유두를 단단하게 쥔 채 더욱 격렬하게 움직였다.

아, 황홀하다. 마야코는 거친 숨소리를 내며 낮게 중얼거렸다. 그녀의 몸은 미치히코의 동작에 따라 파도처럼 출렁거렸다. 그녀는 가끔씩 허리를 올리기도 하고 내리기도 했다. 그때마다 미치히코는 그녀의 허리를 잡고 자신의 그것을 더욱 안으로 깊숙이 밀어 넣었다. 그녀는 지금까지 등을 돌린 자세를 별로 내켜하지 않았다. 그런데 이렇게 기분 좋은 것은 왜일까? 아무래도 미치히코가 각도를 맞추는 데 능숙하기 때문인 것 같았다.

"으으……."

미치히코가 갑자기 신음 소리를 냈다. 그러고는 마야코를 천장을 향해 똑바로 눕혔다. 이 남자 역시 고이치처럼 정상위가 편한 모양이군. 고이치뿐만 아니라 마야코가 관계한 남자들은 두어 가지 체위 변화를 시도하다가 결국 정상위를 택하곤 했다.

미치히코의 그것이 다시금 마야코의 몸속으로 들어왔다. 그는 그녀의 유방을 애무할 여유가 없는 듯 양손을 각각 베개와 마야코의 머리 근처에 놓았다. 그러고는 규칙적으로 허리를 움직였다. 마야코는 그의 등을 아래위로 쓰다듬었다. 그것은 노무라에게도 하지 않았던 애정 표현이었다.

미치히코의 등은 땀으로 인해 미끈거렸다. 어쩌면 피부가 이렇게 고울까? 원래부터 고운 피부였나? 아니면 섹스할 때만 일시적으로 이럴까? 마야코는 섹스 중에 태평하게 여유를 부리는 자신이 묘하다고 생각했다.

어째서 나는 이렇게 여유만만할까? 그것은 흥분에서 깨어나서도 아니었고, 남자를 느끼지 못해서도 아니었다. 오히려 그녀의 몸은 미치히코의 동작에 민감하게 반응하고 있었다.

마야코는 쾌감 대신 편안함을 느꼈다. 섹스를 시작할 무렵 온몸을 휘감았던 흥분이 약간 가라앉은 것 같았다. 그러나 그것은 잠깐 동안의 휴식이었다. 별안간 미치히코의 허리가 빠른 속도로 움직이기 시작했다. 그의 숨결이 한층 거칠어졌다. 마야코도 마찬가지였다. 이윽고 그의 등을 쓰다듬고 있던 그녀의 손이 허공을 더듬거렸다.

"아!"

마야코는 자기도 모르게 소리를 질렀다. 절정의 순간이 너무 갑자기 찾아온 바람에 미처 대응할 수 없었다. 그녀는 금방이라도 폭발할 듯한 상태를 주체할 수 없어 미치히코의 등을 마구 두드렸다. 그 의미를 알았는지 그가 신음처럼 내뱉었다.

"나도 나오려고…… 으, 으, 으……."

마침내 미치히코의 동작이 멈춤과 동시에 뜨거운 액체가 분출되었다. 마야코는 그것이 자신의 몸 안으로 깊숙이 스며드는 것을 느꼈다. 물론 미치히코는 피임 기구를 끼고 있었다. 하지만 그녀는 뜨거운 액체가 스며드는 감촉을 느낄 수 있었다. 그 감촉을 차단하는 것은 아무것도 없었다.

두 사람은 한참 동안 그 자세로 누워 있었다. 미치히코의 가슴에서 흘러나온 땀방울이 그녀의 유방으로 떨어졌다. 그녀는 잠시 그와 나눈 쾌감의 깊이를 생각했다.

"무척 좋았어요."

마야코는 그렇게 말하면서 미치히코의 머리카락을 쓰다듬었다.

"나도……. 마야코는 최고야."

미치히코는 마야코의 이름 뒤에 붙어 있던 '씨'라는 존칭까지 생략해 버렸다. 대부분의 남자들은 존칭을 붙였다가도 섹스가 끝나면 그것을 쓰지 않았다. 적어도 마야코가 상대한 남자들은 그랬다. 그렇지만 그녀는 결코 기분 나쁘게 받아들이지 않았다. 그러기는커녕 오히려 기뻐했다.

"행복해요."

마야코는 그렇게 말하면서 미치히코의 가슴에 얼굴을 갖다 댔다. 어느새 나는 두 남자를 상대로 불륜을 저질렀어. 그럼에도 행복하다는 말이 술술 나오다니……. 나는 전보다도 더 사악해진 것일까?

"정말 행복해요."

그녀는 황홀한 표정을 지은 채 미치히코의 한쪽 팔에 턱을 올려놓았다.

정말 행복했다. 그녀의 몸과 마음은 행복에 겨운 나머지 금방이라도 파열할 것 같았다. 아, 모처럼 만족한 섹스였어. 이 남자와의 섹스를 얼마나 학수고대했던가. 그녀는 마침내 그 소원을 이루었고, 그와의 섹스는 상상했던 것보다 훨씬 좋았다. 이런 경험을 하고도 행복을 느끼지 않는 여자는 없을 거야. 마야코는 자신의 욕망이 시킨 일을 아름다운 러브 스토리로 꾸미고 싶었다.

"난 처음 만났을 때부터 당신을 좋아했어요. 당신도 그랬나요?"

"응, 그랬어."

미치히코가 마야코의 머리에 얼굴을 대고 말했다. 값비싼 수입제품 린스를 사용했기 때문에 내 머리카락에서 향긋한 냄새가 나겠지? 그녀는 지그시 눈을 감고 머리를 천천히 흔들었다.

"마야코가 다른 남자의 아내라고 생각하면서도 나로선 어쩔 수 없었어. 마야코가 너무 좋아서 말이야."

"정말요?"

"그래. 그런데 한 가지 약속해 줘."

갑자기 미치히코의 목소리가 명료해졌다.

"무슨 약속요?"

"남편하고는 이런 일을 하지 않기로……."

그것은 뜻밖의 억지였다. 그러나 침대 속의 남녀 사이에는 자연스러운 말일 수도 있었다. 진심일까? 설마 그렇지는 않을 거야. 아마 이 남자도 실행될 수 없는 약속인 줄 뻔히 알면서 그렇게 내뱉은 것이겠지.

"좋아요. 약속할게요. 남편하고는 절대 이런 일을 하지 않겠어요."

마야코는 미치히코의 얼굴을 똑바로 바라보며 맹세했다. 그런데 그와의 약속대로 남편하고만 섹스하지 않으면 되는 것일까? 나한테 남편 외의 또 다른 남자가 있다는 사실을 미치히코가 안다면 어떻게 나올까? 마야코는 자신이 섹스를 하지 말아야 할 남자가 비단 남편 한 사람뿐만이 아니라고 말하려다가 그만두었다. 굳이 그런 사실을 밝힐 필요는 없다고.

마야코는 11시가 넘어서야 집으로 돌아왔다. 고이치는 아직 돌아와 있지 않았다. 그녀는 곧장 욕실로 들어갔다. 이미 미치히코의 아파트 욕실에서 한차례 점검을 했기 때문에 그녀의 몸에는 아무런 흔적이 남아 있지 않을 터였다. 그럼에도 그녀는 자기 집의 익숙한 조명 아래에서 다시 한번 확인하고 싶었다. 그렇지 않고는 아무래도 안심할 수 없을 것 같았다.

마야코는 감색 실크 블라우스를 벗었다. 라벤더색의 슬립이 그녀의 몸을 부드럽게 감싸고 있었다. 그것은 수입 속옷 전문점에서 산 이태리제였다. 아마 블라우스와 비슷한 가격에 샀을 것이었다.

그녀는 노무라와 관계를 갖게 되면서 속옷에 신경을 쓰기 시작했다. 특히 슬립을 고르는 데 신경을 썼다. 그녀는 그것을 사는 데 돈을 아끼지 않았다. 슬립이야말로 불륜을 저지르는 여자의 필수품이라고 생각했기 때문이었다.

한창 젊은 여자들은 슬립을 입지 않아도 된다. 알몸 자체가 매력일 수 있기 때문이다. 물론 마야코도 그렇게 할 수 있다. 하지만 결혼한 유부녀라 함부로 알몸을 드러낼 수는 없다. 그렇다고 옷을 입은 채 남자 앞에 나설 수도 없는 노릇이다. 자칫 성적 매력이 없는 여자로 비칠 수 있기 때문이다. 그런 점에서 슬립은 알몸과 옷을 입은 상태의 경계가 된다. 샤워를 한 후 브래지어를 착용하지 않은 상태에서 부드러운 실크 슬립을 걸친다. 그러고는 침대로 향한다. 시간이 있을 때에는 맥주를 마시거나 TV를 보는 척하며 슬그머니 남자를 자극한다. 슬립은 여자의 성욕을 은근히 내비치는 구실을 한다. 그리고 그것은 불륜으로 인한 죄의식을 살짝 가려 주기도 한다.

마야코는 한참 동안 입고 있는 실크 속옷을 바라보았다. 그녀의 목덜미와 가슴은 그것처럼 요염한 광택을 내뿜고 있었다. 언제부터였을까? 그녀는 속옷을 갈아입을 때마다 자신의 살결이 지닌 아름다움에 반하곤 했다. 그러면서 한창 무르익은 자신을 안아 주지 않는 남편을 원망했다. 이대로 늙어 갈 수는 없어. 단지 한 남자의 아내라는 이유 때문에 다른 남자와 관계를 갖지 못한다는 것은 말도 안 되는 일이야. 마침내 그녀는 그렇게 생각했고, 그 후 8개월이 지나서 두 남자와 사귀었다.

"은밀하게 불륜을 저지르는 여자들은 점점 아름다워진다더라."

언젠가 마야코는 친구한테 그런 말을 들은 적이 있었다. 그런데 그녀의 얼굴은 그다지 변한 것이 없었다. 적어도 그녀가 보기에는 그런 것 같았다. 마침 눈썹을 가늘게 칠하는 화장법이 유행하고 있어서 그녀는 회색 펜슬로 아치형의 긴 눈썹을 그렸다. 그러자 그녀의 친구들은 눈매가 아주 선명해졌다고 말했다.

물론 그 말은 눈매가 변했다는 뜻이겠지만, 그 부분이야 원래대로 색을 칠하지 않으면 그만이었다. 요컨대 눈 화장을 하지 않은 그녀를 보고 불륜을 의심할 사람은 없을 터였다.

그렇듯 외모만을 놓고 볼 때 마야코는 변한 것이 없었다. 하지만 옷을 벗으면 분명하게 변한 것이 있었다. 그것은 바로 그녀의 피부였다. 남자와 접촉했을 때 피부가 어떻게 반응하고 변하는지 마야코는 이미 10대 시절의 첫 경험을 통해서 익히 알고 있었다. 그녀의 피부는 무릎, 팔꿈치, 허벅지 할 것 없이 남자의 접촉에 의해 부드럽고 탄력 있게 변했다. 그렇지 않아도 그녀는 소녀 시절부터 피부 손질에 온갖 정성을 기울였다. 특히 목욕할 때마다 전용 화장품을 사용하여 마사지를 했기 때문에 그녀의 피부는 놀랄 정도로 매끈거렸다.

그럼에도 고이치는 그녀의 고운 피부를 깨닫지 못하고 있었다. 아니, 깨닫기는커녕 아예 관심조차 기울이지 않았다. 그는 옷장에 있는 아내의 슬립에 시선을 준 적도 없는 남편이었다.

마야코는 아름다운 가슴을 감추기라도 하려는 듯 재빨리 잠옷을 입고 단추를 채웠다. 슬립이 불륜의 필수품이라면 부부 관계에 있어서의 그것은 잠옷일 터였다.

그녀는 화장을 깨끗이 지운 뒤 잠옷 차림으로 소파에 기대앉아 남편을 기다렸다. 왜 이렇게 늦는 것일까? 그녀는 무료한 나머지 TV를 켰다. 마침 심야의 음악 프로그램이 방영되고 있었다. 설마 이런 내 모습을 보고 의심하지는 않겠지. 그래, 2시간 전 내가 다른 남자에게 안겨 있었던 사실을 그는 전혀 눈치채지 못할 거야.

12시가 가까워지자 현관이 열리면서 고이치의 모습이 보였다. 그는 마치 테니스를 치고 온 사람처럼 하얀 폴로셔츠를 입고 있었다. 어딘지 어색해 보이는 옷차림이었다.

"미안해."

마야코는 남편의 느닷없는 사과에 적이 놀랐다.

"늦어서 정말 미안해. 좀 더 빨리 오려고 했는데 그만……."

고이치는 자신이 매주 본가에 가는 것을 마야코가 여전히 못마땅하게 여기는 줄로 알고 있는 모양이었다. 그는 유명 백화점의 포장지로 싼 꾸러미를 들고 있었다.

"어머니께서 싸 주신 오렌지잼이야. 이것을 받고 또 여름이 왔구나 하고 생각했지."

그의 말대로 마야코의 시어머니인 아야코는 해마다 여름만 되었다 하면 오렌지잼을 보내오곤 했다. 어느새 그렇게 한 지 7년째였다. 그런데 아야코가 만든 오렌지잼은 설탕을 너무 많이 넣어서 달았다. 고이치는 가끔씩 그것을 토스트에 발라먹었다. 그리고 마야코는 남편이 먹다 남긴 잼을 쓰레기통에 버렸다. 그녀는 이번에도 반 이상이나 남은 그것을 미련 없이 버릴 터였다.

고이치는 꾸러미를 내려놓자마자 곧장 욕실로 들어갔다. 샤워를 할 모양이군. 마야코가 그렇게 생각한 순간 고이치가 욕실에서 나왔다. 온도 조절을 해 놓고 속옷을 챙기기 위해서 나온 것 같았다.

"오늘 정말 무척 덥더군. 뉴스에서 한여름이나 마찬가지라고 하던데 말이야……. 그나저나 당신은 샤워했어? 안 했으면 지금 하지 그래."

"나중에 할게요."

그녀는 이미 샤워를 한 상태였다. 비록 비누를 사용하지는 않았지만 미치히코와 정사를 벌인 후 씻어야 할 만한 데는 다 씻었다.

"그럼 나 먼저 할게."

고이치가 팬티와 러닝셔츠를 옆구리에 끼고 욕실로 향하면서 말했다. 그의 구부정한 자세가 마야코의 눈에는 왠지 초라하게 보였다. 그녀는 문득 남편에 대해 동정심을 느꼈다.

"이렇게 무더운 날엔 샤워 대신 욕조에 들어가 있는 게 좋아요. 샤워만으로는 피로가 풀리지 않을 테니까요."

"알고 있지만, 간단히 샤워만 하고 어서 빨리 자고 싶어."

고이치는 돌아보지도 않은 채 고개를 저었다. 무척 피곤한 모양이었다. 마야코는 남편의 축 늘어진 어깨를 보고 불현듯 가슴이 조여드는 것 같은 통증을 느꼈다. 그것은 일종의 죄의식 때문이었다.

왜 이럴까? 노무라와 정사를 벌였을 때는 이렇지 않았는데……. 노무라와의 불륜에는 분명한 이유가 있었다. 고이치는 마야코가 원하는 섹스의 즐거움을 주지 않았다. 그래서 그녀는 그것을 얻기 위해 노무라의 품에 안겼던 것이다.

그렇다면 미치히코와의 정사에는 아무런 이유가 없단 말인가. 어째서 오늘 밤은 이렇게 양심의 가책이 느껴지는 것일까?

마야코는 문득 미치히코의 가슴에 얼굴을 파묻은 채 '행복해요'라고 중얼거리던 장면을 떠올렸다. 남편이 있는 여자가 다른 남자와 정사를 벌이면서 행복하다는 말을 할 수 있을까? 그래도 되는 것일까? 아니, 결코 그래서는 안 된다. 그럼에도 그녀는 행복하다고 말했다. 행복을 느꼈기 때문에 그렇게 말했던 것이다.

단순히 '기분 좋다'라든가 '멋지다'라는 말 정도는 다른 남자에게 해도 무방하다. 그렇지만 행복하다는 말은 용납될 수 없다. 그것은 어디까지나 남편에 한해서만 해야 하는 말이다. 결국 마야코는 금기 사항을 깨뜨린 셈이었다.

마야코는 퇴근길의 전차 안에서 빈자리를 발견할 때마다 반색을 했다. 편안히 앉아 있으면 미치히코에 대해서 집중적으로 생각할 수 있기 때문이었다.

아침에 회장에게 토스트와 홍차를 대접한 뒤로는 전화조차 걸려 오지 않아서 그녀에게는 그 시간이 가장 한가했다. 얼마 전까지만 해도 그녀는 할 일 없이 잡지를 뒤적거리곤 했으나, 요즘은 그렇지 않았다. 의자에 몸을 깊숙이 파묻고 미치히코를 떠올렸다. 복사를 하거나 다른 부서에 일이 있어 갈 경우에도 그녀는 줄곧 미치히코에 대한 생각만을 했다.

마야코는 미치히코에 대한 생각 자체를 낙으로 삼고 있었다. 나를 안으려고 손을 뻗었을 때 그의 눈동자가 어떻게 빛났지? '할래요?' 라고 말했을 때 그의 목소리는 약간 쉰 듯했어.

그녀에게 있어서 미치히코와의 섹스를 떠올리는 것은 달콤한 사탕을 음미하는 것이나 마찬가지였다. 어쩌면 그것은 빨수록 점점 녹아드는 사탕처럼 결국에 가서는 희미한 기억 속으로 잠길지도 모를 일이었다. 그래도 상관없어. 지금 이 순간이 중요한 거야. 그 남자를 상상만 해도 희열을 느끼는 이 순간이 소중한 거라고. 내가 이 정도로 남자를 뜨겁게 상상한 적이 있었던가? 없었던 것 같았다.

그래, 나는 그를 사랑하고 있는 거야. 그녀는 가슴을 지그시 누른 채 심호흡을 했다. 나는 정말로 그를 사랑하고 있을까? 그래, 정말로 사랑하고 있어. 서른이 넘은 유부녀가 사랑에 빠진 거야. 미치히코는 노무라와 달라. 노무라는 사랑과 거리가 먼 남자였어.

242

마야코는 노무라와 정사를 벌인 뒤에도 사탕을 빨 듯 한 장면 한 장면을 회상했다. 하지만 그것은 어디까지나 순간적인 쾌감에 관계된 것이었다. 섹스할 때 허벅지 근육이 어떻게 움직였는지, 그리고 그의 손가락이 은밀한 곳으로 파고들어 온 순간 기분이 어땠는지 등을 떠올리는 것이 고작이었다. 아마 대부분의 여자들은 그런 장면을 회상하면 금세 흥분하겠지만, 마야코는 그렇지 않았다. 아무리 노무라와의 섹스 장면을 떠올려도 별다른 흥분이 일지 않았다.

그런데 미치히코의 경우는 달랐다. 마야코는 그의 찡그린 미간과 어둠 속에서 내지른 소리를 생각만 해도 흥분을 느낀 나머지 몸을 비틀었다. 어째서 그는 노무라의 경우와 다를까? 진정으로 그를 사랑하고 있는 것일까?

"정말 이것이 사랑일까?"

마야코는 큰 소리로 자신에게 물었다. 순간 그녀의 마음이 가벼워지면서 뺨이 분홍색으로 물들었다. 여자는 사랑을 하게 되면 모든 것을 정당화시키는 것일까? 이틀 전 밤 마야코는 미치히코에게 안겨 두 번이나 절정에 달했다. 유부녀가 남편이 아닌 남자와 정사를 벌이면서 절정에 달하면 안 된다는 법은 없을 것이다. 서로 사랑하는 연인 사이라면 얼마든지 절정에 달해도 상관없으리라. 그것은 지극히 당연한 현상 아닌가.

마야코는 다시 한번 노무라를 떠올렸다. 아무래도 그와의 관계에는 꺼림칙한 요소가 있는 것 같았다. 물론 그녀는 그와의 섹스에 집착했고, 그만큼 흥미를 느꼈다. 그러나 그것은 사랑이라는 것과 달랐다. 더구나 그녀는 그와 접촉할 때마다 왠지 모르게 긴장을 하곤 했다.

그런데 미치히코의 품에 안겼을 때에는 마음과 몸이 편안하고 상쾌했다. 왜 그럴까? 정말로 그 남자를 좋아하기 때문일까? 그래, 그렇지 않고서야 어떻게 그런 기분을 느낄 수 있겠어.

나는 그 남자를 사랑하고 있는 거야. 마야코는 몇 번이나 반복해서 자신에게 말했다. 만약 내가 미혼이었다면 이런 멋진 사랑을 친구들에게 모두 말했을 거야.

"아, 드디어 나는 사랑에 빠졌어."

마야코는 큰 소리로 중얼거리며 미소를 지었다. 그러다 그녀는 별안간 미소를 거두었다. 만약 이러다가 빼도 박도 못하는 처지에 몰리면 어쩌지? 일말의 두려움이 그녀의 가슴을 덮쳤다.

곰곰이 생각해 보면 노무라와의 관계는 친구들에게도 권할 수 있을 만큼 이상적인 불륜이었다. 그에게는 아내와 자식이 있고, 사회적인 지위도 있었다. 더구나 그는 단순히 즐기려는 마음만 갖고 있었다. 그가 마야코와의 관계를 통해 추구하려는 것은 쾌락 이상의 것이 아니었다. 그는 마야코의 리드를 허용할 정도로 여유만만했다. 따라서 그와의 불륜은 마야코의 의지에 따라 계속 이을 수도 있고 끝낼 수도 있었다.

그러나 미치히코와의 관계는 달랐다. 그는 젊은 데다 독신이었다. 따라서 그가 집요하게 나오면 마야코로서는 입장이 난처할 터였다. 노무라의 경우와 달리 마야코 입장에서 일방적으로 끝낼 수도 없을 것이었다. 어쩌면 그는 젊음과 독신이라는 무기를 내세워 뭔가 사건을 일으킬지도 몰라.

'사건' 이라는 말이 떠오른 순간 그녀는 불안감을 느꼈다. 하지만 그것은 이내 황홀한 기분으로 바뀌었다. 그녀는 황홀한 나머지 거의 숨을 쉴 수 없었다. 어째서 신은 이런 행복을 나한테 부여한 것일까? 두려움과 행복은 종이 한 장의 차이일까? 아무튼 행복은 선택받은 자만이 맛볼 수 있는 것임에 틀림없어.

마야코에게 새로운 습관이 생겼다. 그것은 밤마다 미치히코의 아파트에 전화를 거는 것이었다. 물론 노무라에게는 꿈도 못 꿀 일이지만, 미치히코는 혼자 살고 있기 때문에 얼마든지 가능했다.

마야코는 회사에서 돌아온 뒤 9시가 되기를 기다렸다가 미치히코의 아파트에 두 차례나 전화를 걸었다. 그러나 그의 목소리는 들을 수 없었다. 번번이 자동응답기의 여자 목소리만 들릴 뿐이었다.

"지금은 외출 중이오니 용무가 있으신 분은 메시지를 남겨주십시오."

물론 그것은 어느 자동응답기에나 녹음되어 있는 기계적인 여자의 목소리였지만, 마야코는 몹시 기분 나빴다. 대체 미치히코는 어디에 가 있는 것일까? 그녀는 생각할수록 화가 나서 참을 수 없었다. 육체관계를 가진 사이라면 적어도 나흘 정도는 외출을 삼가고 상대방의 전화를 기다려야 하는 것 아닐까? 그것이 상대방에 대한 예의일 텐데……

마야코는 남편이 있는 유부녀였다. 따라서 미치히코는 함부로 그녀의 집에 전화를 걸 수 없을 터였다. 하지만 그렇기 때문에 그는 더욱 그녀의 전화를 기다려야 마땅했다.

"여보세요? 저……."

마야코는 메시지를 남기려다가 그만두었다. 왠지 목소리를 남기는 것에 저항감이 느껴졌다. 내가 재촉하는 꼴을 보여서는 안 돼. 미치히코를 믿지 못해서 그녀가 그런 생각을 한 것은 아니었다. 그녀는 유부녀였다. 유부녀가 치근덕거리는 모습은 누가 보아도 좋지 않다. 오히려 유부녀는 마지막까지 완강하게 거절하는 태도를 보여야 한다. 설마 그럴 리야 없겠지만, 재판소의 피고석에 섰을 때 '그런 남자와는 이야기를 나눈 적도 없을 뿐더러 만난 적도 없습니다.' 라고 단호하게 말할 수 있는 상황을 염두에 둘 필요가 있다. 아마 그렇게 말하면 일단 궁지를 모면할 수는 있을 것이다. 그렇지만 증거가 있을 경우에는 사정이 다르다. 자동응답기에 녹음된 내용을 들고 나오면 더 이상 어쩔 수 없다.

결국 마야코는 아무 말도 남기지 않은 채 난폭하게 수화기를 내려놓았다. 그래도 여전히 화가 풀리지 않았다. 그녀는 미치히코를 원망했다. 그러면서 초조한 나머지 깊은 한숨을 쉬었다. 만약 그녀가 독신 여자라면 초조할 것도 없을 터였다. 그렇지 않기 때문에 애가 탔던 것이다. 대체 어떻게 미치히코한테 연락을 취하면 좋을까? 그와 친구로서 지냈을 때만 해도 아무런 문제가 없었다. 둘은 만나고 헤어질 때마다 별다른 부담 없이 다음의 약속 시간과 장소를 정하곤 했다.

그러나 격렬하게 섹스를 하고 난 뒤라서 그런지 두 사람은 다음의 약속 시간과 장소를 정하지 않은 채 헤어졌다.

"곧 연락할게."

미치히코의 입에서 나온 말은 그것뿐이었다. 어쩌면 그 말은 의례적인 것일 수도 있었다. 그냥 헤어지기 곤란하니까 무심코 던진 말은 아닐까?

마야코는 부엌에서 위스키 병을 들고 나왔다. 그러고는 위스키를 반잔 정도 따라 놓고 거기에 얼음 한 덩어리를 넣은 다음 천천히 마셨다. 그녀는 이제까지 혼자서 술을 마신 적이 없었는데, 오늘 밤은 마시고 싶었다. 술이라도 마셔야만 잠을 이룰 수 있을 것 같았기 때문이었다.

"아, 나는 정말로 사랑에 빠졌어."

마야코는 위스키를 마시고 나서 한숨과 함께 그렇게 중얼거렸다. 어느새 자정을 한 시간 앞둔 11시였다. 고이치도 돌아오지 않은 상태에다 전화벨조차 울리지 않고 있었다. 물론 그녀가 기다리는 것은 고이치로부터의 전화가 아니었다.

그녀는 옷을 벗고 욕실로 들어갔다. 술을 마신 다음의 목욕은 몸에 좋지 않다고 하지만 그래도 상관없었다. 지금은 그런 걱정을 할 계제가 아니었다. 그녀는 욕조 안으로 들어가려다가 문득 생각난 것이 있어서 다시 욕실 밖으로 나왔다. 혹시 전화가 걸려 올지도 몰라.

마야코는 무선 전화기의 수화기를 빼들었다. 그러고는 그것을 욕실 문 앞에 널브러져 있는 속옷 위에다 올려놓았다. 내 체온이 남아 있는 팬티와 브래지어가 어떤 마력을 발휘할지도 몰라.

그녀는 욕조에 잠긴 상태에서 목덜미 마사지를 시작했다. 목덜미 마사지는 최근에 붙은 습관이었다. 이 부분이 미치히코가 처음 입술을 댄 자리였어. 그녀는 왼쪽 목덜미를 부드럽게 쓰다듬었다. 혹시 키스 마크가 생긴 것은 아닐까? 아니야, 전혀 그럴 염려는 없어. 미치히코는 아주 능숙하게 여러 곳에 힘의 강약을 분배하여 키스했다. 특히 눈에 쉽게 띌 만한 곳은 부드럽게 혀로 핥기만 했다.

여전히 전화벨은 울리지 않았다. 마야코는 얼마 전 미치히코에게 집 전화번호를 가르쳐 주었다. 그리고 언젠가는 미치히코가 약속 시간을 변경하고 싶다며 전화를 걸어 온 적도 있었다. 따라서 그가 마야코의 전화번호를 모를 리 없었다. 그런데 왜 전화를 걸지 않는 것일까? 내 입장을 생각해서 삼가는 것일까? 아마 그럴 것이다. 그렇지 않고서야 전화를 걸지 않을 이유가 없다.

이번에 그를 만나면 이렇게 말해야지. '나한테는 대학 시절부터 계속 만나고 있는 남자 친구가 몇 명 있어요. 남편도 나와 그들의 관계를 잘 알아요. 그것은 일종의 공인된 관계로 가끔씩 부부끼리 만나서 식사를 하기도 하죠. 그러니까 당신이 전화를 걸어도 남편은 특별히 수상하게 여기지 않아요. 당신이 대학 시절의 남자 친구인 줄 알 거예요.' 마야코는 남편을 감쪽같이 속일 자신이 있었다. 나는 남편이 지켜보는 앞에서 미치히코의 전화를 받고도 얼마든지 태연하게 둘러댈 수 있어. '어머, 오랜만이네. 그동안 어떻게 지냈어? 부인도 건강하지? 또 모이자고? 좋아.' 나는 배우 뺨칠 정도의 연기를 할 수 있다고. 그런데 왜 미치히코는 전화를 하지 않는 거야.

마야코는 마사지를 끝내고 머리를 감은 뒤 욕실에서 나왔다. 그녀는 잠시 수화기를 내려다보다가 발끝으로 톡 건드렸다. 속옷 위에 벌렁 누운 채 침묵을 지키는 수화기가 그녀의 눈에는 밉살맞게 보였다.

문득 그녀의 가슴에 의혹이 일었다. 미치히코는 나를 어떤 여자로 생각할까? 나와의 관계를 진지하게 여길까? 혹시 나를 한순간 스쳐 지나가는 바람처럼 여기는 것은 아닐까? 만약 그렇다면······.

마야코는 노무라와의 관계를 스스로 원했음에도 불구하고 마치 부당한 일을 당한 것처럼 생각하고 있었다. 남자와 여자가 만나서 섹스를 하게 될 경우 이익을 얻는 쪽은 정해져 있다. 남자가 절대적인 이익을 얻게 마련이다. 남자는 결코 손해를 보지 않는다. 오히려 공짜로 쾌락을 얻는다. 남자들은 쾌락을 얻기 위해 돈을 주고 매춘부를 사지 않는가.

아무리 순수하게 서로 사랑한다고 할지라도 남자가 여자보다 얻는 것이 훨씬 많다. 미치히코도 그렇다. 마야코는 위험을 무릅쓰고 그와 관계를 가졌다. 하지만 미치히코는 아무런 부담 없이 즐거움을 느낄 수 있었다. 그렇다면 그에 대한 대가로서라도 전화를 거는 것이 당연하지 않은가.

마야코는 스킨을 바르다가 낚아채듯 수화기를 집어들었다. 더 이상 주저할 이유가 하나도 없었다. 그녀의 손가락은 거침없이 미치히코의 전화번호를 누르고 있었다.

조금 전과 달리 자동응답기의 여자 목소리가 들리지 않았다. 아무래도 미치히코가 방에 있는 것 같았다. 그렇지 않고서야 자동응답기가 저절로 작동하지 않을 리는 없을 터였다. 신호음이 길게 이어졌다. 방에 없는 것일까? 혹시 있으면서도 일부러 받지 않는 것은 아닐까? 마야코가 초조한 가운데 그런 생각을 하고 있을 때였다. 별안간 신호음이 끊기면서 남자의 목소리가 들려왔다.

"여보세요?"

순간 마야코는 당황했다. 그가 없거나 있어도 일부러 받지 않는 줄 알았기 때문이었다. 그녀는 넋놓고 있다가 한 대 얻어맞은 기분이었다.

"여보세요? 미치히코입니다만……."

미치히코의 맑은 목소리에 마야코의 언짢은 기분이 말끔히 씻어졌다. 분위기로 보아 굳이 전화를 건 이유를 대지 않아도 될 것 같았다. 물론 아무리 남녀평등의 시대라고 해도 동침한 다음의 전화는 남자 쪽에서 거는 것이 상례이다. 여자 쪽에서 먼저 연락할 경우 합당한 이유를 대야 한다. 그런데 막상 그의 목소리를 듣자 마야코는 그런 부담이 느껴지지 않았다. 처음에는 약간 자존심이 상했으나, 그것도 이내 원래대로 회복되었다.

"마야코예요."

"아니, 마야코!"

미치히코가 놀란 목소리로 말했다.

"그렇지 않아도 내가 연락하려던 참이었어. 그런데 그렇게 할 수 없어서 고민하고 있었지."

"거짓말을 하는군요."

마야코는 짐짓 심술궂게 말했다.

"거짓말이라니?"

"당신은 조금 전까지만 해도 집에 없었잖아요. 집에 있었다면 전화를 받았을 거 아녜요. 혹시 일부러 안 받은 거 아닌가요?"

"그렇지 않아. 신문사 기자와 만나기로 돼 있어서 나갔다 온 것뿐이야. 술집에서 마야코에게 전화를 하고 싶었는데, 시간이 너무 늦어서……."

그는 도중에 말을 끊었다. 아무래도 다음 말을 어떻게 이을까 하고 고민하는 모양이었다.

"그래서요?"

마야코는 일부러 재촉해댔다.

"당신 남편이 집에 있을지도 모른다고 생각했어. 그래서 전화할 수 없었던 거야."

"그런 건 걱정할 필요 없어요. 요즘은 늦게 들어오니까. 얼마든지 밤에도 전화해요. 정이나 곤란하면 회사로 하든지."

마야코는 그렇게 말하고 회심의 미소를 지었다. 문득 미치히코와 공범자가 된 기분이 들었기 때문이었다.

"회사로?"

"네. 회사로 전화하는 편이 낫잖아요?"

"그쪽은 더욱 곤란해."

"왜요?"

"뭘 왜야? 생각해 보라고."

마야코는 이내 미치히코의 말을 수긍했다. 그는 회장에게 신뢰와 함께 귀여움을 받고 있었다. 따라서 비서인 마야코와의 관계를 회장이 알면 이만저만 난처한 일이 아닐 터였다. 물론 마야코에게 걸려 오는 전화를 회장이 직접 받을 리야 없지만, 그래도 안심할 수는 없을 것이었다.

"죽 마야코만 생각하고 있었어."

"나도 그랬어요. 그런데 좀……."

"뭔데 그래? 말해 봐."

미치히코가 캐묻자 마야코는 슬며시 기쁨의 미소를 지었다.

"그러니까……, 당신을 너무 좋아하게 될까 봐 두려워요."

"바보 같은 소리 하지 마."

미치히코의 말투는 사뭇 거칠었다. 마야코는 이 기회에 말을 놓아야겠다고 생각했다. 그러는 편이 여러모로 효과적일 것 같았다.

"미치히코, 내 입장을 한번 생각해 봐."

마야코는 그와 훨씬 가까워진 듯한 기분을 느꼈다.

"생각해 볼 것도 없어. 무조건 날 더 좋아해 줘. 그렇지 않으면 난 못 견딜 거니까. 도중에 그만두는 건 절대로 안 돼. 알았어?"

"응."

마야코는 그의 말이 무엇을 의미하는지 정확히 파악하지도 않은 채 소녀처럼 고개를 끄덕였다.

"그건 그렇고 이 시간에 전화해도 괜찮겠어?"

"괜찮아. 하지만 될수록 이른 시간에 하는 게 좋을 것 같아."

"차라리 호출기나 핸드폰을 사용하는 건 어떨까? 나하고만 연락할 수 있게 말이야. 내가 갖고 있는 핸드폰을 줄까?"

"핸드폰은 곤란해. 그렇게 무거운 건……."

"무겁다니, 대체 몇 년 전 얘기를 하고 있는 거야?"

두 사람은 한참 동안 실랑이를 벌인 후 마침내 호출기로 정했다.

"그럼 이번엔 언제 어디서 만나지?"

미치히코가 물었다. 약속 시간과 장소를 정하는 일은 의외로 쉬웠다.

"좋아. 그럼 모레 7시에 내 방에서 만나는 거야. 알았어?"

"그래, 알았어."

마야코가 수화기를 내려놓자마자 현관이 열렸다.

"아, 정말 덥다."

고이치의 축 늘어진 목소리가 마야코의 귀에 가깝게 들렸다.

"어서 와요."

마야코는 환한 미소를 지었다. 전화를 끊자마자 남편이 돌아오다니······. 참으로 절묘한 타이밍이군. 그녀는 미치히코와 대화하는 장면을 남편에게 들키지 않은 것을 천만다행으로 여겼다. 그러면서 그것을 새로운 애인과의 길조로 해석했다.

옆모습이 아름다운 남자는 뒷모습도 그런 것일까? 마야코는 미치히코의 뒷모습을 보고 그렇게 생각했다. 특히 그의 뒤통수에서 목덜미에 이르는 선이 아름다웠다. 그것은 그녀가 최근에 발견한 매력 포인트였다.

마야코는 가끔씩 살이 두껍게 붙은 목덜미에다 뒷머리를 치켜 올려 깎은 남자의 뒷모습을 본 적이 있는데, 그때마다 얼굴을 찡그리곤 했다. 대개 그런 남자들의 목은 짧아서 뒷모습이 마치 오뚝이처럼 보였다.

가벼운 곱슬에 약간 웨이브진 미치히코의 머리카락은 목덜미를 살짝 덮고 있어서 보기 좋았다. 적당히 튀어나온 뒤통수도 아주 매력적이었다. 미치히코는 대부분의 동양인들이 그렇듯 쌍꺼풀이 없었다. 하지만 오히려 쌍꺼풀 지지 않은 눈이 그한테는 훨씬 더 잘 어울렸다.

마야코는 만족한 표정으로 미치히코의 용모를 살폈다. 아무리 보아도 질리지 않았다. 이렇게 아름다운 남자를 좋아하게 되다니, 이 얼마나 기쁜 일인가. 그녀는 미치히코를 신이 자신을 위해 세심하게 만든 창조물이라고 생각했다.

마야코는 남편인 고이치에 대해서는 그런 식으로 생각한 적이 별로 없었다. 물론 그의 얼굴과 키는 마음에 들었다. 그렇지만 세부적으로 따지자면 그는 결코 미치히코를 능가할 수 없었다. 남편을 이처럼 자세하게 관찰한 적이 있었던가? 전에는 몰라도 최근에는 그런 적이 없는 것 같았다. 하기야 불륜을 저지르고 있는 마당에 감히 그럴 수는 없을 터였다.

마야코는 미치히코를 사귄 뒤로 점점 약삭빠르고 민첩해졌다. 늘 응축된 시간을 보내야 했기 때문에 그럴 수밖에 없었다. 그녀는 미치히코의 사소한 것까지 놓치지 않으려고 그에게 시선을 집중했다. 남편이나 노무라에게는 그런 적이 거의 없었다.

미치히코가 독신이라는 점, 그리고 아파트를 갖고 있다는 점이야말로 마야코에게는 무척 다행스러운 일이었다. 얼마 전 그녀는 집에서 사용하고 있는 것과 똑같은 화장품을 미치히코의 아파트에 갖다 놓았다. 그러고는 편안한 마음으로 화장을 하곤 했다. 미치히코와 접촉한 뒤 파운데이션이나 루즈가 벗겨졌을 경우에는 그 즉시 세수를 하고 새롭게 화장했다.

노무라보다 훨씬 젊고 고이치보다 서너 살 아래인 애인은 마야코에게 몇 가지 새로운 자세를 요구했다. 그렇게 이상한 것은 아니었지만 워낙 익숙지 않은 자세였기 때문에 마야코는 땀을 흘렸다. 땀을 너무 많이 흘려서 그녀의 머리카락이 흠뻑 젖을 때도 있었다. 그럴 때마다 미치히코는 그녀의 머리카락을 쓸어 올리며 부드럽게 속삭이곤 했다.

"사랑해."

남편한테 이런 말을 들었던가? 남편과의 사이에서 언제부터 '사랑'이라는 말이 사라졌을까? 그것은 두 사람에게 매우 어색한 말이었다. 어쩌다 마야코가 '사랑해요'라고 말해도 고이치는 아무런 반응을 하지 않았다.

노무라 역시 마찬가지였다. "그런 말을 어떻게 함부로 입 밖에 낼 수 있겠어?"라고 교활하게 둘러댔다.

그러나 미치히코는 달랐다. 그는 아무런 거리낌 없이 시원하게 말했다.

"마야코, 사랑해."

물론 그런 말은 마야코에게 낯선 것이 아니었다. 결혼 전만해도 그녀는 여러 남자들로부터 귀가 따갑게 들었다. 특히 대학 시절에 사귄 남자들은 입만 벌렸다 하면 이렇게 말했다.

"마야코, 사랑해. 난 너 없이는 못 살아."

"마야코, 정말 사랑해. 미칠 정도로 사랑한다고."

그렇지만 그 남자들이 대체 무엇을 해 주었던가? 함께 식사를 하고, 영화를 보고, 드라이브를 하고, 섹스를 한 것밖에 없었다. 더구나 그들은 몇 차례의 말다툼 끝에 한 사람씩 마야코의 품에서 떠났다. 결국 그들이 '사랑해'라고 한 말은 거짓이었다. 어쩌면 마야코에 대한 책임을 느끼지 않았기 때문에 '사랑해'라는 말을 쉽게 내뱉을 수 있었을 터였다. 그래, 젊은 남자들에게 있어서 사랑한다는 따위의 말은 아무런 의미가 없는 거야. 마야코는 그렇게 생각하면서 미치히코를 바라보았다. 순간 그녀는 방금 스스로 깨달은 진실을 그에게 말하고 싶었다. 그래, 말하자. 내가 폭 빠져 있어도 이런 말은 하고 넘어가야 돼.

"별다른 의미를 두지 않고 사랑한다 말하는 거 아니야?"

"무슨 소리야? 마야코는 왜 그렇게 심술궂은 말만 골라서 하는 거야?"

마야코가 예상했던 대로 미치히코는 얼굴을 찡그렸다. 그러나 엷은 어둠 속에서 위를 쳐다보는 얼굴은 그녀의 눈에 결코 밉게 보이지 않았다. 그것은 마치 사정하기 직전의 얼굴 같았다.

"내가 당신을 적당히 갖고 놀 사람으로 보여?"

"그럴지도 모르지. 하지만 난 그래도 좋아."

마야코는 미치히코의 팔에 얼굴을 묻었다. 섹스를 한 뒤임에도 불구하고 그녀의 몸은 뜨겁게 달아올라 있었다. 나른한 상태에서 상대방을 슬슬 약올리는 것도 성감대를 자극하는 것이라고 그녀는 생각했다.

"난 정말 마야코를 사랑해."

미치히코가 그녀의 귓전에 대고 속삭였다.

좋아, 믿자. 이 남자의 말을 믿은 탓으로 내가 비극의 여주인공이 돼도 좋고, 악녀가 돼도 좋다. 적어도 믿는 척이라도 하자. 하지만 그녀는 '사랑해' 라는 말을 믿지 않는 척하면서 짐짓 단호하게 말했다.

"우린 언젠가는 헤어지지 않으면 안 돼. 아무리 당신이 날 사랑한다고 해도 결국엔 이별하게 될 거야. 지금 즐길 수 있으면 그것으로 좋은 거지 뭐. 당신은 나에 대해 책임을 느낄 필요도 없어. 내 말에 기분 나빠할 것도 없고 말이야. 부담 같은 거 느끼지 마. 둘만이 있는 동안은 골치 아픈 일 따위는 접어 두고 오로지 즐겁게 지내도록 하자고."

"마야코."

미치히코가 갑자기 마야코의 팔을 움켜잡았다. 그가 너무 세게 잡은 탓에 그녀는 아픈 나머지 비명을 지를 뻔했다.

"마야코는 남편과 관계를 갖지 않는다고 했는데, 그게 정말일까?"

"정말이라면?"

마야코는 당돌하게 물었다. 이 남자는 남편에 대해 대단한 질투심을 느끼고 있어. 지난주 오랜만에 남편이 나한테 접근한 사실을 말해 버릴까? 아니, 그럴 필요까지는 없지.

"전에 말했잖아, 우리 부부는 이미 여자와 남자의 감정 같은 게 없다고 말이야. 전혀 관계를 갖지 않아. 차라리 옆에 없는 게 거추장스럽지 않아서 좋다고나 할까…… 솔직히 그런 사이라고 할 수 있지."

그녀는 스스로의 말에 알쏭달쏭했다. 한편으로 생각하면 진실 같기도 하고, 다른 한편으로 생각하면 거짓 같기도 했다.

"그럼 내가 남편과 헤어져 달라고 말하면 그렇게 할 거야?"

마야코는 미치히코의 눈을 가만히 바라보았다. 그의 속마음을 엿보기 위해서가 아니었다. 그저 그의 맑은 눈동자를 보고 싶어서일 뿐이었다.

"그렇게 할 거야?"

미치히코가 재촉했다. 그녀의 몸 어딘가에서 그 말에 반응해서는 안 된다고 명령했다.

"어서 대답해 봐."

어느새 주도권은 미치히코에게 넘어가 있었다.

"아니, 어째서 가타부타 얘기를 못 하는 거야? 갑자기 벙어리라도 된 거야?"

"그건……."

마야코는 말문이 막혔다. 지금까지 이처럼 말을 신중하게 선택한 적은 없었던 것 같았다. 애매한 말로 둘러댈까? 아니면 확실하게 부정할까? 만약 전자를 택한다면 그녀의 인생은 드라마틱하게 변할 터였다. 하지만 그녀는 아직 그런 변화를 맞이할 준비가 되어 있지 않았다. 그렇다고 함부로 후자를 택할 수도 없었다. 만약 확실하게 부정하면 그녀의 눈앞에 있는 남자는 화를 낼 것이었다.

마야코는 희미하게 웃었다. 물론 그것은 결코 즐거울 때 짓는 미소가 아니었다. 오히려 곤혹감이 배인 쓸쓸한 미소였다.

"글세…… 너무 갑작스런 질문이라서…… 솔직히 어떻게 대답하면 좋을지 모르겠어."

"그럼 당신은 어쩔 셈으로 나와 만나 온 거야? 조금 전 당신이 말한 것처럼 언젠가는 헤어질 사이니까 구체적인 건 생각해보지도 않았다 이건가? 그런 식으로 말할 때 내가 얼마나 괴로워하는 줄이나 알아?"

마야코는 쥐구멍에라도 들어가고 싶은 심정이었다. 그녀는 어디까지나 상대방에 대한 배려와 예의로써 그렇게 말했던 것뿐이었다. 그런데 엉뚱하게 그 말이 화근이 되어 궁지에 빠졌다고 생각하니 억울했다.

"지금 즐길 수 있으면 그것으로 좋은 거라고? 그게 무슨 뜻이야? 결국 서로 갖고 놀자는 얘긴가?"

"그런 뜻은 아니야."

마야코는 이럴 때 눈물이 나와 주면 좋겠다고 생각했다. 그러자 그녀의 눈까풀이 뜨거워졌다. 눈물아, 어서 나와라. 그녀는 눈물샘을 자극하기 위해 손가락으로 눈 주위를 살짝 눌렀다.

"난 이런 관계는 당신이 처음이고……, 당신은 어떻게 생각하고 있는지 모르지만……, 이런 식으로 만나는 것에 상당한 죄의식을 느끼고 있어. 매일 괴로움에 시달려……. 밤에도 잠을이룰 수 없을 정도야. 왜 당신은……, 그런 나를 이해해 주지 않는 건지……."

그녀는 일부러 띄엄띄엄 말했다. 그래야 효과적일 것 같았다. 역시 그녀가 의도한 대로 미치히코는 그녀를 힘껏 껴안았다. 그의 맨살은 아주 따뜻했다. 아마 마야코의 눈에서 눈물이나온 것은 그 때문일 터였다.

"울지 마."

미치히코가 부드럽게 말하면서 자상한 아버지라도 되는 듯마야코의 머리를 천천히 쓰다듬었다. 그녀는 눈물을 더 나오게하려고 눈에 힘을 주었다.

"그만 울어. 미안해."

미치히코의 손가락이 그녀의 눈가를 훔쳤다가 이내 뺨으로내려갔다. 그녀는 황홀했다. 격렬한 섹스를 나눈 뒤 남자에게어린 소녀처럼 취급당하는 것만큼 기분 좋은 일은 없을 거야.

"내가 나빴어. 확실히 마야코가 나보다 훨씬 더 괴로울 거야. 더구나 나는 혼자지만 마야코는 남편이 있으니까. 당신이 괴로워할 거라고 생각하면서도 왜 그런 심한 말을 했는지…….정말 미안해."

마야코의 눈에서는 더욱 많은 눈물이 흘러 나왔다. 그녀는 황홀한 기분에 젖은 상태에서 자신만큼 괴로워하고 고민하는 여자는 없다고 생각했다. 그래, 이 세상에서 나만큼 괴로워하고 고민하는 여자는 없어. 불현듯 그녀의 뇌리에 갖가지 영상이 떠올랐다. 무작정 노무라와 정사를 벌인 장면, 러브호텔에서 노무라가 손에 들고 있던 이상한 기구, 그것에 의해 몇 번이나 절정에 이른 자신……. 아, 나는 아무래도 불행한 여자인가 봐. 아니, 그게 아니라 나쁜 여자일 거야. 그리고 행복한 여자이구. 마야코는 남자의 성기가 몸 안으로 들어왔을 때보다 더욱 강렬한 쾌감을 느꼈다. 확실히 눈물을 흘리면서 남자에게, 그리고 자신에게 취하는 것은 섹스 때의 쾌감보다 짜릿했다.

"나중에 말할까 했는데, 사실 이번 가을에 이태리 볼로냐로 갈 생각을 하고 있어. 거기에 있는 대학에 들어가기 위해서 말이야."

"그런데?"

"난 마야코와 함께 가고 싶어. 거기에 가서 당신과 지내고 싶다고. 마야코 생각은 어때? 함께 갈 수 있겠어?"

"몰라. 그런 건 나도 모른다고."

그녀는 그렇게 대답해 놓고 입술을 지그시 깨물었다.

마야코는 이틀 동안 고민에 빠졌다. 일이 손에 잡히지 않았다. 그녀는 간단한 일조차 실수를 저질렀다. 그 바람에 온화한 성격의 회장마저 거칠게 말했다.

"어떻게 된 건가, 응? 정신 좀 차리고 똑바로 하게."

마야코는 여느 때와 달리 손톱을 손질하거나 잡지를 읽지도 않았다. 그저 의자에 몸을 파묻은 채 골똘히 생각에만 잠겨 있을 뿐이었다.

선택의 기로라는 것이 바로 이런 것일까? 나는 지금 인생의 가장 중요한 시기를 맞이한 거야. 내가 원하던 대로 자극적이고 휘황찬란한 날들이 다가오고 있어. 하지만…… 갑자기 그녀의 얼굴에 먹구름이 끼었다. 이처럼 간단하게 다가올 줄은 미처 생각지도 않았어. 이것은 너무 뜻밖의 일이야. 어쩌면 새로운 인생은 내게 감당하기 벅찬 부담을 줄지도 몰라.

마야코는 앞으로 일어날 일을 하나하나 떠올려 보았다. 물론 나는 미치히코를 좋아한다. 그를 사랑한다. 그러므로 그와 함께 이태리에 가서 살 수 있다. 그것은 분명히 멋질 것이다. 그런데 너무 멋질 것 같아서 마야코는 불안했다. 아무래도 현실로 받아들여질 것 같지 않았다.

이혼에 수반되는 갖가지 번거로운 일도 생각해 보아야 할 것이다. 고이치의 부모뿐만 아니라 마야코 자신의 부모 역시 한탄하리라. 무엇보다 남편인 고이치에게 무슨 말을 어떻게 꺼내면 좋을까?

아무런 이유 없이 갑작스럽게 이혼을 요구할 수는 없다. 이혼을 하기 전에는 적어도 각자 마음의 준비가 되어 있어야 한다. 아무것도 모르는 고이치에게 불쑥 이혼하자고 하면, 그것은 도리에 어긋나는 짓이 아닌가. 그에게 불만은 많지만, 그렇다고 증오는 하지 않는다. 증오하지 않는 상대를 불행하게 만들 수는 없는 노릇이다. 그것은 내 취미가 아니다. 내가 만약 그렇게 한다면 여러 사람이 나를 증오할 것이다.

마야코는 지금까지 주위 사람들로부터 미움이나 원망을 산 적이 없었다. 그런데 이제 와서…… 그런 부담을 짊어지면서까지 새로운 인생을 맞이하기는 싫어. 결국 마야코는 그런 생각으로 인해 불안했던 것이다.

그녀가 한참 생각에 골몰하고 있을 때 전화벨이 울렸다.

"여보세요?"

"아, 마야?"

노무라의 목소리였다. 마야코는 당황했다. 그를 잊어버린 것은 아니었지만, 영락없이 나쁜 짓을 하다가 들킨 기분이었다.

"마야, 오랜만이야."

"그러네요."

"일 때문에 그동안 홍콩에 가 있었어."

"홍콩에요?"

"반환 이벤트에 관련된 일로 간 거야. 아무튼 자세한 건 만나서 얘기해 줄게. 어때? 오늘이나 내일 시간 있어?"

"잠깐 기다려요."

마야코는 수화기를 든 채 곰곰이 생각했다. 이 상황에서는 당연히 이 남자를 만나지 말아야 해. 아니지, 오히려 만나는 게 나을지도 몰라. 그래, 일종의 도박을 해보는 거야. 일단 이 남자와 만나서 관계를 갖자. 어차피 여러 차례 가졌으니까. 어쨌든 이 남자와 관계를 가져서 즐거우면 나는 원래의 생활로 돌아갈 수 있다. 굳이 모험의 바다에 뛰어들 필요는 없다. 어떻게 될지도 모르는 마당에 어디를 따라간단 말인가? 어쩌면 나는 기진맥진한 상태에서 돌아올지도 모른다.

마야코는 여전히 방황하고 있었다. 따라서 노무라와의 섹스가 그녀를 진정시키고 마음을 붙잡아 준다면 당장의 그녀로서는 더 이상 바랄 것이 없을 터였다.

제7장

결단

불륜과 사랑의 경계는 대체 어디에 있는 것일까?

마야코는 오랜만에 노무라의 품으로 돌아왔다. 벌써 10회 가까이 만났기 때문에 두 사람의 호흡은 아주 잘 맞았다. 옷을 벗거나 벗기는 동작이 무척 자연스러웠다.

마야코는 팬티 차림으로 침대 위에 누웠다. 그녀는 이제 더 이상 남자의 도움을 기다리지 않았다. 마치 팬티에 불이라도 붙은 듯 그것을 재빨리 벗어 던졌다. 이내 노무라의 다리가 그녀의 무릎 사이로 비집고 들어왔다. 그의 행동은 전보다 훨씬 더 난폭했다.

"아직 안 돼요. 성급하게 하는 건 싫어."

노무라가 막 돌입하려는 순간 마야코가 말했다.

"아니, 갑자기 왜 그래?"

노무라는 상체를 앞으로 구부린 상태에서 왼손으로 페니스를 쥐고 있었다. 그것은 희미한 불빛 속에서도 커다랗게 보였다. 신체의 일부가 어쩌면 저렇게 팽창할 수 있고 모양까지 변할 수 있을까? 마야코의 눈에 노무라의 그것은 신기하면서도 우스꽝스럽게 보였다. 그녀는 하마터면 웃음을 터뜨릴 뻔했다. 하지만 그녀의 얼굴은 붉게 상기되어 있었다. 저 우스꽝스럽고 커다란 것이 내 몸으로 쉽게 들어올 수나 있을까? 저것이 내부 깊숙한 곳까지 파고들었을 때 혹시 내 몸이 파열되는 것은 아닐까?

어느새 마야코의 몸은 뜨겁게 달아올라 있었다. 그녀는 들끓는 욕망을 억누르려고 애썼다. 그러나 그러면 그럴수록 그녀의 몸은 남자를 더욱 갈망했다. 특히 그녀의 음부는 마치 마력에 조종당하고 있는 듯 격렬하게 요동쳤다.

마야코는 노무라의 성기를 우스꽝스럽게 여김으로써 금방이라도 폭발할 듯한 욕망을 조절하려고 했다. 그녀는 계속 심술궂게 굴었다.

"무작정 삽입하는 건 싫어요."

"하지만 이렇게 잔뜩 흥분해 있는 걸."

노무라는 자신의 성기를 가볍게 건드렸다. 점액이 붙은 귀두가 불빛에 의해 반짝거렸다.

"아무튼 금방 넣는 건 싫어요. 우선 혀와 손으로 애무해 줘요."

"애무하는 동안 이 아저씨가 작아지면 어떡해……."

그는 익살스럽게 말하면서 자신의 성기를 쓰다듬었다.

"일단 작아지면 다시 키우기가 쉽지 않다고."

그것은 사실이었다. 처음에는 그렇지 않은데, 몇 차례 관계를 갖고 난 후부터 그의 성기는 흥분했다가도 이내 힘없이 시들어버리곤 했다. 따라서 그는 그것을 다시 일으켜 세우기 위해서 안간힘을 썼다. 이전의 노무라는 일단 손가락과 혀를 사용하여 마야코로 하여금 절정을 맛보게 한 뒤 서서히 삽입했다. 그 무렵만 해도 그의 성기는 줄곧 빳빳한 상태를 유지했다. 아마 그는 평소에 갖가지 테크닉을 익혀 두었겠지만, 그래도 마흔두 살의 몸으로 여자를 애무하면서 그 상태를 유지한다는 것은 결코 쉽지 않을 터였다. 상당한 체력과 인내심 없이는 불가능할 것이었다.

마야코의 경험으로 비추어 볼 때 대부분 남자들은 섹스의 횟수가 늘면 늘수록 전희를 생략했다. 요컨대 전희의 시간을 즐기려고 하지 않았다. 물론 그것은 그만큼 마야코에게 익숙해진 탓일 수도 있겠지만, 어쩌면 전희 자체를 귀찮게 여기기 때문일 터였다.

"이 아저씨가 작아지면 마야가 책임질 거야?"

마야코는 아무런 대답을 하지 않았다. 애무를 하던 중 그의 성기가 시들었을 때 그녀는 종종 입술과 혀를 사용하여 용기를 북돋워 주곤 했다. 하지만 늘 그랬던 것은 아니었다. 그녀는 가끔 변덕을 부려 아예 처음부터 외면하거나 하다가도 도중에 그만두곤 했다.

노무라는 거칠게 마야코의 가슴을 애무하기 시작했다. 그러

267

고는 이내 삽입할 자세를 취했다.

"좀 더 해 줘요. 이 정도로는 성이 차지 않아요."

"하지만 마야의 여긴 이렇게 젖어 있잖아. 이 정도면 충분하지 뭘 그래?"

노무라가 마야코의 은밀한 곳을 만지며 부드럽게 말했다.

"아직 충분히 젖지 않았어요."

"이 정도가 가장 적당한 거야."

노무라가 다시 돌입하려고 했다. 마야코는 냅다 힘을 주어 주름진 문을 닫았다. 순간 노무라는 당황한 듯 잠시 주춤거리다가 허리에 힘을 가했다. 한사코 거절하려는 부드러운 살과 무턱대고 돌진하려는 단단한 살이 서로 당겼다 밀면서 다투었다. 잠시 후 두 살의 승부는 판가름 났다. 부드러운 살의 저항을 즐기는 듯 단단한 살이 몇 차례 입구를 노크하다가 급기야 안으로 쳐들어왔다.

"싫어!"

마야코가 소리를 질렀다. 그러나 그것은 환희에 젖은 목소리였다. 마야코는 자기의 몸속으로 깊숙이 들어온 노무라의 성기를 느끼고 안도의 한숨을 쉬었다. 더할 나위 없이 상쾌한 기분이었다. 그녀는 미간을 찡그리며 모든 신경을 몸의 중앙으로 집중시켰다.

이윽고 노무라의 허리가 격렬하게 움직이기 시작했다. 마야코는 의식이 먼 곳으로 떠나기 전에 한 가지 사실을 확인하고 싶었다. 내 몸 안에 들어와 있는 노무라의 것과 미치히코의 것은 어떻게 다를까? 노무라가 주는 쾌락과 미치히코가 주는 그 것은 어떤 차이가 있을까?

만약 오늘 밤 노무라에게서 얻는 것이 미치히코한테서 얻은 것과 똑같다면 나는 나에 대해 절망할지도 모른다. 진정으로 사 랑하는 남자와 몸을 섞은 여자는 마법에 걸린다. 그리하여 다른 남자와 살을 맞대는 짓을 더 이상 할 수 없게 된다. 그런 짓을 하면 오한이 나고 몸 여기저기에 종기가 돋을 것이다. 그런데 나는 어떤가? 남편뿐만이 아니라 맨 처음 불륜 관계를 맺었던 상대와도 이렇게 거침없이 침대에 누워 있지 않은가? 그래, 나 는 또 한 차례 불륜을 저지르고 있다. 이번에는 남편이 아닌 미 치히코를 배신한 셈이다. 그렇다. 나는 미치히코에 대해서 불륜 을 저지르고 있는 것이다.

내가 지금 원하는 것이 무엇인가? 체념? 달관? 아니다. 아무 것도 없다. 그저 노무라의 품에 안긴 채 육체적인 쾌락을 얻으 려는 마음뿐이다. 나는 황홀경에 젖어 '아, 아.' 하고 소리를 지 르다가 마침내 슬픔의 늪에 잠길 것이다. 결국 불륜과 사랑의 경계는 없다며 울먹이리라. 그러나 나는 그런 경험을 통해서 확 신을 갖게 될 것이다. 그렇다. 미치히코와의 모험적인 여행을 포기할 것임에 틀림없다.

"아, 아……."

노무라의 자극에 의해 마야코는 허리를 비틀며 헐떡거렸다. 그녀가 좋아하는 리듬이었고, 그녀가 바라던 깊이였다. 절정에 이른 순간 그녀의 의식은 아득히 먼 곳으로 떠났다.

이상했다. 하룻밤을 자고 나니 노무라와 섹스를 한 기억이 마야코의 뇌리에서 완전히 지워져 있었다. 전에는 두서너 가지의 기억이 그녀의 머릿속에 남아 그녀의 몸을 흥분케 하거나 뺨을 물들였다. 그런데 이번에는 전혀 그렇지 않았다. 마야코는 그런 묘한 현상을 자신의 형편에 맞게 해석했다.

나는 미치히코와의 모험을 포기하고 싶어서 노무라와 잤다. 무엇보다 남자란 모두 똑같다고 느끼고 싶었다. 그런데 달랐다. 어젯밤 노무라와 관계를 가질 때만 해도 두 사람은 비슷하다고 생각했는데, 그것이 아니었다. 하루 사이에 생각이 바뀌었다. 두 사람은 서로 다르다는 것을 깨달았던 것이다.

그렇다. 단순히 섹스를 나누는 남자와 사랑하는 애인은 다르다. 내 의식은 지금 노무라를 배제하고 있다.

마야코는 미치히코에게 전화를 걸었다. 묘하게도 그녀의 기분은 한껏 들떠 있었다. 바로 어젯밤 노무라와 섹스한 사실을 까맣게 잊은 듯 그녀는 수다를 떨었다.

"나 올여름부터 수영하러 다닐 생각이야. 내 친구가 그러는데 건강과 미용엔 수영이 최고래."

"그럼 이번엔 그 새로 생긴 호텔에서 만나는 게 어때? 전에 말한 호텔 말이야. 거기 풀장이 아주 끝내준대. 그 호텔에서 묵었다가 떠나기로 하자고."

미치히코는 두 사람이 함께 이태리로 떠나는 것을 기정사실로 여기고 있었다.

"아, 그러고 보니 당신 생일이 이번 일요일이잖아. 우리 일요일에 그 호텔에서 만나자고. 거기서 당신 생일을 축하해 줄게."

"그건 무리야."

마야코는 집 안에 아무도 없는데도 목소리를 낮추었다.

"아니, 왜?"

"외박은 곤란해. 마땅히 핑계될 것도 없구. 게다가……."

마야코는 말끝을 흐렸다. 그녀와 고이치는 둘 중 누구의 생일이든 반드시 저녁식사를 함께 하곤 했다. 그것은 결혼한 이후의 관례였다. 마야코에게는 그 관례를 깨뜨릴 용기가 없었다. 무엇보다 그녀는 안전한 상태를 유지하고 싶었다. 돌 하나를 빼낸 것으로 돌담이 한꺼번에 무너지듯 모든 것이 흐트러지는 상황만은 피하고 싶었던 것이다.

"결국 생일은 남편과 함께 있어야 한다는 얘기군. 하긴 그래야겠지."

마야코가 미처 하지 못한 말을 미치히코가 대신했다. 그는 잠시 뜸을 들였다가 비꼬는 말투로 계속해서 말했다.

"그래, 부부란 그렇게 하는 거야. 생일도 함께 보내고, 또……."

"아니야, 그런 말을 하려는 게 아니란 말이야."

"그럼 뭐야?"

마야코는 자신의 거짓말 속에 재빨리 시어머니를 등장시키는 재주를 부렸다.

"어떤 이유에선지는 모르지만, 생일마다 시어머니가 오곤

271

해. 이번에도 시시껄렁한 선물을 갖고 오겠지. 어쨌든 시어머니가 오기 때문에 집에 있어야만 한다고."

미치히코는 체념한 듯 중얼거렸고, 덕분에 마야코는 그가 원하는 장소에서의 만남을 피할 수 있었다. 대신 그녀는 그날 저녁 7시까지 그의 아파트에서 지내기로 약속했다.

일요일 오후, 마야코는 미치히코를 위해 핑크색 팬티에다 푸른 원피스를 입었다. 그녀가 막 현관을 나서려고 할 때였다. 파자마 바람의 고이치가 말을 걸었다.

"생일 선물은 당신이 직접 마음에 드는 걸 사는 게 좋을 거야. 미안하지만 카드로 사."

새삼스러울 것도 없는 말이었다. 결혼 2년째부터 그는 마야코와 외출하여 직접 선물을 골라 준 적이 없었다. 그녀는 오늘만은 그 점을 섭섭하게 생각하지 않았다. 오히려 남편의 직무 유기를 기쁘게 받아들였다.

마야코는 백화점 내의 부티크에서 수입 에나멜 가방을 산 후 지하의 식품 매장으로 향했다. 생일의 저녁상에는 스테이크가 가장 적합할 것 같았다. 요리하는 데 시간이 걸리지 않고, 설거지도 간단할 터였다. 더구나 남편인 고이치는 고기를 무척 좋아했다. 그녀는 정육 코너로 다가갔다.

"스테이크용으로 두 조각만 주세요."

"금방 댁에 가셔서 사용하실 건가요? 오랫동안 갖고 다니시면 변질될 우려가 있거든요. 대략 몇 시간 후에 요리하실 거죠?"

마야코의 말에 깡마른 데다 궁상맞게 생긴 여점원이 물었다. 순간 마야코는 당황했다. 여점원이 자신의 일정을 훤히 알고 묻는 것 같았기 때문이었다. 이제부터 미치히코의 아파트까지 가려면 4, 50분 정도 걸릴 터였다. 그리고 저녁 6시가 조금 넘었을 때 그의 방을 나오게 될 것이었다.

"볼일이 좀 있어서 앞으로 5시간 후에나 집에 갈 것 같은데요."

마야코가 말했다.

"그럼 냉동 포장을 해야겠네요. 잠시만 기다리세요."

여점원은 그렇게 말하고 얼음 같은 고형물을 살코기 위에 얹었다.

마야코는 백화점의 종이봉투를 들고 택시를 탔다.

"날씨 한번 지독하게 덥네요. 벌써부터 이렇게 더우니 원."

운전사가 인사 대신 푸념을 늘어놓았다.

"오늘이 올해 들어 가장 더운 날이라고 하더군요."

마야코는 그렇게 말해 놓고 쇠고기 산 것을 후회했다. 냉동 포장을 했다지만 반나절을 갖고 다니다 보면 아무래도 변질될 것 같았다. 차라리 미치히코의 아파트 근처에서 살걸. 그렇지만 그녀는 이제껏 한 번도 거기에서 정육점을 발견한 적이 없었다. 고작해야 컵라면과 과자 등을 구비한 편의점만이 있을 뿐이었다.

하필 이런 때 이게 무슨 꼴이람. 백화점 봉투를 들고 다니며 살림하는 여자 티를 내야만 한다니······. 마야코는 불현듯 미치히코가 원망스러웠다. 그가 없으면 이런 고민을 하지 않아도 될 텐데……

고기는 의외로 부피가 커서 여간 성가신 게 아니었다. 마야코는 맡길 만한 데를 찾다가 결국 포기하고 말았다. 적당한 곳이 없었다.

"냉장고 좀 빌릴게."

그녀는 미치히코의 아파트에 들어서자마자 부엌으로 달려갔다.

"뭔데?"

티셔츠와 청바지를 입은 미치히코의 모습은 여느 때보다 훨씬 더 상쾌하게 보였다. 마치 그의 몸 전체가 말끔하게 세탁한 옷 같았다. 이런 남자 앞에서 저녁에 먹을 음식이란 말이 나올까? 마야코는 잠시 머뭇거리던 끝에 잡지에서 본 광고를 떠올렸다.

"손으로 만든 화장품이야. 아이스박스에 넣어 보관해야 할 만큼 녹기 쉬운 거라서……"

"그래?"

다행히 미치히코는 더 이상 자세하게 알려고 들지 않았다. 잠시 후 그는 마야코의 허리에 팔을 감고 거실로 향했다. 테이블 위에 작은 꾸러미가 놓여 있었다.

"마야코에게 줄 선물이야."

"어머, 뭘까?"

마야코는 이미 포장지를 보고 대충 짐작을 하고 있었다. 포장지에는 북유럽의 유명한 은세공 이름이 박혀 있었다. 포장을 풀어 보니 예상했던 대로 은반지가 나왔다. 마야코는 즐거운 표정을 지은 채 그것을 검지에 끼웠다. 딱 맞았다.

"어머, 어떻게 내 손가락 사이즈를 알았어?"

"글쎄, 어떻게 알았을까?"

미치히코가 짓궂게 웃었다.

"어떻게 알았는데? 궁금하단 말이야."

"전에 마야코가 자고 있는 사이 실을 감아서 재 봤어. 그 실을 갖고 백화점에 갔던 거지."

"정말!"

마야코의 눈이 휘둥그레졌다. 이 남자는 생일 선물을 항상 내가 사게 하는 남편과 어쩌면 이렇게 다를까? 그녀는 미치히코에게 달려들어 키스를 퍼부었다. 감사의 키스는 무척 길었고, 그것은 끝내 전희로 이어졌다.

"이렇게 밝은 대낮엔 부끄러워."

"하지만 마야코는 어두워지기 전에 가야 하잖아?"

미치히코가 급하게 마야코의 상의를 벗기면서 약간 화난 듯이 말했다.

"그래도……."

"난 마야코와 계속 이런 식으로 지내고 싶지 않아. 내 말 무슨 뜻인지 알아?"

"알아. 나도 마찬가지야. 나 나름대로 생각하고 있으니까 시간을 좀 줘."

미치히코는 떫은 표정을 지으면서 재빠른 동작으로 마야코의 팬티를 벗겼다.

일요일의 석양 무렵인데도 거리는 무척이나 혼잡했다. 마야코는 정확히 7시 20분에 집으로 돌아왔다. 고이치는 소파에 엎드린 자세로 위성 방송을 통해 복싱 시합을 보고 있었다.

"좀 늦어서 미안해요. 곧 음식을 차릴 테니까 기다려요."

마야코는 짐짓 애교 있게 말했다.

"괜찮아. 서두를 것 없어."

고이치는 기분이 아주 좋아 보였다. 그는 폴로셔츠를 걸친 팔을 뻗어 테이블 위를 가리켰다.

"붉은 와인을 준비해 놨는데, 어떨지 모르겠군. 차라리 흰 것으로 준비할 걸 그랬나?"

"아니, 붉은 게 좋아요. 오늘 저녁은 스테이크를 먹을 거니까."

마야코는 그렇게 말하고 주방으로 향했다. 그러다 그녀는 갑자기 걸음을 멈췄다. 이런, 어쩌면 좋지! 그것을 깜빡 잊고 오다니……. 그녀는 두껍게 자른 쇠고기 두 덩어리를 미치히코의 냉장고 안에 놓고 온 사실을 깨닫고 당황했다. 고이치가 먹을 것은 컸고, 그녀의 것은 그보다 약간 작았다.

남편에게 어떤 식으로 핑계를 대지? 아니, 그보다 미치히코가 그것을 발견하면? 그녀는 자신이 저지른 실수가 의외의 파장을 일으킬 수 있다는 사실을 깨달았다. 쇠고기가 없어서 스테이크를 만들 수 없는 것은 별 문제가 아니었다. 그 점은 얼마든지 남편에게 둘러댈 수 있었다. 왜 하필 그의 냉장고에 넣고 온 거야. 마야코는 자신을 나무랐다.

그녀는 일단 가스레인지 앞에 섰다. 요리를 하는 척이라도 해야지. 하지만 그녀의 의지와는 달리 몸이 말을 듣지 않았다. 냉장고 안에 뭐가 있었더라? 혹시 쓰다 남긴 고기가 있을지도 몰라. 아니야, 아무것도 없을 거야. 정말 어처구니없군. 왜 내가 그런 실수를 저질렀담.

"왜 그래?"

고이치는 꼼짝도 안 하고 서 있는 마야코가 이상했던 모양이었다. 어느새 그는 그녀 앞에 서 있었다.

"무슨 일 있어? 왜 그렇게 겁먹은 얼굴을 하고 있는 거야?"

"쇠고기를 깜빡 잊고……."

마야코의 얼굴은 확실히 겁에 질려 있었다.

"이걸 어쩌죠? 쇠고기 넣은 꾸러미를 택시 안에 놓고 내렸으니 말예요."

"겨우 그것 때문에 얼빠진 표정을 짓고 있는 거야?"

고이치가 웃었다.

"생일에 꼭 스테이크를 먹으란 법 있어? 생선 초밥을 먹든지 피자를 먹든지 하면 되잖아. 외식을 해도 좋고 말이야. 쇠고기 한 조각 택시 안에 놓고 내린 걸 가지고 뭘 그렇게 벌벌 떨어."

"한 조각이 아니라 두 조각이에요. 더구나 비싼 돈 주고 산 거란 말예요."

마야코는 오히려 남편에게 따지듯이 말했다.

"모처럼 맞이하는 생일이라 백화점 식품 매장에서 큰 마음 먹고 마쓰사카의 쇠고기를 산 건데……. 너무 비싸서 당신 것은 큰 것으로 내 것은 작은 것으로……."

"그만 잊어버려."

그러나 그녀는 일부러 장황하게 떠들었다.

"그걸 스테이크로 만들면 멋진 식사가 될 텐데, 택시 안에 놓고 내리다니……. 아무래도 난 바본가 봐요. 정말 아까워……."

"그만해. 그게 있어도 언제 요리를 만들어 먹겠어. 아까워도 잊으라고."

고이치가 마야코의 어깨를 가볍게 두드렸다. 그녀는 문득 남편이 따뜻한 남자라고 생각했다.

"불고기라도 먹으러 갈까? 아니, 생일에 불고기를 먹는 건 어색한 것 같군. 당신 생일이고, 당신이 좋아하는 거니까 초밥이 어떨까? 그게 좋을 것 같은데……."

"좋아요. 회 전문점으로 가는 게 어때요?"

"좋지."

마야코는 주방에서 나와 거실로 향했다. 그때 그녀의 가슴 주머니에 들어 있는 호출기가 진동했다. 그녀는 깜짝 놀란 나머지 소리를 지를 뻔했다. 소리 대신 진동으로 신호를 보내는 것이어서 그나마 다행이었다. 그녀는 다시 주방으로 들어가 냉장고 옆에서 몰래 호출기를 꺼내 보았다.

'빨리 전화해' 라는 문자가 새겨져 있었다. 마야코는 거실에 있는 남편을 향해 말했다.

"저, 저녁은 집에서 먹는 게 어때요? 마침 냉장고에 쓸 만한 재료도 있으니까 몇 가지만 사 오면 될 것 같은데……."

"아, 그래? 난 아무래도 좋아."

"그럼 잠깐 나갔다 올게요."

"그러든지."

고이치는 소파에 앉아서 TV를 보고 있었다. 마야코는 외출용 핸드백을 들고 밖으로 나갔다. 역 근처에 슈퍼마켓이 하나 있었다. 그곳에서는 편의점과 달리 쇠고기와 야채를 팔았다. 쇠고기라고는 해도 그 값비싼 스테이크용보다는 질이 훨씬 낮았다. 하지만 그녀는 그런 것을 생각할 처지가 아니었다. 그녀가 밖으로 나온 주된 목적은 미치히코에게 전화를 거는 것이었다.

칸막이로 된 공중전화기가 없어서 마야코는 어쩔 수 없이 약국 앞에 있는 녹색 공중전화기의 수화기를 들었다. 그러고는 일단 주위를 한차례 휘둘러본 뒤 버튼을 눌렀다.

이윽고 수화기를 통해 신호음이 들리자 그녀는 몇 시간 전에 머물렀던 미치히코의 방을 떠올렸다. 그러면서 미치히코가 전화를 받기까지의 시간을 어림했다. 5초 정도 지났을 때 수화기를 드는 소리가 들려왔다.

"여보세요?"

미치히코는 마야코에게서 걸려 온 전화라는 것을 알고 있을 터였다. 그런데 그의 목소리는 예사롭지 않았다. 마야코는 문득 불길한 생각이 들었다. 역시 이 남자는 냉장고를 열어 본 거야.

"여보세요? 나야. 호출했지? 전화해 달라고 말이야."

"그래, 고기를 잊고 갔더군."

그의 목소리는 매우 낮았다. 그것은 불쾌감을 억누르고 억지로 자연스럽게 말하려는 사람의 목소리였다.

"화장품이라더니 거짓말이었네. 꽤 질 좋은 스테이크용 쇠고기던데 말이야……. 두 조각인 걸 보니 당신과 남편이 먹을 거였나 보지?"

"아, 그거? 그래."

마야코는 일부러 밝은 목소리로 말했다. 그래, 이런 때일수록 뻔뻔하게 나가는 거야. 그녀는 초조해하는 자신을 타일렀다.

"내가 그만 깜빡하고 냉장고에 넣고 온 걸 잊었어. 저녁에 먹으려고 했던 건데 말이야."

"맛이 더럽게 없을 것 같은 고기더군 그래. 약간 큰 건 당신 남편이 먹을 거고, 작은 건 당신이 먹을 거였나?"

미치히코의 웃음소리가 들려왔다. 비웃고 있군. 차라리 화를 내거나 고래고래 고함을 지르는 게 나한테는 편한데…….

"미안해."

"뭘 미안해? 그나저나 난 내가 생각해도 한심한 놈인 것 같아. 남자가 돼 갖고 고깃덩어리를 앞에 놓은 채 질투를 했으니 말이야. 그런데 당신은 입으론 이러니저러니 말하면서 남편과 따뜻한 가정을 꾸리고 있나 보지? 내 말이 틀린가? 솔직히 그런 생각을 하니까 미치겠더군. 결국 나 혼자만 괴로워하고 있는 거지 뭐. 정말 난 한심하기 짝이 없는 놈이야.”

“괴로워하고 있는 건 당신뿐만이 아니야. 나도…….”

마야코는 인기척을 느끼고 재빨리 수화기를 막았다. 환갑을 지난 듯한 할머니가 약국 안으로 들어갔다.

“여름엔 개도 안 걸린다는 감기에 덜컥 걸려 버렸지 뭐유.”

할머니의 목소리는 노인답지 않게 우렁찼다. 분위기로 보아 할머니와 여자 약사는 아는 사이인 것 같았다.

“감기는 계절하고 상관없어요. 공기가 워낙 탁해서 여름에도 누구나 걸리기 쉬워요.”

마야코는 두 사람의 말소리가 들리지 않도록 몸을 돌린 채 수화기에서 손을 떼었다.

“나도 괴로워. 그러니까 고기를 놓고 간 것 갖고 자꾸 나를 몰아세우지 마.”

“내가 지금 그깟 고깃덩어리 때문에 몰아세운다고 생각해? 한마디로 말해서 당신은 교활한 여자야. 난 당신에게 모든 계획을 털어놓았는데 당신은 요리조리 발뺌하며 도망갈 궁리만 하고 있어. 내 말이 틀려?”

“그런 식으로 날 곤란하게 만들지 마. 그러잖아도…….”

마야코는 다시 수화기를 막았다. 약국 안에서 할머니의 웃음소리가 크게 들려왔기 때문이었다.

“아니, 이게 젊은이들이 화장실에서 쓰는 스프레이라는 거예요? 정말 요즘 젊은이들은 재미있는 걸 갖고 다니네요.”

미치히코는 이미 할머니의 웃음소리와 함께 거리의 소음을 들은 모양이었다.

"당신은 지금 공중전화로 전화하고 있나 보지?"

"그래."

"남편한테는 어디에 간다고 둘러댔을까? 남편이 자는 동안 살그머니 빠져나왔나? 아니, 그렇진 않았겠지. 벌써 잘 리는 없을 테니까……. 어쨌든 당신은 지금 남편 몰래 전화를 하는 건데, 그게 얼마나 비열한 짓인 줄이나 알아?"

"안다면? 대체 당신은 내가 어떻게 하길 바라는 거야?"

마야코는 문득 미치히코를 몰아붙여서는 안 된다고 생각했다. 그렇게 해보았자 불리한 쪽은 그녀 자신이었다. 그녀는 가련한 목소리로 애원하듯 덧붙여 말했다.

"알려 줘, 내가 어떻게 하면 좋을지."

그러나 미치히코는 마야코의 애원을 차갑게 거절했다.

"그런 건 스스로 알아서 결정해!"

그는 화가 난 나머지 수화기를 내팽개친 모양이었다. 금속이 부딪힐 때 나는 날카로운 소리에 이어 전화가 끊겼다.

마야코는 약국 앞을 서성거렸다. 다시금 할머니의 목소리가 들려왔다.

"이 약을 먹으면 금방 나을까요? 아무튼 아들 부부가 모처럼 오라고 했으니 어서 빨리 감기가 나아야 할 텐데……."

마야코는 집으로 가기 위해 무거운 걸음을 옮겼다. 그러다 음식 재료를 사지 않았음을 깨닫고 발길을 돌렸다. 그녀는 역 반대 방향에 있는 편의점으로 향했다. 그녀의 기분은 발걸음만큼이나 무거웠다.

　어쩌면 난 소중한 것을 잃어버릴지도 몰라. 조금 전 수화기를 통해 들은 남자의 말이 그녀의 뇌리에 생생하게 떠올랐다.

　'결국 나 혼자만 괴로워하고 있는 거지 뭐. ……당신은 아주 교활한 여자야. ……그런 건 스스로 알아서 결정해!'

　미치히코의 폭언은 마야코의 손톱까지 마비시켰다. 그는 나를 원하기 때문에 질투하며 괴로워하는 거야. 그래, 분명해. 지금까지 이렇게 나 때문에 질투를 한 남자는 없었어. 그리고 이 정도로 격렬하게 나를 원한 남자도 없었고.

　끈적끈적한 공기가 마야코의 목덜미를 휘감았다. 마치 사람들에게서 정기를 뽑아내는 듯한 여름밤이었다.

　기회는 지금밖에 없어. 지금 이 순간을 놓치면 모든 것이 끝나는 거야. 지금이야말로 내 인생에서 가장 하고 싶었던 일을 할 때라고. 마야코는 그렇게 중얼거리면서 걸음을 재촉했다.

　소녀 시절의 그녀는 맨발로 불 속으로 뛰어드는 것 같은 충동적인 사랑을 동경했고, 그것이 진정한 사랑이라고 생각했다. 그리고 남자와 여자는 무언가 거대한 힘에 떠밀리듯 하여 순간적으로 끌어안는다고 여겼다. 그런데 어른이 되자 전혀 그렇지 않다는 사실을 깨달았다.

　남자는 충동에 사로잡힌 척하면서 여자를 침대 위에 쓰러뜨리지만, 그러기 2시간 전에 하나하나의 장면을 떠올리며 입가심을 한다. 여자도 마찬가지이다. 충동에 의해서, 혹은 어쩔 수 없이 남자의 품에 안기는 것 같으나 실은 그렇지 않다. 그것은

아침에 집을 나서기 전 속옷을 고르는 것만으로도 능히 짐작할
수 있는 사실이다. 얼마 전까지 마야코 자신도 그렇게 하지 않
았는가. 그러나 지금의 그녀는 소녀 시절에 동경했던 것처럼,
그리고 TV 드라마의 주인공처럼 충동에 충실하려고 한다. 아울
러 선택된 자의 한 사람으로서 거대한 힘에 이끌리려 하고 있다.

마야코는 미리 빠져나갈 구멍을 만들어 놓기로 마음먹고 공
중전화기 앞에 섰다. 그러고는 자기 집 전화번호를 눌렀다.

"여보세요? 나예요."

그녀는 짐짓 빠른 어조로 말했다.

"갑자기 중요한 일이 생각났어요. 오늘 밤 친구 셋과 만나기
로 했는데, 그걸 깜빡 잊고 있었지 뭐예요. 약속 장소가 시부야
니까 잠깐 얼굴만 내밀고 오면 얼마 걸리지 않을 거예요. 혹시
조금 늦더라도 기다리지 말고 피자라도 시켜 먹어요. 알았죠?"

그녀는 고이치가 대꾸하기도 전에 재빨리 수화기를 내려놓
았다. 아무래도 어설프기 짝이 없는 핑계 같았지만, 달리 방법
이 없었다. 어차피 '충동에 사로잡힌 여자'가 완벽할 수는 없을
터였다. 게다가 그녀는 완벽한 변명을 할 경우 '충동에 사로잡
힌' 마음에 불순물이 섞일 듯한 기분이 들었다.

마야코의 걸음은 점점 빨라졌다. 마침 택시가 눈에 띄었다.
그녀는 재빨리 손을 들어 택시를 세웠다.

"될 수 있는 대로 빨리 가 주세요."

마야코는 목적지를 대자마자 운전사를 다그쳤다.

아파트 문이 열렸다. 미치히코가 얼굴을 내밀었다. 그는 눈을 동그랗게 뜨고 마야코를 바라보았다.

"아니, 웬일로⋯⋯."

"당신이 화를 내서 급하게 달려온 거야."

마야코는 그렇게 말하고 미치히코의 가슴에 얼굴을 파묻었다. 그는 잠시 주저하다가 양팔로 그녀를 끌어안았다.

"그것 때문에 왔어?"

"그래. 난 무슨 방법을 써서라도 이곳으로 와야 한다고 생각했어."

두 사람은 한참 동안 키스했다. 그녀는 조금 전 남편에게 전화한 사실조차 까맣게 잊고 있었다.

"그런데 그 고기는 어떻게 했어?"

그녀가 입술을 떼고 물었다.

"고기? 쓰레기통에 버렸어."

"버렸다고? 아깝게 왜 버려? 그거 굉장히 비싼 거란 말이야. 당신이 구워 먹든지 하지 그랬어."

어느새 마야코는 여유를 부리고 있었다.

"그걸 내가 왜 먹어? 칼로 마구 난도질하다가 히스테리를 부리는 것 같아서 그만뒀던 건데."

미치히코는 충분히 화를 낼 만한데도 사뭇 부드럽게 말했다. 그래, 이 남자는 내가 자기 팔 안에 있으니까 이렇게 말하는 거야. 정말 오기를 잘했어.

"쓰레기통은 어디에 있어?"

그녀는 그의 팔을 살짝 밀어내고 부엌으로 향했다.

"고기에 대한 미련은 그만 버리지 그래."

미치히코는 그렇게 말하면서도 말리지 않았다.

부엌은 남자가 혼자 사용하는 곳치고는 깨끗하게 정돈되어 있었다. 하지만 싱크대 안에는 몇 시간 전 마야코가 마셨던 커피잔이 그대로 놓여 있었다. 그녀는 초록색 잔에 묻은 진한 핑크빛 루즈를 발견하고 빙긋 웃었다. 플라스틱 쓰레기통은 싱크대 바로 옆에 놓여 있었다. 그녀는 쓰레기통을 넌지시 바라보았다. 백화점 포장지가 마구 구겨진 채 뚜껑 사이로 얼굴을 내밀고 있었다.

몹시 화가 나서 힘껏 내던진 모양이군. 내 주위에 이런 남자는 없어. 나로 인해 이 정도로 화를 내는 남자는 없다고. 마야코의 눈에는 미치히코가 무척이나 믿음직스럽게 보였다.

그녀는 무언가 말을 하려다 입을 다물었다. 말이 나오지 않았다. 무슨 말이든 입 밖으로 내놓는 순간 거짓으로 변할 것 같은 기분이 들었다. 이런 기분을 숭고하다고 표현하면 어떨까? 마음이 충만할 대로 충만하여 전혀 흔들리지 않는, 그래서 아무 말도 할 수 없는 기분이야말로 숭고한 것이 아닐까?

쓰레기통에서 풍기는 썩은 냄새를 맡으면서도 마야코는 숭고한 기분에 젖어 있었다. 문득 '영혼' 이라는 말이 그녀의 뇌리에 떠올랐다. 그녀는 남편을 포함하여 몇몇 남자와 사귀었고, 그들의 몸과 마음을 사랑했다. 그러나 결코 그들의 영혼은 사랑하지 않았다. 마음과 영혼은 서로 닮은 것 같지만 전혀 그렇지 않다. 마음은 가끔씩 노출할 수 있다. 하지만 영혼은 너무 깊은 곳에 있어서 드러나지 않는다. 그래서 그 존재를 아는 사람이 많지 않다.

"나 이제 마음을 정했어."

마야코는 미치히코의 손을 잡았다.

"그러니까 나한테 용기를 줘."

"좋아."

두 사람은 마치 TV 드라마의 주인공들처럼 행동했다. 우선 앞으로의 일에 대해서 진지하게 의논하기 시작했다.

사랑을 속삭이는 추상적인 행위에서 구체적인 행위로 옮겨가는 것은 금방 실감이 나지 않았다. 마야코는 마치 남자와 함께 피크닉 계획을 세우는 듯한 기분을 느꼈다. 그녀는 잠시 소녀 시절에 친구들과 합숙했던 일을 떠올렸다. '공통의 목적'을 가지는 것은 클럽 활동을 하는 중학생이나 고등학생들뿐이라고 생각했는데, 그렇지 않았다.

미치히코가 커피를 끓여 와 그녀에게 건넸다. 그녀는 그것을 지극히 당연한 듯 받아 들고 한 모금 마셨다.

"마야코, 당신이 남편에게 이혼을 요구한다고 해도 결코 순조롭진 않을 거야. 그는 어떤 잘못도 저지르지 않았어. 게다가 헤어질 마음도 없기 때문에 마야코 혼자만 나쁜 사람으로 몰리게 될 거야."

미치히코는 마치 수십 차례 이혼을 해 본 사람처럼 말했다.

"그럴 수도 있겠지."

"차라리 처음부터 변호사에게 의뢰하는 게 어떨까? 우리 어머니에게 부탁하면 이 방면에 능통한 변호사를 소개해 줄 텐데 말이야."

미치히코의 어머니는 집안일이나 아이를 돌보는 가정부를 소개하는 회사를 경영하고 있었다. 그것은 기업이라고 불러도 좋을 정도로 제법 덩치가 큰 회사였고, 그의 어머니는 그 방면에서 선두주자격인 존재였다. 그녀는 평범한 가정부뿐만 아니라 교육을 잘 받은 간호사를 부잣집 아이들 돌보는 일에 파견하기도 하여 상당한 재산을 모았다. 미치히코가 전혀 돈이 되지 않는 음악 평론 따위를 할 수 있는 것도 그런 어머니 덕분이라는 것을 마야코는 최근에 알았다.

"난 마야코와 결혼할 수 있다면 어떤 일이든 할 수 있어. 돈을 들여서라도 할 수만 있다면 마다하지 않겠어. 위자료를 청구 받을지도 모르지만, 그렇게 해서라도 결말이 나면 다행이지. 그렇지 않고……."

"잠깐!"

마야코가 외쳤다. 그녀는 '위자료'라느니 '청구'라는 말을 들은 순간 심장이 떨려 숨을 쉴 수 없었다. 어쩌면 이 남자와 나는 남편의 살인 계획까지 세우게 될지도 몰라. 마야코는 '그렇지 않고' 다음에 나올 미치히코의 말이 그런 끔찍한 계획을 뜻하는 것이 아닐까 싶어 두려웠다. 그래서 그녀는 그의 말에 쐐기를 박았다.

"난 당신에 대해서 남편에게 말할 생각 없어."

"뭐? 아니, 그게 무슨 말이야?"

"어디까지나 성격이 맞지 않아 헤어지는 걸로 하고 싶어. 내게 곧 결혼할 상대가 있는 걸 남편이 알게 되면 복잡해져."

"흥, 비겁하군."

미치히코는 그녀의 눈을 뚫어질 듯 바라보며 비웃었다.

"결국 남편을 속이겠다는 얘기인데, 그건 말도 안 돼. 왜 속여? 나라면 떳떳하게 말할 거야. 돈을 주게 돼도 어쩔 수 없어. 변호사에게 의뢰해."

"이건 돈 문제가 아니야. 내가 말하고 싶은 건……."

마야코는 갑자기 혼란스러웠다. 그녀는 자신의 감정을 솔직하게 드러내면 미치히코가 화를 낼 것이라고 생각했다.

"말하고 싶은 게 뭐야?"

"그러니까 위자료를 지불해야 한다든가 그런 게 아니라……, 그 사람을 슬프게 하고 싶지 않아. 내게 애인이 있으니까 헤어져 달라는 식으로 말하면……."

"바보 같은 소리 그만해!"

미치히코의 표정에는 패자에 대한 승자의 여운이 감돌고 있었다.

"어차피 알게 될 텐데, 뭘 어쩌자는 거야? 여자는 이혼해도 6개월이 지나지 않으면 재혼할 수 없다는 까다로운 법률이 있는 것 같지만, 난 그런 건 상관 안 해. 당신과 하루라도 빨리 결혼해서 이태리로 가고 싶은 생각밖에 없어. 어차피 그렇게 하면 당신 남편은 모든 걸 알게 될 거야. 그러니까……."

"그렇긴 하지만 두어 달이라도 남편이 모르는 편이 좋아. 그러는 쪽이 그 사람에게 상처를 덜 주는 거라고 생각해. 나로 인해 상처받을 걸 생각하면 그가 불쌍해."

마야코는 그렇게 말하면서 다른 생각을 품고 있었다. 물론 고이치가 불쌍하다는 것은 거짓말이 아니었지만, 그녀 자신도 초라해지고 싶지 않았던 것이다.

그녀의 주위에는 이혼한 친구들이 몇몇 있는데, 여자 쪽에 애인이 생겨 문제가 되는 경우는 거의 없었다. 대부분 남자 쪽의 불륜이 이혼의 원인이었다. 결국 이혼할 경우 마야코는 친구들에게 희귀한 존재로 비칠 터였다.

새로운 남자가 생긴 바람에 냉큼 남편과 헤어져 당당하게 기뻐하는 여자도 있을지 모르지만 대개 그런 여자는 성장 과정이 나쁘거나 세상 물정에 어둡거나 둘 중 하나이다. 그러므로 마야코가 숨쉬고 있는 세계에서 그런 여자의 이혼은 대단한 스캔들감이 된다. 친구들은 어떨지 몰라도 마야코의 부모는 딸의 이혼으로 매우 부끄러워하고 슬퍼할 것이다.

마야코는 주변 사람들에게 다음과 같이 둘러대기로 마음먹었다.

어떻게 해서든 남편과 살려고 애썼는데, 마음처럼 되지 않아서 헤어지게 되었다. 헤어진 직후 내게 위로와 격려를 해 주는 남자를 만났다. 처음에는 의지할 수 있는 친구라고 생각했다. 그런데 어느 날 그가 프로포즈를 했다. 나는 너무 갑작스러운 일이라서 놀라지 않을 수 없었다. 물론 재혼을 생각하지 않은 것은 아니지만 그가 자꾸 재촉하는 바람에 우선 함께 살기로 했다. 더구나 그는 이태리 볼로냐 대학에 연구원으로 가게 돼 있어서 당장 붙어 있을 수밖에 없었다.

그런 식으로 꾸민 이야기를 모든 사람들이 믿지는 않을 것이다. 반 정도만 믿어도 큰 수확이다. 문제는 그럴 듯한 명분이다. 명분만 그럴 듯하면 나머지 사람들도, 그리고 마야코 자신도 쉽게 납득할 수 있을 것이다.

마야코는 아름다운 불륜을 원했던 것처럼 아름다운 이혼을 하고 싶었다. 사람들의 입에 올랐을 때 경멸당하거나 조롱당하지 않는 남자와 여자의 이야기를 만들고 싶었던 것이다. 물론 그런 이야기는 마야코 혼자서 만들 수 없을 터였다.

마야코는 미치히코를 가만히 쳐다보았다. 분명히 잔뜩 화가 나 있는 얼굴이었다. 어떤 식으로 말해야 좋을까?

"그러니까 결국……."

미치히코가 벌레 씹은 표정을 지은 채 입을 열었다.

"당신은 아직 남편에게 미련이 있다는 얘기군."

"그런 건 아니야."

"뭐가 아니야? 그런 게 아니라면 어째서 슬프게 하고 싶지 않다느니 불쌍하다느니 하는 따위의 말을 하지? 미련이 있으니까 그런 말을 하는 거잖아?"

"그런 게 아니라고 말했잖아? 난 말이야, 복잡하게 만들고 싶지 않아. 당신이 아까 말한 것처럼 남편은 어떤 잘못도 저지르지 않았어. 난 그런 남편에게 헤어져 달란 말을 하려는 건데,

왜 자꾸 긁어 부스럼을 만들려고 해? 당신은 독신이라서 잘 모르겠지만, 갑자기 그런 요구를 하는 건 결코 쉬운 일이 아니야. 어렵고 그만큼 두려운 일이라고. 아침에 웃으면서 커피를 함께 마신 상대에게 저녁에 느닷없이 헤어지자는 말을 하기가 쉽겠어? 어렵기 때문에 내가 이렇게 흔들리는 거야. 난 매사를 당신처럼 마음 편하게 생각할 수 없어.”

“당신이 흔들리는 건 그만큼 당신이 교활하기 때문이야.”

“뭐라고?”

“솔직히 말해 당신은 날 감쪽같이 숨겨 놓으려고 신경을 쓰고 있잖아? 안 그래? 오늘 당신이 행한 짓 좀 생각해 봐. 당신은 당신 생일을 위해 스테이크용 쇠고기를 두 조각 샀어. 큰 것은 남편 몫, 작은 것은 당신 몫으로 말이야. 그런데…….”

“그 얘기는 그만해! 왜 걸핏하면 그 얘기를 꺼내는 거야?”

어떤 곤란한 일이 있어도 결합하겠다는 남자와 여자가 아웅다웅 싸울 경우, 대개 그 어리석음을 깨닫는 쪽은 여자이다.

“이제 그만 좀 해. 그렇잖아도 난 지칠 대로 지친 상태야. 금방이라도 머리가 터질 것 같다고. 제발 부탁이니까 더 이상 날 괴롭히지 마.”

“괴롭히려는 게 아니야.”

미치히코는 마치 악기를 조율하듯 목소리의 톤을 바꾸었다.

“단지 마야코가 자꾸 고집을 부려서 화가 났던 거라고.”

그는 양손으로 마야코의 볼을 감쌌다. 그러고는 살짝 입을 맞추었다. 그것은 지금까지의 키스와 달랐다. 그녀는 어느새 그와 가족이 된 듯한 기분을 느꼈다.

"당신이 나와의 일을 남편에게 밝히고 싶지 않다면 그래도 좋아. 그 대신 한 가지 약속해 줘. 오늘 밤 돌아가는 즉시 남편에게 헤어지자고 말하겠다고 말이야. 그럴 수 있지?"

"그건 무리야."

마야코는 소리 내어 울고 싶었다. 남편이 불쌍하고, 앞으로의 행동이 마음에 걸리고, 미치히코가 두려웠기 때문이었다.

"당신은 자유 직업을 갖고 있는 사람이라서 잘 모르겠지만, 샐러리맨한테는 아무 때나 중대한 발표를 해선 안 돼. 일요일 밤에 그런 얘기를 꺼낼 경우 당사자는 한 주가 시작되는 월요일부터 우울한 하루를 보내게 된다고."

"그래서?"

"금요일이나 토요일까지 기다려. 그때 가서 말할 테니까."

"지금 누구 놀리는 거야? 대체 언제까지 이런 식으로 시간을 질질 끌 생각이지? 말해 봐!"

미치히코는 다시금 폭군으로 변했다.

"내 사정 좀 헤아려 줘."

"웃기는 소리 그만해. 당장 오늘 안으로 남편에게 말해. 알았어? 당신이 말하지 않으면 내가 말할 거야."

마야코는 울상을 짓고 있었다. 하지만 그녀의 마음은 표정과 달랐다. 이 남자의 거침없는 말은 나에 대한 애정과 질투에서 나온 것임에 틀림없어.

마야코는 택시를 탔다. 모퉁이를 돌자 늘 그 자리에 서 있는 빌딩과 공원이 보였다. 그녀는 몇 차례 심호흡을 했다. 익숙한 공기가 가슴 깊이 스며들었다. 집으로 돌아간다는 것은 곧 현실로 돌아가는 것을 의미할 터였다. 낯익은 풍경을 대한 순간 마야코는 꿈에서 깨어난 듯한 기분을 느꼈다.

나는 도대체 어디에서 무엇을 하고 오는 것일까? 연극 연습이라도 하고 오는 길일까? 그녀는 미치히코와 격렬하게 다툰 끝에 섹스를 했다. 그것은 연극의 세계이기 때문에 가능한 일이었다. 평범한 사람은 객석에서 그런 세계를 구경한 후 흡족한 마음으로 귀가할 터였다. 마야코 역시 지금까지 그렇게 해 왔다. 노무라로부터 시작된 다른 남자와의 정사는 한 편의 연극이었다. 휴식 시간조차 없이 그녀를 긴장으로 몰아넣은 연극이었던 것이다.

그녀는 연극이 끝날 때마다 무대 뒤에서 화장을 고치고 남편이 기다리는 집으로 돌아갔다. 그러나 앞으로는 그렇게 할 수 없을지도 모른다. 미치히코와 결혼한다는 것은 생활과 무대가 하나가 되는 것이다. 따라서 더 이상 돌아갈 장소는 없다.

아니야, 이것은 내가 바라는 게 아니야. 내 인생에서 이런 일은 일어날 수 없어. 마야코는 택시의 뒷좌석에 몸을 기댄 채 고개를 저었다. 그래, 어쩔 수 없어. 미치히코와 헤어지는 수밖에 없다고. 그녀는 입술을 깨물었다. 그때 그녀의 내부에서 다른 목소리가 용기를 내어 생각을 바꾸라고 요구했다. 이 상태로 주저앉으면 마야코 너는 네가 그토록 싫어했던 생활로 돌아가 버려. 이미 내친걸음이니까 계속 가야 돼.

운전석에 붙은 라디오에서 '잠시 전해 드리는 말씀 후 계속하겠습니다' 라는 사회자의 목소리가 마야코의 귀에 들려왔다. 그것은 묘한 여운을 남기는 목소리였다. 일단 CM으로 중단된 것은 아무런 가치가 없다. 계속해서 진행하지 않으면 가치를 잃는 것이 세상에는 무척 많다. 그럼에도 대부분 사람들은 그것을 알지 못한다.

마야코의 결혼생활에 미치히코라는 CM이 끼어들었다. 그 자극적이면서도 즐거운 순간을 맛본 마야코에게 '잠시 후 계속되는' 방송은 지루해서 견딜 수 없었다.

그래, 지루한 거야. 마야코는 남편을 떠올렸다. 그는 나를 지루하게 했어. 그것 외에도 그가 저지른 죄는 많아. 나를 안으려고 하지 않은 죄, 소심하고 재미없는 남편인 죄, 시어머니에게 찰싹 달라붙어서 시키는 대로 한 죄…… 아, 그를 미워할 수 있다면 얼마나 좋을까? 마야코의 고민 중에서 가장 큰 것은 비록 멀리하고 싶어도 남편을 미워할 수 없다는 것이었다.

그를 미워할 방법은 없을까? 아니, 있을 거야. 오늘 밤 그는 나를 의심하면서 화를 낼지도 몰라. 저녁을 마련하기 위해 음식 재료를 사러 나간다더니 갑자기 친구들을 만나겠다고 하지를 않나, 저녁을 배달시켜서 먹으라고 하지를 않나…… 그런 아내를 의심하지 않을 남편은 이 세상에 없을 거야. 결국 의심을 품으면 화를 내게 되어 있고, 그러면 그를 조금이라도 미워할 수 있겠지. 마야코는 남편이 화를 낼 경우에 대비해서 일종의 보험을 든 셈이었으나, 지금에 와서 생각하니 후회가 되었다. 아예 전화를 하지 말았어야 했는데…….

아무튼 내가 돌아가면 고이치는 화를 내면서 나를 용서하려고 하지 않을 거야. 제발 그렇게 했으면 좋으련만. 만약 그가 화를 내면 나도 덩달아 그래야만 해. 서로 미워할 경우에도 일종의 룰이 있다. 아무리 어느 한쪽이 화를 내며 날뛰어도 상대방이 잔잔한 호수처럼 동요하지 않으면 싸움이 일어나지 않는다. 상대방이 거칠어질 대로 거칠어져야 싸움이 일어나고 증오의 감정도 움트는 것이다.

마야코는 일부러 소리를 내어 문을 열었다. 인기척 대신 TV 소리가 들려왔다. 심야 방송을 진행하는 젊은 여자의 웃음소리로 인해 방 안 가득 평화로운 분위기가 감돌고 있었다.

고이치는 TV를 켜 놓은 채 소파에서 자고 있었다. 마야코는 테이블 위에 놓인 맥주캔과 먹다 남은 도미노 피자를 본 순간 이마를 찡그렸다. 남편의 지나친 순종에 화가 났던 것이다. 자신의 운명이 바뀔지도 모르는 마당에 내가 말한 대로 피자를 주문해서 먹고 태평하게 잠을 자고 있다니…….

마야코는 남편의 얼굴을 물끄러미 내려다보았다. 고이치는 잠을 잘 때조차 입을 벌리는 법이 없었다. 그 점이 그의 장점이라면 장점이었다. 마야코는 지금까지 단 한 번도 입을 벌리고 자는 남편을 본 적이 없었다. 그는 항상 단정하게 입을 다물고 잤다.

저 입술을 잃어도 좋아? 그녀는 자신에게 물었다. 좋아. 대답은 이미 정해져 있었다. 그것을 잃는 것은 아깝지만 그녀가 절실하게 바라는 것은 다른 남자의 입술이었다. 그녀는 두 남자의 입술을 소유한 상태에서 공평하게 사용하려고 했는데, 한 남자의 입술이 완강하게 거부했던 것이다.

마야코는 소파의 팔걸이에 걸터앉아 남편의 얼굴을 더욱 자세히 들여다보았다. 지극히 평화스러운 표정이었다. 이 남자는 불리한 입장에 처해 있다. 그렇다. 상대 남자는 고이치의 존재를 알고 있다. 어쩌면 얼굴까지 알고 있을지도 모른다. 그러나 고이치는 상대 남자를 알지 못한다. 알기는커녕 그 존재조차 깨닫지 못하고 있다. 결국 고이치는 미치히코에 대해 전혀 모르기 때문에 그와 싸우게 될 경우 패배할 것이다.

"아니, 언제 왔어?"

고이치가 눈을 가늘게 뜨고 물었다.

"미안해요."

마야코는 반사적으로 그렇게 말했다.

"저녁 함께 먹지 못해서……. 약속이 있는 줄 몰랐어요."

"믿어도 돼?"

고이치는 약간 기분 나쁜 표정을 지었다.

"당신 오늘 좀 이상해. 저녁식사를 스테이크로 할 거라고 하더니 택시 안에다 놓고 내렸다고 하질 않나, 음식 재료를 사러 간다고 하더니 느닷없이 친구들과의 모임에 가야 한다고 하질 않나……. 당신 너무했다고 생각지 않아?"

"미안해요. 나도 오늘 왜 그렇게 정신이 없었는지 모르겠어요. 정말 미안해요."

마야코는 사뭇 다정하게 말했다. 역시 그런 말투가 효과적이었다.

"됐어. 사과하는 의미에서 커피나 끓여 줘."

"알았어요."

모든 것이 평온한 고요 속으로 잠겨 들려는 순간 전화벨이 울렸다. 마야코는 호흡을 멈췄다. 나를 못 믿어서 전화를 걸었군. 미치히코로서는 자신의 계획을 하루라도 빨리 실행에 옮기고 싶겠지만, 그러면 그럴수록 마야코의 부담만 가중되었다. 그는 나와의 약속을 어겼어. 그러나 약속을 어긴 쪽은 미치히코가 아니라 마야코일지도 모를 일이었다.

전화벨은 좀처럼 멈출 기미를 보이지 않았다.

"대체 누구지? 이 시간에 전화를 걸 사람이 없는데……."

고이치가 얼굴을 찡그리며 중얼거렸다. 그는 이내 TV 옆의 탁상시계 쪽으로 고개를 돌렸다. 시계는 12시 15분을 가리키고 있었다.

마야코는 슬그머니 전화기를 바라보았다. 그만큼 전화하지 말라고 부탁했는데……. 그는 나를 신용하지 않고 있어. 일을 만들어 내가 남편에게 헤어지자는 말을 하게 하려는 거야.

작년에 산 무선 전화기는 소리가 아주 부드럽고 맑았다. 하지만 오늘 밤의 그것은 투박하고 거칠었다. 마치 악의를 품고 있는 것 같았다.

저 하찮은 기계가 이제 곧 내게 인생을 바꾸라고 요구할 거야. 빨리 남편과 헤어지라고 재촉해댈 거라고.

몇 번이나 단단히 각오했는데도 불구하고 마야코의 마음은 흔들리고 있었다. 어째서 미치히코는 기다리지 않고 재촉해대는 것일까? 다이빙대에 선 사람도 빨리 뛰어내리라는 재촉을 받으면 갑자기 겁을 먹고 뒷걸음질을 치는 법인데……. 이런 식으로 해야만 직성이 풀리나? 좋아, 일단 어떻게 나오는지 받기나 해보자.

　마야코는 전화기 쪽으로 다가갔다. 그녀는 일단 수화기를 들고 주방으로 가서 통화를 해야겠다고 생각했다. 미치히코의 목소리를 직접 남편이 듣게 할 수는 없기 때문이었다. 그런데 그녀가 막 수화기를 집으려는 순간 고이치가 제지하고 나섰다.

　"그냥 놔둬."

　마야코는 남편의 날카로운 목소리에 깜짝 놀랐다. 혹시 이 남자는 모든 것을 눈치채고 있는 게 아닐까?

　"이런 시간에 걸려 오는 전화는 뻔하다고. 못된 놈들의 장난 전화야. 가만, 이런 놈들은 혼내 줘야 해."

　그는 그렇게 말하고 냅다 수화기를 집어들었다. 그의 얼굴은 분노로 일그러져 있었다. 그것은 아내의 정부와 대결하려는 자의 분노가 아니었다. 치한으로부터 아내를 지키려는 남편의 분노였다. 마야코는 숨을 죽였다. 이제부터 최악의 사태가 벌어질 터였다. 화난 목소리에 이어 급기야 서로 욕설을 퍼붓는 장면이 전개될 것이었다.

　"아니, 웬일이야?"

　고이치의 목소리에 마야코는 눈을 동그랗게 떴다. 그것은 결코 화난 목소리가 아니었다. 그의 얼굴도 더 이상 분노에 젖어 있지 않았다.

"무슨 일 있어? 이런 시간에 전화를 다 걸고……. 혹시 울고 있는 거 아니야? 그래? 응, 응……."

고이치의 말투를 듣고 마야코는 직감적으로 시어머니인 아야코에게서 걸려 온 전화라는 것을 알았다. 대개 어머니에게 찰싹 달라붙어 있는 남자일수록 둘만의 대화에서는 아무렇게나 말하는 경향이 있는데, 고이치가 그랬다. 그는 마야코와 셋이 함께 앉아 있는 자리에서는 제법 공손하게 말하다가도 자기 어머니와 단둘이 대화할 경우에는 버릇없이 굴었다.

"잠깐 기다려."

고이치는 수화기를 왼손으로 막으려다가 가슴에 갖다 댔다. 그런데 볼륨이 없는 남자의 가슴이라서 방음 효과가 있을 것 같지 않았다. 이윽고 그는 멋쩍은 표정으로 마야코를 향해 입을 열었다.

"후지사와에 사는 외삼촌이 조금 전 돌아가셨다는군."

외삼촌이라는 말에 마야코는 고개를 갸우뚱거렸다. 어떤 인물인지 얼른 생각나지 않았다. 아, 그러고 보니 결혼식 때 왔던 그 노인이군. 잘난 체하던 그 키 큰 노인……. 그래, 맞아. 얼마 전 대장암으로 입원했다고 하더니……. 그녀는 지난번 남편에게서 들었던 말을 떠올렸다.

"어머니의 단 하나뿐인 형제였는데……. 쇼크를 받으신 모양이야."

고이치는 그렇게 말하고 수화기를 재빨리 귀에 갖다 댔다.

"응……. 그래? 하지만…… 응, 응. 울지 말고 진정해……."

그는 자못 심각한 표정을 짓고 있었다.

"엄마, 나도 엄마 마음은 알지만……. 응, 응……."

고이치는 마야코가 곁에 있는 줄 모르는지 대뜸 '엄마' 라고 불렀다. 그는 '엄마' 라는 호칭도 자기 어머니와 단둘이 있을 때만 사용했다. 30대 중반의 남자가 꼬마처럼 '엄마' 라고 부르다니, 정말 한심하군. 마야코 역시 친정어머니를 그렇게 부르지만 여자는 나이와 상관없이 얼마든지 그럴 수 있을 터였다.

"그래, 엄마 기분은 잘 알아. 하지만 외숙모님은 외숙모님 나름대로 생각이 있어서 그럴 거야……. 엄마 눈엔 냉정한 여자로 보이겠지만…… 아니, 엄마가 그런 일에 신경 쓸 필요는 없잖아. 그래……, 응, 응……."

대체 언제까지 엄마 타령을 늘어놓을 셈이야? 마야코는 고이치를 경멸에 찬 눈으로 노려보았다. 그래도 그는 소파에 깊숙이 앉은 채 계속해서 '엄마' 를 불러 댔다. 아무래도 통화가 길어질 것 같았다.

마야코는 그런 남편의 모습이 보기 싫어 욕실로 들어갔다. 전화벨 소리에 긴장했던 탓인지 어깨가 뻐근했다. 그나마 미치히코가 아니어서 천만다행이지 뭐. 그녀는 그렇게 중얼거리며 세면대 앞에 선 뒤 재빨리 상의를 벗었다.

거울에 비친 그녀의 살결은 무척 아름다웠다. 마야코는 세면대의 거울 앞에 설 때마다 자신의 살결에 반하곤 했다. 유방은 그대로 드러날 때보다 이렇게 살짝 브래지어에 가려져 있을 때가 훨씬 매혹적으로 보이겠지? 그녀는 홀린 듯 가슴을 바라보다가 브래지어를 약간 밑으로 내렸다. 마치 말을 걸려는 듯 유두가 고개를 들었다. 흐음, 참 귀엽게 생겼군. 그런데 저 남자는 이렇게 귀여운 것을 오랫동안 독점해 왔으면서 왜 그토록 귀여워해 주지 않았을까? 그래, 저 남자는 이 아름다운 유방을 오랫동안 방치해 왔어. 그뿐만이 아니야. 저 남자는 내 몸을 거들떠보지도 않았어. 여자의 몸은 남자의 손길에 의해 생명과 정열을 지니게 되는 법인데, 저 남자는 관심조차 기울이지 않았던 거야.

"엄마, 걱정하지 말고……. 그래. 응, 응……."

고이치의 목소리가 문과 벽 틈으로 들려왔다. 순간 마야코는 분노를 느꼈다. 저 남자는 언제까지 자기 '엄마'와 이야기를 할 작정이지? 아예 밤을 샐 모양이군. 아아, 싫다 싫어. 마야코는 머리를 세차게 흔들었다. 그녀가 가장 듣기 싫은 것은 남편과 시어머니의 이야기 소리였다. 고이치는 자기 어머니한테 매몰차게 말하면서도 가끔씩 어린아이처럼 응석을 떨곤 했다.

"그러니까 엄마는 외숙모한테 아무 말도 해서는 안 돼. 알았지? 응, 그래……. 엄마, 냉정하게 생각해. 아쉽지만 지금 상태에선 참으란 말이야. 응, 응……. 엄마가 무슨 얘기든 꺼내면 일이 커진다니까. 응, 응……. 엄마, 밤샘엔 우리도 갈게……."

모자의 대화는 좀처럼 끝날 것 같지 않았다. 이제 끝났는가 싶으면 '엄마'를 시작으로 지겨운 대화가 이어지곤 했다.

"엄마 기분은 잘 알아. 엄마는 외삼촌과 사이가 좋았으니까……. 그럼 알지. 나이가 들어서 형제를 잃으면 누구나 괴로 워한다는 거……."

아아, 당장 뛰쳐나가서 수화기를 빼앗을 수만 있다면 얼마나 좋을까? 마야코는 입술을 지그시 깨물었다. 그녀가 면 셔츠와 청바지를 갈아입고 화장까지 지웠는데도 모자의 대화는 여전히 끝나지 않고 있었다.

"응, 응……. 그럼 내일 그쪽으로 갈 테니까 그때까지 기다려. 성급하게 일을 처리하려 들면 안 돼. 알았지? 응……. 그래, 그래. 엄마도 잘 자."

드디어 끝났군. 마야코는 소파 뒤에 선 채 살그머니 한숨을 쉬었다. 고이치가 고개를 돌렸다. 그는 마야코를 보자마자 마치 고자질을 하다가 들킨 아이처럼 어색하게 웃었다.

"어머니가 굉장한 쇼크를 받으셨나 봐."

고이치는 전화할 때보다 더욱 수다스럽게 말했다.

"하긴 하나밖에 없는 형제가 죽었으니 오죽하겠어. 쇼크를 받을 만도 하지. 그래서 그런지 외숙모에 대한 욕을 마구 하시더군. 외삼촌 앞으로 돼 있는 연금이 상당한데도 요코하마의 지저분한 싸구려 병원에 입원시켰다는 둥, 변변히 간호도 해 주지 않았다는 둥 하며 울어대는데 정말 미칠 뻔했어. 외숙모와 어머니는 나이가 비슷해서 그런지 영 사이가 좋지 않아. 그런 마당에 장례식을 외숙모가 자기 마음대로 치르겠다고 나오니 얼마나 억울하겠어. 어머니 입장에서 보면 사랑하는 오빠를 두 번 빼앗긴 기분일 거야. 장례식은 외숙모와 이종 사촌형이 맡는다고 했대. 어머니는 그게 못마땅한 거지. 외숙모와 이종 사촌은 지독한 구두쇠인데, 어머니는 그런 모자가 장례식을 대충 치를까 봐 무척 걱정하고 계셔. 아무튼 모레 후지사와에 가서 밤샘을 해야 할 거 같으니까 그렇게 알고 있어. 어쩌면 당신도 어머니의 지겨운 푸념을 듣겠지만 그렇더라도 꼭 참아 줘."

"난……."

마야코가 말했다.

"밤샘 같은 건 가지 않을래요. 가고 싶지 않아요. 겨우 한 번밖에 만난 적이 없는 외삼촌인데, 그분이 죽었다고 나까지 갈 필요가 뭐 있어요. 난 안 갈래요."

"뭐?"

고이치가 멍청하게 입을 벌렸다. 마야코는 남편의 입술을 뚫어지게 바라보았다. 저 입술이 조금 전 수백 번이나 '엄마' 하고 끈적거리게 발음했던 것이군. 마야코는 두 번 다시 남편의 입술 사이로 흘러나오는 '엄마'라는 소리를 듣고 싶지 않았다.

"대체 무슨 소리를 하는 거야? 어머니의 한 분밖에 없는 형제가 돌아가셨는데 가지 않겠다니, 그게 말이나 돼."

"말이 되든 안 되든 난 안 가겠어요."

"어째서 안 가겠다는 거야?"

좋아. 이쯤에서 말하자. '안 가겠다'라는 말 뒤에 '당신과 안 살겠다'라는 말을 하면 자연스러울 테니까. 마야코는 그렇게 생각하고 잠시 뜸을 들였다가 입을 열었다.

"난 당신과 헤어질 거예요."

상상했던 것보다 훨씬 쉽게 말이 나왔다. 그런데 그녀의 표정은 왠지 침울했다. 너무 서둘렀나? 그녀는 엉뚱한 글이 인쇄된 시험지를 수험생에게 배부한 교사처럼 멋쩍어했다. 시험지를 받아든 수험생이 웃으며 말했다.

"밤샘하러 가자는 말이 그렇게도 화낼 만한 일이야? 그렇게도 가고 싶지 않아?"

"밤샘에도 가고 싶지 않지만⋯⋯, 어쨌든 난 당신과 헤어지고 싶어요."

"허어 참, 기가 막히는군. 이런 상황에 농담을 해도 유분수지⋯⋯."

고이치는 마야코의 얼굴에서 시선을 떼고 TV 화면을 쳐다보았다. 화면에는 이국적인 풍경이 펼쳐져 있었다. 고이치는 소파에 몸을 비스듬히 기댄 채 느긋한 자세를 취했다. 마야코의 말을 진심으로 받아들이지 않고 있음에 틀림없었다. 그렇지만 입술을 꼭 다물고 있는 것으로 보아 기분이 매우 불쾌한 모양이었다. 이윽고 그의 입술이 열렸다.

"정이나 밤샘하러 가고 싶지 않으면 그렇다고 할 것이지 협박까지 할 건 뭐야? 가고 싶지 않으면 가지 않아도 돼."

마야코는 끓어오르는 분노를 삼켰다. 이 남자는 아무것도 모르는군. 헤어지자는 말을 엉뚱하게 해석하다니⋯⋯. 그녀는 좀더 확실하게 말했다.

"난 당신과 헤어질 생각이에요. 이건 진심이라고요."

"네, 네, 알았습니다."

고이치가 TV 쪽을 향해 고개를 끄덕이며 말했다.

"헤어져 달라면 언제라도 헤어져 주겠습니다. 당신 마음대로 하세요."

이 남자는 내 말을 여전히 건성으로 받아들이고 있군. 마야코는 전에 헤어지자는 말을 남편에게 했었는지 곰곰이 생각해 보았다. 분명히 그렇게 말했던 적이 있었다. 부부 싸움 중 몇 번인가 무심결에 내뱉곤 했던 것이다. 하지만 그때의 '헤어지자'는 지금의 '헤어지자'와 소리의 질이나 뉘앙스가 전혀 달랐다. 이 남자는 왜 그 점을 깨닫지 못하는 것일까?

마야코는 표현을 바꾸어 보기로 했다.

"난 이제 이런 생활 더 이상 참을 수 없어요. 이런 식으로 40이 되고, 50이 된다고 생각하면 미칠 것 같단 말예요. 그래서 당장 이혼……."

"당신 머리가 어떻게 된 거 아니야?"

"그래요. 정말로 머리가 이상해졌어요. 이런 지겨운 생활을 하다 보니까 그렇게……."

"그만해!"

고이치의 얼굴이 갑자기 험악해졌다. 마치 다른 사람의 얼굴 같았다. 그는 좀처럼 화를 내지 않았다. 그러나 일단 화를 내면 삽시간에 얼굴색이 변했다. 게다가 어린아이가 그린 서툰 그림처럼 눈썹까지 치켜 올라갔다.

"듣자 듣자 하니까 이젠 별소리를 다 하는군. 당신 그렇게 잘난 여자야? 대체 지금까지 당신이 뭘 잘했다고 그런 식으로 말해?"

고이치는 욕설을 할 줄도 몰랐다. 욕설을 해도 가정교육을 잘 받은 사람답게 점잖은 것만 골라서 했다. 그리고 그것마저 혀가 잘 돌지 않는지 서툴게 발음했다.

"당신은 친척들에게 아주 냉담했어."

그는 거칠게 한숨을 토해 낸 뒤 계속해서 말했다.

"옛날부터 우리 친척들을 끔찍하게도 싫어하고 제대로 사귀려고도 들지 않았어. 당신은 결혼하고 나서 단 한 차례도, 그리고 단 한 사람도 이 집에 초대한 적이 없었어. 내게는 소중한 외삼촌이야. 최근 몇 년간 제대로 뵙지도 못했지만 내가 어렸을 땐 나한테 무척 잘해 주셨어. 그런 분이 돌아가신 거야. 그런데 나 몰라라 할 수 있어? 밤샘은 물론이고, 당장 달려가야 당연한 거 아니야? 상갓집엔 친척이 아니더라도 가서 도와주는 게 세상인심이야. 그런데 그게 하기 싫어서 이런 식으로 나와? 그것 때문에 토라져서 이혼이다 뭐다 시끄럽게 구는 거야? 대체 당신은 어떤 신경을 갖고 있는 여자야?"

아무래도 헤어지자는 말을 꺼낼 시기가 아니었다고 마야코는 생각했다. 그래, 어쩌면 나는 어떤 신경도 갖고 있지 않은 무신경한 여자일지도 몰라. 남편이 시어머니와 오랫동안 통화한 바람에 용기를 냈던 것이지만, 친척이 죽은 마당에 이혼 이야기를 꺼낸 것은 적절하지 못한 행동이었어.

그러나 여기에서 기가 꺾여서는 안 돼. 여기에서 물러나면 과거에 그랬던 것처럼 흐지부지되고 말 거야.

"어쨌든······."

마야코는 비장의 카드를 꺼내듯 엄숙하게 말했다.

"난 당신과 헤어질 거예요."

"좋아. 당신이 하고 싶은 대로 해."

고이치는 TV를 끄고 나서 마야코를 똑바로 쳐다보았다. 그의 눈은 분노와 증오심으로 이글거리고 있었다.

"내일이라도 이혼 서류를 갖고 와. 그럼 그 자리에서 당장 도장을 찍어 줄 테니까."

고이치는 사뭇 냉정하게 말하면서도 묘한 여운을 남겼다. 어딘지 모르게 여유 있는 표정이었다. 아마 그는 엄포를 놓을 셈으로 그렇게 말했을 터였다. 앞으로 사나흘 동안 이 같은 냉랭한 상태가 이어지다가 결국 일상의 애매함에 모든 것이 유야무야되리라고 생각하겠지. 그래, 틀림없어. 이 남자는 그렇게 생각하고 있다고. 하지만 이번에는 결코 그렇게 되지 않을 거야. 어디 한번 두고 보라고.

이제부터 전쟁이 시작되는 거야. 그래, 전쟁······. 이것이야말로 전쟁이지. 마야코는 아랫입술을 지그시 깨물었다.

제8장

운명

마야코는 숙면 끝에 평소와 마찬가지로 자명종 소리를 듣고 눈을 떴다. 의외였다. 어제와 조금도 달라지지 않은 아침이었다.

그녀는 출근 시간이 자기보다 약간 빠른 고이치를 염두에 두고 커피를 탄 다음 프라이팬에다 계란을 풀어놓았다. 한편 고이치는 넥타이를 맨 채 토스터로 구운 빵에 순식물성 마가린을 바르고 있었다.

두 사람은 어젯밤 심한 말다툼을 했는데도 불구하고 여느 때처럼 담담했다. 그래도 마야코의 눈에 비친 고이치는 심기가 몹시 불편한 것 같았다. 그는 그녀가 건넨 커피잔을 받아 테이블 위에 난폭하게 내려놓고 아무 말 없이 빵을 씹었다. 빵을 쥐고 있는 그의 엄지와 검지에 마가린이 묻어 있었다. 그는 젓가락질만큼이나 손으로 음식을 쥐고 먹는 것이 서툴렀다. 빵 속에 든 마가린이 녹아서 테이블 위로 뚝뚝 떨어졌다.

이윽고 그는 스틱 슈거를 신중하게 뜯은 다음 커피잔을 향해 거꾸로 세웠다. 눈처럼 하얀 설탕이 거무스름한 커피 속으로 녹아들었다. 아마 이 남자는 어젯밤의 말다툼도 설탕처럼 녹아들었다고 생각하겠지. 마야코는 물끄러미 고이치를 바라보았다.

마침내 그가 입을 열었다.

"오늘은 일찍 돌아올게."

그는 그렇게 말하고 TV 화면 속의 젊은 아나운서를 바라보는 척했다.

"부서의 회식이 있긴 하지만 적당히 기회를 봐서 8시까지는 돌아오도록 하지."

마야코는 한차례 어깨를 으쓱거렸다. 그녀는 태연한 척하면서도 속으로 기회를 엿보고 있었다. 무슨 일이 있어도 평소의 아침처럼 그냥 흘려버려서는 안 돼. 그녀는 그렇게 생각하고 재빨리 말했다.

"일찍 돌아온다니 다행이군요. 어젯밤에 했던 얘기를 계속할 수 있으니……. 오늘 밤엔 차분하게 얘기하자고요."

"뭘 얘기하자는 거야?"

"몰라서 물어요?"

"너, 아침부터 왜 이래?"

간혹 분노가 폭발할 때 고이치는 마야코를 '당신' 대신 '너'라고 불렀다. 그것이 그가 알고 있는 가장 더러운 호칭이었다.

"대체 어쩌자는 거야? 응? 너, 아침부터 기분 망치는 소리를 해야만 직성이 풀려?"

"아침이니까 아무 말도 하지 않으려는 거야. 오늘 밤에 얘기할 생각인데, 왜 아침부터 화를 내고 그래?"

마야코도 거칠게 말했다.

"화 안 나게 생겼어!"

고이치는 마치 깨뜨리기라도 할 것처럼 커피잔을 냅다 내려놓았다. 예쁜 꽃무늬가 박힌 그것은 마야코가 친구한테 결혼 선물로 받은 것이었다. 그 친구는 작년에 이혼했다. 신혼의 달콤한 기분에 젖은 여자에게서 이제 막 결혼한 마야코에게 건네진 그 두 개의 커피잔은 행복의 바통 같은 것이었다.

"아침부터 꼭 이래야만 하는 거야? 제발 더 이상 화나게 하지 말았으면 좋겠어."

위는 셔츠에 넥타이를 매고, 아래는 파자마 바지를 입은 고이치의 모습은 무척이나 우스꽝스럽게 보였다. 좀 더 꼴사나운 모습을 보여 주면 좋을 텐데 하고 마야코는 생각했다. 그가 결점이 많은 남자로 보이면 보일수록 그녀는 그를 깨끗이 단념할 수 있고, 보다 유리한 입장에서 공격할 수 있을 터였다.

"사람을 들볶아도 정도가 있지……."

고이치는 그렇게 투덜거리며 침실로 들어갔다. 잠시 후 난폭하게 옷장 문을 여는 소리가 들렸다. 저 남자는 일부러 저러는 거야. 마야코는 문득 귀찮은 기분이 들었다. 화를 내는 남자에게 대응하는 것만큼 피곤한 일이 또 있을까 싶었다. 남자가 화를 내면 주변의 공기마저 차가워지는 것일까? 마치 독소를 품

311

은 것 같은 냉기가 침실에서 거실의 테이블까지 전해져 오는 듯
했다.

　여기에서 물러나면 안 돼. 마야코는 그렇게 중얼거렸다. 그
러고 나서 침실을 향해 외쳤다.

　"어쨌든 오늘 밤 얘기해요! 알았어요!"

　아무런 반응이 없었다.

　대개의 경우 회장은 10시 반이 지나서야 집무실에 나타났
다. 근처의 호텔 수영장에서 수영을 하고 오기 때문이었다. 3년
전, 어느 잡지의 '나의 취미'라는 코너에 수영 팬티를 입은 그
의 모습이 실린 적이 있었다. 그는 고교 시절부터 수영이 특기
중의 특기였다고 자랑하곤 했다.

　마야코는 시계를 바라보았다. 정확히 10시 7분이었다. 그녀
는 자리에서 일어났다. 회장이 읽을 신문을 정리하고, 빵을 굽
기도 하면서 오늘 할 일을 준비하기 위해서였다.

　그녀가 막 신문을 펼쳤을 때 전화벨이 울렸다. 미치히코에게
서 걸려 온 전화임에 틀림없었다. 회사 간부들은 회장이 아직
수영장에 있다고 생각할 터였다. 그렇지 않아도 회장은 이렇다
하게 할 일이 없는 사람이라서 아침부터 전화를 걸어 올 사람이
없었다.

　"여보세요? 나야."

　역시 미치히코의 목소리였다.

　"안녕."

마야코는 그렇게 말해 놓고 후회했다. 꼴사납게 '안녕'이 뭐야? 그냥 '여보세요'라고 하면 되는 걸…….

"아저씨는 아직 오지 않았겠지? 아마 이 시간엔 수영장에 있을 걸."

"잘 아네."

"예전에 두 번 정도 스포츠클럽에 따라간 적이 있어. 함께 수영을 했는데, 자유형이건 평형이건 내가 훨씬 빨랐지. 그러자 아저씨 반응이 어땠는지 알아? 나이 값도 못하고 마구 화를 내더라고."

미치히코는 회장에 대해 가까운 사람만이 사용할 수 있는 무례한 말투로 떠들었다. 이윽고 그는 명랑한 말투로 바꿔 질문을 던졌다.

"얘기했지?"

"뭘?"

마야코는 일부러 시치미를 뗐다.

"남편한테 말이야."

"응, 집에 들어가자마자 얘기했어."

"뭐래?"

"그건…… 갑자기 당신 얘기를 꺼내면 놀랄 거잖아. 진심으로 받아들이지도 않을 거구."

"그럼 헤어지자는 말은?"

"했어."

"그랬더니?"

"진심으로 여기지 않았어."

"흥."

미치히코는 대뜸 콧방귀를 뀌었다.

"결국 당신이 서툴게 말해서 그랬군. 맞지, 내 말?"

"그렇지 않아. 난 진지하고 정확하게 말했어. 덕분에 싸움까지 벌어졌다고."

"아니, 당신이 말하는 투는 항상 달콤해. 과격한 말을 할 때도 어딘가 묘한 여운을 남기곤 한다고. 당신이 정나미가 뚝 떨어지도록 말했다면 그는 절대 그렇게 나오지 않았을 거야. 안 그래?"

"아침부터 그런 식으로 힐난하듯 말하지 마. 그러잖아도 어제 일로 힘들어 죽겠어."

"미안, 미안. 내가 잘못했어."

더할 나위 없이 제멋대로인 미치히코는 순식간에 더할 나위 없는 상냥한 애인으로 변했다.

"어젯밤 마야코가 제대로 말하고나 있는지 걱정이 돼서 난 잠을 잘 수 없었어. 정말 걱정됐다고."

"날 믿어."

'믿어'라고 발음한 순간 가벼운 통증이 마야코의 혀를 스쳤다. 어젯밤 시어머니에게서 남편한테 전화가 걸려 오지 않았더라면, 나는 어떻게 했을까? 아마 아무것도 말하지 않았으리라. 중대한 일일수록 때와 장소, 그리고 우연에 의해서 얼마든지 변동될 수 있는 것이다.

"오늘 밤 내 아파트로 와. 여러 가지 상의할 게 있으니까."

"안 돼, 그건."

마야코는 딱 부러지게 거절했다. 그녀는 미치히코와 각기 다른 공기를 들이마시고 있는 듯한 기분을 느꼈다. 함께 붙어 있을 때는 전혀 그런 기분이 들지 않았다. 미치히코는 그녀가 다른 남자의 아내이고, 직장에 와 있다는 사실을 전혀 깨닫지 못하는 모양이었다.

"왜 안 된다는 거야?"

"남편이 일찍 귀가한다고 했어. 그래서 나도 일찍 들어가야 된단 말이야. 어제 하던 얘기를 마저 하기로 했다고. 그런 마당에 어떻게 내가 당신 집에 갈 수 있겠어? 안 그래?"

"그건 그렇군."

미치히코는 의외로 고분고분하게 나왔다.

"당신 혼자만 싸우게 해서 정말 미안해. 그렇다고 내가 나설 수도 없고……. 역시 내가 나설 수는 없겠지?"

"그야 당연하지."

"조금만 더 힘내. 우리 두 사람을 위해서니까."

음악을 애호하는 사람답게 미치히코의 목소리는 아주 매력적이었다. 적당한 깊이에 알맞은 무게를 지닌 목소리였다. 그녀는 목소리만 듣고도 얼마든지 그의 표정을 상상할 수 있었다. 그의 말 한 마디 한 마디가 마야코의 가슴으로 절절하게 스며들었다. 그녀는 가슴이 뭉클한 나머지 눈물을 흘릴 뻔했다.

어쩌면 미치히코는 그녀를 상대로 연극을 할지도 모를 일이었다. 그러나 연극을 할지라도 그의 말은 지금 상황에 아주 잘 어울렸다. 마야코는 문득 남편에게 이혼을 요구하는 여자와 그 정부가 다정히 이야기를 주고받는 장면을 떠올렸다. 그녀는 최근의 두어 달 동안 TV 드라마 속에 들어가 있었다.

"힘내. 당신 곁엔 내가 있으니까."

"고마워."

"사랑해."

"나도."

마야코는 만족한 미소를 지으며 수화기를 내려놓았다.

이혼 이야기를 하는 자리에서 저녁은 무엇을 먹는 게 좋을까? 마야코는 집으로 돌아가는 전차 안에서 곰곰이 생각했다.

평소의 경우 고이치는 거의 집에서 저녁식사를 하지 않았다. 늦게 퇴근하는 날이 많기 때문이었다. 마야코 역시 마찬가지였다. 그녀는 대개 친구와 만나 밖에서 먹든가, 그렇지 않으면 집에서 과자나 샐러드 같은 간단한 것을 먹었다. 두 사람이 함께 저녁식사를 하는 경우는 고작해야 주말뿐이었다.

마야코는 고이치가 일찍 돌아온다고 했기 때문에 싫든 좋든 저녁을 준비해야만 했다. 물론 그렇게 할 경우 고이치도 곁에서 거들 터였다. 곧 헤어질 부부가 다정하게 고기를 굽고 테이블에 접시를 놓는 등의 일을 할 수 있을까? 그것은 상상만 해도 매우 재미있는 일이었다. 그렇지만 그런 일은 흔하지 않은 만큼 쉽게 이루어질 수 없을 터였다.

차라리 시켜 먹는 게 낫지 않을까? 마야코는 집에 있는 음식점 리스트를 떠올렸다. 피자는 어제 그가 주문해서 먹었고, 40분 이내에 배달되는 생선 초밥은 맛이 없고, 돈카스 역시 그럴 테고…….

마야코는 이리저리 궁리하다가 고개를 저었다. 이 상황에 음식 따위로 고민할 건 뭐야. 내가 왜 저녁까지 챙겨야 해? 나는 남편에게 이별을 고하는 비일상적인 행위를 하려는 거야. 그런데 저녁식사라는 지극히 일상적인 고민을 어째서 하냐고? 안 그래? 그녀는 자신에게 물었다. 그래, 고민할 필요 없어. 어차피 이혼 이야기를 꺼낼 자리니까 될 대로 되라는 식으로 나가자고.

고이치는 약속과 달리 꽤 늦게 돌아왔다. 마야코는 한가한 직장에서 근무하기 때문에 얼마든지 일찍 귀가할 수 있지만, 고이치는 그렇게 하고 싶어도 못 할 터였다. 그만큼 처리해야 할 업무가 많았던 것이다.

현관이 열린 것은 9시가 조금 넘어서였다. 고이치는 감색 여름 양복을 입고 있었다. 그 양복은 현관의 불빛에 의해 아주 밝고 세련되어 보였다. 마야코는 의아스런 눈으로 그를 바라보았다. 이혼 이야기를 나눌 자리에 저런 옷을 입고 올 수 있을까?

고이치는 검정 서류가방을 테이블 위에 놓았다. 소리가 날 만큼 거칠게 가방을 놓는 것으로 보아 기분이 몹시 나쁜 모양이었다.

"뭐 먹을래요?"

마야코는 '잘 다녀왔어요?'라는 평소의 인사 대신 대뜸 그렇게 물었다. 단지 배가 고팠기 때문이었다. 고이치는 아무런 대꾸도 하지 않았다.

"먹고 왔어요? 그럼 그렇다고 말해요. 먹었어요, 안 먹었어요?"

고이치는 여전히 묵비권을 행사했다. 마야코는 배고픔을 참을 수 없어서 거칠게 내뱉었다.

"왜 갑자기 꿀먹은 벙어리가 된 거야? 먹고 왔느냐고 물었잖아?"

"시끄러워!"

고이치가 매서운 눈초리로 소리를 질렀다. 눈빛으로 판단하건대 그 역시 저녁을 먹지 않은 것 같았다.

"잔업을 하는 사람이 언제 뭘 어떻게 먹겠어? 몰라서 묻는 거야?"

고이치의 시선이 테이블 주변에 머물러 있었다. 실망하는 눈빛이 역력했다. 젓가락 받침대 하나 놓여 있지 않은 테이블을 보고 그가 어떤 생각을 할지는 물어보지 않아도 뻔했다. 아무것도 없는 테이블은 아내인 마야코의 마음을 그대로 투영하고 있었다. 어쩌면 그는 접시가 가지런히 놓여 있는 화해의 식탁을 기대하고 일부러 빈속으로 귀가했을 것이다.

"그럼 시켜서 먹을까요?"

마야코는 짐짓 부드럽게 물었다.

"당신 어제 피자를 먹었으니까 오늘은 생선 초밥을 시킬게요."

마야코는 생선 중에서도 가장 맛없고 흔해빠진 것으로, 작년에 유행한 루즈색을 닮은 검붉은 참치와 투박하게 생긴 방어를 생각하면서 횟집에 전화를 걸었다.

이윽고 그녀는 생선 초밥 2인분을 주문하고 나서 고개를 돌렸다. 고이치는 정적에 둘러싸인 채 소파에 걸터앉아 있었다. TV도 켜지 않고, 양복조차 갈아입으려고 하지 않았다. 그저 그녀만을 물끄러미 바라볼 뿐이었다.

마야코는 잠자코 앉아 있기가 거북해서 넌지시 말을 걸었다.

"아마 손님이 많은 모양이에요. 한 시간 정도 걸린다는데, 그때까지 참을 수 있어요?"

고이치는 표정조차 바꾸지 않은 채 침묵을 지키고 있었다. 마치 말을 하지 않기로 작정한 사람 같았다. 마야코는 은근히 초조했다. 이대로 가다가는 어제와 똑같아질 거야. 머뭇거리지 말고 말해야 돼. 그녀는 소파 앞으로 천천히 다가갔다.

"저, 어젯밤 일 생각해 봤어요?"

마야코는 자신이 무대 위에 홀로 서서 독백하는 여배우라고 생각했다. 그래도 어쩔 수 없었다.

"당신에겐 너무 뜻밖의 일이겠지만, 나로선 더 이상 참을 수 없어요. 난 이대로 늙어 가는 건 정말 싫어요. 사는 맛을 느낄 수 없어요. 하루라도 빨리 이런 삶 정리하고 다시 시작하고 싶어요. 새롭게 시작하고 싶다고요."

'새롭게 시작하고 싶다'라는 말을 꺼낸 순간 마야코의 뇌리에 미치히코의 얼굴이 떠올랐다. 안 돼. 지금 그를 생각해서는 안 된다고.

"난 이제 겨우 서른셋일 뿐이에요. 얼마든지 다시 시작할 수 있다고 생각해요. 난 이대로는 싫어요. 정말 싫다고요. 이대로 살다간 언젠가는 당신을 미워하게 될 거예요."

그런 식의 표현은 아주 좋았다. 마지막까지 좋은 여자로 남고 싶은 그녀의 바람과 딱 맞아떨어졌다. 그러나 고이치는 여전히 아무런 반응을 보이지 않았다.

"뭐라고 말 좀 해 봐요, 네? 당신이 잠자코 입 다물고 있으면 아무런 진전도 없어요."

고이치가 소파에서 일어났다.

"어디 가요? 얘기하기로 했잖아요? 난 당신과 헤어지고 싶어……."

"시끄러워!"

문득 마야코의 뺨으로 매서운 바람이 지나간 것 같았다. 그녀는 반사적으로 뺨을 만졌다. 아팠다. 그녀가 맞았다는 사실을 깨닫기까지 대략 3, 4초가 걸렸다.

그것은 그녀가 태어나서 처음으로 받은 충격이었다.

"지금 날 때린 거예요?"

마야코는 뺨을 꾹꾹 눌렀다. 얼얼했다. 어느새 그녀의 몸은 부르르 떨고 있었다. 결코 통증 때문이 아니었다. 그것보다 남편한테 맞았다는 사실을 감당할 수 없었기 때문이었다.

그녀는 볼을 손바닥으로 문질러 대면서 얼토당토않은 생각을 했다. 대개 이런 경우 남편한테 뺨을 맞은 여자는 어떻게 맞설까? 부모에게도 맞은 적이 없다며 남편에게 대들까? 내가 언제 부모한테 이렇게 맞은 적이 있었나?

마야코의 부모는 자식들을 부드럽고 인자하게 대했다. 따라서 그녀는 부모한테 이처럼 심하게 맞은 적이 없었다. 아니, 딱 한 번 아버지에게 맞은 적이 있었다. 중학교 3학년 여름방학 때였다. 마야코는 친구 집에서 남자 아이들과 어울려 시간가는 줄 모르고 놀았다. 그때 그녀는 처음으로 술맛을 알았고, 소위 페팅이라는 것이 무엇인지 깨달았다. 웬만큼 술과 남자에 취하다 보니 그녀는 마치 신데렐라가 된 기분이었다. 당연히 그녀의 귀가 시간은 늦어질 수밖에 없었다.

택시를 타고 집 앞에 도착했을 때, 차고 앞에 서 있는 아버지가 그녀의 눈에 띄었다. 평소에는 젊은 멋쟁이였는데, 그날따라 아버지는 낡은 카디건을 입고 있어서인지 무척이나 늙어 보였다.

"계집애가 이런 늦은 시간에 대체 어디를 싸돌아다니다가 오는 거야?"

아버지는 그 말이 끝나기가 무섭게 마야코의 뺨을 때렸다. 아마 그는 마야코의 입에서 풍기는 술 냄새를 맡았을 터였다. 어쩌면 조금 전까지 자신의 어린 딸의 가슴을 더듬었던 소년의 손 냄새까지 맡았을지도 모를 일이었다.

마야코는 계속 뺨을 문질렀다. 아버지이든 남편이든 남자가 여자를 때릴 때, 그 가슴의 밑바탕에 깔려 있는 것은 질투야. 이 남자가 미치히코의 존재를 알고 있을 리 없지만, 내게 자기 외의 남자가 있다고 생각하고 나를 때린 거지. 내 마음이 이미 어떤 남자에게 가 있다고, 그래서 자기에게 멀어진 것이라고 생각했기 때문에 분노를 느낀 거라고. 그렇지 않고는 고이치 같은 남자가 함부로 폭력을 휘두를 리 없어.

마야코는 순간적으로 거기까지 분석했다. 아마 그럴 수 있었던 것은 그녀가 승자의 입장에 서 있기 때문이리라.

"날 때렸어? 또 한 번 때려 보시지. 나한테 이럴 수 있는 거야?"

마야코는 남편을 무섭게 노려보았다. 고이치는 재빨리 시선을 돌렸다. 그는 아내를 때렸다는 사실에 무척 당황하고 있었다. 손을 어디에 둘지 몰라 안절부절못하고 있는 것이 그 증거였다.

그녀는 더욱 강하게 밀고 나갔다.

"날 때려도 된다고 생각해? 당신은 원래부터 이런 남자였어? 난 당신을 절대로 용서하지 않을 거야."

마야코는 이제 완벽한 승자였다. 지금까지 그녀는 떳떳하지 못한 점도 있어서 저자세를 취한 적도 있으나, 이로써 완전히 역전된 셈이었다. 아내를 때렸으므로 고이치는 죄를 지었다. 마야코는 이제부터 점점 강경하게 나갈 수 있다고 생각했다. 그녀는 미치히코에게 핀잔까지 들어가며 갈팡질팡했지만, 남편한테 맞은 것으로 유리한 고지를 점령했다. 이혼 문제는 의외로 쉽게 해결될 수 있을 것 같았다.

사실 그녀는 여태껏 우유부단하게 행동했다. 끈기와 의지로 계속 밀고 나아갈 자신이 없었던 것이다. 그래, 난 지금까지 어떤 보이지 않는 힘이 나를 원하는 곳으로 데려가 주지 않을까 하고 막연하게 생각해 왔어. 그런데 그 보이지 않는 힘이 이 남자가 휘두른 폭력일 줄이야…….

"난 당장 우리 집으로 갈 거야."

마야코가 말했다.

"잠시라도 이런 곳엔 머물기 싫어. 정말 지겨워."

"잠깐 기다려."

고이치는 어쩔 줄 몰라 했다. 그동안 몇 차례 싸움은 했지만, 마야코가 '우리 집'으로 간다고 한 적은 없었기 때문이었다. 그는 때린 것을 후회하고 있었다.

"사과할게. 손찌검을 해서 정말 미안해. 감정이 격한 나머지 그만 손이 올라가고 말았어."

마야코의 눈에 고이치는 마지못해 사과하는 소년처럼 보였다. 그녀는 분한 생각이 들어 아랫입술을 깨물었다. 그러고는 다시금 뺨에 손을 갖다 댔다. 여전히 얼얼했다. 이 남자는 앞으로의 일이 어떻게 되어 갈지도 모른 채 폭력을 휘두른 거야. 일의 중대성을 전혀 깨닫지 못하고 있어.

"사과할 필요 없어. 난 우리 집으로 갈 거야."

"미안하다고 했잖아. 대체 이 시간에 어디를 간다는 거야? 그러지 말고 좀 더 신중하게 얘기하자고. 지금 당신이 요코하마 집으로 돌아가면 일만 커져. 이런 일에 부모님까지 끌어들일 필요가 뭐 있어? 해결할 게 있으면 성인답게 우리끼리 해결하자고. 죄 없는 장인어른 장모님 끌어들일 생각 말고 말이야."

"흥."

마야코는 코웃음을 쳤다. 이런 일에 부모님까지 끌어들일 필요가 뭐 있냐고? 매주 본가에 가고 이틀에 한 번꼴로 자기 어머니와 긴 통화를 하는 사람이 누군데? 마야코는 속으로 남편을 비웃었다. 문득 그녀의 뇌리에 구체적인 생각이 떠올랐다. 내가 친정으로 돌아가면 일이 커질 것이고, 당연히 시어머니인 아야코가 발벗고 나설 것이다. 그리하여 우리의 부부 싸움은 바람을 만난 들불처럼 양가에 번질 것이다. 그러면 모든 것이 내가 원했던 대로 이루어진다.

"어쨌든 난 돌아가겠어."

마야코는 그렇게 말해 놓고 '어쨌든'이란 말을 남편이 잠정적인 유보의 의미로 해석하면 어쩌나 싶었다. 그래서 그녀는 다시금 선언하듯 힘주어 말했다.

"난 반드시 돌아가겠어. 당신이 부모님까지 끌어들일 필요가 뭐 있냐고 했지만, 내 생각은 달라. 난 오히려 그렇게 하는 게 이 문제를 냉정하게 해결할 수 있다고 생각해."

마야코는 침실로 들어갔다. 역시 여기는 내가 머물 데가 아니야. 이제는 그 어느 것도 꼴보기 싫어. 그녀는 침대를 바라보다 언젠가 미국 영화에서 본 장면을 떠올렸다. 남편과 싸운 여자는 집을 나가기 위해 옷가방을 침대 위에 놓고 그 안에다 옷장에서 옷걸이째 꺼낸 양복을 아무렇게나 던져 넣었다. 그렇게 하기까지 채 5분도 걸리지 않았다.

그러나 마야코는 일본 여자이기 때문에 질서 있게 행동했다. 그녀는 우선 옷장에서 루비통 여행용 가방을 꺼냈다. 그것은 결혼 전에 산 가방이었다. 이어서 그녀는 옷장 서랍을 열고 속옷 가지를 꺼내 가방의 밑바닥에 접어놓았다. 특히 진주색 슬립은 노무라와 맨 처음 불륜을 저질렀을 때 입었던 것이었다. 따라서 그것만은 란제리 케이스 속에 따로 넣어 팬티 밑에 놓았다.

마야코는 마지막으로 바지, 스커트, 블라우스 등을 넣고 가방을 닫았다. 그런 다음 가방을 다시 옷장 안에 집어넣었다. 조만간 고이치가 집에 없을 때 가방을 가지러 올 생각이었다. 설마 저 남자가 그 사이 이 가방을 뒤져보지는 않겠지? 아니, 어쩌면 뒤져볼지도 몰라. 하지만 그래도 상관없어. 어차피 불륜 사실을 눈치채지는 못할 테니까.

그녀는 침실에서 나왔다. 현관으로 가려면 거실을 거쳐야만 했다. 고이치는 소파에 앉아 TV를 보고 있었다. 복싱 시합을 중계하는지 치고받는 소리와 함께 아나운서의 흥분된 목소리가 요란하게 들렸다.

마야코는 아무 말도 하지 않은 채 그곳을 지나쳤다. 그녀가 막 현관을 빠져나와 문을 닫으려고 할 때였다. 고이치가 큰 소리로 말했다.

"대체 내가 무슨 짓을 했다고 그러는 거야?"

그것은 분노나 힐난의 목소리가 아니었다. 오히려 무척 곤혹스러워하는 목소리였다.

마야코가 친정으로 돌아온 것은 그 자체가 하나의 사건이었다. 조용한 집안에 소용돌이가 일었다. 누구보다 먼저 마야코의 어머니 교코가 딸을 설득하고 나섰다. 꽤 높은 지위에 있던 샐러리맨의 아내인 교코는 지극히 평범한 삶을 살아온 여자였다. 따라서 그녀의 말은 아무런 무게가 없었다.

"여자란 그저 참아야 하는 거야. 평탄한 삶을 살지 못하는 여자가 어디 한둘이니? 나도 지금까지 살아오면서 이만저만 고생한 게 아니야."

시코쿠에 본가를 둔 마야코의 아버지는 차남이었다. 그러므로 교코는 시집살이 같은 것을 거의 하지 않았다. 굳이 고생한 것을 든다면 남편이 외도를 했다는 정도였다. 대기업의 부장에서 조그만 자회사의 사장으로 좌천된 마야코의 아버지는 무척 소심한 사람이었다. 그럼에도 요령은 부릴 줄 알아서 여자 문제는 끝까지 잘도 숨겼다.

교코는 20년 가까이 꽃꽂이와 영어 회화 학원에 다니고 있었다. 그런 어머니의 입에서 '고생'이라는 말이 나오다니, 마야코는 좀처럼 납득할 수 없었다. 단기 대학을 졸업하자마자 곧바로 결혼한 교코는 50대인데도 불구하고 무척 젊었다. 누가 보아도 고생한 여자라고는 생각하지 않을 터였다.

"네가 그렇게 말한다면 어쩔 수 없구나. 우선 저쪽에서 어떻게 나오는지 알아나 보자. 내가 직접 네 시댁으로 전화를 걸어 보마."

드디어 내가 상상한 대로 험악한 상황이 전개되겠군. 마야코

326

는 어머니의 말을 듣고 속으로 중얼거렸다. 시어머니인 아야코나 어머니인 교코나 편안한 생활을 하고 있는 평범한 주부라는 점에서는 다를 바 없었다. 단지 마야코가 보기에 아야코는 심술궂은 데다 삐뚤어진 성격을 지닌 여자였다. 시어머니이기 때문에 그렇게 보는 것은 결코 아니었다. 아야코는 확실히 며느리인 마야코를 곱게 보지 않았다.

어쩌면 그것은 아들에게 맹목적인 사랑을 쏟아붓는 어머니가 품기 쉬운 며느리에 대한 질투심 때문이리라. 이 세상에서 가장 사랑하는 아들이, 그야말로 눈에 넣어도 아프지 않을 아들이 자기가 아닌 다른 여자와 함께 먹고 자는 것을 생각하면 당연히 질투심을 느낄 것이다. 결국 아야코는 그렇게 할 수 없기 때문에 마야코를 질투하고 불만스럽게 여기는 것이리라.

그런 면에서 보면 딸만 둘인 교코는 지극히 단순한 여자였다. 그녀는 마야코와 그녀의 언니인 루미코를 곱게 키워 시집보냈어도 사위들에 대해서 고맙게 여겼으면 여겼지 질투심이나 불만을 품지 않았다.

교코는 어떻게 해서든 둘째 딸 부부의 관계를 원만하게 회복시키기 위해서 무척 애를 썼다. 그녀는 고이치의 본가에 전화를 걸어 아야코에게 어머니끼리 협력하여 해결해 나가자고 말했다. 하지만 전화를 통해서는 아무런 진전이 없었다. 결국 교코는 고마자와에 있는 고이치의 본가로 찾아갔는데, 몹시 분개해서 돌아왔다.

"그런 시어머니라면 마야코 네가 고이치와 헤어지고 싶다는 말을 할만도 하겠더라."

"엄마한테 뭐랬는데?"

"날 보자마자 네가 제멋대로 생겨 먹은 며느리라고 그러더구나. 그리고 자기 아들이 너무 불쌍하다며 눈물까지 흘리구."

"나에 대해선 더 이상 말 안 했어?"

"왜 안 해? 결혼하고 이만큼이나 세월이 흘렀는데도 아이가 생기지 않은 게 이상하다고 하더라. 우리 집안에 몸이 약한 사람이 있는 게 아니냐는 둥, 결혼하기 전에 신중하게 조사를 해 봤어야 했다는 둥, 할 말 안 할 말 가리지 않고 마구 해대더구나. 그리고 또……."

교코는 분한 나머지 말을 제대로 잇지도 못했다. 그녀는 한 차례 심호흡을 하고 아야코가 쏟아놓은 말을 그대로 마야코에게 전했다.

'뒤늦게 이런 말을 하는 건 좀 뭣하지만, 우리 고이치에겐 놓치기 아까운 혼담이 몇 차례나 들어왔어요. 한 번은 어느 정무 차관의 딸과 혼담이 오갔죠. 그리고 은행에 다니는 아주 참하고 예쁜 아가씨도 있었는데, 고이치가 막무가내로 마야코가 좋다고 우기는 바람에 우리는 할 수 없이 그 아가씨를 포기했어요. 이런 얘기를 하면 기분이 상하시겠지만, 솔직히 우리는 마야코를 탐탁하게 여기지 않았어요. 그 앤 처음부터 붙임성 같은 거 없이 쌀쌀맞게 행동했어요. 이따금 이 집에 와도 마치 꿔다 놓은 보릿자루처럼 가만히 앉아 있기만 했죠. 난 우리 아들에게 이번 얘기를 들었을 때 드디어 올 것이 왔구나 하고 생각했어요. 마야코 같은 애라면 충분히 그럴 수 있다고 여겼으니까요. 하지만 어떻게 살림하는 여자가 제멋대로 집을 뛰쳐나갈 수 있는지 이해할 수 없군요. 아무리 세상이 변했어도 이건 너무하다고 생각지 않으세요? 좋아요, 마야코는 고이치와 살고 싶지 않아서 집을 뛰쳐나갔다고 치자고요. 하지만 우리 고이치는 대체 어쩌란 말예요? 일류 대학을 나와서 장래가 촉망되는 사람이 회사 사람들한테 이혼한 남자란 소리를 들어야겠어요? 정말 이건 해도 너무한 거 아녜요? 마야코는 일부러 고이치의 장래를 망치려고 작정한 거예요. 그렇지 않고서야 일방적으로 헤어지자는 말을 할 리 없죠.'

아야코는 숨도 쉬지 않은 채 그렇게 지껄였다고 했다.

"난 네 시어머니의 말을 듣고 생각이 달라졌어. 여자가 헤어지려고 결심하는 건 결코 쉬운 일이 아니야. 그런데 같은 여자이면서도 네 시어머니는 왜 그걸 모를까? 난 너를 탓하고 싶은 마음 없어. 오히려 네가 불쌍하게 보여 안타까울 뿐이야."

교코는 그렇게 말하고 '이상(異常)'이라는 단어를 입에 담기 시작했다. 아야코의 비논리적이고 비상식적인 말은 정신 이상자가 아니고는 도저히 내뱉을 수 없는 것이라고 했다. 마야코는 어머니의 말을 듣고 곰곰이 생각을 정리했다. 어느새 두 어머니는 자식들보다 더 격렬하게 다툰 꼴이 되었다. 고이치와 나를 사이에 두고 서로 진지하게 의논하기로 했는데, 의논은커녕 두 집안의 불화만 불러일으킨 셈이다.

교코가 고이치의 본가에 다녀오고 나서 이틀 뒤 아야코로부터 전화가 걸려 왔다. 두 여자의 통화는 아주 짧았다.

"뭐래?"

교코가 수화기를 내려놓자마자 마야코가 물었다.

"나보고 자기 집으로 오라고 하더라."

"그래서 엄마는 뭐랬어?"

"남자 쪽이 여자 쪽으로 오는 게 당연하지 않냐고 말했어."

두 어머니는 그런 식으로 팽팽하게 대립했다. 따라서 마야코가 집을 나온 지 2주 가까이 되었는데도 모든 것은 교착 상태에 빠져 있었다.

"대체 어떻게 된 거야?"

마야코가 친정에 온 지 16일째 되는 날, 그녀보다 두 살 위인 루미코가 찾아왔다. 둘은 한때 방뿐만 아니라 화장품, 생리대, 심지어 남자 친구까지 공유했을 정도로 사이가 좋았다. 물론 남자 친구를 공유했다고 해서 결코 이상한 행위를 한 것은 아니었다. 그저 열세 살 무렵의 마야코에게 루미코가 당시 사귀고 있던 고등학생 친구를 데이트 상대로 잠시 동안 빌려주었을 뿐이었다. 그렇지만 마야코는 그때 처음으로 남자와 사귀는 것이, 그리고 키스가 어떤 것인지 깨달았다. 그녀는 언니에게 그 남학생과 키스한 사실을 숨기지 않았다. 그리고 나중에 다른 남자와 첫 경험을 했을 때도 언니에게만은 사실대로 털어놓았다.

마야코와 루미코는 유치원에서 고등학교까지 똑같은 데를 다녔다. 어머니인 교코는 두 딸의 행동거지에 무척 신경을 썼다. 특히 루미코에게는 더욱 각별하게 신경 썼다. 그녀는 고등학교 시절부터 그림을 그리고 싶다고 하더니 결국 미대에 들어갔다. 그런데 대학에 들어가자마자 공부보다 남자 사귀는 일로 더 바빴다. 교코는 큰딸이 요조숙녀처럼 얌전하게 행동하다가 좋은 남자와 결혼하기를 바랐다. 그것이 그녀가 생각하는 여자의 행복이었던 것이다.

루미코는 자기에게 미술에 대한 감각이나 재능이 없다고 생각했는지 3학년 무렵 갑자기 궤도를 수정했다. 파티에서 알게 된 회사원과 결혼을 하더니 졸업조차 하지 않은 채 남편을 따라 로마로 떠났다. 그리고 얼마 뒤 그곳에서 쌍둥이 엄마가 되어 돌아와서는 잡지에다 이태리 여성에 관한 일러스트와 단문을 발표하기 시작했다. 처음에 마야코는 언니가 하는 일을 단순히 주부 아르바이트 정도로만 생각했다. 그런데 어느새 루미코는 고소득자로 변해 있었다.

루미코는 돈을 잘 버는 여자답게 온몸을 값비싼 외제로 치장했다. 이번에도 그녀는 이태리제 원피스에다 세련된 구두를 신고 나타났다. 희미하게 물들인 머리카락도 무척 잘 어울렸다. 전체적인 모습이 매우 아름다웠다. 루미코는 여전히 자신의 외모에 대해 자신감을 갖고 있는 것 같았다. 그녀는 결혼 전에 몇 차례나 프로덕션으로부터 스카우트 제의를 받곤 했는데, 아직도 그 미모 그대로였다.

"2층 방에 가서 단둘이 얘기 좀 하자."

저녁식사 후 루미코가 마야코에게 넌지시 말했다.

"엄마한테서 날 설득하라는 부탁을 받았어도 소용없어. 난 무슨 일이 있어도 남편과 헤어질 생각이니까. 언니도 나한테 이래라저래라 하지 마."

마야코는 소파에 앉자마자 그렇게 말했다. 소파 역시 결혼 전 루미코와 공유하던 것이었다. 둘은 그 무렵 저녁을 먹은 후 나란히 소파에 앉아 부모 몰래 담배를 피우곤 했다.

"난 너한테 그러고 싶은 마음 없어. 설령 네가 이혼한다고 해도 그건 어쩔 수 없는 일이라고 생각해."

루미코는 언제 갖고 왔는지 왼손에 캔맥주를 들고 있었다. 화장을 깨끗이 지운 것으로 보아 아예 하룻밤 묵고 갈 모양이었다.

"그런데 마야코 너, 나한텐 솔직하게 말할 수 있지?"

"뭘?"

"너한테 남자가 생겼지? 그래서 남편과 헤어지려는 거 아니야?"

루미코는 마야코의 눈을 뚫어져라 바라보았다.

"그래, 언니 말이 맞아. 남자가 있어. 엄마에겐 이 사실 말하지 마. 알면 시끄러워지고 복잡해질 테니까."

"그러면 그렇지. 난 너에 대한 얘기를 듣고 너한테 남자가 생겼을 거라고 생각했어. 고이치는 결코 엉뚱한 일을 저지를 남자가 아니니까. 그는 이혼 같은 것도 엄두를 못 내는 사람이라서 그가 잘못을 했다고는 생각하지 않았어. 그건 그렇고, 상대는 어떤 남자니? 처자가 있는 남자야?"

"그렇지 않아. 독신이야. 어쨌든 난 남편과 정식으로 헤어지고 나서 그와 결혼하려고 해."

"그러는 것도 나쁘진 않겠지⋯⋯. 하지만 이 점만은 분명히 생각하고 넘어갔으면 좋겠어. 우습게 여길지 모르지만 결혼한 여자에게 남자와 남편은 달라. 남편이 아닌 남자는 책임감 같은 걸 느끼지 않아. 오로지 재미 볼 생각만 한다고. 그렇기 때문에 달콤한 말을 하기도 하고, 상냥하게 대해 주기도 하는 거야. 결국 내 얘긴 그때만 좋을 뿐이란 거지. 결코 함부로 믿어선 안 돼. 내 말 무슨 뜻인지 알아?"

"난 그 남자를 믿고⋯⋯. 어차피 이렇게 된 마당이니 어쩔 수 없어."

마야코는 그렇게 말하고 언니를 가만히 바라보았다. 나는 그 남자를 만나기 전에도 또 한 남자와 관계를 가졌어. 그러니까 이중 불륜을 저지른 셈이지. 물론 남자들은 책임감을 느끼지 않는 상태에서 쾌락만을 추구하기 때문에 달콤한 말을 하기도 하고, 상냥하게 대해 주기도 한다고 생각해. 하지만 아무려면 어때. 나는 나한테 달콤한 말을 하고 상냥하게 대해 주는 남자가 좋아. 나는 오래전부터 그런 남자를 원했어. 마음속으로 간절히 원했다고. 그리고 마침내 그런 남자를 만났고 만족했던 거야. 그런 남자 없이 무슨 재미로 살아갈 수 있겠어. 언니는 남자 품에 안기거나, 남자에게서 사랑한다는 말을 듣거나, 키스를 받지 않은 채 살아갈 수 있다고 생각해? 아마 이 세상 어느 아내든 그런 것이 없으면 살 수 없을 거야.

이튿날은 토요일이었다. 마야코는 느지막이 일어나 머리를 감고 정성껏 말렸다. 그녀는 남편과 헤어진 뒤 약간 웨이브진 헤어스타일로 바꿨다. 거기에다 옅은 갈색으로 물을 들이고 싶었으나 비서라는 직업상 아무래도 남 눈에 거슬릴 것 같아서 그만두었다. 비록 한직에 있는 회장이기는 하지만 찾아오는 손님이 더러 있는 데다 그녀 자신이 다른 부서에 직접 문서를 전달하는 경우도 많았다.

마야코는 머리 염색을 못 한 대신 매니큐어를 칠하는 데 정성을 쏟았다. 지금까지는 주로 분홍색과 오렌지색을 칠했으나, 오늘은 왠지 흰색을 칠하고 싶었다. 그녀는 콧노래까지 흥얼거리며 매니큐어를 칠했다. 고이치와 생활할 때는 손톱 손질을 해도 어딘지 모르게 쫓기는 기분이었다. 그런데 결혼 전 사용했던 친정의 자기 방에 와 있어서 그런지 느긋한 기분이 들었다. 사실 그녀의 친정에는 천천히 매니큐어를 발라도 그녀를 나무랄 사람은 아무도 없었다.

"뭐 해?"

마야코는 루미코의 목소리를 듣고 고개를 돌렸다. 루미코는 잡지를 손에 든 채 엉거주춤 서 있었다. 막 화장실에서 나온 모양이었다. 자기 남편 앞에서도 저렇게 추레한 모습으로 서 있을까?

"옷이나 좀 단정하게 입어. 지저분하게 그게 뭐야?"

마야코는 대뜸 언니를 핀잔했다.

"얘, 친정이 좋다는 게 뭐니? 아무렇게 해도 흉볼 사람 없겠다 편안하니까 좋은 거지. 가만, 그렇게 말하는 너도 그다지 단정해 보이지 않는데 뭘. 펑퍼짐하게 앉아서 매니큐어를 바르는 폼이 영락없이 40대 아줌마 같다 얘."

루미코는 그렇게 말하고 큰 소리로 웃었다. 마야코도 덩달아 웃었다.

"마야코, 한 가지 충고해 두겠는데 이제부터 조심해서 행동해. 별거 중인 여자는 미행당할 수가 있어. 남자를 만나는 건 삼가는 게 좋을 거야."

마야코는 어떤 반론도 제기할 수 없었다. 그녀는 잠시 미치히코를 생각했다. 그저께였다. 기다리다 지친 그에게서 전화가 걸려 왔다. 그리고 오늘 오후에 만나기로 약속했다.

"혹시 네가 고이치를 얕보고 있다면 그건 큰 오산이야. 그는 절대 바보가 아니야. 설령 바보라 할지라도 널 수상쩍게 생각할 거야. 그러니 조심해. 이런 때일수록 함부로 남자를 만나면 안 돼. 그러다 들키면 어떻게 되는 줄 아니?"

"어떻게 되는 건데?"

"내 친구에 대한 얘기를 해 줄게. 그 애도 너처럼 이혼을 앞두고 별거 중이었어. 단지 그 애의 경우는 오랫동안 이혼이 계쟁 상태에 놓여 있었다는 게 다를 뿐이지. 아무튼 그 상태에서 대학 동창회에 나갔다가 첫사랑의 남자와 재회했던 거야. 그런데 그 남자는 공교롭게도 몇 년 전에 이혼하고 혼자 살고 있었어. 결국 둘은 호텔에 드나들기 시작했지."

"그러니까 호텔에 드나들다가 남편한테 들켰다는 얘기야?"

"잠자코 내 말이나 들어. 둘이 호텔에 가기 시작했을 때와 별거 중인 남편이 흥신소에 의뢰했을 때가 거의 일치했던 거야. 정말 더럽게 운이 나빴던 거지. 5년 동안 불륜 한 번 저지르지 않은 상태에서 죽 별거를 해 오다가 막판에 첫사랑의 남자를 만난 바람에 모든 게 허사가 됐으니까. 이혼이 계쟁 중일 때 다른 남자와 바람을 피운 사실이 드러나면 어떻게 되겠어. 위자료 한 푼 못 받고 주위 사람들의 따가운 시선을 받으며 물러나야지 별 수 있느냐고. 그 친구도 그랬어. 상당한 액수의 위자료를 받기로 돼 있었는데, 몽땅 허사가 돼 버렸던 거야."

"그래도 그 여자는 그 첫사랑의 남자와 결혼했을 테니까 크게 억울할 건 없겠네 뭐. 안 그래? 솔직히 결혼했으면 된 거 아니야?"

"아니, 내가 언제 그 애가 결혼했다고 말했니? 그런 드라마 같은 일은 일어나지 않아. 어제도 너한테 말했지만, 남자가 좋아한다느니 사랑한다느니 달콤하게 속삭이는 건 오로지 재미를 보기 위해서야. 일단 재미를 본 뒤 싫증나면 언제 그랬느냐는 식이라고. 그 친구의 경우도 그랬어. 그 첫사랑의 남자인지 뭔지 하는 작자는 그 애가 별거 중이란 사실을 알고 적당히 갖고 놀 생각을 했던 거야. 그 작자는 그 애가 정식으로 이혼한 순간 도망갔어."

그야말로 꺼림칙한 이야기였다. 그렇다고 이 마당에 미치히코와의 약속을 깰 수는 없지. 마야코는 루미코의 눈치를 살피며 옷장으로 다가갔다. 갈색 카디건은 마야코의 피부색과 잘 어울렸다. 무엇보다 그것은 단추가 앞에 달려 있어서 벗기기 쉬울 터였다.

"언니는 고이치 같은 남자가 내 뒤를 조사하라고 흥신소에 의뢰할 거라고 생각해?"

마야코가 단추를 잠그면서 물었다.

"글쎄, 그거야 두고 볼 일이지."

"그는 절대 그럴 남자가 아니야. 사람을 시켜 날 미행하게 할 위인이 아니라고."

"그걸 어떻게 장담할 수 있어?"

"장담할 수 있어. 그는 절대 그렇게 하지 않아. 그가 날 특별히 신용하고 있기 때문이 아니야. 그는 사실을 알게 될까 봐 두려워서라도 그런 짓을 하지 못해. 고이치는 원래 그런 사람이라고."

"넌 정말 이혼하기로 작정한 여자 같구나. 거리낌 없이 말하는 걸 보니……. 정말로 이혼할 생각이니?"

"새삼스럽게 왜 물어? 난 정말로 이혼할 거야."

"그래? 하지만 정말로 남편과 이혼할 여자 얼굴 같지 않구나."

"내 얼굴이 어때서?"

"진정으로 이혼을 생각하는 여자는 너처럼 즐거운 표정을 짓지 않아. 심각한 표정을 짓기는 해도 말이야."

"내 표정이 그렇게 즐거워 보여?"

"거울 한번 들여다봐. 네 표정이 어떤지. 넌 지금 좋아하는 남자와 데이트하러 나가는 젊은 여자애처럼 잔뜩 들뜬 표정을 짓고 있어."

"무슨 소리야? 난 지금 심각해. 여러 가지로 고민하고 있단 말이야."

"너, 오늘 그 남자 만날 거지?"

"그래, 의논할 게 있어서 만날 생각이야."

"의논할 게 있어서 만난다고? 흥, 그런 말 누가 믿을까? 마야코, 너 솔직히 말해 봐. 넌 지금 상태를 계속 유지하고 싶은 거지?"

"지금의 어떤 상태를 말하는 거야?"

"그러니까 남편과 계속 별거하는 가운데 좋아하는 남자를 만나는 상태를 유지하고 싶은 게 아니냐 이거야."

"아니야, 그건."

"아니긴 뭐가 아니야. 정말로 남편과 헤어질 생각을 하는 여자는 너 같은 얼굴을 하고 있지 않아. 아주 심각하고 뭔가 두려워하는 얼굴을 하고 있다고. 중대한 결단을 내려야 할 때는 아무리 생각이 없는 여자라도 얼굴이 경직되어 있어. 결코 너처럼 들떠 있지 않다고. 어떻게 이혼할 생각을 하는 여자가……."

"언니, 그만해. 언니는 이혼한 적도 없으면서 뭘 그렇게 아는 체하는 거야?"

"결혼하고 10년 이상 지난 여자는 늘 이혼 연습을 하는 거야. 난 이혼은 안 했어도 남편과 헤어질 때의 기분은 몇 번이나 맛보았어."

"차라리 연습하지 말고 실제로 이혼해 보지 그래? 그러면 헤어질 때의 기분을 좀 더 생생하게 맛볼 수 있을 것 같은데……."

"아이가 있으면 하고 싶어도 그렇게 할 수 없어. 싫든 좋든 아이는 현실 그 자체니까 말이야."

"결국 아이 때문에 어쩔 수 없이 산다는 거야?"

"꼭 그런 것만은 아니지만, 어쨌든 결혼한 여자는 누구나 한 번쯤은 이혼을 생각하다가도 아이 때문에 주저앉아 버려. 어쩌면 이혼은 아이가 없는 여자의 특권 같은 걸지도 몰라."

루미코는 그렇게 말하고 잠시 사이를 두었다가 중얼거리듯 덧붙였다.

"그래, 커튼을 바꾸듯이 자신의 인생을 바꾸는 것도 나쁘진 않을 거야."

마야코는 루미코의 말을 군데군데 고쳐서 미치히코에게 전했다.

"흠, 대단히 센스 있는 언니군 그래."

미치히코는 마야코의 말에 별다른 흥미가 없는 듯 심드렁하게 대꾸했다. 그는 감각적인 남자인 만큼 추상적인 말을 이해하지 못했고, 또 이해하려고 들지도 않았다. 어쩌면 그것은 그럴 만한 여유가 없기 때문일지도 몰랐다. 그는 마야코의 단추를 푸는 데 정신이 팔려 있었던 것이다.

마야코는 불륜이란 달콤한 경험을 통해서 한 가지 사실을 깨달았다. 그것은 남자가 옷을 벗기는 방법에 따라서 자신의 몸이 다르게 반응한다는 사실이었다. 옷을 벗기는 남자의 동작과 여자의 욕망은 묘하게 얽혀 있다. 여자로 하여금 양팔을 들게 하고 허리에서부터 걷어 올려서 벗기는 방법은 바람직하지 않다. 머리 모양이 구겨지지 않았는지 신경을 쓴 나머지 여자의 욕망은 달아올랐다가도 이내 식기 쉽다. 그런대로 무난한 방법은 앞에서 벗기는 것이다. 물론 그러기 위해서는 여자의 옷이 앞에 단추가 달려 있는 것이어야 한다. 그것도 두어 개가 아니라 다섯 개 이상의 단추가 붙어 있는 옷이 좋다. 너무 빨리 벗기면 여자의 욕망이 달아오를 틈이 없기 때문이다.

미치히코는 가늘고 유연한 손가락으로 능숙하게 단추를 풀어 나갔다. 마야코는 그의 손가락을 가만히 내려다보았다. 무척이나 아름답고 섬세한 손가락이었다. 그의 손가락이 움직임에 따라서 마야코의 몸은 조금씩 흐느적거렸다.

미치히코는 섬세하면서도 능숙하게 애무를 하기 시작했다. 그는 함부로 거칠게 들어오지 않았다. 오히려 동작 하나하나가 지나치게 신중해서 시간이 꽤 걸렸다. 역시 이 남자는 달라. 제멋대로 애무를 생략한 상태에서 무턱대고 삽입하여 금세 끝내는 고이치와 다른 남자야.

드디어 미치히코의 혀가 움직이기 시작했다. 그녀는 지그시 눈을 감고 황홀한 기분에 젖었다. 그의 혀는 그녀의 목 언저리를 핥다가 미끄러지듯 아래로 내려와 유방 사이의 계곡에서 멈췄다. 마야코는 그의 머리를 부드럽게 감싸 안았다.

미치히코가 선 자세에서 몸을 약간 낮추고 유두를 빨았기 때문에 마야코는 여왕이 된 듯한 기분을 느꼈다.

"아, 정말 황홀해."

그녀는 목을 뒤로 젖힌 채 그렇게 말했다. 오랜만의 접촉이라서 그녀의 몸은 민감하게 반응했다. 그녀의 내부 깊숙한 곳에서 웅크리고 있던 욕망이 꿈틀거리기 시작했다. 그것은 다른 어느 때보다 솔직하고 대담하게 피부를 뚫고 얼굴을 내밀었다.

마야코의 입에서는 연거푸 거친 숨소리가 터져 나왔다. 숨을 쉴 때마다 그녀의 은밀한 곳은 점점 더 따뜻해지고 축축해졌다. 금방이라도 따뜻한 액체가 밑으로 뚝뚝 떨어질 것 같았다. 마야코는 흥건하게 젖은 그 부분을 미치히코에게 보여 주고 싶었다. 아마 그는 그 부분을 본 순간 반색을 하며 놀랄 터였다.

미치히코는 그녀의 유방에 얼굴을 파묻은 채 왼손을 밑으로 내렸다. 이윽고 그 손이 마야코의 팬티 속으로 미끄러지듯 들어왔다. 마야코는 허리를 약간 비틀었다. 그러나 그녀의 그것은 남자의 손가락을 환영했다. 그것은 깊숙이 들어온 미치히코의 손가락 두 개를 꽉 물고 놓아 주지 않았다.

"너무 꽉 조여서 손가락이 얼얼해."

미치히코가 웃으며 엄살을 부렸다. 마야코는 일부러 그 부분에 힘을 주었다.

마야코가 남편과 별거한 후로 그녀를 처음 안는 자리라서 그런지 미치히코는 다음 단계에서부터 성급하게 나오려고 했다. 그는 마야코의 팬티를 무릎까지 내리자마자 곧바로 삽입할 자세를 취했다. 그렇지만 똑바로 마주 선 상태에서의 결합은 쉽지 않았다. 그는 마야코의 무릎에 걸려 있는 팬티를 벗겨 냈다. 그러고는 그녀의 왼쪽 다리를 들고 몇 차례 삽입을 시도하다가 그마저 여의치 않자 이내 단념했다.

"역시 정상위가 좋겠어."

미치히코는 그렇게 말하고 마야코를 바닥에 눕혔다.

지금까지 미치히코에게 한 번도 말은 하지 않았지만 마야코는 정상위가 가장 좋았다. 남자의 몸무게를 전신으로 느낄 수 있고, 구석구석까지 밀착할 수 있기 때문이었다. 더구나 정상위에서는 허리를 자유롭게 움직임으로써 남자를 안으로 깊이 맞아들일 수 있었다. 사랑한다는 말을 하기 쉬운 것도 정상위의 장점이라면 장점이었다. 다른 체위에서는 자세가 불편하기 때문에 그런 말을 할 여유가 없었다.

"사랑해."

사정 직후 거친 숨을 몰아쉬면서 미치히코가 속삭였다.

마야코는 '나도 사랑해'라고 말하는 대신 고개를 끄덕였다.

"난 이미 마야코한테 푹 빠졌어. 이젠 빠져나오고 싶어도 그럴 수 없어."

"나도 마찬가지야."

"그런데 말이야……."

또 시작이군. 마야코는 얼굴을 찡그렸다. 미치히코는 일단 섹스가 끝나면 마야코를 상대로 푸념을 늘어놓았다. 그것이 요즘 생긴 그의 새로운 습관이었다.

"난 언제라도 이태리로 갈 준비가 돼 있어. 그런데 마야코의 이혼 문제가 확실하게 해결돼 있지 않기 때문에 답답해. 대체 언제 함께 출발할 수 있는 거야? 이젠 변호사에게 의뢰해도 되 잖아. 안 그래?"

"조금만 더 기다려. 지금은 안 돼. 절대 안 된단 말이야."

마야코는 누운 채 손을 저었다. 그 모습은 마치 죽음을 앞둔 사람이 이별을 고하는 것 같았다.

"왜 안 된다는 거야?"

"지금 양쪽 부모님이 나서서 얘기를 나누고 있는 중이란 말이야. 서로 팽팽하게 맞서 있기 때문에 얘기가 꼬이고 있긴 하지만……."

"그렇다면 오히려 잘된 거 아니야? 이런 때 밀어붙여야 한다고."

"아니야, 그렇지 않아도 꼬이고 있는 판에 당신과의 관계가 알려지면 더 복잡해져. 부탁이니까 조금만 참아. 제발 조금만 참으라구."

"꼭 신파극을 보는 것 같군."

"신파극이라니?"

"얼마 전 위성 방송을 통해 연극을 봤는데, 여자 주인공이 '조금만 참아요.' 하고 애원했어. 마야코가 눈물만 흘리지 않았을 뿐이지 그 여자가 말하는 투와 똑같아."

이 남자는 나를 은근히 비꼬고 있군. 마야코는 나지막하게 한숨을 쉬었다. 그러고 나서 그녀가 막 말을 하려는 순간이었다. 미치히코의 입에서 참으로 태평스런 말이 튀어나왔다.

"마야코, 이번 주말에 우리 대만에 가자."

"대만?"

"내가 아주 좋아하는 지휘자가……."

그는 외국인의 긴 이름을 빠르게 발음했다.

"대만에서 지휘를 한대. 신문사로부터 그의 연주를 듣고 평을 해 달라는 부탁을 받았어. 물론 비행기 티켓은 신문사가 마련해 준다고 했구."

"그래도 이 상황에 어떻게 대만까지 갈 수 있겠어? 대만은 너무 멀잖아."

"3시간 정도밖에 안 걸려. 금요일에 출발해서 일요일에 돌아오면 돼. 거긴 음식도 끝내주게 맛있어. 아무거나 먹어도 맛있다고. 거기에 가면 기분 전환도 될 거야."

"하지만……."

마야코는 말하다 말고 곰곰이 생각했다. 내가 대만에 간다고 하면 친정 부모님은 어떻게 나올까? 어쩌면 좋을 대로 하라고 말할지도 모른다. 하지만 말은 그렇게 해도 나를 곱지 않게 볼 것이다. 그렇지 않아도 부모님, 특히 어머니는 고이치 집안을 욕하느라 신경이 날카롭게 곤두서 있다. 바로 어제만 해도 어머니는 종일 시어머니에 대한 욕을 퍼부어댔잖은가? 어머니는 여태껏 심한 욕을 한 적이 없는데, 어떻게 그런 욕이 입에서 술술 나올까?

마야코는 시어머니를 향해 신랄하게 욕설을 퍼부어대는 어머니의 모습을 떠올리며 고개를 저었다. 남편과 별거한 상태에서 외국에 간다는 것은 아무래도 무리일 것 같았다.

"안 돼. 아무리 생각해도 난 갈 수 없어."

"어째서?"

"난 여권을 놔둔 채 나왔어."

"결국 여권을 당신이 살던 맨션에 두고 나와서 갈 수 없단 말이야? 그거야 가서 갖고 오면 되는 거 아니야?"

"그럴 수도 없어."

마야코는 그렇게 말하고 입을 다물었다. 자세하게 설명하는 것이 귀찮았다. 그녀는 고이치가 없는 틈을 이용하여 이미 네 차례나 맨션으로 짐을 가지러 갔었다. 짐이라고 해야 혼자서 들 수 있을 정도의 가벼운 것들이었다. 그런데 얼마 전에는 옷가지와 함께 소형 카세트 라디오를 들고 나왔다. 아니나 다를까, 그녀가 친정으로 돌아오자마자 시어머니인 아야코에게서 전화가 걸려 왔다.

"마야코, 어째서 내 아들이 번 돈으로 산 물건을 마음대로 갖고 간 거야? 그래도 되는 거야?"

마야코는 시어머니의 말에 속이 뒤집힐 것 같았다. 엄밀히 따지자면 그 카세트 라디오는 마야코와 고이치의 공동 소유물이었다. 그녀는 월급을 거의 마음대로 쓰긴 했어도 부부의 규칙에 따라 매월 일정 금액의 생활비를 내놓곤 했다. 그녀의 경우 전업 주부와 달라서 남편의 월급에만 의존하지 않았던 것이다.

"왜 그럴 수도 없다는 거지?"

미치히코가 날카롭게 물었다. 마야코는 시어머니가 청소를 하기 위해 맨션에 드나든다는 사실을 말하려다 그만두었다. 솔직히 그녀는 시어머니의 기분 나쁜 에너지가 가득 찬 그곳에는 두 번 다시 가고 싶지 않았다.

"마야코, 이태리에 언제 갈지 모르니까 대만에 가서 잠깐 구경이나 하고 오자는데 왜 자꾸 거절하는 거야? 여권을 갖고 나오는 게 뭐 그리 어려워? 누가 마야코를 잡아먹기라도 한대?"

"그건 아니지만······."

"여러 말 할 것 없어. 난 마야코와 함께 대만에 갈 거니까."

"꼭 가고 싶어?"

"그래, 꼭 가고 싶어."

"좋아."

마야코는 그렇게 말하고 자기가 살던 맨션에 어떤 방법으로 침입할 것인지 궁리하기 시작했다.

마야코는 남편과 시어머니가 없는 사이 몇 차례 더 맨션을 들락거리면서 자질구레한 것들을 조금씩 친정으로 날랐다. 짐은 언제나 종이봉투 두 개 정도의 분량이었다. 물론 트럭을 불러서 한꺼번에 옮겨다 놓을 수도 있었다. 그럼에도 마야코는 그렇게 하지 않았다. 왜냐하면 그녀는 남편과 이혼하지 않은 상태에서 애인과 만나는 현재의 생활에 만족하고 있기 때문이었다. 어째서 이혼은 죄가 되지 않고 중혼은 죄가 될까? 친정에서 빈둥거리며 남편이 아닌 다른 남자를 만나는 여자에게 법률이 너

그러울 리 없다는 것을 알면서도 그녀는 왠지 섭섭한 생각이 들었다.

한편 마야코의 심정을 알 까닭이 없는 미치히코는 그녀를 만날 때마다 불만을 털어놓았다. 그는 이태리와 대만을 들먹이며 그녀를 닦달했다. 마야코는 애인의 거친 말투에 놀라기도 하고, 두려워하기도 했다. 그러면서도 그녀는 그의 모든 언행이 자신에 대한 애정 표현이라고 생각했다.

그날도 미치히코는 회사에 있는 마야코에게 전화를 걸어 와 다그쳐 댔다. 그는 여행사에 근무하는 친구를 통해 멋진 관광지를 알아냈다며 들떠서 말하는가 싶더니 이내 여권을 갖고 있지 않은 마야코를 나무라기 시작했다.

"아니, 그동안 몇 번이나 그 집에 갔다면서 왜 그런 중요한 걸 놓고 나온 거야? 다른 것보다 여권을 먼저 갖고 나왔어야 할 거 아니야?"

"어쩔 수 없었어. 이런 상황에 해외여행을 떠난다는 게 아무래도 걸려서……."

"지난번엔 간다고 했잖아? 왜 한 입 갖고 두말해?"

"알았어. 오늘 퇴근하는 대로 가지러 갈게."

마야코는 그렇게 말하고 전화를 끊었다.

마야코는 맨션 입구에 들어서자마자 우편함을 들여다보고 우편물이 있는지 없는지 확인했다. 그녀는 우편물이 있으면 그것을 꺼내 거실의 테이블 위에 놓아두곤 했다. 그렇게 함으로써

'오늘 잠깐 다녀갔다' 라고 남편에게 알렸던 것이다.

우편함은 텅텅 비어 있었다. 그 안에는 흔해빠진 광고지조차 들어 있지 않았다. 내가 없으니까 우편물까지 줄어든 것일까? 그녀는 그렇게 중얼거리며 엘리베이터를 탔다.

그녀가 현관을 열고 들어서자 기다렸다는 듯이 침실에서 희미한 불빛이 새어나왔다. 또 불 끄는 것을 잊어버린 모양이군.

고이치는 캄캄한 방에서는 자지 못했다. 언제나 작은 등을 아침까지 켜 놓곤 했다. 그는 등을 켤 줄은 알아도 끌 줄은 몰랐다. 끄는 것을 잊어 종일 등이 켜져 있는 적이 한두 번이 아니었다. 아마 요즘은 마야코가 없기 때문에 며칠째 등을 켜 놓고 살 터였다.

마야코는 등이 켜져 있는 침실로 들어갔다. 여권은 침대 서랍 안에 사용하지 않은 카드와 함께 들어 있을 것이었다. 그녀가 막 침대 쪽으로 한 발을 내디딘 순간이었다. 그녀는 하마터면 비명을 지를 뻔했다. 침대에 남자가 누워 있었기 때문이었다. 그녀는 처음엔 남편인 줄 몰랐다. 언뜻 보아 다른 남자 같았다. 그런데 자세히 보니 익숙한 얼굴이었다. 그 얼굴이 몇 차례 찡그렸다고 생각한 순간 고이치가 눈을 떴다. 그 역시 마야코를 낯선 여자 대하듯 한참 동안 쳐다보았다.

"벌써 퇴근하고 온 거예요?"

마야코는 짐짓 태연하게 물었다. 하지만 놀라지 않은 것처럼 가장하려고 애써서 그런지 그녀의 목소리는 부자연스러웠다.

"아직 7시도 안 됐는데, 어떻게 된 거예요? 지금은 집에 와 있을 시간이 아니잖아요?"

"별걸 다 참견하고 있네."

고이치는 그렇게 말하고 누운 채 몸을 획 돌렸다. 잠옷이 아닌 셔츠를 입고 있는 점으로 보아 잠시 동안 눈을 붙일 셈이었던 모양이었다.

"뭐 하러 온 거야?"

고이치가 물었다. 목소리가 쉰 것 같았다.

"여권을 가지러 왔어요."

마야코는 그렇게 말해 놓고 흠칫했다. 자기 입에서 나온 여권이라는 말이 비수처럼 날아와 가슴에 꽂히는 것 같았기 때문이었다. 이 남자도 가슴이 뜨끔했을까?

고이치는 갑자기 기침을 하기 시작했다. 어깨가 흔들릴 정도로 심한 기침이었다.

"감기 걸렸어요?"

마야코가 상냥하게 물었다. 그래도 고이치는 대꾸조차 하지 않았다.

마야코는 침대의 서랍을 뒤져 여권을 찾아내 그것을 핸드백에 넣었다.

"잠을 자는 데 방해해서 미안해요."

그녀는 정말로 미안해서 그렇게 말했다. 고이치는 여전히 등을 돌린 채 아무런 반응을 하지 않았다. 이따금 등 너머로 기침 소리만 넘길 뿐이었다.

"이만 갈게요."

"잠깐 기다려."

그녀가 막 침실을 나가려고 할 때 고이치가 말했다.

"잠깐이면 되니까 둘이서 얘기 좀 해."

마야코의 뇌리에 시어머니인 아야코의 모습이 떠올랐다. 둘이서 얘기하자고? 둘이서 얘기해도 나한테는 셋으로 여겨져. 당신의 얼굴 한쪽에는 당신 어머니의 얼굴이 찰거머리처럼 찰싹 달라붙어 있으니까. 아마 다른 때였다면 마야코는 그런 말로 남편을 몰아붙였을 터였다. 하지만 오늘은 왠지 그러고 싶지 않았다.

두 사람은 이런저런 이야기를 주고받았다. 마야코는 남편의 말을 분석하고, 이해하고, 대답하는 동안 힘이 쏙 빠졌다. 그녀는 한시라도 빨리 이 집을 빠져나가고 싶은 기분이었다. 자리에서 일어나 앉아 있는 고이치의 모습은 무척 추레하게 보였다. 감기 때문에 회사를 조퇴한 모양인데, 흩어진 머리카락에다 움푹 팬 볼이 안쓰러웠다. 하지만 그뿐이었다. 아마 예전의 마야코였다면 이런 남편을 가만히 보고만 있지는 않았을 것이다. 적어도 약국으로 달려가 약을 사다 먹이기라도 했으리라.

"어쩌다 두 집안이 이 지경에까지 이르렀는지 모르겠어. 당신 어머니와 우리 어머니는 험악한 관계가 됐고……."

고이치는 말하다 말고 기침을 해댔다. 그런데 이번의 기침은 마야코의 동정심을 불러일으키지 못했다. 시어머니인 아야코가 자신을 어떻게 비난했는지 마야코는 어머니한테 들어서 잘 알고 있었다. 나에 대한 험담을 퍼부어대던 여자가 바로 이 남자의 어머니야. 그런 어머니의 아들을 동정할 필요는 없어.

"하지만 중요한 건 우리 두 사람이라고 생각해."

이 남자는 아직도 나와 자신의 관계를 오해하고 있군. '우리' 라든지 '두 사람' 이라는 말은 이제 당신과 내 사전에는 없어. 당신은 왜 그걸 모르는 거야? 마야코는 소리 없는 질문을 남편에게 던졌다.

"이봐, 왜 아무 말도 안 하는 거야? 나를 더 이상 상대하고 싶지 않다 이건가?"

별안간 고이치가 언성을 높였다. 마야코는 가만히 그를 쳐다보았다.

"당신, 대체 뭘 생각하고 있는 거지? 갑자기 집을 뛰쳐나가고……, 헤어지고 싶다고 한 말 진심이야? 일방적으로 어떻게 그럴 수 있는 거지? 응? 말 좀 해 봐."

고이치가 침대에서 내려와 마야코 앞에 섰다. 순간 그녀는 남편의 몸에서 풍기는 쉰내를 맡았다. 이 남자는 요즘 목욕조차 하지 않고 지내나? 어쩌면 그 때문에 풍기는 냄새일지도 몰랐다. 어쨌거나 마야코는 6년 동안 살면서 남편의 그런 냄새를 한 번도 맡아 본 적이 없었다.

"무슨 말이든 해 봐. 당신이 무슨 불만이 있는지, 내가 앞으로 어떻게 해 줬으면 좋은지 말해 보라고."

고이치는 그렇게 말하고 마야코에게 바짝 다가섰다. 어느새 그의 목소리는 부드럽게 변해 있었다.

"내가 고칠 게 있으면 얼마든지 그렇게 할게. 왜 우리가 이래야 되는지 말해 봐. 응? 우리는 부부잖아."

마야코는 깜짝 놀랐다. 고이치가 갑자기 팔을 잡았기 때문이었다. 그는 그녀를 자신의 가슴으로 끌어당겼다. 마야코는 반사적으로 몸을 돌렸다. 그러나 고이치는 순순히 포기하지 않았다. 그는 오른손으로 그녀의 손목을 움켜쥔 다음 왼손으로 그녀의 허리를 꼭 껴안았다. 그녀는 남편의 품에서 빠져나오기 위해 버둥거렸다. 그렇지만 소용없었다. 그녀가 버둥거릴수록 고이치는 그녀의 손목을 움켜쥔 손에 더욱 힘을 주었다.

대체 이 남자의 어디에 이런 힘과 욕망이 숨어 있었을까? 지금까지 이 남자가 이렇게 나온 적이 있었던가? 없었다. 한 번도 없었다. 만약 이 남자가 진작 이렇게 나왔다면 이런 식의 별거 생활은 하지도 않았을 것이다. 물론 내가 불륜을 저지르지도 않았으리라. 결국 모든 것이 이 남자 탓이다. 그런데 지금에 와서 무엇을 어떻게 하자는 것인가? 이미 모든 것이 늦었다. 타이밍이 맞지 않는 힘과 욕망은 혐오의 대상 외에 아무것도 아니다.

"놔!"

마야코가 냅다 소리쳤다.

"난 무슨 일이 있어도 당신과 헤어질 거야. 반드시 헤어질 거라고."

마야코는 지금까지 남자와 단둘이 해외여행을 해 본 적이 없었다. 물론 하와이로 여행을 간 적은 있지만, 그것은 어디까지나 남편과의 허니문이었다. 남편이 아닌 남자와 나란히 비행기

좌석에 앉고 같은 방에 묵는다는 것, 그것은 확실히 매혹적인 일이었다. 더구나 모든 것이 불완전한 상황에 놓인 마야코에게는 상당히 스릴 있는 일일 터였다.

아마 내가 이런 상황에 다른 남자와 함께 해외여행을 떠난다면 다들 미쳤다고 할 거야. 하지만 겨우 사흘 밤만 대만에서 머물다 올 건데 뭐. 마야코는 자꾸만 고개를 쳐드는 불안한 마음을 다독거렸다. 어차피 남편과 헤어지고 미치히코와 함께 살 작정이라면 불안해할 필요도 없을 것 같았다.

마침내 마야코는 미치히코와 함께 대만에 가기로 마음먹었다. 결심을 굳힌 순간 그녀는 뻔뻔스럽고 교만한 여자로 변했다. 갑자기 몸을 요구해 온 남편을 뿌리친 그날 밤 이후, 그녀의 자아를 덮고 있던 피부막은 훌훌 벗겨졌다. 그리하여 지금은 단단하고 억센 것이 그 자리를 대신하고 있었다.

당연히 그녀는 그럴 듯하게 둘러대는 것을 잊지 않았다. 우선 부모에게는 친한 대학 동창들과 함께 간다고 말했다.

"하필 이런 때 대만에 갈 게 뭐야?"

교코는 대뜸 얼굴을 찡그렸다.

"저쪽에서 연락이 오면 뭐라고 말해? 해외여행을 떠났다고 말하니? 너 같으면 태연하게 그런 말을 할 수 있겠어?"

"연락 같은 건 안 와."

마야코는 거칠게 대답했다. 며칠 전 밤의 일로 그녀는 남편이 이혼을 원하지 않는다는 사실을 깨달았다. 그는 아직도 그녀에게 미련을 두고 있었다. 따라서 그녀가 강경한 태도로 나가지 않는 한 아무것도 해결되지 않을 터였다. 그래, 내가 어물거리면 지금 같은 교착 상태는 앞으로 계속 이어질 거야.

결국 마야코는 완벽하게 우위를 확보하고 싶었던 것이다. 전쟁이 한창 진행 중일 때 태평하게 낮잠을 잘 수 있는 쪽은 승자일 거야. 그래, 나는 승자가 되기 위해서 사흘 동안 전쟁터를 떠날 필요가 있어. 대만에 가서 휴식을 취할 필요가 있다고.

그렇지 않아도 마야코는 친정에 돌아온 후의 나날이 지루해서 견딜 수 없었다. 식사와 세탁 등을 어머니 교코가 대신 해결해 주기 때문에 그 점에 있어서는 무척 편하고 즐거웠다. 마야코는 평생 이렇게 살았으면 좋겠다고까지 생각했다. 그러나 시간이 지나면서 교코는 집안 체면을 따지기 시작했다.

"마야코, 동네 사람들이 나한테 뭐라고 묻는 줄 아니? 다들 네가 출산을 하기 위해 친정에 와 있는 거냐고 물어."

마야코의 친정이 있는 주택가에는 주민이 많았다. 그들은 버블 경기가 한창일 때도 꿋꿋하게 생활할 만큼 근면하고 검소했다. 단지 흠이라면 지나치게 남 일에 관심이 많다는 것이었다. 그들은 서글서글하게 말하면서 슬그머니 이웃의 비밀을 캐기를 좋아했다.

"그래서 엄마는 뭐라고 대답했는데?"

"부부 사이가 좋지 않아서 별거 중이란 말은 할 수 없잖니. 그런 소문이 동네방네 나면 집안 창피지 뭐. 사위가 장기 해외 출장을 나가서 그동안에 여기 와 있는 거라고 둘러댔어."

"무엇이 창피해서 그런 식으로 둘러대?"

마야코는 자신도 거짓으로 둘러댄 주제에 어머니를 핀잔했다. 물론 그녀로서는 미치히코와의 관계를 어머니에게 털어놓을 수 없었다. 아무리 그녀의 가슴을 뜨겁게 달구어 놓은 사랑일지라도 부모의 입장에서 보면, 그것은 한갓 경박한 외도 외에 아무것도 아닐 터였다.

마야코는 소녀 시절부터 남자와의 관계에 대해서만은 부모에게 숨겼다. 사랑이라는 말은 부모의 귀에 들어간 순간 감미로운 매력을 잃는다고 생각했기 때문이었다.

당연히 미치히코와의 관계는 불륜이란 것 외에 달리 표현할 말이 없다. 물론 불륜도 엄연한 사랑이다. 그렇지만 세상의 어느 부모가 그것을 순수하게 받아들일까? 결국 불륜의 사랑은 절대 부모에게 알려서는 안 된다. 피치 못할 사정이 있다고 해도 마지막에 가서나 알려야 한다. 지금 단계에서는 침묵을 지키는 것이 가장 현명한 일이다. 아무리 울면서 호소하고 설득해도 부모는 자식의 불륜을 절대로 허락하지 않을 것이다.

마야코는 어머니의 말을 듣고 기분이 몹시 울적했다. 그러나 여행 가방을 챙겨 리무진 버스를 타고 나리타 공항으로 향할 때, 그녀의 기분은 비 온 뒤 맑게 갠 하늘 같았다. 난생처음으로 남편이 아닌 남자와 함께 해외여행을 떠난다. 미치히코와 아침까지 지내는 것도 처음이다. 그와의 멋진 밤을 위해 귀여운 잠옷을 샀다. 그것은 기숙 학교 시절에 소녀들이 입었던 것과 똑같은 모양이다. 잠옷은 흰색 천에 단추가 줄줄이 달려 있어 마치 금욕을 상징하는 것 같다. 미치히코는 길고 유연한 손가락으로 단추를 하나하나 풀 것이다. 그는 지금까지 늘 그래 왔다. 진지한 표정으로 그녀가 입은 옷의 단추를 하나씩 풀었다.

마야코는 미치히코와 침대에 누워 있는 장면을 상상하는 것만으로도 황홀했다. 언제나 그런 행위를 하며 그와 함께 즐겁게 살아가리라. 그녀는 리무진 버스의 창 쪽 자리에 앉아서 미치히코의 손과 혀가 어떻게 움직였는지 하나하나 되새겼다. 그의 성기는 가급적 떠올리려고 하지 않았다. 낯선 사람 옆에서 묘한 한숨을 짓고 싶지 않았기 때문이었다. 아무리 뻔뻔한 여자라고 해도 다른 사람 옆에서 남자의 성기를 떠올리며 흥분할 수는 없을 터였다.

마야코는 나리타 공항의 카운터 앞에 서 있는 미치히코를 보자마자 환하게 웃었다. 그는 단체 여행객 전용의 카운터 근처에 모인 사람들 중에서 가장 돋보였다. 특히 갈색 재킷이 아주 잘 어울렸다. 한 손에 가방을 든 채 여유 있는 표정을 짓고 있는 모습이 해외여행에 익숙한 남자다웠다.

"생각보다 일찍 왔네."

미치히코가 빙긋 미소를 지었다. 그때 희고 고른 치아가 살짝 내비쳤다.

"데리러 갈 생각이었는데……."

"아니야. 혼자 오니까 좋던데 뭐."

마야코도 덩달아 미소를 지었다.

"자, 그럼 들어갈까?"

미치히코는 당연하다는 듯이 마야코의 팔을 잡았다. 순간 그

356

녀는 사흘 동안 수없이 접촉하게 될 그의 알몸을 떠올렸다. 남
자와 떠나는 해외여행만큼 음란한 것은 없을 거야. 마야코의 눈
에는 나리타 공항에 있는 모든 여자들이 그런 생각을 하는 것처
럼 보였다.

처음 와 보는 대만이라서 그런지 마야코에게는 모든 것이 신
기했다. 미치히코가 연주회장에 가 있는 동안 그녀는 백화점을
돌아다녔다. 물건 값은 일본에 비해 결코 싼 편이 아니었다. 그
럼에도 그녀는 돈을 아끼지 않았다. 낯선 곳에 와서 고가의 브
랜드 제품을 사는 것은 해외여행에서만 맛볼 수 있는 즐거움일
터였다.
"식사나 하러 나가자고."
마야코는 방금 전에 산 이태리제 원피스를 입고 미치히코를
따라 나섰다.
"대북에서도 둘째가라면 서러워할 만큼 최고급 레스토랑이
야. 안에 들어가면 알겠지만 주방용품들도 무척 화려해. 중국풍
으로 모든 게 국보급이지."
마야코는 최고급 레스토랑이라는 미치히코의 말에 그것이
시내 중심가에 있는 줄 알았다. 그런데 그 5층짜리 레스토랑은
주택지 안에 당당하게 버티고 서 있었다.
미치히코는 새하얀 리넨이 깔린 테이블에 앉자마자 웨이터
를 불러 요리를 주문했다. 얼마 후 웨이터들이 요리를 운반해
왔다. 마야코는 백자 접시에 담긴 전복을 가만히 내려다보았다.

얼핏 보아 중국 요리 같지 않았다.

"이런 요리는 처음 보는데, 이거 중국 요리 맞아?"

"이곳 주인이 특별히 만든 거야. 말하자면 중국 요리의 누벨 퀴진(새로운 요리)인 셈이지. 대북에선 가장 맛있는 요리로 알려져 있어."

두 사람은 가장 맛있는 요리로 배를 채운 후 호텔 방에서 격렬하게 끌어안았다. 스위트룸이라서 그런지 공간이 넓고 가구들도 화려했다. 특히 자단으로 된 더블 침대는 폭과 길이가 너무 넓고 길어서 어떤 체위를 구사해도 안전할 것 같았다.

둘은 6과 9가 결합한 형태를 취했다. 마야코가 위, 미치히코가 아래였다. 미치히코의 혀와 성기는 저마다 마야코의 은밀한 곳과 입 안에 들어와 있었다. 결합하는 부분이 두 군데라서 쾌감까지 두 배로 증폭되었다. 마야코는 입 안에 든 성기와 허리 아래에 들어와 있는 남자의 혀를 동시에 음미하려고 애썼다. 그런데 위와 아래 중 어느 쪽에 더 신경을 집중해야 할지 난감했다. 남자를 만족시키기 위해 위쪽에 집중하다 보면 아래쪽의 쾌감에 충실할 수 없었다. 그리고 남자의 혀놀림에 황홀하여 허리를 비틀다 보면 어느새 그녀의 입은 건성으로 성기를 애무하고 있었다. 어디까지 자신을 희생하고 남자에게 봉사해야 할지 몰라서 방황한 끝에 그녀는 급기야 소리를 질렀다.

"다른 체위로 해!"

"마야코, 그냥 이대로……."

미치히코가 마야코의 허벅지 사이에 얼굴을 파묻은 채 우물

거리는 목소리로 말했다. 이미 여자의 입을 벗어난 남자의 성기
는 시들어 있었다.

"계속해서 빨아 줘."

미치히코가 시든 성기를 그녀의 입에 넣으며 말했다.

마야코는 마지못해 다시금 혀를 놀렸다. 이윽고 힘을 얻은
미치히코의 그것은 그녀의 입 안을 마구 휘저었다. 마치 자동으
로 움직이는 기계 같았다. 아, 정말 괴롭다. 그것이 안으로 깊숙
이 들어와 목구멍을 자극했을 때 그녀는 다시 한번 소리를 지르
고 싶었다. 그렇지만 그것이 더욱 완강하게 안으로 파고들어 그
럴 수 없었다. 그녀는 구토증을 느꼈다. 금방이라도 토할 것 같
았다.

마야코는 여태까지 쾌감의 반대편에 고통이 웅크리고 있다
는 사실을 깨닫지 못한 채 살아왔다. 그것을 가르쳐 준 것은 미
치히코였다. 마야코의 남편인 고이치는 한 번도 지금 같은 체위
를 그녀에게 요구하지 않았다. 그런데 미치히코는 뻔뻔스럽게
강요했다.

마야코는 목구멍을 공격하는 남자의 성기를 냅다 뿌리치고
싶었다. 하지만 아무리 목이 아파도 참아야 한다고 생각했다.
그래, 참아야 해.

남자와 섹스하는 도중 그녀가 참아야 한다고 생각한 적은 이
번이 처음이었다.

"자, 이제……."

미치히코는 살며시 그녀의 몸을 옆으로 밀었다. 그녀는 사지

를 늘어뜨린 채 해방감을 느꼈다. 그렇지만 그것은 잠시였다. 미치히코가 그녀의 다리를 벌리고 단단한 것을 찌를 듯이 안으로 집어넣었다.

"아!"

마야코는 자기도 모르게 소리를 질렀다.

"좀 더 시간을 끌어도 돼?"

미치히코가 물었다. 그러나 그 질문은 단순한 허세였다. 그는 마야코가 대답할 틈도 없이 사정을 해 버렸던 것이다.

마야코는 혼자 남겨졌다. 이상했다. 오랫동안 남자와 얽혀 있었는데도 혼자 남겨져 있는 기분이 들다니, 아무래도 이해할 수 없었다.

대만에서 돌아온 다음 날, 마야코는 온종일 아무것도 할 수 없었다. 마치 구타를 당한 것처럼 온몸이 뻐근하고 나른했다. 섹스 중 미치히코가 고통을 주었던 일을 제외하면 나머지는 그지없이 좋았다. 왼쪽 가슴 위와 허벅지에 생긴 자그마한 멍은 오히려 달콤한 시간의 기념이었다.

2박 3일의 대만 여행은 직업여성인 마야코에게 너무 버거운 것이었다. 이틀이 지났는데도 피로가 풀리지 않았다. 그녀는 화요일 저녁, 퇴근하자마자 곧바로 에스테틱 살롱에 가서 전신 마사지를 받았다.

마야코는 8시 무렵 친정으로 돌아왔다. 그녀는 현관에서 아버지의 구두를 발견하고 고개를 갸우뚱거렸다. 아니, 벌써 아버지가 돌아왔나? 그가 일찍 귀가하는 것은 좀처럼 드문 일이었다. 종업원 수가 고작 열 명밖에 안 되는 자회사에서 무슨 일이 그렇게 바쁜지 몰라도 늘 귀가 시간이 늦었다. 특히 사장에 취임한 이후로는 가족과 얼굴을 맞대는 시간이 별로 없었다. 그는 주말에도 아침 일찍 골프를 치러 나갔다가 밤늦게 돌아오곤 했다.

"마야코, 마침 잘 왔다."

문 여는 소리에 이어 어머니인 교코가 사뭇 엄숙하게 말했다. 10년 이상 키워 온 개가 다리를 기어오르고 있는데도 교코는 거들떠보지도 않았다.

마야코는 어머니를 따라 거실로 들어섰다. 그녀의 아버지는 소파에 앉아서 신문을 보고 있었다. 그는 마야코를 보자 신문을 치우고 돋보기를 벗었다. 마야코는 문득 불길한 예감을 느꼈다.

"마야코, 우리에게 사실대로 말해라."

교코가 짐짓 차분한 목소리로 말했다.

"뭘 사실대로 말해?"

33세의 마야코는 일부러 15세 소녀처럼 낭랑하게 물었다. 그녀는 이미 시치미를 뗄 각오가 되어 있었다.

"숨길 생각하지 마. 네가 다른 남자를 사귀고 있다는 거 다 알고 있으니까. 저쪽에서 흥신소에 부탁했다더라. 난 비열한 짓을 했다고 네 시어머니를 욕하려 했는데, 얘기를 듣고 나니 기가 막히더구나. 너, 어떻게 그럴 수 있니? 이 상황에서 어떻게 다른 남자와 함께 대만에 갈 수 있는 거야?"

어느새 교코의 눈은 눈물로 젖어 있었다. 마야코는 몹시 당황했다. 마야코가 알고 있는 한 어머니는 도덕과 윤리보다 체면을 중시하는 여자였다. 따라서 난처한 입장에 빠졌을 경우 거짓말을 해서라도 체면만은 지키려고 들었다.

"난 설령 네가 이혼을 한다고 해도 그러려니 생각하려고 했다. 요즘 세상에는 이혼이 흔해빠진 일이니까. 솔직히 이혼을 한다고 해서 두려워할 게 뭐 있겠니? 난 네가 그 기분 나쁜 시어머니와 얼굴을 마주 보는 걸 상상만 해도 치가 떨린다. 난 그런 시어머니 밑에서 사느니 차라리 너 혼자 사는 게 홀가분하다고 생각한다. 하지만……."

교코는 일단 말을 끊고 딸을 뚫어지게 바라보았다.

"이혼을 하지 않은 상태에서 다른 남자를 만나는 건 용납 못해. 너, 남자와 대만에 갔다 온 게 사실이니?"

마야코는 대답하지 않았다. 아직 대꾸할 시기가 아니라고 판단했기 때문이었다. 어머니라는 존재는 자식의 눈앞에 피할 수 없는 현실이 닥치면 가치관이 흔들린다. 결국 그녀는 어머니의 가치관이 흔들릴 때까지 기다릴 작정이었다.

"난 지금까지 살아오면서 이렇게 창피를 당한 적은 한 번도 없었다. 네 시어머니란 여자가 어떻게 나온 줄이나 아니? 그 여자는 대단한 약점을 잡은 것처럼 기고만장해 있더라. 네가 막돼먹은 애라느니 품행이 단정하지 못하다느니 떠들어대는데, 난 아무 말도 할 수가 없었다. 너, 솔직하게 말해. 그 남자와는 대체 어떤 사이니?"

"어떤 사이냐면……."

마야코는 머뭇거렸다. 왠지 말하기가 쑥스러웠다.

"뭘 망설이는 거야? 어떤 사이냐고 물었잖아?"

"결혼할 사이야."

마야코는 어머니가 다그친 바람에 쑥스러움을 잊고 말해 버렸다.

"결혼할 사이라고?"

교코는 그렇게 묻고 한숨을 지었다. 하지만 그것은 안도의 한숨에 가까운 것이었다. 더구나 그녀는 딸이 그렇게 대답할 것을 예상했다는 식의 표정을 짓고 있었다.

"결혼이 그렇게 쉬운 건지 아니? 그게 얼마나 큰일인 줄 알아?"

"알아."

"그리고 지금 상태에서 결혼하면 어떻게 되는 줄이나 알아? 저쪽 집안한테 한 푼의 위자료조차 받을 수 없단 말이야."

"돈 따윈 생각 안 해. 한시라도 빨리 헤어지고 싶을 뿐이야."

"바보 같은 소리 하지 마."

마야코의 아버지가 처음으로 입을 열었다. 역시 나이는 숨길 수 없는 것인지 골프로 그을린 그의 관자놀이 근처에 주름이 잔뜩 잡혀 있었다. 그것이 호흡과 함께 아래위로 움직였다.

"돈이 문제가 아니야. 위자료라는 건 이쪽에 과실이 없다는 증거야. 그래서 단돈 백만 엔이라도 받아 둬야만 해. 그래야 남들 앞에 떳떳할 수 있는 거라고."

마야코는 아버지의 실무적인 의견에 바짝 긴장했다.

"마야코, 그 남자를 어떻게 믿고 대만까지 함께 갔는지 말해 봐라."

"전, 그 남자를 믿어요."

"뭘 어떻게 믿는다는 거야? 남의 아내와 함께 여행을 가는 남자를 믿을 수 있어? 그런 녀석을 어떻게 믿고 결혼을 한다는 거야?"

"아버지, 전 어린애가 아녜요. 믿으니까 결혼할 생각을 하는 거예요."

"대만은 왜 간 거야?"

"그 남자가 할 일이 있어서 갔던 거예요. 전 단지 따라갔을 뿐이고요."

"무슨 일을 하는 사람인데?"

"음악 평론을 하는 사람이에요."

"뭐?"

마야코의 아버지와 어머니가 동시에 눈을 동그랗게 떴다.

"그런 일로 먹고살 수나 있는 거니?"

교코가 물었다.

"그래도 잘나가는 편이야."

마야코는 그렇게 말하고 고개를 쳐들었다. 그녀는 자신이 외박한 사실을 추궁당하는 15세 소녀가 아니라고 생각했다. 왜 내가 자꾸 수세에 몰려야 하는 거야? 그럴 필요 없어. 오히려 떳떳하게 나가야 해. 그래서 이 귀찮은 재판을 빨리 끝내야 한다고. 마야코는 그렇게 하기 위해서라도 자신의 나이를 부모에게 알려야 한다고 생각했다. 그녀는 아버지를 똑바로 바라보며 말했다.

"전 이제 겨우 서른셋이에요. 이대로 마흔이 되고 싶지 않아요. 더 나이를 먹기 전에 다시 시작하고 싶어요."

마야코의 말에 그녀의 아버지는 쓴웃음을 지었다.

"말 한번 잘하는구나. 그런 말을 하는 애가 철부지 같은 행동을 하고 다녀?"

"철부지 같은 행동이든 아니든 이제는 어쩔 수 없어요. 이미 엎질러진 물이니까요. 전 그 남자와 결혼할 거예요."

"네가 저지른 일이니까 네 마음대로 해라. 난 더 이상 도와주지 않겠다."

"알겠어요."

그녀는 그렇게 말하고 아버지의 눈을 노려보았다. 냉정하기 짝이 없는 눈이었다.

"마야코."

잠시 듣고만 있던 교코가 입을 열었다.

"그 남자 너한테 그렇게도 중요한 사람이니? 무슨 일이 있어도 헤어질 수 없을 정도야?"

"그래. 난 그 남자를 사랑해."

마야코는 그렇게 말하고, 부모 앞에서 남자를 사랑한다는 말 따위를 하는 것은 처음이자 마지막이 될 것이라고 생각했다.

어느새 고이치와 정식으로 이혼한 지 두 달이나 지나 있었다. 그동안 마야코는 지칠 대로 지친 상태였다. 말로만 듣던 이혼은 상당한 에너지와 정신력을 요구하는 것이었다. 그녀는 무슨 일이 있어도 두 번 다시 이혼하지 않겠다고 스스로에게 다짐했다.

미치히코는 여전히 일본에 머물러 있었다. 그의 어머니는 아들이 불륜 끝에 유부녀와 맺어진 사실을 두고 격분했다. 볼로냐의 대학에 연구원으로 들어갈 준비는 이미 완벽하게 갖추어진 상태였다. 그런데 미치히코의 어머니는 한 푼도 원조하지 않겠다고 선언했다. 지금까지 그의 든든한 스폰서였는데, 스폰서는 커녕 어머니 역할까지 하지 않겠다고 나왔다.

마야코는 새 시어머니인 여자와 일생 동안 친해질 일이 없을 것이라고 생각했다. 고이치의 어머니는 그래도 나은 편이었다. 비록 며느리에 대해 질투심과 불만을 품기는 했어도 미치히코의 어머니처럼 교양 없이 굴지는 않았다.

미치히코의 어머니는 오랜 세월 여자 혼자 몸으로 사업을 해오며 세파에 시달려서 그런지 언행이 몹시 거칠었다. 그녀는 아들과 영 딴판이었다. 어떻게 저런 여자의 몸에서 미치히코 같은 섬세한 아들이 나왔는지 의심스러울 정도였다. 그녀는 뚱뚱한 편이 아닌데도 원색 계통의 옷을 입었다. 게다가 조그맣게 말할 자리에서도 목소리를 높여 상대의 기를 죽였다. 어느 날 그녀는 마야코를 불러 놓고 일방적으로 자기 아들이 손해를 보았다며 떠들어댔다.

"당신이야 싫은 남편과 헤어지고 젊은 남자와 새롭게 출발하는 거니까 좋겠지. 하지만 내 아들은 어떻게 되는 거야? 새파란 총각이 이혼녀하고 산다니 그게 말이나 돼?"

미치히코와의 관계가 공개되었기 때문에 마야코는 회사를 그만둘 수밖에 없었다. 그녀는 일종의 계약 사원이라서 퇴직금을 기대하지 않았다. 그런데 뜻밖에도 회장은 그녀에게 상당한 돈을 주었다.

"인생은 이래서 재미있는 건가 보군요. 만약 그때 내가 연주회에 갔다면 마야코 씨는 미치히코를 만나지도 않았을 테고, 그저 한 남자의 아내로서 평온하게 생활했을 텐데……."

마야코는 회장의 말을 떠올리고 고개를 저었다. 물론 그녀는 회장 대신 연주회에 갔기 때문에 미치히코와 사귀게 되었다. 하지만 그렇다고 해서 회장이 마야코의 운명을 바꾼 사제(司祭)는 아니었다. 미치히코와 만나지 않았어도 그녀는 어차피 남편과 헤어졌을 것이다. 그녀의 운명을 결정하는 권한은 그녀 자신에게 있지 결코 타인에게 가 있지 않았다.

마야코와 미치히코가 함께 산 지 2년째 되는 어느 봄날이었다. 그녀는 언니인 루미코의 소개로 자그마한 출판사에서 아르바이트를 하고 있었다. 그녀가 하는 일은 손님에게 커피나 차를 대접하는 게 고작이었다.

"네 전남편이 재혼했다는데, 넌 그 사실 알고 있니?"

출판사로 전화를 걸어 와 그 사실을 마야코에게 알려 준 사람은 그녀의 언니인 루미코였다. 마야코는 언니의 전화를 받고나서 심란한 가운데 사무실 구석에 처박혀 있었다. 상대는 스물다섯 살의 새파랗게 젊은 여자로 고이치와 같은 회사에서 근무한다고 했다. 혹시 두 사람은 훨씬 전부터 사귀었던 것이 아닐까? 어쩌면 그랬을지도 몰라. 아니, 그랬을 거야. 이혼 문제로 한창 옥신각신할 때 고이치는 갑자기 포기한 듯 행동했는데, 왜 그랬겠어? 여자가 있었기 때문인 거야. 그래. 그렇지 않고서야 이혼을 못 해 주겠다고 날뛰던 고이치가 하루아침에 태도를 바꿀 까닭이 없지. 그는 내내 화를 내다가 그의 어머니도 놀랄 정도로 갑작스럽게 이혼 도장을 찍었어. 그것은 지금의 여자와 결혼 약속을 했기 때문인 거야. 그래, 틀림없어.

"결국 나만 손해를 본 거야."

마야코는 자그마한 목소리로 그렇게 중얼거렸다. 제멋대로 행동하는 데다 걸핏하면 질투하는 애인은 결혼해서도 전혀 변하지 않았다. 이기적이고 질투심이 강한 애인은 그런대로 귀엽게 봐 줄 수 있다. 하지만 남편이 되어서도 그 성격이나 행동이 여전하다면 보통 문제가 아니다.

미치히코는 거의 매일이다시피 집에서 일했다. 그러면서 마야코의 행동을 일일이 체크하고 자기의 요구대로 따르기를 고집했다.

그는 한 오디오 회사와 고문 계약을 맺고 있었으나, 그 직책은 돈과 상관이 없었다. 그의 수입은 가끔씩 신문이나 잡지사로부터 받는 원고료가 전부였다. 그나마 마야코가 아르바이트를 통해 번 돈이 있기에 생활이 가능했다. 마야코는 고이치와 살 때 자신의 월급을 거의 옷과 액세서리 등을 사는 데 썼다. 그러나 지금은 아무리 갖고 싶은 물건이라도 함부로 살 수 없었다. 얼마 전까지만 해도 친정어머니로부터 정기적으로 용돈을 받곤 했는데, 이제 그것마저 중단된 상태였다. 역시 나만 손해를 본 거야. 마야코는 깊은 한숨을 쉬었다.

그녀는 친구들에게 하소연을 하고 싶어도 그럴 수 없었다. 친구들 사이에서 '불륜을 통해 진정한 사랑을 쟁취한 전설적인 여자'로 통용되고 있기 때문이었다. 마야코의 친구들 중에 불륜이 원인이 되어 이혼한 여자는 있어도 불륜을 통해서 상대 남자와 결혼한 여자는 아직 없었다.

기분 좋은 초가을 저녁이었다. 마야코는 호텔 라운지에서 남자를 기다리고 있었다.

시계를 보니 7시였다. 그녀의 주위에는 쌍쌍의 남녀들이 많았다. 남자들은 대부분 회사원들이었다. 그중에는 이따금씩 마야코를 흘끔거리며 쳐다보는 남자도 있었다.

호텔 라운지에서 혼자 앉아 있는 여자는 당연히 남자들의 호기심을 불러일으킬 것이다. 마야코는 남자들의 시선을 의식하면서 오른쪽 다리를 왼쪽 무릎에 올려놓았다. 서른다섯의 나이치고 그녀의 몸은 무척 팽팽했다. 허리의 선도 전혀 망가지지 않았다. 그녀는 요즘 들어 자주 에스테틱 살롱을 드나들었다. 미치히코는 무엇 때문에 그런 곳을 들락거리느냐고 핀잔했다. 하지만 그녀는 그곳에서 마사지를 받으며 휴식을 취하는 것이 하나의 낙이었다. 마사지를 받고 있노라면 서서히 다가오는 늙음을 쫓아 버리는 것 같은 기분이 들었다.

입구에서 한 남자가 다가오고 있었다. 2년 만에 보는 남자는 그동안 약간 뚱뚱해진 듯했지만, 여전히 활기찬 모습이었다. 아마 골프와 헬스클럽을 다니며 체력 관리를 하고 있는 모양이었다. 남성적인 노무라의 몸은 야심과 정액이 한데 뭉쳐 이루어진 것 같았다.

"놀랐어."

자리에 앉자마자 그가 말했다.

"마야가 전화할 줄은 꿈에도 생각지 못했는데, 혹시 무슨 일이라도……."

"갑자기 보고 싶었어요."

마야코는 태연한 표정을 지은 채 솔직하게 대꾸했다. 굳이 엉뚱한 핑계를 둘러댈 필요가 없을 것 같았다.

"왜 보고 싶었지?"

노무라는 능청을 떨었다.

"노무라 씨와 여러 가지 의논하고 싶은 것도 있고……."

"나 같은 놈하고도 의논할 게 있을까……."

그는 그렇게 말하고 마야코의 표정을 살폈다.

"오랜만에 만났는데, 왜 그렇게 딱딱하게 나와요?"

"마야의 무용담이라고나 할까, 러브 스토리라고나 할까……. 그런 건 이미 들었어. 대단한 여자란 생각이 들더군. 솔직히 놀랐어."

노무라는 갑자기 얼굴을 바짝 들이대고 이어서 말했다.

"나와 겹치기였다니, 정말 실망했어."

"그렇지 않아요. 그와 알게 된 건 노무라 씨 다음이에요."

"마야는 젊은 남자의 매력에 홀딱 반했나 보군. 역시 나 같은 아저씨는 안 되나?"

마지막의 '안 되나?'라는 말 속에는 여러 가지 메시지가 담겨 있는 것 같았다. 그는 그 말을 다분히 성적인 목소리로 나지막이 발음했다. 마야코는 그것을 '오늘 밤은 안 되나?'라는 의미로 해석했다.

"그런 게 아녜요. 단지 노무라 씨에겐 아내와 아이가 딸려 있고……, 처음부터 그런 일을 해선 안 된다고 생각했기 때문에……."

"그런 일이라니, 섹스 말인가?"

"글쎄요……."

"하하, 정말 마야는 대단해. 남자를 흥분시키는 말을 은근하게 하거든."

노무라는 한차례 소리 내어 웃은 뒤 마야코에게 무엇을 먹고 싶은지 물었다.

"아무것이든 상관없어요."

"시간이 없을 테니까 지하의 횟집에 가는 게 어때? 오늘은 귀가 시간에 신경 안 써도 되나?"

"늦어도 상관없어요. 대학 동창을 만난다고 했어요."

"이번 남편은 아무래도 질투가 심한 모양이군."

노무라는 '이번 남편'이라는 말이 마음에 든 것 같았다. 그는 호텔 지하의 횟집에 가서도 그 말을 자꾸 반복해서 사용했다. 그렇게 하는 것이 마야코에 대한 일종의 복수라고 생각한 모양이었다.

"어때, 이번 남편과는 잘돼 가나? 들리는 말에 의하면 세상 물정에 아주 어둡다며? 그래도 대단한 연애 끝에 맺어진 사이라던데, 그런가?"

"노무라 씨니까 말하지만……."

마야코는 약간 술에 취한 상태에서 상대가 좋아할 만한 말이 무엇인지 생각하며 덧붙여 말했다.

"전 두 번 결혼하고 나서야 깨달았어요. 그 남자가 그 남자라는 사실을 말예요. 이 남자나 저 남자나 크게 다를 바 없어요."

"허허, 그래?"

노무라는 기분 좋게 웃으며 눈앞에 놓인 술잔을 집었다.

"하긴 그렇겠지. 하지만 마야가 그런 식으로 말하니까 남자로서 왠지 좀 서글프군. 결국……."

그는 카운터 안의 점원이 손을 뻗어 초밥을 내놓는 순간 입을 다물었다. 그러다 점원이 손을 거두자 이어서 말했다.

"섹스도 이 남자나 저 남자나 크게 다를 바 없다는 얘기군. 그런가?"

"좀 작게 말해요. 남들이 들으면……."

마야코는 카운터 아래에 놓인 그의 허벅지를 툭 쳤다. 그러고는 계속 그 부분에 손을 올려놓았다. 탄력 있고 부드러운 감촉이 그녀의 가슴을 설레게 했다.

"노무라 씨는 특별해요. 다른 남자하고는 달라요."

그녀는 마침내 노무라가 가장 좋아할 만한 말을 내뱉었다.

"그래? 그런 말을 들으니 갑자기 하고 싶은데……."

노무라는 초밥을 집으려다 말고 얼른 마야코의 손을 잡았다.

"당장 마야와 그걸 하고 싶어. 어때?"

마야코는 잠자코 앉아 있었다. 이미 그녀는 승낙을 한 상태였다. 그리고 노무라는 그녀의 마음을 훤히 들여다보고 있었다.

그 후 2개월이 지난 뒤에도 마야코는 노무라와 함께 호텔 방에 있었다. 그녀는 '공동 샤워'를 하자는 그의 제의를 거절하고 욕실로 들어갔다. 비누는 사용하지 않았다. 비누를 사용하면 고이치보다 훨씬 더 예민한 후각을 지닌 미치히코에게 추궁당할 터였다. 그렇지만 그런 미치히코도 자기와 결혼한 지 1년 2개월밖에 안 된 상태에서 아내가 다른 남자를 만날 줄은 꿈에도 생각 못할 것이었다.

서른다섯의 마야코는 여전히 아름다운 몸매를 지니고 있었다. 하지만 그녀의 복부는 지방이 약간 붙어 있어서 둥그스름했다. 그녀는 그 부분을 내려다보고 불현듯 허전한 기분을 느꼈다.

마야코는 어느 날 갑자기 아이를 갖기로 마음먹었다. 그녀는 그때까지 그런 생각을 한 번도 해 본 적이 없었다. 그것은 그녀 자신도 놀랄 만큼 뜻밖의 결정이었다.

노무라와 다시 만나기 시작하여 네 번째 섹스를 했을 때, 마야코는 음식을 배불리 먹은 것 같은 포만감에 젖었다. 그녀는 침대에 누운 채 아랫배를 쓰다듬었다. 순간 구토증이 몸속을 휘저었다. 왜 이럴까? 이런 일을 후회하기 때문일까? 그녀는 고개를 갸우뚱거렸다. 아무래도 후회 때문은 아닌 것 같았다. 그렇다면 무엇일까? 그녀는 곰곰이 생각한 끝에 공허감 때문이라고 결론지었다. 복부에는 무엇이 가득 들어 있는 것 같았으나 가슴은 텅 비어 있었다. 그녀는 남편과 헤어져 좋아하는 남자와 결혼했고, 또 마음에 드는 남자와 가끔씩 외도를 하는 즐거움까지 손에 넣었다. 그렇지만 역시 손해 보는 삶을 살고 있다는 생각은 떨쳐지지 않았다.

나만 손해를 보고 있는 거야.

결국 그런 생각은 공허감으로 이어져 마야코를 괴롭혔다. 그녀가 아이를 갖기로 결심한 것도 그 같은 공허감을 달래기 위해서였다. 그녀에게 있어서 아이를 갖는다는 것은 마지막 도박이었다. 수많은 여자들이 마지막으로 거는 기대, 마지막으로 느끼는 따스함이 아이의 매끄러운 볼이라고 한다면 마야코도 그것을 갖고 싶었다.

우연히도 미치히코와 노무라는 같은 혈액형이었다. 마야코는 자신의 자궁에 어느 쪽의 정자가 먼저 들어오든 상관없다고 생각했다. 하루라도 빨리 아이를 갖고 싶어서 견딜 수 없었기 때문이다. 그리고 어차피 둘 다 남자라는 점에서는 똑같았다.

마야코는 식사 후마다 먹는 배란 촉진제를 수도꼭지에서 받은 미지근한 물과 함께 삼켰다. 그러고는 가운을 걸치고 욕실을 나왔다. 노무라는 침대 옆의 소파에 앉아서 맥주를 마시고 있었다.

"오늘은 곧바로 했으면 좋겠어요."

"좋아. 그렇게 하자고."

노무라가 즐거운 표정을 지었다. 나이 탓인지 그의 그것은 전희 시간을 견디지 못했다. 간단하게 애무하는 중에도 걸핏하면 시들곤 했다.

이윽고 그가 침대로 다가와 시트를 걷어 내고 마야코의 왼쪽에 누웠다.

"오늘은 피임을 하지 않아도 되는 날이에요."

"그래? 그런데 표정이 왜 그렇게 굳어 있어?"

"왜요? 표정이 어때서요?"

"오늘뿐만이 아니야. 요즘 들어 난 마야의 웃는 얼굴을 별로 본 적이 없어. 그게 마야의 매력이긴 하지만, 즐길 때는 즐거운 표정을 지어야지. 안 그래?"

노무라는 허리에 두른 타월을 걷어 냈다. 순간 하얀 허벅지와 함께 단단한 것이 마야코의 눈에 들어왔다.

"그렇긴 하지만……."

마야코는 말끝을 흐렸다. 그리고 나머지 말은 노무라에게 들리지 않도록 속으로 중얼거렸다.

"이제 즐거움 따위는 별로 느껴지지 않아. 처음엔 즐거웠던 것도 어느 사이엔가 시시한 게 돼 버려. 언제나 이런 식의 반복일 뿐이야. 늘 이런 식일 뿐이지……."